作者简介

　　刘震，男，河北黄骅人，韩国中央大学文学博士，师从李奭炯先生。曾为首尔国立大学哲学思想研究所客座研究员，现为江西省社会科学院文学与文化研究所专职科研人员。主要从事杨朱思想、古典文学、道家哲学与国际汉学研究。独立主持国家级社科基金项目、省部级社科基金项目等多项，参与完成省部级社科基金项目两项，出版著作两部，在国内外各类刊物发表学术论文多篇。

《杨朱篇》集释详考译注

刘 震 ◎ 撰

百花洲文艺出版社

BAIHUAZHOU LITERATURE AND ART PRESS

图书在版编目（CIP）数据

《杨朱篇》集释详考译注 / 刘震撰. -- 南昌 : 百花洲文艺出版社, 2024. 12. -- ISBN 978-7-5500-5793
-7

Ⅰ. B223.22

中国国家版本馆CIP数据核字第20242DW717号

《杨朱篇》集释详考译注

《YANG ZHU PIAN》 JISHI XIANG KAO YIZHU

刘 震 撰

出 版 人	陈 波
责任编辑	余丽丽
书籍设计	黄敏俊
制 作	周璐敏
封面题字	刘玉忠
出版发行	百花洲文艺出版社
社 址	南昌市红谷滩区世贸路898号博能中心一期A座20楼
邮 编	330038
经 销	全国新华书店
印 刷	江西省和平印务有限公司
开 本	787 mm×1092 mm 1/16 印张 19.25
版 次	2024年12月第1版
印 次	2024年12月第1次印刷
字 数	300千字
书 号	ISBN 978-7-5500-5793-7
定 价	56.00元

赣版权登字 05-2024-372

邮购联系 0791-86895108

网 址 http://www.bhzwy.com

图书若有印装错误，影响阅读，可与承印厂联系调换。

国家社科基金后期资助项目

"杨朱古今中外文献集成译注"（22FZXB032）阶段性成果

目　录

前　言

（一）

对于《列子》的真伪与《杨朱篇》的成书年代，历来众说纷纭，莫衷一是，至今仍是学界难下定论的公案之一。对于这一问题，学界大致有三种观点：一种认为《列子》是伪书，而《杨朱篇》是魏晋人冒名的伪作。学界持这种观点的人占比最大，以至于"《列子》伪书说"几乎已经成为定论。持这一观点的主要有姚际恒的《古今伪书考》[①]、马叙伦的《列子伪书考》[②]、顾实的《杨朱哲学》[③] 等。反之，也有部分学者认为《列子》并非伪书。持这一观点的主要有武内义雄的《列子冤词》[④]、马达的《〈列子〉真伪考辨》[⑤] 等。此外，还有部分学者认为《列子》虽为伪书，但《杨朱篇》却较为可信。持这一观点的主要有胡适的《中国哲学史大纲》[⑥] 等。不论是"伪书说"还是"非伪书说"，抑或是"《列子》虽伪而《杨朱篇》非伪说"，前辈学人们都作了较多论证，但由于这一问题并非本书所探讨的主题，故此处不作展开。

其实对于古籍的成书问题，前辈学人早已提出了较为合理的解释。例如

[①]　［清］姚际恒著，《古今伪书考》，北京：中华书局，1985 年，第 26–27 页。

[②]　马叙伦著，《列子伪书考》，转引自严灵峰编辑，《无求备斋列子集成（第 12 册）》，台北：艺文印书馆，1971 年 10 月，第 45–55 页。

[③]　顾实著，《杨朱哲学》，北京：北京理工大学出版社，2020 年 5 月，自序，第 4 页。

[④]　［日］武内义雄著，《列子冤词》，转引自严灵峰编辑，《无求备斋列子集成（第 12 册）》，台北：艺文印书馆，1971 年 10 月，第 355–368 页。

[⑤]　马达著，《〈列子〉真伪考辨》，北京：北京出版社，2000 年 12 月，第 460–469 页。

[⑥]　胡适著，《中国哲学史大纲》，北京：中华书局，2013 年 1 月，第 130 页。

孙星衍在《燕丹子序》中指出:"古之爱士者,率有传书。由身没之后,宾客纪录遗事,报其知遇,如《管》《晏》《吕氏春秋》,皆不必其人自著。"① 严可均在《铁桥漫稿》中指出:"至近人编数目者谓此书(《管子》)多言管子后事,盖后人附益者多,余不谓然。先秦诸子,皆门弟子或宾客或子孙撰定,不必手著。"② 再有,余嘉锡在《古书通例》中指出:"古书多无大题,后世乃以人名其书。古人著书,多单篇别行;及其编次成书,类出于门弟子或后学之手,因推本其学之所自出,以人名其书。"③ 对于这样的古籍成书说,笔者深表认同,并认为也可以将之用于对《列子》成书的理解,不再详论。

虽然笔者曾经在博士论文中以其他"可信典籍"(例如《孟子》《庄子》《韩非子》《吕氏春秋》等)中对杨朱思想的评述为框架和标准,对《列子》中的杨朱文献进了详细的考辨与分类,将之分为"与他书相似的文本""借杨朱名义创造的文本""先秦杨朱遗留的文本"三类,并以"先秦杨朱遗留的文本"与其他部分典籍中的杨朱相关文献作为可信材料对先秦的杨朱思想进行了全面考察,自认为解决了学界悬而未决的部分问题,且在杨朱研究上小有所得。但就在搁笔的同时,笔者即发现自己的结论其实终归也只能归于某种程度上的推测。虽然自觉持之有据,言之成理,但依然不免有管窥蠡测与失之武断之嫌。

因此,为了摆脱对古籍文本的"真伪"进行考证与辩论的桎梏,笔者认为选取已经作为定本流传下来的《杨朱篇》整体作为研究对象,似乎可以省去很多无谓的争议。正如李季林先生所指出的那样,"我们研究《列子》,以其中所蕴含的思想为主,就史料研究思想,而不是就思想研究史料。如纵欲思想,战国末期有,魏晋时期也有。纵欲思想较为浓郁的《列子·杨朱篇》是成于战国还是成于魏晋? 这不是我们所注重关注的。我们所注重关注的就是《列子·杨

---

① 王天海译注,《穆天子传译注;燕丹子译注》,上海:上海古籍出版社,2018 年 11 月,第213 页。

② [清]严可均著,《铁桥漫稿》,心矩斋校本,卷第八,第七叶。

③ 余嘉锡著,《目录学发微;古书通例》,北京:商务印书馆,2017 年 12 月,第 211 页。

朱篇》中浓郁的纵欲思想。"^① 对此，笔者深表认同。

由于以杨伯峻《列子集释》为代表的各家《列子》注本中对《杨朱篇》的注解与校释并不全面且多有省略，因此笔者决定对《杨朱篇》这一固定文本进行一次几近完备的集解汇释与详考校订，并在此基础上对重新考订的《杨朱篇》文本进行全文标音与精准译注，以期为读者阅读《杨朱篇》与领悟其中的"杨朱思想"提供一种善本^②。

（二）

本书以《杨朱篇》为研究对象，正文主要有三个部分，分别为第一编"《杨朱篇》集解汇释"、第二编"《杨朱篇》详考校订"、第三编"新订版《杨朱篇》标音译注"。

第一编"《杨朱篇》集解汇释"中首先将与《杨朱篇》相关的历代八家注解进行了汇集，以【集解】的形式置于【原文】下方的正文之中。以下按注解的年代顺序排列并附参考书目，分别为：

1. ［晋］张湛注《列子注》：【张注】

（1）［晋］张湛注，《冲虚至德真经》八卷，铁琴铜剑楼藏北宋本（即中华再造善本，简称北宋本）。

（2）［晋］张湛注，《冲虚至德真经》八卷，清光绪十年刊"铁华馆丛书"本。

（3）［晋］张湛注，《冲虚至德真经》八卷，日本东京尊经阁文库藏南宋刊本（简称南宋本）。

（4）［晋］张湛注，［唐］殷敬顺释文，《冲虚真经》八卷，明嘉靖九年世德堂刊《六子全书》本（简称世德堂本）。

---

① 李季林著，《杨朱、列子思想研究》，合肥：安徽人民出版社，2012年9月，前言，第2页。

② 善本的最初概念是指经过严格校勘，无文字讹误的书本。后含义渐广，包括刻印较早、流传较少的各类古籍。此处仍采用"善本"之最初概念。

（5）［晋］张湛注，［唐］殷敬顺释文，《冲虚真经》八卷，清嘉庆十年宝庆经纶堂刊《十子全书》本。

（6）［晋］张湛注，［唐］殷敬顺撰释文，［宋］陈景元补遗释文，《列子》八卷（附《列子冲虚至德真经释文》二卷），清嘉庆十八年"湖海楼丛书"本（简称汪本，所附《释文》简称《释文》本）。

（7）［晋］张湛注，［唐］殷敬顺释文，《列子》八卷，清宣统元年大通书局石印明虞九章、王震亨订正本。

（8）［金］高守元集，［唐］殷敬顺撰释文，［宋］陈景元补遗，《冲虚至德真经四解》卷一至卷二十（附释文二卷），明刊正统道藏本（简称《四解》本）。

（9）［明］顾春编，《六子全书之列子》，长春：吉林出版集团有限责任公司，2010 年 10 月。

（10）［晋］张湛注，［唐］卢重玄解，［唐］殷敬顺、［宋］陈景元释文，陈明校点，《列子》，上海：上海古籍出版社，2014 年 6 月。

（11）［周］列子撰，［晋］张湛注，［唐］卢重玄解，［宋］赵佶训，［宋］范致虚解，［金］高守元集，孔德凌点校，《冲虚至德真经四解》，南京：凤凰出版社，2016 年 6 月。

（12）［战国］列御寇撰，［清］纪昀等编纂，《四库全书·道家类·列子》，北京：中国书店，2018 年 8 月。

2.［唐］殷敬顺撰，［宋］陈景元补遗《冲虚至德真经释文》：【释文】

（1）［晋］张湛注，［唐］殷敬顺释文，《冲虚真经》八卷，明嘉靖九年世德堂刊《六子全书》本（简称世德堂本）。

（2）［晋］张湛注，［唐］殷敬顺释文，《冲虚真经》八卷，清嘉庆十年宝庆经纶堂刊《十子全书》本。

（3）［晋］张湛注，［唐］殷敬顺撰释文，［宋］陈景元补遗释文，《列子》八卷（附《列子冲虚至德真经释文》二卷），清嘉庆十八年"湖海楼丛书"本（简称汪本，所附《释文》简称《释文》本）。

（4）［晋］张湛注，［唐］殷敬顺释文，《列子》八卷，清宣统元年大通书局石印明虞九章、王震亨订正本。

（5）［明］顾春编，《六子全书之列子》，长春：吉林出版集团有限责任公司，2010 年 10 月。

（6）［晋］张湛注，［唐］卢重玄解，［唐］殷敬顺、［宋］陈景元释文，陈明校点，《列子》，上海：上海古籍出版社，2014 年 6 月。

3.［唐］卢重玄解《冲虚真经解》：【卢解】

（1）［唐］卢重元解，［清］秦恩复撰附录，《列子》八卷（附卢注考证一卷），清嘉庆八年秦恩复雕印石研斋刊本（简称秦本）。

（2）［金］高守元集，［唐］殷敬顺撰释文，［宋］陈景元补遗，《冲虚至德真经四解》卷一至卷二十（附释文二卷），明刊正统道藏本（简称《四解》本）。

（3）［晋］张湛注，［唐］卢重玄解，［唐］殷敬顺、［宋］陈景元释文，陈明校点，《列子》，上海：上海古籍出版社，2014 年 6 月。

（4）［周］列子撰，［晋］张湛注，［唐］卢重玄解，［宋］赵佶训，［宋］范致虚解，［金］高守元集，孔德凌点校，《冲虚至德真经四解》，南京：凤凰出版社，2016 年 6 月。

（5）［战国］列御寇撰，［唐］卢重元注，《列子》，北京：中国书店，2019 年 9 月。

4.［宋］赵佶撰《冲虚至德真经义解》：【义解】

（1）［金］高守元集，［唐］殷敬顺撰释文，［宋］陈景元补遗，《冲虚至德真经四解》卷一至卷二十（附释文二卷），明刊正统道藏本（简称《四解》本）。

（2）［周］列子撰，［晋］张湛注，［唐］卢重玄解，［宋］赵佶训，［宋］范致虚解，［金］高守元集，孔德凌点校，《冲虚至德真经四解》，南京：凤凰出版社，2016 年 6 月。

5.［宋］范致虚解《列子注》：【范注】

（1）［金］高守元集，［唐］殷敬顺撰释文，［宋］陈景元补遗，《冲虚至德真经四解》卷一至卷二十（附释文二卷），明刊正统道藏本（简称《四解》本）。

（2）［周］列子撰，［晋］张湛注，［唐］卢重玄解，［宋］赵佶训，［宋］范致虚解，［金］高守元集，孔德凌点校，《冲虚至德真经四解》，南京：凤凰出版社，2016 年 6 月。

6. ［宋］江遹撰《冲虚至德真经解》：【江解】

（1）［宋］江遹撰，《冲虚至德真经解》二十卷，明刊正统道藏本（简称江本）。

7. ［宋］林希逸撰《冲虚至德真经鬳斋口义》：【口义】

（1）［宋］林希逸撰，《冲虚至德真经鬳斋口义》八卷，明刊正统道藏本（简称林本）。

（2）［宋］林希逸著，张京华点校，《列子鬳斋口义》，上海：华东师范大学出版社，2016 年 5 月。

（3）［战国］列子撰，［宋］林希逸注，《元刻本列子》，北京：国家图书馆出版社，2017 年 5 月。

8. ［明］朱得之撰《列子通义》：【通义】

（1）［明］朱得之撰，《列子通义》八卷，明嘉靖四十三年浩然斋刊本（简称《通义》本）。

其次，将与《杨朱篇》相关的各家校释按出版年代（个别参考生卒年及成书时间）顺序或论述逻辑顺序进行了汇集，以【汇释】的形式置于【脚注】之中，标示为"〇某某曰"，详细书目分别为：

1. ［清］任大椿撰，《列子释文考异》一卷，清乾隆五十二年燕禧堂刊本。

2. ［清］卢文弨撰，《列子张湛注校正》一卷，清乾隆五十五年抱经堂刊《群书拾补》本。

3. ［清］江有诰撰，《列子韵读》一卷，清嘉庆十九年刊《音学十书》本。

4. ［清］姚文田撰，严灵峰辑，《列子古韵》一卷，1971 年艺文印书馆打字影印本。

5. ［清］秦恩复撰，《列子卢重元注八卷》，清嘉庆八年秦恩复雕印石研斋刊本。

6. ［清］宋翔凤记，《小尔雅训纂》，龙溪精舍校刊本。

7. ［清］蒋超伯辑，《南漘楛语》，上海：新文化书社，1934 年 8 月。

8. ［清］俞樾撰，《列子平议》一卷，1922 年双流李氏刊《诸子平议》本。

9. [清]陶鸿庆撰，《读列子札记》一卷，1959 年《读诸子札记》排印本。

10. [清]于鬯撰，《列子校书》一卷，1963 年《香草续校书》排印本。

11. 胡怀琛著，《列子张湛注补正》一卷，1930 年"朴学斋丛书"排印本。

12. 王重民撰，《列子校释》一卷，1930 年"西苑丛书"排印本。

13. 陶光撰，《列子校释》不分卷，1953 年排印本（成书于 1944 年）。

14. 王叔岷著，《列子补正》，台北：商务印书馆，1992 年 12 月影印一版（1948 年初版）。

15. 王重民著，《敦煌古籍叙录》，北京：中华书局，2010 年 11 月（1957 年初版）。

16. 杨伯峻撰，《列子集释》，北京：中华书局，2012 年 3 月（成书于 1932 年，1958 年初版）。

17. 萧登福著，《列子古注今译》，台北：文津出版社，1990 年 3 月。

18. 张京华点校，《列子鬳斋口义》，上海：华东师范大学出版社，2016 年 5 月。

19. 孔德凌点校，《冲虚至德真经四解》，南京：凤凰出版社，2016 年 6 月。

本编对杨伯峻撰之《列子集释》、萧登福著之《列子古注今译》、张京华点校之《列子鬳斋口义》、孔德凌点校之《冲虚至德真经四解》四家之体例多有借鉴，并对相应注释多有参照，在此谨对前辈学人深表谢忱。由于本编中共涉及近三十家释解，近五十种版本，极为繁杂，且其中多为影印版古籍文本，因此各条释解均与前人集释本注释体例保持一致，不一一标注页码，仅在本前言中将相应参考文献信息列出。此外，书中在整体使用简体字的前提下，为便于引述和理解，采取了尊重所引原文与原文照录的处理方式，保留了部分繁体字和异体字，例如"钟""锺""鐘""鍾"等均会出现。特此说明。

第二编"《杨朱篇》详考校订"中对第一编中出现的争议较大的关键问题一一进行了详细考论与校订。同时，文中也对其他笔者认为需要解决的问题以及相应字词的通假与发音等进行了一一校订。据此力图解决既存《杨朱篇》

文本中存在的各类争议与问题，并在详考与校订的基础上形成全新的《杨朱篇》文本，即新订版《杨朱篇》。

第三编"新订版《杨朱篇》标音译注"在参考前人相关成果的基础上对新订版《杨朱篇》进行了全文标音与精准译注。

综上，本书首先对自古至今与《杨朱篇》相关的各家释解进行了全面集解与汇释，然后对各章中存在的相关争议与问题进行了详细考论与校订，并在此基础上对新订版《杨朱篇》进行了全文标音与精准译注，以期为读者阅读与理解《杨朱篇》提供一种善本，为读者思考与领悟"杨朱思想"贡献一份心力。

（三）

正文之外，附录中附有各注本《列子》中对《杨朱篇》的题解与导读、《杨朱篇》之外《列子》中的杨朱相关文献、《列子》之外其他古籍中的杨朱相关文献、各家推测疑属"杨朱学派"的相关文献、以《列子》文本为基础的"杨朱思想精义"新编等五个部分。

首先，"各注本《列子》中对《杨朱篇》的题解与导读"补充了第一编"杨朱篇集解汇释"中未能涉及的各当代通行注本《列子》中对《杨朱篇》的题解与导读。

其次，"《杨朱篇》之外《列子》中的杨朱相关文献"补充了本书的主要研究对象《杨朱篇》之外的《列子》其他篇目中与杨朱相关的文献记载，为全面了解《列子》中的杨朱思想提供了材料与参考。

同时，"《列子》之外其他古籍中的杨朱相关文献"又补充了《列子》之外其他古籍中与杨朱相关的文献记载，为整体了解传世典籍中的杨朱文献及其思想概况提供了更为全面的材料与更多的可能。

再有，"各家推测疑属'杨朱学派'的相关文献"则附录了以杨朱为代表、以杨朱思想为纲领、包括诸位杨朱后学的整个杨朱学派的疑似相关文献记载，为全面了解整个杨朱学派的整体思想谱系提供了启示与参考。

最后，"以《列子》文本为基础的'杨朱思想精义'新编"则是笔者在精心研悟的基础上对以《列子》文本为基础的杨朱思想之精义进行的精心提炼，是《列子》中所含杨朱思想精华的集中展现。在此，笔者热切建议读者朋友们在全面阅读与理解新订版《杨朱篇》文本的基础上，深入思考与领会"杨朱思想精义"，相信一定会对大家的人生多有助益。

江西省社会科学院"地域文化与中国叙事学研究"创新团队为本书的出版提供了资金支持，本书的责任编辑余丽丽老师为本书的编校付出了辛勤劳动，本人的爱人曲向楠女士为本人的科研提供了舒适的工作环境，在此一并谨表谢忱！

书中若有不当之处，诚请方家批评指正。

诗云：

　　而立明志弘冷肠，青丝染纸成墨香。
　　崇阳立论千年后，全性保真天下扬。

2024 年 3 月　刘震　于南昌瑶湖崇阳子居

第一编

《杨朱篇》集解汇释

本编《杨朱篇》文本采用杨伯峻《列子集释》之《杨朱篇》版本 [①]，标示为【原文】。

【集解】中各家注解之对应标示分别如下：

1.[晋]张湛注《列子注》：【张注】。

2.[唐]殷敬顺撰，[宋]陈景元补遗《冲虚至德真经释文》：【释文】。

3.[唐]卢重玄解《冲虚真经解》：【卢解】。

4.[宋]赵佶撰《冲虚至德真经义解》：【义解】。

5.[宋]范致虚解《列子注》：【范注】。

6.[宋]江遹撰《冲虚至德真经解》：【江解】。

7.[宋]林希逸撰《冲虚至德真经鬳斋口义》：【口义】。

8.[明]朱得之撰《列子通义》：【通义】。

【汇释】（即【脚注】）中各家注释标示为"○某某曰 [②]"，各家注释之对应标示分别如下：

1.[清]任大椿撰《列子释文考异》：○任大椿曰。

2.[清]卢文弨撰《群书拾补》：○卢文弨曰。

3.[清]江有诰撰《音学十书》：○江有诰曰。

4.[清]姚文田撰，严灵峰辑《列子古韵》：○姚文田曰。

5.[清]秦恩复撰《列子卢重元注八卷》：○秦恩复曰。

6.[清]宋翔凤记《小尔雅训纂》：○宋翔凤曰。

7.[清]蒋超伯辑《南漘楛语》：○蒋超伯曰。

8.[清]俞樾撰《诸子平议》：○俞樾曰。

9.[清]陶鸿庆撰《读诸子札记》：○陶鸿庆曰。

---

① 叶蓓卿指出："杨伯峻《列子集释》汇集张湛、卢重玄、陈景元等人的注解及释文，并在附录中辑录了历代有价值的序论和辨伪文字，校勘之精当、训释之准确、资料之详尽，堪称《列子》注本集大成者，无论是初学者还是专业研究者，必当读之。"（叶蓓卿译注，《列子》，北京：中华书局，2011 年 5 月，前言，第 9 页。）

② 为与王重民《列子校释》之"○王重民曰"区别，王重民《敦煌古籍叙录》之标示特定为"○王重民（敦）曰"。此外，本书作者刘震之补充说明标示为"○震案"。

10.［清］于鬯撰《香草续校书》：〇于鬯曰。

11. 胡怀琛著"朴学斋丛书"：〇胡怀琛曰。

12. 王重民撰"西苑丛书"：〇王重民曰。

13. 陶光撰《列子校释》：〇陶光曰。

14. 王叔岷著《列子补正》：〇王叔岷曰。

15. 王重民著《敦煌古籍叙录》：〇王重民（敦）曰。

16. 杨伯峻撰《列子集释》：〇杨伯峻曰。

17. 萧登福著《列子古注今译》：〇萧登福曰。

18. 张京华点校《列子鬳斋口义》：〇张京华曰。

19. 孔德凌点校《冲虚至德真经四解》：〇孔德凌曰。

杨　朱[①]

【集解】

【张注】夫生者，一气[②]之暂聚，一物之暂灵。暂聚者终散，暂灵者归虚。而好逸恶劳，物之常性。故当生之所乐者，厚味、美服、好色、音声而已耳。而

---

① 〇蒋超伯曰："杨朱之书，不传于世。今《列子》中有《杨朱》一篇，殆即朱所自著，而圄寇采入之。《力命》《说符》及《黄帝》篇，均有朱语。庄之大旨本于老，列之命意又兼祖乎杨。"〇杨伯峻曰："伯俊案：杨朱与杨子居是否一人，古今颇有争论文字。汪中《述学·老子考异》之附注以为两人，衍而至于近人唐钺，作《杨朱考》，载于《东方杂志》二十二卷五期中，力言杨朱非杨子居。以为两人者近是。"〇萧登福曰："案：此章由命定说推演到纵欲享乐，与道家主张清静无为，清心寡欲者，互异其趣。近世学者多疑此篇为杨朱学派之作品，但由其脉络推寻，当是列子门徒兼学杨朱者之所撰。其思想与列子他篇略有不同。'且趣当生，奚遑死后'为此篇之最佳写照。而末章言名利之不可兼，亦与庄列有别。但贵己而贱物则为数子之所同也。"

② "气"，〇王叔岷曰："案：道藏本注'气'作'炁'。"

复不能肆性情之所安，耳目之所娱，以仁义为关键，用礼教①为衿带，自枯槁于当年，求余名于后世者，是不达乎生生之趣②也。

【释文】杨朱，或云字子居，战国时人，后于墨子。杨朱与禽滑釐辩论，其说在爱己，不拔一毛以利天下，与墨子相反。陆德明云："杨戎字子居。"恐子居非杨朱也③。好，呼报切。恶，乌路切。复，扶又切。键音件。衿音今。槁，口老切。

【卢解】夫君子殉名，小人殉利。唯名与利，皆情之所溺，俗人所争焉。故体道之人也，为善不近名，不趋俗人之所竞；为恶不近刑，不行俗人之所非。违道以求名，溺情以从欲，俱失其中也。故有道者不居焉。此言似反，学者多疑，然则《杨朱》之篇亦何殊于《盗跖》也？

【义解】圣王不作，处士横议，察焉以自好。列御寇知邪说之蔽于一曲，而世之学者不幸，不见天地之大全，道术为天下裂，故辞而辟之。

【范注】恃智诈以干时者，或以权力乱其素分；拂天真以殉伪者，或以矫抑亏其形生。惟兹二者，皆非中道，故《力命》之篇一推分命④，《杨朱》之篇惟贵放逸。或以为二义乖背，不似一家之书，岂知至人立言之旨两存而不废也？

【江解】《杨朱解》

子列子之经，明大道之要，传黄帝、尧、舜、禹、汤、文、武、周公、孔子之正统也。杨氏为我，是邪说诬民者，蠹圣人之道，莫此之甚。故后之学圣人者以能言诋杨墨为圣人之徒。观列子以御寇为名，是亦以闲先圣之道为己任也。其书乃务引杨墨之言以垂训，尝以孔子与墨子均为天下之所愿安利者，至此又为《杨朱》一篇之训。为《列子》者，其以杨朱之道为不乖寡于圣人，而可以垂训于天下耶？抑知其为充塞仁义者，又何以取其言哉？《列子》之旨，亦可以意

---

① "礼教"，北宋本、南宋本、世德堂本、汪本作"礼教"，《四解》本作"礼乐"。
② "趣"，南宋本、世德堂本作"极"。○卢文弨曰："极，趣。"○王叔岷曰："案：元本、世德堂本注'趣'并作'极'。"
③ ○任大椿曰："案：今本备载此条，脱陆德明以下四句。"
④ "分命"，○孔德凌曰："原误倒，据书前所录刘向《列子书录》'至于《力命》篇一推分命'乙正。"

逆矣。盖杨氏为我者也,列子悲夫世之人逐物丧我,不知存诸己者。其生也,为寿、为名、为位、为富,无一有益于我者;至其死也,犹需利泽于子孙。子孙,天地之委蜕尔,奚有于我哉?由是慎观听,惜是非,禁劝于赏刑,进退于名法,遑遑偊偊以终其身,不殊于重囚累梏。曾不悟造化之生我,以我而已,则吾之生宜知为我,而使之勿丧也,又焉以苦身焦心,求得人之得适人之适,而丧其为我者耶?以是知列子不欲天下皆为杨氏之邪说也。欲其不役于物,知存我而已。人能无丧其我,则以之治国家,推之天下,皆其绪馀之所为尔,岂不盛哉?虽然,子列子之训抑微矣。其书明群有以至虚为宗,藏毂均于亡羊,故取杨朱邪说之尤者,合圣人之道并为一谈,蕲于学者不徇圣人之迹而求圣人之心也。故凡寓杨朱之言,无非至道之旨。其言至以四圣二凶为同归于尽,后之诵其书,至此罔有不疑列子,谓尧、舜为果外乎道,而真与杨氏同为邪说者,是读其文而不达其况之过也。殊不知此篇正列子之所尽心,而与夫尧、舜、禹、汤、文、武、周公、孔子相为始终者。孔子曰:"知我者其唯《春秋》乎?罪我者其唯《春秋》乎?"《列子·杨朱》之篇类是矣。

【通义】此篇言率其自然之性则天真不凿,桎梏脱于无为而圣哲忘于知识也。故居方者谓为隐居,放言足以起狂悖者之讥讪,此固立言者所不辞也。孟子曰:"能言距杨墨者,圣人之徒也。"予今之通义若不距者,正以原其心而距其流也,使读是书者不至无君而已也。

一、"杨朱游于鲁"章

【原文】

杨朱游于鲁,舍于孟氏。

孟氏问①曰:"人而已矣,奚以名为?"

曰:"以名者为富。"

"既富矣,奚不已焉?"

曰:"为贵。"

"既贵矣,奚不已焉?"

曰:"为死。"

"既死矣,奚为焉?"

曰:"为子孙[1]。"

"名奚益于子孙?"

曰:"名乃苦其身,燋其心②[2]。乘其名者,泽及宗族,利兼乡党;况子孙乎[3]?"

"凡为名③者必廉④,廉斯贫;为名者必让,让斯贱⑤[4]。"

---

① "孟氏问",○于鬯曰:"鬯案:'孟氏问'当作'问孟氏','人而已矣,奚以名为'正杨朱之言,非孟氏之言。盖孟氏为人,必好名而贪富者,观下文义可见,故杨朱以是问之。倒'问'字在'孟氏'下,则'人而已矣,奚以名为'为孟氏问辞矣。诚孟氏问辞,杨子当引为同道,而下文之义胥不可通。"

② "名乃苦其身,燋其心",○陶鸿庆曰:"愚案:'名乃苦其身,燋其心'八字当在上文'孟氏问曰:"人而已矣,奚以名为"'之下,以见名之害而为名者之愚。又云'既富矣,奚不已焉''既贵矣,奚不已焉',正谓其苦身燋心而不止也。今误脱在此,则上文词意不足。而此文方论为名之益,乃先举为名之害,语气为不伦矣。"○陶光曰:"道藏白文本、林本、江本'燋'作'憔',世德堂本作'焦'。"○王叔岷曰:"案:道藏白文本、林希逸本、江遹本'燋'并作'憔',疑'燋'之形误。"

③ "名",○张京华曰:"宋景定本误作'君',朱笔改'君'字为'名'。"

④ "凡为名者必廉",○于鬯曰:"鬯案:句上当有'曰'字,杨朱语。"

⑤ "廉斯贫;为名者必让,让斯贱",○王叔岷曰:"案:《初学记》十八引'贫'下有'矣'字,据此,则下文'让斯贱'下亦当有'矣'字,文乃一律。"

曰："管仲之相齐也，君淫亦淫，君奢亦奢①[5]。志合言从，道行国霸。死之后，管氏而已[6]。田氏之相齐也②，君盈则已降，君敛则已施[7]。民皆归之③，因有齐国；子孙享之，至今不绝[8]。若④实名贫，伪名富⑤[9]。"

曰："实无[10]名，名无实。名者，伪而已矣[11]。昔者⑥尧舜伪以天下让许由善卷⑦，而不失天下，享祚百年[12]。伯夷叔齐实以

---

① "君淫亦淫，君奢亦奢"，〇杨伯峻曰："伯俊案：《论语·八佾》：'管氏有三归，官事不摄；邦君树塞门，管氏亦树塞门；邦君为两君之好，有反坫，管氏亦有反坫。'此皆亦淫亦奢之证也。"

② "田氏"，〇王叔岷曰："案：《御览》四八五引'田氏'上有'其后'两字。"〇杨伯峻曰："伯俊案：《御览》四八五引'田氏'上有'其后'两字。"

③ "之"，〇王叔岷曰："案：《书钞》四九引'之'作'焉'。"

④ "若"，〇于鬯曰："鬯案：若，若此也。'若此'但言'若'，古文省字法。王引之《释词》有'若，如此也''若，犹此也'两释，亦可参。"

⑤ "若实名贫，伪名富"，〇俞樾曰："樾谨按：此下当有'实名贱，伪名贵'二句。上文曰'凡为名者必廉，廉斯贫；为名者必让，让斯贱'，故此引管仲、陈氏事，证为实名则贫贱、为伪名则富贵也。"〇陶鸿庆曰："愚案：俞氏云'此下当有"实名贱，伪名贵"二句'，其说是已。而以此与上言管仲、田氏事为一人之辞，则非也。上文云'凡为名者必廉，廉斯贫；为名者必让，让斯贱'，张《注》以为难家之辞，是也。此云'若实名贫，伪名富；实名贱，伪名贵'，亦难家之辞。'若'犹'此'也，说详王氏《经传释词》（'若'下或当有'然'字，下文'孟孙阳曰：若然，速亡愈于久生'。《说符篇》'若然，死者奚为不能言生术哉？'是其例）。言管仲子孙以实名而贫贱，田氏子孙以伪名而富贵，是则名果足以致贫贱也。难者之意，谓实者真名而伪者非名也。下文又答之曰'实无名，名无实，名者伪而已矣'，言实与名不并立，既谓之名，名皆有伪而无实，是则名果足以致富贵也。答者之意，谓伪者为名而实者非名也。下文答辞特著'曰'字以别之，则此为难辞无疑。若以此与上下文为一人之辞，则下文'实无名，名无实'云云，皆枝辞赘语，不知其用意所在矣。自'既富奚不已焉'以下，凡难者之辞皆省'曰'字，读者当玩其义而自得之。"〇王叔岷曰："案《御览》四八五引'富'下有'也'字。"

⑥ "者"，〇杨伯峻曰："伯峻案：《御览》四二四、《类聚》二十一引并无'者'字。"

⑦ 〇杨伯峻曰："伯峻案：尧以天下让许由，事又见《庄子·逍遥游篇》；舜让天下于善卷，亦见《庄子·让王篇》及《盗跖篇》。"

孤竹君^①让而终亡其国,饿死于首阳之山^②。实、伪之辩,如此其省^③也^④[13]。"

【集解】

[1]【张注】夫事为无已^⑤者^⑥,故情无厌^⑦足。

【释文】"为富""为贵""为死""奚为焉""为子孙"之"为",并于伪切。厌,一盐切。

[2]【张注】夫名者,因伪以求真,假虚以招实,矫性而行之,有为而为之者,岂得无勤忧之弊邪?

【释文】燋,音椒。

[3]【范注】名,公器也,不可多取。故残生损性以身为殉者,至人之所以深悲也。然有名则尊荣,亡名则卑辱,没世不称,君子疾之,故求生前之富贵,贻身后之子孙,则名有不可已者。

【口义】"人而已矣",言均之为人,只为生足矣,何用名乎?名乃"苦其身""燋其心"者,谓为名者之劳苦也。劳苦而得其名,故乘此以遗宗族之泽,遗乡党之利,而况子孙乎?此名所以有益也。

[4]【张注】此难家之辞也。今有廉让之名而不免贫贱者,此为善而不求利也。

---

① "君",〇杨伯峻曰:"伯峻案:《御览》四二四、《类聚》二十一引并无'君'字,是也。"
② 〇王叔岷曰:"案:《北山录·注解隋函上》引'首阳之山'作'首阳山下'。"
③ "辩""省",〇萧登福曰:"案'辩'通'辨'。'省',察也,审也。说见《礼记·礼器》注及《礼记·乐记》注。"
④ 〇王叔岷曰:"案:《北山录·注解隋函上》引'也'作'乎','也'犹'乎'也。"
⑤ 〇卢文弨曰:"下有'者'。"〇王叔岷曰:"案:道藏本注'无已'下有'者'字。"
⑥ "者",北宋本、南宋本、汪本、世德堂本无。
⑦ "厌",〇王叔岷曰:"案:'猒'作'厌',《释文》本亦作'厌',作'猒'是故书。"

【释文】难，乃旦切。

【卢解】夫人之生世也，唯名与利。圣人以名利钧之，则小人死于利，君子死于名，无有不至者也。善恶虽殊，俱有求也。然而求名而遂者，岂唯取富贵，乃荣及子孙，利兼乡党矣。虽苦身燋心勤于廉让者，志有所望而情有所忘，俱失中也。

【口义】此处合有"曰"字，盖 [1] 此是一转也。凡为名者，必廉必让。既廉既让，则不富不贵矣，何以益子孙乎？

[5]【张注】言不重 [2] 美恶于己。

【释文】相，息亮切，下同。

[6]【卢解】实名之利薄也。

[7]【张注】此推恶于君也。

【释文】敛，收聚也。施，始豉切。

[8]【卢解】伪名之利深也。

[9]【张注】为善不以为名 [3]，名自生者 [4]，实名也。为名以招利而世莫知者，伪名也 [5]。为 [6] 名则得得利者也。

【口义】此又一转，却论名之实伪。管仲从其君而淫，从其君而奢，不求自誉，忠于谋君，遂成伯业，此实名也，而其利反止于一身。田氏所为皆矫其君。盈者，骄也；降者，谦也；敛，暴也；施，仁也。为谦为仁，自求声誉，此伪名也，而乃终有齐国。是伪者 [7] 富而实者贫也。

---

① "盖"，〇张京华曰："宋景定本误作'让'，朱笔改'让'字为'盖'。"

② "重"，〇卢文弨曰："重，专。"〇王叔岷曰："案：元本、世德堂本《注》'专'并作'重'，疑误。"

③ "名"，〇卢文弨曰："下'名'字作'而'。"

④ 〇王叔岷曰："道藏本注'名自生者'作'而自生者'。疑'名'上原有'而'字，此脱'而'字，彼脱'名'字耳。"

⑤ "也"，〇孔德凌曰："(《四解》本)原脱，据北宋本、南宋本、世德堂本、汪本补。"

⑥ "为"，〇卢文弨曰："为，伪。"

⑦ "者"，〇张京华曰："宋景定本脱，朱笔于'伪'字下补'者'字。"

[10]【释文】"无"作"亡"，音无。

[11]【张注】不伪^①则^②不足以招利。

【卢解】行实者无其名，求名者无其实，故不伪则利不彰也。

[12]【张注】伪实之迹因事而生。致伪者由尧舜之迹，而圣人无伪也。

[13]【张注】省，犹察也。

【释文】省，思井切。

【卢解】伪者取名而无实，真者实行而忘名。尧舜之与夷齐，炳然如此。真伪之迹耳，不易察哉？世人若不殉名利而失真，则溺情欲而忘道矣。天下善人少，不善人多，则殉名者稀，从欲者众。虽有智者，亦无可奈何，盖俱失中也。

【义解】圣人无名，而人与之名，故所谓名者皆宾其实。贤士殉名，而名或过于实，故所谓名者多取以伪。虽然，古之圣人无为名尸，惟恐名之累己也。名亦既有，则实伪奚辩？故有以实而得名者，有以伪而得名者，有以实而为伪者，有以伪而为实者。而管仲、田氏方且与尧、舜、夷、齐争名实伪之间，此《庄子》之论养生所以欲为善无近名也。

【范注】廉而无求，则不免于贫；逊而无争，则不免于贱。若是，则名何益哉？然名一也，有实伪之不同。实名贫，管仲是也；伪名富，田成是也。推而上之，若尧、舜之逊天下，若夷、齐之逊国，或不失天下而享禄百年，或终亡其国而至于饥死，殆亦实与伪之间欤？

【江解】道常无名，名之生在于物成数定之后。智者恶事物之纷错也，不得已如事物而强为之名尔。名非自然也，凡在可名之域者皆伪而已矣。虽然，名以出信，必依于实；实不自显，必假于名。君子无恶于循名而蹈实也，但恶夫守名而累实尔。悠悠之徒，不知身之非我有也，故趣富贵于当生；不知子孙之非我有也，故竞虚名于既往。其始也，将徇名而求实；其终也，乃徇名而妨实。且以实非名，则管氏之奢奚无益于子孙？以名非实，则田氏之廉何乃因有齐

---

① "伪"，〇卢文弨曰："下'则'字无。"

② "则"，〇孔德凌曰："（《四解》本）原脱，据北宋本、南宋本、世德堂本、汪本补。"

国？盖名不可去，名不可趣，趣名则实斯毁矣，实聚则名斯立矣。且趣当生，则夷、齐之逊不若尧、舜之伪；将恤我后，则管仲之奢不若田氏之廉。若欲名实兼之，恶可哉？列子非有贵乎世俗之富贵也，非不知尧、舜、夷、齐之不与名期而名归之而为天下后世之所共美也，盖虽圣人之应世，日与接构则名亦既有，均在可议之域矣。列子言此，欲学者务造乎道之无名而已。如或矫情乎仁义礼教以盗当世之虚名，非特不得名，并与夫利而失之矣，曾不若盗货者之犹得肆情于当生尔。此殆矫枉不得已之言欤。

【口义】此又一转，谓名皆伪也。有实德者则不近名，好名者则无实行，凡为名者皆伪也。既以名为伪，乃借尧、舜、夷、齐以立说，此所以为异端之书。省者，审也，言实伪之辨如此审矣。此一段，先言名可自利，却归结在一"伪"字上。"实无名，名无实"，六字亦佳。但曰"名者，伪而已"，此则矫世之论也。

【通义】章首曰"人而已矣"，言天地间万物并生并育，我得为人与含齿戴发者同也，何乃检束规矩而求为善之名乎？初言名可取利，转难以名不得利，再转则指出诚伪之异，以"实名贫，伪名富"结，以"实无名，名无实"归宿于一伪，故曰"名者，伪而已"，词扬而意抑。虽曰矫世之论，乃所以贵实而不务名也。荡荡之世何名何利？

二、"百年寿之大齐"章

【原文】

杨朱曰："百年，寿之大齐[1]。得百年者千无一焉①[2]。设有

---

① ○陶光曰："光按：《文选》陆士衡《长歌行》注《意林》二引句作'千中无一'。"○王叔岷曰："案：《文选》陆士衡《长歌行》注《意林》引'得'上并有'人'字，'百年'下并有'之寿'二字，'千'下并有'中'字。"

一者，孩抱以逮昏老，幾居其半矣。夜眠之所弭，昼觉之所遗[3]，又幾居其半矣。痛疾①哀苦，亡失忧惧，又幾居其半矣。量十数年之中，逌然而自得亡②介焉之虑者[4]，亦亡一时之中尔。则人之生也奚为哉？奚乐哉？为美厚③尔[5]，为声色尔。而美厚复不可常厌④足[6]，声色不可常玩闻。乃复为刑赏之所禁劝，名法之所进退；遑遑尔竞一时之虚誉，规死后之馀荣；偊偊⑤尔顺⑥耳目之观听[7]，惜身意之是非；徒失当年之至乐，不能自肆⑦于一时。重囚

---

① "痛疾"，○卢文弨曰："《意林》作'疾病'。"○王叔岷曰："案：《文选》陆士衡《长歌行》注引亦作'疾病'。"

② "亡"，○张京华曰："'无'，宋景定本、《正统道藏》抄本、日本庆长木活字本作'亡'。《道藏》本《冲虚至德真经》、江遹《冲虚至德真经解》、高守元《冲虚至德真经四解》、《四部丛刊》影印北宋刊本《冲虚至德真经》、《续四部丛刊》影印明世德堂本《列子》均作'亡'。殷敬顺《释文》：'亡音无。'日本南北朝本作'亡'。"

③ "美厚"，○萧登福曰："案：美厚，口义解为美食厚衣。厚衣指贵重之衣。厚，引申为贵。"

④ "厌"，○秦恩复曰："案：《释文》一本作'饜'，古'厭''饜''壓'三字通。《说文》无'饜'字，于甘部'猒'字下训'饱也'，从甘从肰，是'猒'为'饜'本字。"○王叔岷曰："案：卢重元本、道藏白文本、林希逸本、高守元本'猒'并作'厭'，《释文》本亦作'厭'，云：'本或作饜'，猒、厭古今字，饜俗字。下文'百年犹厭其多'，《北山录·释宾问篇》引作'猒'。'有此而求外者，无猒之性，无猒之性，阴阳之蠹也'，卢重元本、道藏各本并作'厭'，《释文》本作'饜'。并当以作'猒'为正。"○杨伯峻曰："'厌'世德堂本作'猒'，此本字也。"

⑤ "偊偊"，○萧登福曰："案：偊偊同踽踽，独行貌。"

⑥ "顺"，○秦恩复曰："案：张湛本、《释文》皆作'慎'，《释文》云：一本作'顺'，古'顺''慎'二字通。《易》'履霜坚冰，盖言顺也'，'顺'即'慎'。"○王叔岷曰："案：道藏白文本、林希逸本、元本、世德堂本'顺'并作'慎'，《意林》引同。'慎''顺'古通，作'慎'是故书。"○杨伯峻曰："'顺'，《道藏》白文本、林希逸本、元本、世德堂本并作'慎'。《意林》引同。"○萧登福曰："案：'慎'字，四解本原作'顺'，今据释文及口义本改。"

⑦ ○王叔岷曰："案：《文选》袁阳源《效曹子建乐府白马篇》注引'不能'作'不得'，《意林》引'自肆'作'肆意'。"

纍梏，何以异哉^①[8]？太古之人知生之暂来，知死^②之暂往[9]；故从心而动，不违自然所好[10]；当身^③之娱非所去也，故不为名所劝^④[11]。从性而游，不逆万物所好^⑤；死后之名非所取也，故不为刑^⑥所及^⑦[12]。名誉先后，年命多少，非所量也[13]。”

---

① ○王叔岷曰：“案：《意林》引作‘何异乎累梏也？’‘累梏’上疑略‘重囚’二字，‘也’犹‘哉’也。”

② “死”，○杨伯峻曰：“秦刻卢《解》本‘死’上无‘知’字。”

③ “当身”，○俞樾曰：“樾谨按：‘当身’乃‘当生’之误。下云‘死后之名，非所取也’，‘当生’与‘死后’正相对。下文云‘且趣当生，奚遑死后’是其证。”

④ “劝”，北宋本、汪本、《四解》本“劝”作“观”，吉府本、《道藏》白文本、南宋本、世德堂本作“劝”。秦恩复曰：“案：张湛本作‘劝’，《释文》一本作‘观’。”○陶光曰：“光按：‘观’假为‘劝’，与《力命篇》‘亦不以众人之观易其情貌’同。说详《力命篇》。”○王叔岷曰：“案：《释文》本、道藏白文本、林希逸本、元本、世德堂本‘观’并作‘劝’，‘劝’‘观’古通。”○萧登福曰：“案：‘劝’字，四解、江本作‘观’，释文及口义作‘劝’，今据改。”○孔德凌曰：“德凌按：范致虚所据本作‘劝’，故云‘故不为名所劝’。”

⑤ “不逆万物所好”，○陶光曰：“光按：此句与上文‘不违自然所好’并当于好字绝句。下文‘放意所好，其生民之所欲为，人意之所欲玩者，无为也，无不玩也’，即此意也。疑原作‘不违自然之所好’‘不逆万物之所好’，脱去两‘之’字。”

⑥ ○卢文弨曰：“形，刑。”○王叔岷曰：“案：元本‘刑’作‘形’，‘形’‘刑’古通，作‘形’是故书。”

⑦ “故不为刑所及”，○于鬯曰：“鬯案：此与上‘故不为名所劝’为对文，是分承上文‘乃复为刑赏之所禁劝’而言。不为刑所及者，即不为刑所禁也。不为刑所禁者，正谓刑虽及我，而我不以为患。张注‘不为名所劝’云：‘为善不近名者’；注此云：‘为恶不近刑者’。分为善为恶，既非其旨。‘不为名所劝’为不近名，固可说‘不为刑所及’为不近刑，义适相反矣。或曰，然则从杨子之道，将为盗为贼，皆无不可乎。曰：下文不云桀纣乎？曰：熙熙然以至于死；不云纣乎？曰：熙熙然以至于诛。盗贼又何如桀纣乎？虽然，杨子自有本领。其曰：‘古之人损一豪利天下不与也，悉天下奉一身不取也。’又曰：‘任智而不恃力，故智之所贵，存我为贵；力之所贱，侵物为贱。’又曰：‘虽全生身，不可有其身；虽不去物，不可有其物。有其物，有其身，是横私天下之身，横私天下之物。’又曰：‘不逆命，何羡寿；不矜贵，何羡名；不要势，何羡位；不贪富，何羡货。’此杨朱之本领也。他凡《杨朱篇》所述，概亦如《仲尼篇》之言仲尼。《仲尼篇》之言仲尼，得曰仲尼之真乎？则《杨朱篇》之言杨子，足以知矣。”○陶光曰：“世德堂本‘刑’作‘形’。光按：‘刑’‘形’古亦多互假。”

【集解】

[1]【释文】齐，去声，限也。

[2]【释文】"无"作"亡"，音无。

[3]【释文】幾，音祈，下同。弭，绵婢切。觉音教。

[4]【释文】亡，音无，下同。介，音界，微也。

[5]【释文】乐，音洛。为，于伪切。

[6]【释文】复，扶又切，下同。厌，一盐切。本或作餍，音同。

[7]【释文】"顺"作"慎"，偊，丘羽切。慎耳，一本作"顺耳"①。

【口义】偊，王矩切。

[8]【张注】异，異也，古字。

【释文】纍，音累。梏，古沃切，手械也。异，古"異"字。

【卢解】举俗之人咸以百年为一生之期，而复昼夜哀苦之所减矣，泰然称情者无多时焉。称情之事不过称声色美味，而复以刑赏名教之所束缚，不得肆其情，亦何以异乎囚系桎梏者？此皆滞情之言也。

【义解】《庄子》曰："至乐活身，唯无为几存。人之生也，与忧俱生。"所乐身安、厚味、美服、好色、音声也。身不得安逸，口不得厚味，形不得美服，目不得好色，耳不得音声，则大忧以惧，终身役役以求至乐。其为乐也，亦疏矣。故唯无以乐为者，是为至乐。今且劝禁于刑赏，进退于名法，顺耳目之观听，惜身意之是非，以求吾乐，乃与重囚累梏者尤以异，恶足活身哉？

【江解】百年之生，忧患所瘁，阴阳寇其外，嗜欲蠹其内，无强无坚，为疾为恼，夜眠而神劳，昼觉而形役，计人之生，安得无介然之虑于斯须之顷哉？然

---

① 〇任大椿曰："案：《荀子·修身篇》'顺墨'，杨倞训为'慎墨'。《君子篇》'忠者，惇慎此者也'，杨倞注：'慎，读如顺'。《庄子·列御寇篇·释文》'慎于兵，慎或作顺'，'有顺懁而达者，顺一作慎'。《大戴礼·保傅篇》'以其所为慎于人也'。卢辨《注》'皆得民心也'，慎即顺也。《曾子大孝篇》'父母既没，慎行其身'，慎一作顺。《慎德篇》'以慎天法'。《注》'天道不可成，顺之而已'，则慎即顺。《文王官人篇》'无辨而自慎'，慎读为顺。'顺耳'作'慎耳'，犹存古字。"〇陶光曰："光按：古书'顺''慎'多互假。"

而介然之虑，存之则忧惧，释之则逸乐。存之在我，释之在我，人之所以每蹈于忧患之域者，彼岂甘心于忧患哉？由其以美厚声色为可乐，是以竞誉规荣，慎耳目，惜是非，偶偶遑遑，为刑赏之所禁劝，名法之所进退，日罹于忧患而不自悟矣。是则百年之生，既不能内得于天乐，又不能自肆于一时，而两失之矣，其与重囚累梏何以异哉？庄子亦以此为久病长陁而不死者也。夫列子之设心，岂欲使斯民自肆于声色之娱哉？盖深丑夫遑遑竞虚誉者之无益于身，不若纵脱而趋当生之乐者为犹愈尔。是亦矫枉之言欤。

【口义】异，音異。

[9]【张注】生实暂来，死实长往，则世俗长谈。而云死复暂往，卒①然览之，有似字误。然此书大旨。自以为②存亡往复，形气转续，生死变化，未始绝灭也。注《天瑞篇》中已具详其义矣。

【释文】"太"作"大"，音泰。

[10]【释文】从，音纵，下同。好，呼报切，下同。

[11]【张注】为善③者不近名者④。

【释文】去，丘吕切。劝，一本作"观"。

[12]【张注】为恶⑤者不近刑者⑥。

【释文】近，去声，下同。刑，害也。

[13]【卢解】举太古之人者，适其中也。夫有生有死者，形也；出生入死者，神也。知死生之暂来暂往也，则不急急以求名；知神明之不死不生也，则不遑遑以为道。故从心而动，不违自然所好也，娱身而已矣，何用于名焉？故从性而游，不逆万物所嗜也，适意而已矣，何惧于刑焉？是以名誉、年命非所料量

---

① "卒"，《释文》云："卒，七忽切。"
② "为"，○孔德凌曰："(《四解》本)原脱，据北宋本、南宋本、世德堂本、汪本补。"
③ "为善"，○王叔岷曰："案：道藏本《注》'为善'下有'者'字。"
④ "者"，北宋本、南宋本、世德堂本、汪本无。
⑤ "为恶"，○王叔岷曰："案：道藏本《注》'为恶'下有'者'字。"
⑥ "者"，北宋本、南宋本、世德堂本、汪本无。○杨伯峻曰："伯俊案：不逆万物所好，则不犯人；不犯人，则不作恶，故不为刑所及。张《注》语焉而不详。"

也。娱身适意者，动与道合，非溺于情也。

【义解】死于此，未必不生于彼，则死生特往来之暂耳。心有起灭，性无加损，故从心而动者不去当身之娱，从性而游者不取死后之名。从心而动，不违自然所好，言在己者因其固然；从性而动，不违万物所好，言在外者顺其自尔。不为名所观，此《庄子》所谓无近名也；不为刑所及，此《庄子》所谓无近刑也。若是者，身后之名固非所观，而当身之娱亦曾不足累，则名誉先后，年命多少，岂遑恤之哉？

【范注】人生天地间，譬犹一沤之在水也。生化而死，成已俄坏；死化而生，坏已俄成。惟原始反终，故知死生之说，从心而动，从性而游，当身之娱非所去也。为善无近名而已，故不为名所劝，死后之名，非所取也。为恶无近刑而已，故不为刑所及。名誉先后，年命多少，未尝容心于其间，又曷尝拘迫遑遽，措一身于重囚累梏之间为哉？

【江解】死之与生，一往一反尔。太古之人，大朴未散，浑沦之质不雕于人伪，故能原始反终而知死生之说。由是从心而动，从性而游，无往而不遁然自得矣。性于心为体，心于性为用，去性而后从心，故从心而动，则能不违自然所好之在我者尔。从性而游，然后能不逆万物所好，且动或迫之，不若游之适也。从心而动，不去当身之娱，是不为近名之善也，故不为名所劝。从性而游，不规既往之名，是不为近刑之恶也，故不为刑所及。若然者，其视死生之变，直犹夜旦之常尔，又何暇计其名誉之先后，量其年命之多少哉？

【口义】齐，音剂，分剂也。所弭，消弭也，犹消破也。遗，失也。介焉，至微者也。言人忻乐之时少，纵有乐时，岂能尽无微细不足之虑？谓不能全其乐也。百年之中，能全其乐欲，一时顷亦无之。美厚，美食厚衣也。遑遑，汲汲也。伥伥，伥伥也。汲汲以竞虚誉，伥伥而避是非，与囚梏何以异？异与異同。"从心而动"，动，作也，不违自然之理而已。当目前之娱，可以好则好，不以慕名而去之。从性而游乐，不与万物相为忤。死后之名，固人之所好，亦不自甘于刑祸而取之，言其不杀身以求名也。然此等文字亦太露筋骨，似非所以垂训之意。《庄子》则①不然。

【通义】此承上章言名之虚实皆非所尚，惟贵适性而已。窃以此为确论。从心而动，不违自然；从性而游，不逆万物。至圣之德何以加此。惟当身之乐、不能自肆之语，似乎纵情而无忌者，然其意将以讥矫伪丧真者，导天下于多事耳。苟知生者一气之暂聚，身者一物之暂灵，聚者终散，灵者终于归虚。顾乃役役以苦其身心，遑遑而甘于网罟，曾不若飞潜之悠悠、蚁蝶之坦坦也，则适性从天、忘物忘世皆可几矣。

三、"万物所异者生"章

【原文】

杨朱曰："万物所异者生也，所同者死也。生则有贤愚、贵贱，是所异也②；死则有臭腐、消灭[1]，是所同也。虽然，贤愚、贵贱非所能也；臭腐、消灭亦非所能也。故生非所生，死非所死；贤非所贤，愚非所愚，贵非所贵，贱非所贱③[2]。然而万物齐生齐死，齐贤齐愚，齐贵齐贱④[3]。十年亦死，百年亦死。仁圣亦死，凶愚亦死。

---

① "则"，〇张京华曰："元刻本脱，据宋景定本、《正统道藏》抄本、日本庆长木活字本补。日本南北朝本有'则'字。"

② "是所异也"，〇陶光曰："道藏白文本、林本作'所以异也'。"

③ "故生非所生"至"贱非所贱"，〇杨伯峻曰："伯峻案：'故生非所生'诸'所'字下疑皆脱'能'字，此数语紧承'贤愚、贵贱非所能也，臭腐、消灭亦非所能也'而言。细绎张《注》及下文卢《解》，似其所见本俱有'能'字。"

④ 〇陶光曰："光按：《文选》卢子谅《赠刘琨诗》注引作'生齐死齐，贤齐愚齐，贵齐贱齐'。"
〇王叔岷曰："案：《文选》卢子谅《赠刘琨诗》注引'齐生齐死，齐贤齐愚，齐贵齐贱'作'生齐死齐，贤齐愚齐，贵齐贱齐'。"

生①则尧舜，死则腐骨；生则桀②纣，死则腐骨。腐骨一矣，孰知其异③？且趣④当生，奚遑⑤死后？[4]"

【集解】

[1]【释文】腐，音辅。

[2]【张注】皆自然尔，非能之所为也。

[3]【张注】皆同归于自然。

[4]【张注】此讥计后者之惑也。夫不谋其前，不虑其后，无恋当今者，德之至也。

【卢解】生者，一身之报也；死者，一报之尽也。贤愚贵贱，生物之殊也，故为异焉。臭腐消灭，死物之常也，故为同焉。世人皆指形以为死生，不知形外之有神。神之去也，一无知耳。故贤愚贵贱、臭腐消灭，皆形所不自能也。不自能，则含生之质未尝不齐。人皆知其所齐，不知其所以异。且竞当生，不暇养所生，故有道者不同于兹矣。

【义解】达生之情者，知生暂来，况于为死而不已者乎？知有生必有死，有始必有终，齐死生，同贤愚，等贵贱，则百虑一致尔。为死后之计，是惑也。

【范注】役于阴阳之机械，范于造化之炉冶，以身为大患，以生为有涯，不能悦其志意，养其寿命，皆非通道者也。何者？贵贱、贤愚，以生则异；臭腐、消灭，以死则同。十年亦死，百年亦死，彭祖、殇子无久近之分也；仁圣亦死，凶愚亦死，仲尼、盗跖无善恶之间也。又孰以身为殉，而规死后之余荣哉？

【江解】生死交谢，初无同异。小智自私于大，同中妄见成异，因异立同，

---

① "生"，○王叔岷曰："案《慎子·外篇》'生'上有'故'字。"

② "桀"，○陶光曰："林本'桀'讹作'无'。"

③ "异"，○王叔岷曰："案《慎子·外篇》'异'下有'哉'字。"

④ "趣"，○萧登福曰："案：趣，向也，引申为追求。"

⑤ "遑"，○萧登福曰："案：遑，暇也；说见《诗经·召南·殷其雷》：'莫敢或遑'《毛传》。"

由是生死之同异昏扰而无辨矣。杨朱欲齐生死之变而一之，故即俗之所见，以生为异，以死为同，要其终必归于无同无异也。或遽而语之至道之所谓一，则彼将骰乱于滑疑之际，而其惑终不可解矣。此乃圣人之常善救人也。且齐万物之变，必以尧、舜、桀、纣为言者，将祛世之重惑，宜以狂圣之极、天下万世之所共信者为之言也。且谓尧、舜同于桀、纣，非苟然也，尧、舜应世之迹，因时合变，未免于有所殉，则其迹安得不同趋于腐骨哉？若夫尧、舜之所以为尧、舜，是乃孔子所谓荡荡乎民无能名，又安得与桀、纣同腐哉？

【口义】生虽异而死则同，即杜子美所谓"孔圣盗跖同尘埃"①。趣，向也。且了生前，何暇计身后？故曰"且趣当生，奚遑死后"。张翰曰"且尽生前一杯酒"②，乐天曰"莫思身外无穷事，且尽樽前有限杯"③，皆是此意。

【通义】溺情于世者，观此可释然矣。生死、贤愚、贵贱，俗情所共去就者，不知物外天真，遇无加损，故曰生非所生等。盖曰吾之谓生，虚灵不泯，非形骸之生也；吾之谓死，情欲灰寒，非形骸之死。贤以自得，非以益时；愚以自守，非以戆泼；贵以全性，非以得爵；贱以德秽，非以役卑。故万物至所同者，非我之所谓也。且趣当生，息息见在也。息息见在，奚遑他虑。

---

① "孔圣盗跖同尘埃"，○张京华曰："杜甫《醉时歌》原文作'孔丘盗跖俱尘埃'。"

② "且尽生前一杯酒"，○张京华曰："出自李白《行路难三首》，'尽'当作'乐'，原文作：'君不见，吴中张翰称达生，秋风忽忆江东行。且乐生前一杯酒，何须身后千载名。'"

③ "莫思身外无穷事，且尽樽前有限杯"，○张京华曰："出自杜甫《绝句漫兴九首》，非白居易诗。"

四、"伯夷非亡欲"章

【原文】

杨朱曰："伯夷非亡欲[1]，矜清之郵①[2]，以放饿死[3]。展季②非亡情，矜贞之郵③，以放寡宗④[4]。清贞之误

---

① "郵"，○秦恩复曰："案：当作'郵'，《尔雅·释言》'郵，过也'，《释文》'音尤'，下同。"○陶光曰："光按：'矜清之卸'义不可解，张注于'卸'字下'音尤'，'卸'无缘音'尤'，'卸'当作'郵'。'郵''尤'音近，得相假也。《周穆王篇》'而况鲁之君子迷之郵者'，亦假'郵'为'尤'，说详《穆王篇》。下文'矜贞之卸'同此。"○张京华曰："'卸'，宋景定本、《正统道藏》抄本、日本庆长木活字本同，《道藏》本《冲虚至德真经》、江遹《冲虚至德真经解》、高守元《冲虚至德真经四解》、《四部丛刊》影印北宋刊本《冲虚至德真经》同，下'卸'字亦同。《续四部丛刊》影印明世德堂本《列子》作'郵'。殷敬顺《释文》……卢重元注……杨伯峻《集释》……日本南北朝本二字均作'卸'。"

② "展季"，○陶光曰："各本'李'作'季'。光按：字作'季'是，展禽也。"○萧登福曰："案：展季即展禽，春秋时鲁大夫，亦称柳下惠、柳下季。相传柳下惠坐怀不乱。《荀子·大略篇》云：'柳下惠与后门者同衣而不见疑。'后门者，谓来不及回家，无处可宿之女。《诗经·小雅·巷伯》'哆兮侈兮，成是南箕'，毛亨传云：'鲁人有男子独处于室，邻之嫠妇又独处于室，夜暴风雨至而室坏，妇人趋而託之，男子闭户不纳……妇人曰："子何不若柳下惠然，妪不逮门之女，国人不称其乱。"'以体温之曰妪。《辍耕录·不乱附妾》：'柳下惠夜宿郭门，有女子来同宿，恐其冻死，坐之于怀，至晓不为乱。'"○王叔岷曰："案：各本'李'并作'季'，'李'即'季'之坏字。"

③ "郵"，○杨伯峻曰："北宋本'郵'作'卸'，汪本从之，秦刻卢《解》本同，今依吉府本、世德堂本正，下同。《释文》云：'郵，音尤。'《尔雅》云：'尤，过也。'伯俊案：今本《尔雅》作'郵，过也。'"○萧登福曰："案：四解本、释文、江本、口义本，'郵'字均作'卸'。林希逸以为'卸'为'郵'之讹。杨伯峻据吉府本、世德堂本，改作'郵'，今从之。"○孔德凌曰："两'郵'，原作'卸'，据世德堂本改。"○王叔岷曰："案'卸'无尤音，林希逸云：'卸字恐是郵字传写之讹，郵与尤同'，其说是也。元本、世德堂本'卸'并作'郵'，下同。"

④ ○于鬯曰："鬯案：据此，展季盖终身不娶无子者。故曰：'矜贞之郵，以放寡宗。'展季即柳下惠，与孟子所言其人品类正相反。且惠妻能诔其夫，弟喜，或曰其子，则惠非无妻无子者，此当有异闻。今案：孟子又言：'柳下惠不以三公易其介'。此可见柳下之和实本于'介'，与'贞'字之义却近。"

善①之若②此[5]！”

【集解】

[1]【释文】为句。亡，音无。

[2]【张注】音尤③。

【释文】邮，音尤。《尔雅》云："尤，过也。"④

【卢解】案当作"邮"。《尔雅·释言》："邮，过也。"《释文》："音尤。"
下同。

[3]【张注】守饿至死。

【释文】《公羊传》曰："放死不立"。刘兆注曰："放，至也。"

[4]【释文】寡宗，少宗系也。

[5]【张注】此诬贤负实之言，然欲有所抑扬，不得不寄责于高胜者耳。

【卢解】殉名之过实以至于此，非所以体真全道、忘名证实者也。

【义解】人不能无欲。既谓之人，恶得无情？则欲与情，人之有也。伯夷矜
清，非无欲；展季矜贞，非无情。以放于饿死，以放于寡宗，非所谓不以好恶内
伤其身，常因自然而不益生者也。

【范注】伯夷之饿死，展季之寡宗，皆未免于有所矜者，是直论其制行之

---

① "善"，○于鬯曰："鬯案：下'之'字当如'者'字之义。'之'本与'诸'通，故'之'与'者'
亦通，要皆一声之转。谓清贞之误善如伯夷、展季者若此，故曰善者若此，则不善者更可
知矣。"

② "若"，○陶光曰："道藏白文本、林本'若'作'在'。"○张京华曰："'在'，宋景定本、
《正统道藏》抄本、日本庆长木活字本同，《道藏》本《冲虚至德真经》同。《道藏》本江
通《冲虚至德真经解》、高守元《冲虚至德真经四解》，《四部丛刊》影印北宋刊本《冲虚
至德真经》、《续四部丛刊》影印明世德堂本《列子》，及杨伯峻《集释》作'若'。日本南
北朝本作'在'。"

③ ○王叔岷曰："案：'卸'无'尤'音。林希逸云：'卸字恐是邮字传写之讹，邮与尤同'，其
说是也。元本、世德堂本'卸'并作'邮'，下同。"

④ ○杨伯峻曰："伯俊案：今本《尔雅》作'邮，过也'。"

迹以矫好名之弊而已。读是书者，必得意忘言，然后可。

【江解】人之生，因情有欲，以欲发爱，欲而无以节之，则盈嗜欲，长好恶，而性命之情病矣，是所以为误善也。所矜在于清正，则能抑其情而节其欲矣：安得为误善？虽然，伯夷、展季既有矜清正之名，而存心于矫枉救弊，则其迹未免于有卸，是亦为情欲之所役也。放而至于饿死寡宗，则谓之误善，不亦可乎？是以圣人缘督以为经，而不为已甚也。

【口义】"卸"字恐是"邮"字传写之讹。邮与尤同，甚也，古字通用。非无情欲者，言其好恶与人同也。矜持清贞太甚，故夷以此自放而至于饥死，季以此自放而至于无嗣。寡宗，寡特其宗姓也。如此所以自误也，然则清贞①之名能误为善之人如此，故曰"清贞之误善之在此"。

【通义】清贞误善，亦知我罪我之意，如孝已务光法圣之迹，而不得其意，是以束于法，而不自率其天真也。此亦承上章矫世之论。

五、"原宪窭于鲁"章

【原文】

杨朱曰："原宪窭②于鲁，子贡殖于卫[1]。原宪之窭损生，子贡之殖累身[2]。"

"然则窭亦不可，殖亦不可；其可焉在[3]？"

---

① "贞"，○张京华曰："元刻本误作'真'，据宋景定本、《正统道藏》抄本、日本庆长木活字本及正文径改。日本南北朝本作'贞'。"

② "窭"，○杨伯峻曰："伯峻案：'窭'当从'宀'作'寠'。《说文》《玉篇》《广韵》《集韵》《韵会》皆作'寠'，不作'窭'。《类篇》作'窭'。《集韵》亦有'窭'字，而训为瓯窭。疑作'窭'者皆唐以后人所改，唐以前无窭字也。《诗·北门》'终寠且贫'，《尔雅》'寠，贫也'，《曲礼》'主人辞以寠'，《荀子·尧问篇》'是以寠小也'，诸'寠'字皆当作'寠'。"

曰:"可在乐生,可在逸身。故善乐生者不窭[4],善逸身者不殖[5]。"

【集解】

[1]【张注】窭,贫也。殖,货殖。

【释文】窭,其羽切。

[2]【释文】累,去声。

[3]【释文】焉,于虔切。

[4]【张注】足己之所资,不至乏匮也。

[5]【张注】不劳心以营货财也。

【卢解】固穷而不力求,损于生者也;货殖而为命,累于身者也。唯有道者不货殖以逸其身,不守穷以苦其生,乐道全真,应物无滞也。

【义解】能尊生者,虽富贵不以养伤身,虽贫贱不以利累形。原宪之窭损生,为其以利累形也;子贡之殖累身,为其以养伤身也。愁身伤生,以忧戚不得,非所谓乐生者,故善乐生者不窭;苦身疾作,多积财而不尽用,非所谓逸身,故善逸身者不殖。

【范注】原思块坐于环堵之室,其窭可知;子贡鬻财于齐鲁之间,其殖可知。斯二者,一则损生,一则累身,吾未知其可也。

【江解】人之生也,必将资物以为养,则耕而食,织而衣,所不可已也。虽太古之民亦莫不若是也,特不欲左右望而罔市利于富贵之中,有司陇断尔。由前则不窭,是所以为乐生也。由后则不殖,是所以为逸身也。盖窭则华冠纵履而杖藜,安可以言乐生?殖则满身戚醮而求益,安可以言逸身?以是知列子之道不为已甚,于世道之安危未尝都忘之也。

【口义】"殖累身",言以货殖自累也。贫则不乐,富则自劳,皆非养生之道也。

【通义】此言孔门高弟所趋不同,非学之异,学不能变其质之异也。历山莘野之耕，非不逸身；箪瓢陋巷之居，非不乐生。各安其业，各尽其心，又何损生累身之有？可在乐生，乐其所居之业也；可在逸身，不以外物役形骸也。故曰善乐生者不窭，善逸身者不殖。古今皆云子贡为商贾，不知尼父货殖之指也。尼父本言赐不安天赋之质，为学而务多闻，如贾者货而殖之，是以比拟彷彿，言多亿中，非谓其殖货也。若曰殖货，亿则屡中，何以相属。余惜杨子亦安闻见而不察也，故为之一辩。

六、"古语有之"章

【原文】

杨朱曰："古语有之：'生相怜，死相捐[1]。'此语至矣。相怜之道，非唯情也；勤能使逸，饥[2]能使饱，寒能使温，穷能使达也。相捐之道，非不相哀也；不含珠玉[2]，不服文锦，不陈牺牲，不设明器[3]也[3]。"

---

① ○姚文田曰："怜、捐，七真平声。"○王叔岷曰："案：《御览》四九六音'憐'作'怜'，'怜'与'憐'同。《释文》本'捐'作'损'，音捐。损无捐音，即捐之误也。"○杨伯峻曰："伯峻案：'捐'古音在文部，'怜'古音在真部，古合韵最近，此'捐''怜'为韵。"

② "饥"，○陶光曰："道藏白文本'饑'作'饿'，《集解》（○震案：指《四解》本，下同）作'飢'。光按：'饑''飢'古多通用。"○王叔岷曰："案：道藏白文本'饑'作'饿'。"

③ "明器"，○萧登福曰："案：明器，殉葬所用之器物。以其为神明所用，故谓之明器。"

【集解】

[1]【释文】"捐"作"损",音捐①。

[2]【释文】含,音憾。

[3]【卢解】知相怜相捐之道为至矣,皆人不能至焉。何则? 相怜在于赡济乎生,相捐在于无累乎形,此为至当矣。若生不能赡之令安,死则徒埋珠宝以眩名,招寇盗以重伤,是失其宜矣。

【义解】天下之事,唯实与诚。勤能使逸,饥能使饱,寒能使温,穷能使达,此相怜之实也;不含珠玉,不服文彩,不陈牺牲,不设明器,此相捐之诚也。

【范注】生相怜者,疑若悦生;死相捐者,疑若恶死。死生异道,固未能以是为一体也。杨子于此殆亦有为而言耶?

【江解】立后王君公以治天下之民,欲其不懈于位,是乃生相怜之道也。至于死则略矣,虽有良朋不过,况我以永叹而已,是乃相捐之道也。

【口义】"死相捐",古人死则弃之,《易》所谓"不封不树,丧期无数"是也。"不含珠玉"等语,所以讥当时厚葬之人。杨王孙、皇甫谧"倮葬"之说,似原于此。

【通义】此因古今异尚,文质诚伪之相反,故引古语,以发之杨朱之本意。盖谓古人用情于有用之时,若虚文浪费,则不用矣。今人生则自私而不能相济,死则为美观以欺人,则亦何益之有? 此其所以务为我以为学而复以之望天下也。记曰之死而致死之,是不仁也;之死而致生之,是不智也。又曰必诚必信,勿之有悔焉而已。诚信者,分之所在,不加毫末力之,可为不敢不尽。下章晏平之论送死存乎所遇,则相捐之义不若子居之说,近于不仁也。杨王孙、皇甫谧倮葬之说殆原于此。

---

① ○陶光曰:"光按:'损'不能音'捐',字当作'捐',形近而误。捐,弃也。"

七、"晏平仲问养生"章

【原文】

晏平仲问养生于管夷吾。

管夷吾曰:"肆之而已,勿壅勿阏[1]。"

晏平仲曰:"其目奈何?"

夷吾曰:"恣耳之所欲听,恣目之所欲视,恣鼻之所欲向,恣口之所欲言,恣体之所欲安,恣意之所欲行[2]。夫耳之所欲闻者音声,而不得听,谓之阏聪[3];目之所欲见者美色,而不得视,谓之阏明;鼻之所欲向者椒兰,而不得嗅,谓之阏颤①[4];口之所欲道者是非,而不得言,谓之阏智;体②之所欲安者美厚,而不得从,谓之阏适;意之所欲为者放逸,而不得行,谓之阏性③。凡此诸阏,废虐之主④[5]。去废虐之主,熙熙然以俟死,一日、一月、一年、十

---

① "颤",〇秦恩复曰:"案:《释文》'与羶字同'。"〇陶光曰:"光按:《庄子·外物篇》曰:'目彻为明,耳彻为聪,鼻彻为颤,口彻为甘,心彻为知,知彻为德。'"

② "智""体",〇张京华曰:"'智''体'二字,宋景定本误倒,朱笔于二字间作一乙正符号。"

③ "性",〇卢文弨曰:"往,性。"〇王重民曰:"案:作'性'者是也。北宋本、吉府本并作'性'。"〇王叔岷曰:"案:元本、世德堂本'阏性'并作'阏往'。卢文弨云……王重民云……卢重元本亦作'性'。"〇杨伯峻曰:"伯俊案:'性'元本、世德堂本作'往',误。"

④ "主",〇陶光曰:"'生'各本作'主'。光按:下言'去废虐之主',作'主'是也。"〇王叔岷曰:"案:各本'生'并作'主','生'即'主'之误。"

年，吾所谓养[6]。拘此废虐之主，录①而不舍[7]，戚戚然以至久生，百年、千年、万年，非吾所谓养[8]。"

管夷吾曰："吾既告子养生矣，送死奈何？"

晏平仲曰："送死略矣，将何以告焉？"

管夷吾曰："吾固欲闻之。"

平仲曰："既死，岂在我哉②？焚之亦可，沉之亦可③，瘗之亦可，露之亦可，衣薪而弃诸④沟壑亦可，衮衣⑤绣裳⑥而纳诸石椁亦可，唯所遇焉⑦[9]。"

管夷吾顾谓鲍叔黄子曰："生死之道，吾二人进⑧之矣[10]。"

【集解】

[1]【释文】壅，音拥。阏，安葛切，与遏同。

---

① "录"，○宋翔凤曰：《小尔雅》：'禁，录也。'《列子·杨朱篇》：'拘此废虐之主，录而不舍'，此录亦有禁义。"○杨伯峻曰："伯峻案：《荀子·修身篇》：'程役而不录。'杨倞《注》：'录，检束也。'即是此义。"○萧登福曰："案：录，有拘之意。"

② "既死，岂在我哉"，○陶光曰："光按：《意林》二引句作'吾一死之后，岂关我耶'。"○王叔岷曰："案：《意林》引作'吾一死之后，岂关我邪？'。"

③ ○陶光曰："道藏白文本敓'沈之亦可'一句。"

④ "诸"，○王叔岷曰："案：《意林》引'诸'作'之'，'之'犹'诸'也。下文'言治天下如运诸掌'，《文选》东方曼倩《答客难》注引亦作'之'。"

⑤ "衮衣"，○萧登福曰："案：衮衣指古代帝王上公所穿，绣有卷龙之衣。《诗·豳风·九罭》'衮衣绣裳'，《传》云：'衮衣，卷龙也。'清陈奂疏云：'衮与卷，古同声。卷者，曲也。'"

⑥ "衮衣绣裳"，○陶光曰："道藏白文本、林本'衮文绣裳'作'衮衣绣裳'，江本作'衮裳绣文'。"

⑦ "焉"，○王叔岷曰："案：《意林》引'焉'作'耳'，'耳'犹'焉'也。"

⑧ "进"，○陶光曰："光按：'进'假为'尽'。说详《天瑞篇》'终进乎'张《注》。"

[2]【张注】管仲功名人耳，相^①齐致霸，动因威谋。任运之道既非所宜，且于事势不容此言。又上篇复^②能劝桓公适终北之国，恐此皆寓言也。

[3]【张注】阏，塞。

[4]【张注】鼻通曰颤^③。颤音舒延切。

【释文】嗅，许救切。颤与膻字同，须延切^④。

[5]【张注】废，大也。

【释文】废虐，毁残也。

[6]【张注】任情极性，穷欢尽娱，虽近期促年，且得尽当生之乐也。

【释文】去，丘吕切。熙，许其切，纵情欲也。

[7]【释文】拘，音俱。舍，音捨。

[8]【张注】惜名拘礼，内怀于矜惧忧苦以至死者，长年遐期，非所^⑤贵也。

【卢解】夷吾之才足以相霸主，振颓纲，而布奢淫之情足以忤将来，败风俗。故夫子赏其才也，则曰："微管仲，吾其被发左衽矣。"恶^⑥其失礼也，则曰："管仲之器小哉！管氏而知礼，孰不知礼。"列子因才高之人以极其嗜欲之志，令有道者知其失焉。然纵耳目之情，穷声色之欲者，俗人之常心也。故极而肆之，以彰其恶耳，非所以垂训来世，法则后人者也。

---

① "相"，《释文》云："相，息亮切。"

② "复"，《释文》云："复，扶又切。"

③ ○卢文弨曰："误闲于《释文》之中，故出之。"

④ ○任大椿曰："案：今本'须延切'之下又有'鼻通曰颤，颤音舒延反'二句。盖'颤'作'须延反'者，与'膻'同，作'舒延反'者，则鼻通曰'颤'也，异音异义。道藏本《释文》只载'膻'之一音，当属脱佚。又考《说文》：颤，头不正也，之膳切。《玉篇》：颤，之扇切，头不正也。又，颤，动也。《广韵》亦不著鼻通之训。惟《庄子·外物篇》：'目徹为明，耳徹为聪，鼻徹为颤，口徹为甘，心徹为知，知徹为德。'陆氏《释文》：颤，舒延反，敬顺《释文》：鼻通曰颤，义本《庄子》其作'舒延反'，与陆氏《释文》同。《类篇》云：颤，尸连切，鼻徹为颤，谓审于气臭，则又并庄列《释文》也。"

⑤ "所"，○王叔岷曰："案：道藏本《注》'所'下有'谓'字。"○孔德凌曰："原衍'谓'字，据北宋本、南宋本、世德堂本、汪本删。"

⑥ "恶"，○孔德凌曰："原作'忽'，据秦本改。"

【江解】子列子之学于老商子，三年之后，心不敢念是非，口不敢言利害，则于口之所欲言，意之所欲行，莫得而恣也。故老商见之，始一解颜而笑。至于九年之后，横心之所念，横口之所言，则于是乎得恣而肆之，勿壅勿遏矣。故老商许其内外进矣。所谓恣耳之听，恣目之视，恣鼻之向，恣体之安，亦若是而已。非曰玩足于声色嗅味以犯人理之所恶，然后为恣也。能进此者，是所谓闻道也。朝闻道，夕死可矣。故虽一日、一月之生，亦足以为养矣，又奚以戚戚然久生为哉？此列子论养生之至理也。管仲、晏子、曾西之所不为，曾何足以进此道乎？盖晏平仲豚肩不掩豆，是躬俭者也；管夷吾三归反坫，是好奢者也。晏平仲、管夷吾其问其答，固宜若是矣。二子之问答，譬犹果蓏之理，其言适有与道相当者。故列子取其说以寓夫至道，非欲学者为管、晏之所为也。

【口义】阌，抑遏而自制之意。于此主心自废虐也，徒自苦而已。"一日、一月、一年、十年"，言纵乐其身心，一日比他人一月，一年比他人十年。若不然，则虽有百年、千年、万年之寿，亦何益？"非吾所谓养"者，言非养生之道也。

[9]【张注】晏婴，墨者也，自以俭省①治身，动遵法度，非达生死②之分。所以举此二贤以明治身者，唯取其奢俭之异也③。

【释文】瘗，于例切。衣，于既切。"衮衣"作"衮文"，衮，古本切。

【卢解】俗人殉欲之志深，送死之情薄。薄则易为节，深则难为情。故厚其生，则众心之所喜；薄其死，则群情所易从。列子乃因侈者以肆情，因俭者以节礼，故王孙之辈，良吏谴之，失其中道也。

[10]【张注】当其有知，则制不由物；及其无知，则非我所闻也。

【释文】进，音尽。

---

① "俭省""分"，《释文》云："'俭省'作'俭啬'，啬音色，一本作'省'。分，符问切。"○任大椿曰："案：今本《注》云：自以俭省治身，啬作省。"○孔德凌曰："《释文》作'啬'，云：'一本作省。'"

② "生死"，○孔德凌曰："原误倒，据北宋本、南宋本、世德堂本、汪本乙正。"

③ "也"，南宋本、世德堂本、汪本作"也"，他本作"乎"。○卢文弨曰："也，乎。"○王叔岷曰："案：道藏本《注》'子'作'乎'，元本、世德堂本并作'也'，'子'即'乎'之误，'也'犹'乎'也。"

【卢解】既不由我矣，则任物以处之，此世人谓死为无知者也。若由我者，肆情以乐之，此世人谓顺情为贵者也。若然者，尧、舜、周、孔不足为俗人重，桀、纣、盗跖可为后代师矣。岂有道者所处也？至人忘情，圣人制礼。情忘也，则嗜欲不存矣，何声色之可耽耶？礼制也，则生死迹著矣，何焚露之可薄耶？纵情之言，皆失道也。

【义解】贵生者不足以养生，唯乐生者乃能养生；哀死者不足以送死，唯捐死者乃能送死。肆之而无所拘，而视听言行勿违吾之心，此养生而肆之之道也；任之而无所系，而沈瘗焚露勿异吾之情，此送死而捐之之道也。达死生之分如此，是之谓尽其道。

【范注】管仲以其君伯，晏子以其君显，是直尊主强国之人，其于生死之道未必能达。列子记此，盖寓言救弊故耳。

【江解】得道者之于送死，以天地为棺椁，以日月为连璧，以星辰为珠玑，以万物为赍送，则其所遇乌乎往而不可哉？

【口义】"略矣"者，言其不足安排，听之可也。死欲速朽，为石椁者而言，此亦矫世之论。鲍叔、黄子，二人名也。黄子恐亦寓言。

【通义】管、晏不同时，此盖即二子之所尚以寄辩于内外之重轻耳。恣而不阅，性适于自然，体适于安闲，年岁修短无容心焉，此谓善养其生者也。拘废虐之主，虽久生亦重囚累梏耳。送死之丰啬，随其所遇，岂死者之所得谋哉。况已归臭腐，虽妻子亦不能相近，厚葬何为。管、晏所趋奢俭不同，而同归于无所作为，不以世法自缚者也。仲尝劝桓公游终比之国，而今言若此，意实相背，虽曰寓言，未得言外之意者不能会而通之。或谓父母遗体不可轻，又谓无使土侵肤，皆圣人之厚道也。平仲云然，岂可垂训。曰谓惜遗体生时事也，死不在我矣；无使土侵肤，子道也，非父所能与也，丧具称家之有无是也。

八、"子产相郑"章

【原文】

子产相郑[1]，专国之政；三年，善者服其化，恶者畏其禁，郑国以治[2]。诸侯惮之。

而有兄曰公孙朝，有弟曰公孙穆。朝好酒，穆好色[3]。朝之室也聚酒千锺①，积麴②成封，望③门百步④糟浆⑤之气逆于人鼻[4]。方其荒于酒⑥也，不知世⑦道之安危，人理之悔吝⑧，室内之有

---

① "锺（鍾）"，○卢文弨曰："鐘，鍾。"○王重民曰："案：《说文》：'鍾，酒器也。'《经传》：'鐘鼓字多叚鍾为之。'吉府本、《御览》四百九十七又八百四十六引并作'鍾'。"○王叔岷曰："案：卢文弨云……王重民云……卢重元本亦作'鍾'，《书钞》一四八、《事类赋》十七《饮食部》、《记纂渊海》九十、《天中记》二九引并同，作'鍾'是故书。"○杨伯峻曰："北宋本作'钟'，汪本从之，世德堂本同。今从《四解》本、吉府本。《书钞》一四八、《御览》四九七又八四六、《事类赋》十七、《记纂渊海》九十、《天中记》二九引并作'锺'。"○萧登福曰："案：鐘，酒器，容六斛四斗。一斛为十斗，一斗为十升。千鐘为六万四千斗。"

② "麴（麴）"，○王叔岷曰："《释文》本'麴'作'麴'，正作'麹'（《说文》：'麹，酒母也'），麴，俗字，麴，尤俗。"○萧登福曰："案：麴，酒母，将米麦蒸熟发酵，用以造酒。"

③ "望"，○杨伯峻曰："伯俊案：《广雅·释诂》云：'望，至也。'"

④ "步"，○萧登福曰："案：步，计长度之单位，或云六尺为步，或云八尺为步。"

⑤ "糟浆"，○秦恩复曰："案：《释文》作'醴'，一本作'糟'。"○陶光曰："道藏白本、林本、《释文》'糟'作'醴'。"○王叔岷曰："案：道藏白文本、林希逸本'糟'并作'醴'（《书钞》一四八引'糟'作'糖'，疑误。《御览》四九七引'浆'作'糠'）。"○杨伯峻曰："《道藏》白文本、林希逸本'糟'并作'醴'，此处以作'糟'为长。"

⑥ "酒"，○王叔岷曰："案：《御览》四九七引'酒'作'醉'。"

⑦ "世"，○陶光曰："光按：《事类赋》十七引'世'作'政'。"

⑧ "吝"，○秦恩复曰："案：张湛本作'吝'。"○杨伯峻曰："'吝'北宋本作'恡'，汪本从之，《藏》本、秦本同，今从世德堂本。"○萧登福曰："案：'恡'为'吝'之俗写。悔吝，悔恨。"

亡①[5]，九族之亲疏，存亡之哀乐也[6]。虽水火兵刃交于前，弗知也。穆之后庭比②房[7]数十，皆择稚齿婑媚③者[8]以盈之。方其耽④于色也，屏亲昵[9]，绝交游，逃于后庭，以昼足⑤夜；三月一出，意犹未惬[10]。乡有处子之娥姣者，必赂而招之，媒而挑之[11]，弗⑥获而后已。

子产日夜以为戚，密造⑦邓析[12]而谋之，曰："侨⑧闻治身以及家，治家以及国，此言自于近至于远也。侨⑨为国则治矣，而家则乱矣。其道逆邪？将奚方以救二子？子其诏之！"

---

① ○王叔岷曰："案：《御览》八四六引'世道'作'正道'，'丢'作'悗'，'亡'作'无'。《事类》十七《饮食部》引'世道'作'政道'，'亡'亦作'无'，'正''政'古通（《说符篇》'王悦之以为军正'，《御览》六四八引作'政'，即其比），'亡'与'无'同。元本、世德堂本'丢'并作'吝'，当从之。'丢''悗'并俗字。"

② "比"，○萧登福曰："案：比，次也，比屋，谓房子屋屋相连。"

③ "稚齿婑媚"，○萧登福曰："案：稚齿，指年少，犹如乡里所称'幼齿'。婑媚，美好貌。"

④ "耽"，○秦恩复曰："案：张湛本作'聃'，下同。《释文》云：'本又作妉'。"○王叔岷曰："案：卢重元本、道藏白文本、林希逸本、高守元本'聃'并作'耽'，下同。世德堂本作'耼'，下同。'聃'即'耼'之俗，'耼''耽'并借为'媅'，《说文》'媅，乐也'，《释文》本亦作'耽'，云'本又作妉'，'妉'乃'妉'之误，'妉'与'媅'同。"○杨伯峻曰："'耽'北宋本、吉府本、世德堂本皆作'聃'，下'耽于嗜欲'同。"

⑤ "足"，○杨伯峻曰："伯峻案：《广韵》《遇韵》：'足，添物也'，则读去声。"

⑥ "弗"，○于鬯曰："鬯案：弗，语辞。弗获，获也，犹弗甯，甯也。"○杨伯峻曰："伯峻案：'弗'字疑衍，或者为'必'字之误。"

⑦ ○卢文弨曰："《释文》作'速'，故云：'本作造'。今于张本'造'下注'本作造'，不可通矣。"○秦恩复曰："案：《释文》作'速'，本作'造'。"○王叔岷曰："案：《释文》本'密造'作'密速'，不词，'速'即'造'之形误。"

⑧ "侨"，○秦恩复曰："案：张湛本作'侨'，'乔'，'侨'之省文。"○陶光曰："道藏白文本、林本、江本'乔'作'侨'，下同。"○王叔岷曰："案：道藏白文本、林希逸本、江遹本、元本、世德堂本'乔'并作'侨'，下同，'乔''侨'古通。"

⑨ "侨"，○卢文弨曰："《藏》作'乔'，下同。"

邓析曰："吾怪之久矣，未敢先言。子奚不时其治^①也，喻以性命之重，诱以礼义之尊乎[13]？"

子产用邓析之言，因闲[14]以谒其兄弟，而告之曰："人之所以贵于禽兽者，智虑。智虑之所将^②者，礼义。礼义成，则名位至矣。若触情而动，耽^③于嗜欲，则性命危矣。子纳侨之言，则朝自悔而夕食禄矣。"

朝穆曰："吾知之久矣，择之亦久矣[15]，岂待若言而后识之哉？凡生之难遇而死之易及。以难遇之生，俟易及之死[16]，可孰^④念哉？而欲尊礼义以夸^⑤人[17]，矫情性^⑥以招名，吾以此为弗若死矣[18]。为欲尽一生之欢^⑦，穷当年之乐。唯患腹溢而不得恣口之饮，力惫而不得肆情于色[19]；不遑忧名声之丑，性命之危

---

① "时其治"，〇萧登福曰："案：'时其治'，谓伺时而治之。"

② "将"，〇萧登福曰："案：将，行也，持也。"

③ "耽"，〇张京华曰："'聃'，宋景定本、日本庆长木活字本同，《道藏》本江遹《冲虚至德真经解》，《四部丛刊》影印北宋刊本《冲虚至德真经》、《续四部丛刊》影印明世德堂本《列子》同。《正统道藏》抄本、《道藏》本《冲虚至德真经》、高守元《冲虚至德真经四解》，及杨伯峻《集释》作'耽'。下'聃'字同。日本南北朝本二字均作'聃'。"

④ "孰"，〇陶光曰："道藏白文本'孰'作'熟'。"〇王叔岷曰："案：道藏白文本'孰'作'熟'，'孰''熟'古今字。"〇萧登福曰："案：孰，林希逸以为同'熟'，熟念即深念。"

⑤ "夸"，〇秦恩复曰："案：《释文》作'跨'，下同。"〇萧登福曰："案：夸即夸耀。"

⑥ "情性"，〇王叔岷曰："《文选》王康琚《反招隐诗》注引'情性'作'性命'，与上下文一律。"

⑦ "欢"，〇秦恩复曰："案：张湛本作'观'。"〇于鬯曰："鬯案：卢重元本'观'作'欢'，此当读'观'为'欢'。"〇王重民曰："案：北宋本、道藏本、吉府本'观'并作'欢'。"〇陶光曰："世德堂本'欢'作'观'。"〇王叔岷曰："案：元本、世德堂本'欢'并作'观'。王重民云……卢重元本亦作'欢'，《文选》谢灵运《登临海峤初发疆中作》诗注、《记纂渊海》四五引并同，作'欢'是。"〇杨伯峻曰："'欢'元本、世德堂本作'观'，误。"

也。且若以治国之能夸物，欲以说①辞[20]乱我之心，荣禄喜我之意，不亦鄙而可怜哉？我又欲与若别之[21]。夫善治外者，物未必治，而身交苦；善治内者，物未必乱，而性交逸。以若之治外，其法可暂行于一国，未合于人心；以我之治内，可推之于天下，君臣之道息矣②。吾常欲以此术而喻之③，若④反以彼术而教我哉？"

子产忙然⑤无以应之[22]。他日以告邓析。

邓析曰："子与真人居而不知也，孰谓子智者乎？郑国之治偶耳⑥，非子之功也[23]。"

【集解】

[1]【释文】子产，郑大夫公孙侨也。铸刑法于鼎，事在昭六年。相，息亮切。

[2]【释文】治，直吏切，下"治矣""必治"之"治"同。

[3]【释文】朝，依字。好，呼报切。

---

① "说"，〇秦恩复曰："案：《释文》'一本作伪'。"

② "君臣之道息矣"，〇萧登福曰："案：'以我之治内，可推之于天下，君臣之道息矣'，治内谓追求自身之至乐。意谓，天下之人若人人皆追求至乐，不刻意为善，人人为己，则无君臣等阶级。此即孟子所谓'杨朱为我，是无君也'。"

③ "喻之"，〇杨伯峻曰："伯峻案：'喻之'当作'喻若'。本作'吾常欲以此术而喻若，若反以彼术而教我哉？''若'字重叠。古人于重叠处辄省其下文，而画二笔以识之。钞者不察，以二笔误作'之'，'若若'遂讹作'若之'。浅人又谓'若之'不可通，乃乙转成为'之若'，遂铸成此错矣。"〇孔德凌曰："德凌按：'杨说可从。'"

④ "若"，〇陶光曰："光按：'若'字疑当重。"

⑤ "忙然"，〇秦恩复曰："案：《释文》作'怔'。"〇胡怀琛曰："'忙然'今通作'茫然'。"〇陶光曰："光按：'忙''茫'并假为'盲'，说详《读庄偶记》。"〇王叔岷曰："案：《释文》本'忙'作'怔'，'怔''忙'古通。"

⑥ 〇王叔岷曰："案：道藏江遹本'耳'作'尔'。"

[4]【释文】"麴"作"麯",本又作麴。望，音亡。"糟浆"作"醴浆"，醴音遭，本又作糟①。

[5]【释文】亡，音无。

[6]【释文】乐，音洛。

[7]【释文】比，频密切。

[8]【张注】婑音乌果切。媠音奴坐切。

【释文】婑，乌果切。媠，奴坐切。

【口义】婑，儒佳切②。媠，吐火切③。

[9]【释文】耽，本又作妉，丁南切④。屏，上声。昵，尼质切。

[10]【释文】足，即且切，益也。愜，口蝶切。

[11]【释文】娥，音俄。姣，音绞，《广雅》云："好也。"姽，呼猥切。挑，他尧切，《苍颉篇》云："挑谓招呼也。"《说文》作"誂"，相诱也。誂，大了切。

[12]【释文】"造"作"遭"，云：本作"造"，七到切⑤。析，音锡。

[13]【卢解】喻以性命，诱以礼义者，欲止其贪逸之情，啖其轩冕之位，此皆世俗名利之要归也。

[14]【释文】閒，音闲。

---

① 〇任大椿曰："案：今本'醴'作'糟'。"

② "儒佳切"，〇张京华曰："元刻本脱，据宋景定本、《正统道藏》抄本、日本庆长木活字本补。日本南北朝本不脱。"

③ "吐火切"，〇张京华曰："元刻本脱，据宋景定本、《正统道藏》抄本、日本庆长木活字本补。日本南北朝本不脱。"

④ "妉"，〇任大椿曰："案：《玉篇》《类篇》无'妉'字，有'妉'字，为'媅'字重文，云：乐也。《释文》'本又作妉'之'妉'乃'妉'字之讹。今本'耽'又讹作'聃'。"

⑤ 〇任大椿曰："案：今本'速'作'造'，下云'本作造，七到反'。考今本正文既作'造'，不得又云'一本作造'。盖道藏本正文作'速'，故《释文》云'一本作造'。今本既作'造'，而后人乃以'一本作造'之语附注于其下，故不可通。"

[15]【张注】觉事行^①多端，选所好^②而为之耳。

[16]【释文】易，以豉切，下同。俟，一本作"俣"^③。

[17]【释文】"夸"作"跨"，口花切，下同。一本作"夸"^④。

[18]【张注】达哉此言！若夫刻意从俗，违性顺物，失当身之暂乐，怀长愁于一世，虽支体具^⑤存，而^⑥实^⑦邻于死者。

[19]【释文】乐，音洛。下同。愈，皮界切。

[20]【释文】说辞，一本作"伪辞"。

[21]【张注】别之，犹辨也。

【释文】别，彼列切，注同。

[22]【释文】"忙"作"茫"，茫音忙。

【卢解】殉情耽欲之人，诡辞邪辩足以塞圣贤之口，乱天下法。故桀纣之智足以饰非，少卯之辞足以惑众。虽不屈于一时，亦鼓倡于当代。故夫子屈盗跖之说^⑧，子产困于朝、穆之言，不足多悔也。而惑者以为列子叙之以畅其情，张湛注之以为达其理，斯乃鄙俗之常好，岂道流之雅术乎？

[23]【张注】不知真人则不能治国，治国者偶耳^⑨。此一篇辞义太^⑩径挺^⑪

---

① "行"，《释文》云："行，下孟切。"

② "好"，《释文》云："好，呼报切。"

③ ○王叔岷曰："案：本字作'竢'。《说文》：'竢，待也'。"

④ ○任大椿曰："案：今本'跨'作'夸'。"○王叔岷曰："案：'夸''跨'并'誇'之借字。"

⑤ "具"，南宋本、世德堂本作"且"。

⑥ "而"，北宋本、南宋本、世德堂本、汪本无。

⑦ ○王叔岷曰："案：道藏本《注》'实'上有'而'字。"

⑧ "夫子屈盗跖之说"，○杨伯峻曰："伯峻案：《解》'夫子屈盗跖之说'当作'夫子屈于盗跖之说'，事见《庄子·盗跖篇》。"

⑨ "耳"，○王叔岷曰："案：道藏本《注》'尔'作'耳'，'耳'犹'尔'也。"北宋本、南宋本、世德堂本、汪本作"尔"。

⑩ "太"，○杨伯峻曰："《注》'太'世德堂本作'大'。"

⑪ "径挺"，《释文》云："作'径廷'，廷音听。"○卢文弨曰："案：《庄子》作'迳庭'，又作'俓侹'。"

抑抗^①，不似君子之音气。然其旨欲去^②自拘束者之累^③，故有过逸之言者耳。

【卢解】夫当才而赏之，择德而任之，则贤者日进而不肖者退矣。任必以才，善人之道亨通矣；退必不肖，小人之道不怨矣。使贤不肖各安其分、适其志，则郑国之治当矣。彼二子酖酒而爱色，礼义所不修，不因父兄之势以干时，纵心嗜欲而不悔，此诚真人也。而乃欲矫其迹，为^④其心，取禄位以私之，是国偶然有以理，非子之至公也，岂得为智乎？此言真人者，非真圣之人，乃真不才之人。

【义解】劳形怵心者役于或使，解心释形者近于自然。或使者疑于妄，自然者全其真。朝、穆荒湛于酒色，而动不顾名声之丑、性命之危，盖解心释形而无所累者也；子产矜礼义法度之治，矫情性荣禄之美，唯恐其身之不治，盖劳形怵心而有所拘也。无所累者足以善其死，有所拘者不足以乐其生，则苦身劳生者为妄，而任情纵心者为真矣。故朝、穆自以为所治者内，而以子产之治为外，曰："善治外者，物未必治而身交苦；善治内者，物未必乱而性交逸。"非真人，孰能达此哉？

【范注】以智治国，国之贼；不以智治国，国之福。子产犹众人之母也，能食而不能教。乘舆之济，圣人非之，则于治国，犹有未至，故与真人居而不知也。古之真人，不知悦生，不知恶死，修然而往，修然而来^⑤。惨怛之疾，恬愉之安，不监于体；怵惕之恐，欣欢之喜，不监于心。又曷尝苦心劳形而以危其真为事？

【江解】肆情于色，人情之所惑者，人理之所甚丑者。恣口之饮，人情之所同欲，先王之所诰戒者。常人之情，目欲视色，至于阏明而不得恣者，非真能

---

① "抗"，《释文》云："抗，苦浪切。"
② "去"，《释文》云："去，丘吕切。"
③ "累"，《释文》云："累，去声。"
④ "为"，○秦恩复曰："案：《注》'为其心'，'为''伪'古字通。《荀子·性恶篇》杨倞《注》：'伪，为也，矫也。凡非天性而人作为之者谓之伪，故伪字人傍为，亦会意字也。'"
⑤ "修然而往，修然而来"，○孔德凌曰："德凌按：当作'倏然而往，倏然而来'，形近而讹。"

黜嗜欲也，畏夫性命之危，有所拘而不得逞耳。口欲美味，至于阕适而不得恣者，非真能忘好恶也，恶夫名声之丑，有所避而不得恣尔。由是尊礼义，矫情性，终于其身，视其外若能恬淡无为者，语其坐驰之情，则其疾俛仰之间，再抚四海之外，志念所在，无所不至，亦无所不为矣。若是则百年之生，内愁其心智，外苦其形体，何生之乐哉？若夫朝、穆之所为，则真而已矣。其所谓恣口之饮者，非荒酖于酒也。其所谓肆情于色者，非沉湎冒色也。盖朝、穆于世道之安危、人理之得丧，知之久矣，择之亦久矣。为欲尽一生之欢，穷当年之乐，故恣口之饮，肆情于色，虽名声之丑，曾不遑忧性命之危，亦不暇恤，此所谓治内而不治外，无愧乎道德，不为仁义之操而敢为淫僻之行者也。以其道之真以治身者，推而行之，天下可土苴而治也。子产方且以乘舆济人于溱洧，为治未免为国人之所非、邓析之所屈。所谓善治外者，物未必治而身交苦。其法可暂行于一国，未合于人心者也，安足以知二子之真？其不能知则亦已矣，又以说辞乱其心，荣辱喜其意，则其为诚可鄙，其意为可怜矣。以是相郑而专国之政，虽曰善者服其化，恶者畏其禁，初不知其所以为治，是殆得之于偶尔，岂其功哉？子产之于朝、穆，适居季孟之间，其趋操之不侔，内外之异治若此。故曰使道而可以告人，则人莫不告其兄弟也。且为邓析者，其初于朝穆之道为未察也，故闻子产之言则与子产同其戚；其终于朝穆之道为有得也，故闻子产之言则与子产异其知也。噫，微邓析之言，则后之观朝穆者几不尽同子产之戚而终莫能知其真矣。

【口义】"积麹成封"，累土便筑糟丘台是也。婑媠，美女也。娥姣，亦美女也。"弗获而后已"，言百计营求，至不得而后已也。孰念，深念也，与熟同。"腹溢而不得恣口之饮，力惫而不得肆情于色"，郭璞"酒色之资恐用不尽"[1]之论也。邓析以为"真人"[2]者，言其达养生之理也。"善治内者，物未必

---

[1] "酒色之资恐用不尽"，○张京华曰："《晋书·郭璞传》原文作：'嗜酒好色，时或过度。著作郎干宝常诫之曰："此非适性之道也。"璞曰："吾所受有本限，用之恒恐不得尽，卿乃忧酒色之为患乎！"'"

[2] "真人"，○张京华曰："元刻本误作'真乱'，据宋景定本、《正统道藏》抄本、日本庆长木活字本径改。日本南北朝本作'真人'。"

乱", 谓自乐其心者, 世亦未必至于乱, 谓治乱皆自然之数也。此段与《庄子·盗跖篇》相似, 其文亦如此长枝大叶。郭璞之语似甚背理, 但以其衔刀被发登厕之事观之, 彼盖知数者, 逆知其身必不能自保, 故为此论。然祸福在天, 修为在我, 尽人事以听天命可也。衔刀被发之术, 已非明理者所为, 而况恣于酒色乎? 以此思之, 孟子曰"寿夭^①不二, 修身以俟之", 多少滋味, 多少理义, 多少受用不尽处。孔子曰"朝闻道, 夕死可矣", 其意亦在此。庄、列之书, 本意愤世, 昏迷之人却如此捭阖其论, 而又为后人所杂。读其书而不得其意, 与不辨其真伪者, 或以自误。此所以为异端之学也。

【通义】治内治外固有本末之差, 而本末非二体也, 惟真人不见内外而不失于内外。此章以嗜欲为性, 非知性者也。谓之真人, 以其不矫情饰伪耳。只是以解缚为义, 而不觉其言之过于抑扬。此游说阖捭之学, 所以乱真而惑世也。

---

① "寿夭", ○张京华曰:"《孟子·尽心上》原文作'夭寿'。"

九、“卫端木叔”章

【原文】

卫端木叔者,子贡之世①也。藉②其先赀③,家累万金④。不治世故⑤,放意所好[1]。其生民之所欲为,人意之所欲玩者,无不为也,无不玩也。墙屋台榭⑥,园囿池沼,饮食车服,声乐嫔御,拟齐楚之君焉。至其情所欲好,耳所欲听,目所欲视,口所欲尝,虽殊方偏国[2],非齐土⑦之所产育者,无不必致之⑧;犹藩墙之物也[3]。及其游也,虽山川阻险[4],涂径修远,无不必之,犹人之行咫步

---

① “世”,○王叔岷曰:“案《六帖》十九引‘世’下有‘子’字。《御览》四七七、四九三引‘世’下并有‘父’字,疑误。”○杨伯峻曰:“伯峻案:《秦策》:‘泽可以遗世。’《注》云:‘世,后世也。’《晋语》:‘非德不及世。’《注》云:‘世,嗣也。’‘子贡之世’谓‘子贡之后’。下云‘藉其先赀’,谓‘藉子贡之赀’,以子贡善货殖故也。浅人不达‘世’字之义,妄加‘父’字。《御览》四七七又四九三引皆作‘世父’,其实非也。但八三○引无‘父’字,未误。亦有妄加‘子’字者,如《白孔六帖》十九所引。”

② “藉”,○杨伯峻曰:“伯峻案:《管子·内业篇》:‘彼自来可藉与谋。’《注》云:‘藉,因也。’”

③ ○王叔岷曰:“案:《六帖》十九、《御览》四七七引‘藉’并作‘籍’,‘赀’并作‘资’。《御览》八三六引‘藉’亦作‘籍’,‘籍’‘藉’古通(已详《黄帝篇》),‘资’‘赀’古通。”

④ “万金”,○王叔岷曰:“案《六帖》十九引‘万金’作‘千金’。”

⑤ “世故”,○萧登福曰:“案:世故,谓世事。故,事也。见《左传》昭二十五年‘昭伯问家故’注。”

⑥ “榭”,○陶光曰:“林本‘榭’讹为‘树’。”

⑦ “齐土”,○萧登福曰:“案:齐土,谓中土。”

⑧ “无不必致之”,○俞樾曰:“樾谨按:下文云‘虽山川阻险,涂径修远,无不必之’,则此文当云‘无不必致’,误衍‘之’字。”

也[5]。宾客在庭者日百住①[6]，庖②厨之下不绝烟火，堂庑③之上不绝声乐[7]。奉养之馀，先散之宗族；宗族之馀，次散之邑里；邑里之馀，乃散之一国。行年六十，气幹将衰④，弃其家事⑤，都散其库藏、珍宝、车⑥服、妾媵。一年之中尽焉，不为子孙留财⑦[8]。及其病也，无药石之储；及其死也，无瘗埋之资⑧[9]。一国之人⑨受其施者，相与赋而藏之⑩，反其子孙之财焉⑪。

禽骨釐[10]闻之，曰："端木叔，狂人也，辱其祖矣。"

---

① ○卢文弨曰："张本作'往'。"○俞樾曰："樾谨按：'住'当为'数'，声之误也。《黄帝篇》'沤鸟之至者百住而不止。'张《注》曰：'住当作数。'是其证矣。此篇卢重元本作'往'，则是误字。"○陶光曰："江本'客'字下有'之'字。《释文》曰：'住，或作往。'光按：作'住'是也，'住'假为'数'，《黄帝篇》'沤鸟之至者百住'与此同例，说详彼篇。后人不识'百住'之义，因以意改为'往'耳。"○王叔岷曰："案：《释文》本、元本、世德堂本'百往'并作'百住'，当从之。俞樾云……道藏各本皆误'往'，《释文》亦云'或作往'，作'住'是故书。"○孔德凌曰："(《四解》本)原作'往'，据南宋本、世德堂本、汪本改。"

② "庖"，○秦恩复曰："案：《释文》作'胞'，本又作'庖'。"

③ "堂庑"，○萧登福曰："案：堂，正厅。庑，堂下周围的走廊、廊屋。"

④ "气幹(干)将衰"，○王叔岷曰："案：《记纂渊海》七一引'衰'作'老'。"○萧登福曰："案：'气干将衰'，指身体血气行将衰退。干指身体、体干。"

⑤ "弃其家事"，○王叔岷曰："案：《御览》八三六引'弃'作'弃'，'弃'上更有'乃'字。《御览》四九三、《记纂渊海》七一引'弃'亦并作'弃'，作'弃'是故书。"

⑥ ○陶光曰："道藏白文本'车'讹为'单'。"

⑦ "财"，○王叔岷曰："案《六帖》十九引'财'下有'产'字。"

⑧ "资"，○王叔岷曰："案《六帖》十九引'资'作'所'。"

⑨ "之人"，○王重民曰："案：《御览》四百九十三引'之'下无'人'字。"○王叔岷曰："案：《御览》四九三所引，盖脱'人'字，或略'人'字，不足据，四七七引有'人'字，可证也。"

⑩ "赋而藏之"，○俞樾曰："樾谨案：赋者，计口出钱也。《周官·大宰职》郑《注》曰：'赋，口率出泉也。'《汉书·食货志》师古《注》曰：'赋谓计口发财。'是其义矣。'藏'犹言'葬'也。《礼记·檀弓篇》：'葬也者，藏也。'故'葬'与'藏'，义得相通。《周易·系辞传》：'葬之中野'，《汉书·刘向传》引作'臧之中野'。'臧'即'藏'字也。端木叔死，无瘗埋之资，故受其施者相与赋钱而葬之也。"○陶光曰："光按：'藏'读为'葬'。"

⑪ "焉"，○王叔岷曰："案：《六帖》十九引'焉'作'也'，'也'犹'焉'也。"

段干生闻之，曰："端①木叔，达人也，德过[11]其祖矣②。其所行也，其所为也，众意所惊③，而诚理所取。卫之君子多以礼教自持，固未足以得此人之心也[12]。"

【集解】

[1]【释文】赀，音髭。好，呼报切，下同。

[2]【张注】偏，边④。

[3]【释文】"藩"作"蕃"，甫袁切⑤。

[4]【释文】"阻险"作"岨崄"，云：岨与阻同，崄与险同⑥。

[5]【释文】吡，音纸。

[6]【释文】住，色主切，或作往。

[7]【释文】"庖"作"胞"，胞，蒲交切，本又作庖⑦。庑，音武。

---

① "端"，○孔德凌曰："(《四解》本)原脱，据南宋本、世德堂本、汪本补。"

② ○王重民曰："案：《御览》四百九十三引'段干生'作'段干木'，'过'上无'德'字。"○王叔岷曰："王重民云……案：道藏白文本、林希逸本'干'并作'于'，疑'干'之形误，元本亦作'于'，'木叔'上有'端'字，世德堂本'木叔'上亦有'端'字。《御览》四七七、四九三引并同。四九三引'过'上无'德'字，或误脱，或略引，不足据。四七七引有'德'字，可证也。"

③ ○陶光曰："各本'聚'作'众'，'经'作'惊'。光按：'聚意所经'不可解，当从诸本。"○王叔岷曰："案：各本并作'众意所惊'，当从之，'聚'、'经'并误字。"

④ "边"，○王叔岷曰："案：《文选》木玄虚《海赋》注引《注》'边'下有'也'字。"

⑤ "藩"，○任大椿曰："案：今本'蕃'作'藩'。考《周礼·大司徒·注》云：'杜子春读蕃乐为藩乐。'《诗》：'折柳樊圃'，《释文》：'樊，藩也，本又作蕃'。《韩奕·释文》同。《左传》昭二十八年《释文》：'藩亦作蕃。'《楚语》：'为之关籥蕃篱'，韦昭注：'蕃篱，壁落也。蕃篱即藩篱也'，则'藩'、'蕃'通。"

⑥ "阻险"，○任大椿曰："案：今本'山川岨崄'作'阻险'。考《水经注》'阻险'多作'岨崄'，与《释文》同。"

⑦ "庖"，○任大椿曰："案：今本'胞'作'庖'。考《祭统》'胞者，肉吏之贱者也。'《注》：'胞者庖。'《庄子·庚桑楚篇》：'是故汤以胞厨笼伊尹。'《汉书·东方朔传》：'胞人臣偃。'师古曰：'胞与庖同义'，故'庖'、'胞'通也。"

[8]【释文】藏，沮浪切。朕，以证切。为，于伪切。

[9]【张注】达于理者，知万物之无常，财货之暂聚。聚之，非我之功也，且尽奉养之宜；散之，非我之施^①也，且明物不常聚。若斯人者，岂名誉所劝，礼法所拘哉？

[10]【张注】又屈^②。

【释文】"禽骨釐"作"禽屈釐"，屈釐音骨狸。墨子弟子也^③。

[11]【释文】过，音戈。

[12]【义解】达生之情者，纵而勿阏；知分之定者，积而能散。人之所欲为，无不为也；意之所欲玩者，无不玩也。纵心之所欲而勿阏焉，非达^④生之情者，何以与此？散之邑里，弃其藏积，积而能散，非知分之定者，何以与此？穷当年之乐，不顾身后之忧，唯达者能通之，故无瘗埋之资可也，国人相与赋而藏之亦可也。禽骨釐以常德责其行，故以为辱祖；段干木以达德得其心，故以为过祖。索之于外，此众意所以惊；索之于内，此诚理所以取。卫之君子以礼教自持，则拘于形骸之内，是恶知此意，故未足以得此人之心也。

【范注】体道之人，睹物寄之傥来，知货财之暂聚，认而有之，皆惑也。故不拘一世之利以为己私分。若端木叔，可谓知此矣。

【江解】子贡，以货殖累其身者也。方其货殖，财积而不敢用，服膺而莫

---

① "施"，《释文》云："施，始豉切，下同。"

② "屈"，○王叔岷曰："案：《释文》本正作'屈'，音骨。《御览》四七七、四九三引亦并作'屈'。"

③ ○任大椿曰："案：《庄子·天下篇》：'墨翟、禽滑釐闻其风而说之。'《吕览·当染篇》：'禽滑釐学于墨子，许犯学于禽滑釐。'又《吕览·尊师篇》：'卢参，东方之钜狡也，学于禽滑黎。'高诱《注》：'禽滑黎，墨子弟子。'虽'釐'之作'釐'作'黎'各异，而其作'滑'则同（今本《列子》又作'禽骨釐'，乃'滑'字之误），《列子·力命篇》亦作'禽滑釐'，惟《杨朱篇》则作'禽屈釐'。'屈'与'滑'通，《庄子·释文》：'滑，音骨'，故《列子·释文》：'屈，亦音骨也'。《汉书·人物表》作'禽屈釐'，师古曰：'即禽滑釐，屈音其勿反，又音邱勿反'，盖本《列子·杨朱篇》也。考'屈''骨'音相通，《说文》：'掘，搰也'。《楚词·远游》：'无滑而魂兮'，注：'滑一作㲻。'补注：'㲻滑并音骨'。《汉书·司马相如传》：'潏潏㲻㲻'，注：'㲻音骨，滑从骨，㲻从屈'，皆有'骨'音，是'屈''骨'通读。"

④ "达"，○孔德凌云："原作'远'，据上文'达生之情者，纵而勿关'改。"

之舍，满心戚焦，求益而不止，可谓忧矣。夫以子贡之富，丰屋、美服、厚味、姣色以终其身，无有于不足也。其所以求益而不止者，为子孙无穷之计也。噫，孙子非汝有也，认而有之，亦惑矣。抑又苦体绝甘，约己之养，以货殖见弃于圣人门，务求适其适，可不为之大哀耶？为端木叔者，借其先赀，初不知货殖之勤，而有万金之累。既已有之，又能用之。由是放意所好，无不为而无不玩。其适意而志得，拟齐楚之君，非特能用之。至其气干之将衰，又能散其有而尽之。以俗观之，薄于子孙之遗甚矣。其后受其施者相与反其子孙之财，是亦不为无所遗矣。噫，为木叔者，其生也，无货殖之累而尽一生之欢；其死也，不为子孙留财而不失子孙之财。其所行所为，是乃众意之所惊而诚理之所取，诚理所在，非圣人不足以尽之，此束于教者所以不免于惊其神也。意狂圣异域，奚啻天壤？达而以为狂，惑亦甚矣。杨子谓大圣为难知，不以此欤。

【口义】"子贡之世"者，谓其后世子孙也。"赋而藏之"者，言敛其资而葬之。"众意所惊"者，言众人则以为惊怪也。"诚理所取"者，谓以自然之理观之，则其所行可取法也。此岂拘拘然以礼教自持者之所知？其意盖借此以非笑吾儒者也。气干，犹气骨也。

【通义】此亦以嗜欲为性者。谓其狂者，不受检束也；谓其达者，无系吝也。故为庸流之所惊，廓然者之所取，苟得其心则惊也取也，皆非其所知也。谓以礼教自持者为君子，其亦废学黜圣之意欤。

十、"孟孙阳问杨朱"章

【原文】

孟孙阳问杨朱①曰:"有人于此,贵生爱身,以蕲不死②[1],可乎?"

曰:"理无不死。"

"以蕲久生,可乎?"

曰:"理无久生。生③非贵之所能存,身非爱之所能厚④。且久生奚为[2]?五情⑤好恶,古犹今也;四体安危,古犹今也;世事苦乐,古犹今也[3];变易治乱⑥,古犹今也。既闻之矣,既见之矣,既更⑦之矣[4],百年犹厌其多,况久⑧生之苦也乎[5]?"

---

① "孟孙阳问杨朱",〇张京华曰:"元刻本误作'孟孙阳问阳子',据宋景定本、《正统道藏》抄本、日本庆长木活字本,及《道藏》本《冲虚至德真经》、江通《冲虚至德真经解》、高守元《冲虚至德真经四解》、《四部丛刊》影印北宋刊本《冲虚至德真经》、《续四部丛刊》影印明世德堂本《列子》径改。杨伯峻《集释》作'孟孙阳问杨朱'。日本南北朝本作'孟孙阳问杨子'。"

② 〇王叔岷曰:"案:《北山录·释宾问篇》引'贵''爱'二字互错,'蕲'作'祈',《释文》'蕲'亦音'祈'。"

③ "生",〇王叔岷曰:"案:《北山录·释宾问篇》引'生'上有'夫'字。"

④ "生非贵之所能存,身非爱之所能厚",〇陶光曰:"光按:二语又见《力命篇》。"

⑤ "五情",〇萧登福曰:"案:五情,指耳、目、鼻、口、肌(身体)所表现于外之情感。"

⑥ "治乱",《释文》作"乱治",治,直吏切。

⑦ "更",〇王叔岷曰:"案《北山录·释宾问篇》引'更'作'遍'。"〇杨伯峻曰:"伯峻案:更,经历之意。《史记·大宛列传》:'汉方欲事灭胡,闻此言,因欲通使。道必更匈奴中。'《索隐》云:'更,经也。'路程之经历与生活之经历固可同用一词也。"

⑧ "久",〇陶光曰:"道藏白文本、林本'久'作'人'。光按:张注云:'故生弥久而忧弥积也',是其本字作'久'。"

孟孙阳曰："若然，速亡愈于久生；则践①锋刃[6]，入汤火，得所志矣。"

杨子曰："不然；既生，则废而任之，究其所欲，以俟于死[7]。将死，则废而任之，究其所之，以放②于尽[8]。无不废，无不任，何遽迟速于其间乎[9]？"

【集解】

[1]【释文】蕲，音祈。

[2]【张注】设令久生，亦非所愿。

[3]【释文】好恶并去声，注同。乐，音洛，下同。

[4]【释文】"治乱"作"乱治"，治，直吏切。更，音庚。

[5]【张注】夫一生之经历③如此而已，或好或恶，或安或危，如循环之无穷。若以为乐邪？则重④来之物无所复⑤欣。若以为苦邪？则切己之患不可再经。故生弥久而忧弥积也。

【口义】好恶、安危、苦乐，言人世之事不过如此也。天下之生，一治一乱⑥，相仍不已，故曰"变易治乱，古犹今也"。言千年万年，只是此等事也。"更"者，更历也。我之生也，不问十年百年，所见所闻与所更历不过如此，更

---

① "践"，○秦恩复曰："案：《释文》一本作'踏'。"
② "放"，○萧登福曰："案：放，至也。"
③ "历（歷）"，○孔德凌曰："原作'曆'，据北宋本、南宋本、世德堂本、汪本改。"
④ "重"，《释文》云："重，柱用切。"
⑤ "复"，《释文》云："复，扶又切。"
⑥ "天下之生，一治一乱"，○张京华曰："'天下之生'二句，本孟子语。《孟子·滕文公下》原文作：'天下之生久矣，一治一乱。'"

千年万年亦然也。杜牧曰"浮世工夫食与眠"①，亦是此意。

[6]【释文】锋，音烽。践，一本作"蹈"。

[7]【张注】但当肆其情以待终耳。

[8]【张注】制不在我，则无②所顾恋也。

[9]【义解】有生者必有死，有始者必有终，自然之理也。贵身爱生，以蕲不死，是岂达于理者哉？夫有生则复于不生，故生非贵之所能存；有形则复于无形，故身非爱之所能厚。若是而蕲久生，是益惑也。夫情之好恶，有以怵于内；体之安危，有以迫于外；世事苦乐，有以累吾心；变易治乱，有以动吾行。自古及今，闻见而更之者，可以前料而逆知，则百年之生有终身之忧，而无一朝之乐也。故方且厌其多而苦其久，尚可蕲久生之为乎？此孟孙阳所以闻杨子之言而遂欲速亡也。然蕲久生者固非达于理，而欲速亡者亦未为通于道，是二者胥失也。唯既生，则废而任之，究其所欲，以俟于死，则无伤生之患；将死，则废而任之，究其所之，以放于尽，则无恶死之患。可以生而生，可以死而死，生死无变于己，此之谓达。

【范注】贵其生者不自贱以役于物，疑若能存矣，而生非贵之所能存；爱其身者不自贼③以困于物，疑若能厚矣，而身非爱之所能厚。虽欲久生而不死，得乎哉？又况五情之好恶，四体之安危，世事苦乐，变易治乱，又复终始如环无端。所历既久矣，所阅既众矣，百年犹厌其多，寿者惛惛，久忧不死，何之是苦？其为形也亦远矣。所谓不羡久生，盖有在是。昧乎此者，乃以速亡为愈于久生，则践锋刃，入汤火，得所志矣。殊不知既生则废而任之，肆其情而无所撄拂，非以生为悦也；将死则废而任之，顺其适而无所觊觎，非以死为恶也。无不废，无不任，安时处顺，尽其所受于天者，岂遽迟速于其间哉？

【江解】囿于有生，生不离形，形终必弊；役于有化，化常流形，形安能

---

① ○张京华曰："'杜牧曰'二句，'杜牧曰'误，当作苏轼曰。'浮世工夫食与眠'，苏轼《戏书吴江三贤画像》原文作'浮世功劳食与眠'。"

② ○王叔岷曰："案：道藏本、世德堂本《注》'尤'并作'无'，元本作'无'，'尤'即'无'之误。"

③ "贼"，○孔德凌曰："据上文'贵其生者不自贱以役于物'当作'贱'。"

久？是以百年，寿之大齐也，得百年者千无一焉。理或不能久生，而况于不死乎？究其生之存亡，初不属我；察其生之忧患，爰以久生。方其有生，汝形之内，五情之好恶泪于中；汝身之中，四体之安危迫于外，一世之间，万事之苦乐交于前。一日之变与一月之化不异也，一岁之迁与百年之变不殊也。既闻而知之，既见而识之，既更而历之，又安以久生为哉？虽然，死之与生，犹彼旦暮，生奚足喜？死奚足悲？亦不可以其不足喜而厌于久生也，亦不必以其不足悲而乐于速亡也。是以得道者之于生死，既生，则废而任之，究其所欲以俟于死，不为沟渎之自经也；将死，则废而任之，究其所之，以放于尽，不为吐故纳新之寿考也。虽无心于久生，有若彭之寿，亦不厌也；虽无心于速亡，有若颜之夭，亦顺化也。无不废，无不任，如斯而已。

【口义】此一转却好。人之生也，固无足乐，然不可以弃生而求死。废，无心也，废吾心思而听其自然，故曰"废而任之"。能尽此念，虽废与任且无之矣，又何暇计其间迟速乎？

【通义】此承上二章而归于忘死生、忘废任也。人而忘死生、忘废任，日与天游而已，何迟何速。

十一、"伯成子高"章

【原文】

杨朱曰:"伯成子高①不以一毫利物,舍国而隐②耕[1]。大禹不以一身自利③[2],一体偏枯④。古之人损一毫利天下不与也,悉天下奉一身不取也。人人不损一毫,人人不利⑤天下,天下治矣[3]。"

禽子问杨朱曰:"去子体之一毛以济一世,汝为之乎[4]?"

杨子曰:"世固⑥非一毛之所济[5]。"

---

① "伯成子高",○于鬯曰:"鬯案:《淮南子·氾论训》云:'伯成子高辞为诸侯而耕,天下高之。'高《注》云:'伯成子高盖尧时人也。'"○萧登福曰:"案:伯成子高之事,又见于《庄子·天地篇》:'尧治天下,伯成子高立为诸侯。尧授舜,舜授禹,伯成子高辞为诸侯而耕。禹往见之,则耕在野。禹趋就下风,立而问焉。曰:"昔尧治天下,吾子立为诸侯。尧授舜,舜授予,而吾子辞为诸侯而耕。敢问其故何也?"子高曰:"昔尧治天下,不赏而民劝,不罚而民畏。今子赏罚而民且不仁,德自此衰,刑自此立,后世之乱自此始矣。夫子阖行邪?无落吾事。"俋俋乎耕而不顾。'是禹之时,伯成子高舍诸侯之位而耕。"

② "隐",○陶光曰:"道藏白文本'隐'讹作'应'。"

③ "大禹不以一身自利",○萧登福曰:"案:《孟子·尽心上》:'孟子曰:杨子取为我,拔一毛而利天下不为也。墨子兼爱,摩顶放踵利天下为之。'可与此文相参看。"

④ "一体偏枯",○萧登福曰:"案:此有二说:《庄子·盗跖篇》:'禹偏枯。'成玄英疏云:'偏枯之疾,半身不遂也。'则一体偏枯,谓半身不遂。又,一体犹一肢,指手足而言。《孟子·公孙丑》:'子夏、子游、子张,皆有圣人之一体。'赵注:'一体者,得一肢也。'一体偏枯,林希逸口义以为'手足胼胝也'。今案本篇下段'身体偏枯,手足胼胝',两者分言,据此,则偏枯当指半身不遂而言。当以成说为是。"

⑤ "人人不利",○王叔岷曰:"案:《容斋续笔》十四引'不利'上无'人人'二字。"

⑥ "固",○王叔岷曰:"案:《御览》三七三、《记纂渊海》六七引'固'并作'故',下文'一毛固一体万分中之一物',《御览》引亦作'故','故''固'古通(已详《周穆王篇》)。"

禽子曰："假济，为之乎？"①

杨子弗应。

禽子出②语[6]孟孙阳。

孟孙阳曰："子不达夫子之心，吾请言之。有侵若肌肤获万金者，若为之乎？"

曰："为之。"

孟孙阳曰："有断[7]若一节得一国，子为之乎？"③

禽子默然有间。

孟孙阳曰："一毛微于肌肤，肌肤微于一节，省矣[8]。然则④积一毛以成肌肤，积肌肤以成一节。一毛固一体万分中之一物，奈何轻之乎？"

禽子曰："吾不能所以答子。然则以子之言问老聃关尹，则子言当矣[9]；以吾言问大禹墨翟，则吾言当矣[10]。"

孟孙阳因顾与其徒⑤说他事[11]。

---

① ○杨伯峻曰："伯峻案：《孟子·尽心上》：'杨子取为我，拔一毛而利天下，不为也'，盖此问答所本。"

② "出"，○王叔岷曰："案：《御览》三七三引'出'下有'以'字。"

③ ○杨伯峻曰："伯峻案：《文选》阮瑀《为曹公作书与孙权》'非相侵肌肤有所割损也'，疑为伪作此语者所本。"

④ "然则"，○杨伯峻曰："伯峻案：则犹而也，此'然则'作'然而'用也。下'然则'同。"

⑤ "徒"，○陶光曰："道藏白文本、林本、世德堂本'徙'作'徒'。光按：字作'徒'是。"
○王叔岷曰："案：各本'徙'并作'徒'，'徙'即'徒'之误。"

【集解】

[1]【释文】舍,音捨。

[2]【释文】"不以一身自利",一本作"以一身利物"①。

[3]【释文】治,直吏切。

【义解】不以一毫利物,为己者也;不以一身自利,为人者也。为人者不可以失己,为己者不可以失人。若夫损一毫而利天下,有所不与;悉天下以奉一身,有所不为。人我之分各足而止,则其为人太少,其自为太多,固不足以治天下。而杨朱之道术独有在于是,此一曲之士也。

【范注】伯成舍国而隐耕,为己者也;大禹过门而不入,为人者也。虽制行之迹不同,而救世之心则一。古之人非其义也,非其道也,一介不以与人,况损一毫乎哉?非其义也,非其道也,一介不以取诸人,况悉天下乎哉?杨朱之行,失之为我,不拔一毛而利天下,孟子固尝禽兽之矣。子列子有取焉者,当是时,天下之俗谲诈大作,质朴并散,虽世之学士大夫未有知贵己贱物之道者。于是弃绝乎礼义之绪,夺攘乎利害之际,趋利不以为辱,殒身不以为怨,渐渍陷溺以至于不可救已。故是篇所载有取于杨朱者,殆亦有意矫天下之弊而然耶?

【江解】于易损下益上为损,损上益下为益。盖益必有损,损终必益。损益,盈虚消息之理也。若夫万物之生,均舍至理,无欠无余,增之一毫,性无余地;损之一毫,性无余物,则益之而损,损之而益,皆不中也。名曰治之而乱孰甚耶?唯无以损益为者,则物我兼利之道也。《庄子》言自容成氏而至于神农氏之时,民皆甘其食,美其服,乐其俗,安其居,至老死而不相往来,可谓人人不损一毫,人人不利天下也。若此之时,则至治矣。

[4]【张注】疑杨子贵身太②过,故发此问也。

【释文】去,丘吕切。

---

① ○陶光曰:"光按:'不以一身自利'与上'不以一毫利物'文正相对,不误。"○王叔岷曰:"案:'不以一身自利'与上文'不以一毫利物'相对而言,若作'以一身利物'则不可通矣,盖即涉上文而误也。"

② "太",《释文》云:"'太'作'大',音泰。"

[5]【张注】嫌其不达己趣^①，故亦相答对也。

[6]【释文】语，鱼据切。

[7]【释文】断，音短。

[8]【张注】省，察。

【释文】省，息井切。

[9]【张注】聃、尹之教，贵身而贱物也。

【释文】当，丁浪切。

[10]【张注】禹、翟之教，忘己而济物也。

【释文】翟，音狄。

[11]【义解】老子、关尹之道术，贵身而贱物；大禹、墨翟之道术，忘己而济物。然为己者固不失人，而为人者固不失己。杨朱学老子、关尹之道而不能至者也，故拔一毛而利天下不为；墨翟学大禹之道而不能至也，故摩顶放踵利天下而为之。然皆非道之全也。孟孙阳有见于杨朱之道，禽骨釐有见于墨翟之道，故各是其所是，而有所不该。

【范注】子华子语昭僖侯曰："今使天下书铭于君之前，以谓左手攫之则右手废，右手攫之则左手废，然而攫之者必有天下，子能攫之乎？"昭僖侯曰："寡人不攫也。"盖以两臂重于天下故耳。然则侵肌肤而获万金，断一节而得一国，岂遽为之耶？杨朱之行过于为己，载是说者，将以救弊于一时而已，若概之以圣人之道，未免为有蔽。故禽子对孟孙阳曰"以子之言问老聃、关尹，则子言当矣"，以聃、尹之教贱物而贵己故也；"以吾之言问大禹、墨翟，则吾言当矣"，以禹、翟之教忘己而济物故也。

【江解】世之语杨子者，以其道主于为我，因谓虽拔其体之一毛而济天下，亦所不为也。《列子》称其言，则异此矣。杨子之言，盖曰一世之大，必非一毛之所能济，一毛既不足以济一世矣，又安以假济为言乎？禽子之问亦不豫矣，故杨子不应。夫杨子之设心，以谓一毛之于肌肤，虽若多寡之不同，而肌肤

---

① "趣"，〇王叔岷曰："道藏本《注》'趣'作'意'。"〇孔德凌曰："原作'意'，据北宋本、南宋本、世德堂本、汪本改。"

固一毛之积，均我体则均所爱矣，奈何轻一毛而重一节哉？能使人人尊生重本而不轻于一毛，则天下有余治哉。杨子之爱一毛者，非爱一毛也，爱其身也。人皆爱其身而不知一毛之惜，不惜一毛，积而至于殒身而不之觉矣。人于爱身则是之，于爱一毛则非之，弗思甚也。尝观人之有生，贵则治贱，卑则事尊，终身役役，无非为物，曾无一毫之为己，曷亦不思我之生也，其以我耶？其亦为人而生我耶？如其在我，则我奚为而不自为耶？且将以为人也，我之不能自治，又奚以为人哉？列子深丑夫世之逐万物而不反者，故其书每托于杨氏为我之言。禽子终不能达其况，方且谓以吾言问大禹、墨翟，则吾言当矣，是特见大禹、墨翟之迹尔，非特不知杨子，亦不知大禹、墨翟矣。孟孙阳因顾与其徒说它事，以其言之不类也。

【口义】"一体偏枯"者，言禹手足胼胝也。以我一毫而利天下，吾亦不与之；尽天下之物而以奉我，吾亦不取之。此所谓"为我"之学。"世固非一毛之所济"者，言损我一毛亦何益于世？世于一毛亦何用？"假济"者，言设使一毛可以济世，汝肯为之乎？"杨子弗应"者，不以此意尽语之也。一身，一节之所积；一节，一毛之所积也。才动一毛，便是我身中之物，岂可以其微而轻忽之？此意盖谓有一分务外之心，则非自养之道。禽子曰：汝为此说，我固难答。然老聃、关尹则以女①言为是，大禹、墨翟则不以汝言为是矣。"孟孙顾其徒而言他事"，盖谓大禹、墨翟，我师所不为，而汝如此比并言之，可乎？孟孙阳者，杨朱弟子也。

【通义】禽子，墨氏之徒故，因杨子举伯成子高，与大禹之道足以治天下，故辩难以尽杨子之蕴。老聃、关尹、大禹、墨翟，正当时借以为门墙者。学术之不同，初则矫时也，矫时而过则不得乎时中，流弊至于无父无君，岂杨、墨之本心哉。故君子审几于始。

① "女"，〇张京华曰："宋景定本、《正统道藏》抄本、日本庆长木活字本作'汝'。日本南北朝本作'汝'。"

十二、"天下之美"章

【原文】

杨朱曰:"天下之美归之舜、禹、周、孔,天下之恶归之桀纣。然而舜耕于河阳,陶于雷泽①[1],四体不得暂安,口腹不得美厚;父母之所不爱②,弟妹之所不亲③。行年三十,不告[2]而娶。及受尧之禅,年已长,智已衰。商钧不才,禅位于禹[3],戚戚然以至于死:此天人④之⑤穷毒⑥者也⑦。鲧⑧治水土,绩用不

---

① "陶于雷泽",○萧登福曰:"案:《庄子·盗跖篇》:'尧不慈,舜不孝,禹偏枯,汤放其主,武王伐纣,文王拘羑里;此六子者,世之所高也;孰论之,皆以利惑其真而强反其情性,其行乃甚可羞也。'可与此相参看。"

② "爱",○陶光曰:"道藏白文本、林本'爱'讹作'安'。"

③ "弟妹之所不亲",○于鬯曰:"鬯案:妹,敤手也。《汉书·古今人表》'敤手,舜妹',是也。据此,则敤手亦党象而不亲舜,而《列女·有虞二妃传》云:'瞽瞍与象谋杀舜,舜之女弟繫怜之'。《汉书》'敤手',颜师古《注》云:'俗书本作擊字者误'。案:'擊'即误合敤手二字,'繫'当更由'擊'字转误。《说文·攴部》称'敤首','首''手'字通,则作'敤手'二字名者不误,与二嫂谐,则其说相反。"

④ "人",○卢文弨曰:"下有'之'。"○陶光曰:"光按:此句当作'此天民之穷毒者也','民'字作'人',唐人避太宗讳改之也。下文'此天人之忧苦者也''此天人之危惧者也','人'字并当作'民'。'此天民之遑遽者也''此天民之逸荡者也''此天民之放纵者也',诸句字尚作'民',是改之未遍之迹也。"○王叔岷曰:"案:卢重元本、道藏高守元本、世德堂本'天人'下并有'之'字,与下文句法一律,当从之。"○孔德凌曰:"('民')原作'人',避唐太宗李世民讳,今改正。下同。"

⑤ "之",○杨伯峻曰:"北宋本无'之'字。"

⑥ "穷毒",○陶光曰:"光按:'穷毒'上当有'之'字,语意始足,且与下文一律。"○萧登福曰:"案:毒,苦也。见《广雅·释诂四》。穷苦,谓极苦。穷,极也。"

⑦ ○蒋超伯曰:"《庄子·徐无鬼篇》师其意而变其词云:'卷娄者舜也。舜有膻行,百姓悦之。尧闻舜之贤,举之童土之地,年齿长矣,聪明衰矣,而不得归休,所谓卷娄者也。'"

⑧ "鲧",○秦恩复曰:"案:《释文》'一本作骸'。"

就^①[4]，殛诸羽山。禹纂业事雠，惟荒土功，子产不字，过门不入；身体偏枯，手足胼胝^②[5]。及受舜禅，卑宫室，美绂^③冕^④，戚戚然以至于死[6]：此天人之忧苦者也。武王既终，成王幼弱，周公摄天子之政。邵^⑤公不悦，四国流言^⑥。居东三年，诛兄放弟，仅免其身[7]，戚戚然以至于死：此天人之危惧者也。孔子明帝王之道，应时君之聘，伐树^⑦于宋，削迹于卫^⑧，穷于商周^⑨，围^⑩于陈蔡^⑪，受

---

① "绩用不就"，○萧登福曰："案：绩，功业。用，效也。就，成也。"

② "胼胝"，○王叔岷曰："案：《释文》本'胼胝'作'骈胝'，俗。"

③ "绂"，○萧登福曰："案：绂通黻。黻冕，指礼衣礼冠。"

④ "卑宫室，美绂冕"，○陶光曰："光按：'美绂冕'与上下文义正相反。《释文》于'禅'字之下、'绂冕'之上出'蔽'字，云：'音弊，音卑'。疑'美'原作'蔽'，假为'弊'，本或作'弊'，讹为'美'字。宫室曰卑，绂冕曰弊，义各有当，亦正相合。然《释文》又有'卑'音，以例推之，其本当作'弊宫室'矣。不能确指，疑有误也。"

⑤ "邵"，○陶光曰："道藏白文本'邵'作'召'。"

⑥ "四国流言"，○萧登福曰："案：《诗经·豳风·破斧》：'周公东征，四国是皇。'《毛传》：'四国，管、蔡、商、奄也。'周公摄政，管叔鲜、蔡叔度流言'周公将不利于成王'，联合武庚作乱。流言，谣言。"

⑦ "伐树"，○萧登福曰："案：《史记·孔子世家》：'鲁定公卒，孔子去曹适宋，与弟子习礼大树下，宋司马桓魋欲杀孔子，拔其树，孔子去。'"

⑧ "削迹于卫"，○萧登福曰："案：《庄子·渔父篇》：'孔子愀然而叹，再拜而起曰：丘再逐于鲁，削迹于卫，伐树于宋，围于陈蔡。'《晏子春秋·外篇第八·仲尼之齐》：'孔子拔树削迹，不自以为辱；穷陈蔡，不自以为约'，削迹，匿迹，隐居。《史记·孔子世家》载孔子至卫，卫灵公原予厚禄拟重用之，'或谮孔子于卫灵公，灵公使公孙余假，一出一入（跟踪其出入，索引谓以兵仗出入，恐非是），孔子恐获罪焉，居十月，去卫'。"

⑨ "穷于商周"，○萧登福曰："近人严捷《列子译注》以为穷于商周，系指孔子被围于匡之事。以商周为商丘，此处指匡。严氏云：'孔子去陈国，途经匡。匡人曾遭受鲁国阳虎暴凌，见孔子貌似阳虎，便误将他抓住，囚禁了五天。'"

⑩ "围"，○俞樾曰："《杨朱篇》作'围于陈蔡'，亦'困'字之误，卢重玄本皆作'困'。"○杨伯峻曰："'围'秦刻卢《解》本作'困'。"○孔德凌曰："秦本作'困'。"

⑪ "围于陈蔡"，○萧登福曰："《史记·孔子世家》：'（楚）闻孔子在陈蔡之间，楚使人聘孔子，孔子将往拜礼。陈蔡大夫谋曰："……孔子用于楚，则陈蔡用事大夫危矣。"于是乃相发徒役，围孔子于野，不得行，绝粮，从者病，莫能兴。'"

屈于季氏①，见辱于阳虎②，戚戚然以至于死：此天民之遑遽者也。凡彼四圣者，生无一日之欢，死有万世之名。名者，固非实之所取也。虽称之弗知，虽赏之不知，与株块③无以异矣[8]。桀藉累世之资，居南面之尊，智足以距群下，威足以震海内；恣耳目之所④娱，穷意虑之所为，熙熙⑤然以至于死：此天民之逸荡者也。纣亦藉累世之资，居南面之尊；威无不行，志无不从；肆情于倾宫⑥，纵欲于长夜[9]；不以礼义自苦，熙熙然以至于诛：此天民之放纵者也。彼二凶也，生有从欲之欢，死被愚暴之名。实者，固非名之所与也，虽毁之不知，虽称之⑦弗知，此与株块奚以异矣[10]。彼四圣虽美之所归，苦以至终，同归于死矣。彼二凶虽恶之所归，乐以至终，亦同归于死矣[11]。"

---

① "受屈于季氏"，○萧登福曰："孔子曾为季氏小吏。《史记·孔子世家》：'孔子贫且贱，及长，尝为季氏史，料量平。尝为司职吏，而畜蕃息。'"

② "见辱于阳虎"，○萧登福曰："《史记·孔子世家》载季氏飨士，孔子往，被阳虎所拒。"

③ "株块"，○萧登福曰："案：株块，谓朽株土块。"

④ "所"，○陶光曰："林本'所'字敚。"

⑤ "熙熙"，○萧登福曰："案：熙熙，和乐貌。"

⑥ "肆情于倾宫"，○萧登福曰："案：《淮南子·地形篇》'倾宫旋室'注：'倾宫，宫满一顷田中也。'又《淮南·天文篇》'天倾西北'注：'倾，高也。'倾宫谓高广之宫。"

⑦ "称之"，○俞樾曰："樾谨按：上文言舜、禹、周、孔曰'虽称之弗知，虽赏之不知'，则此言桀、纣宜云'虽毁之不知，虽罚之弗知'。'毁之'对'称之'言，'罚之'对'赏之'言，方与下文'彼四圣，虽美之所归''彼二凶，虽恶之所归'文义相应。'称之''赏之'是'美之所归'也，'毁之''罚之'是'恶之所归'也。今涉上文而亦作'称之'，义不可通矣。"○陶光曰："光按：'称'字误。上文于彼四圣者言'虽称之弗知，虽赏之不知'，此文于彼二凶当得一字与'毁'字之义相比也。"

【集解】

[1]【释文】案《史记》曰："舜耕于历山，陶于河滨。今濮阳雷泽县。"

[2]【释文】告，古沃切。告上曰告，发下曰诰。

[3]【释文】长，张丈切。钧，音均。

[4]【释文】鲧，古本切，禹父名，本又作骹[①]。

[5]【释文】纂，音缵。过，音戈。"胼胝"作"跰胝"。跰，步千切。胝，丁泥切。

[6]【释文】禅，音善。"卑"作"蔽"，云：音弊，音卑[②]。绂冕，音弗冕。

[7]【释文】仅，音觐。

[8]【张注】观形即事，忧危之迹著矣。求诸方寸，未有不婴[③]拂其心者。将明至理之言，必举美恶之极以相对偶者也。

【释文】株，音诛。块，口对切。

[9]【释文】"纵"作"从"。从，音纵，下同。

[10]【张注】尽[④]骄奢之极，恣无厌[⑤]之性，虽养以四海，未始惬[⑥]其心。此乃忧苦穷年也。

[11]【释文】乐，音洛。

【义解】万物所异者生，所同者死，唯人亦然。故圣智凶愚所禀固异，及归于尽未始不同。然则名实奚辩？忧乐奚择？此游方之外者所以齐死生而两忘其道。

---

① ○王叔岷曰："案：道藏白文本、林希逸本、江遹本并作'鲧'，当以作'鲧'为正。"

② ○任大椿曰："案：今本'卑宫室'，'蔽'作'卑'。考'卑''蔽'音相通，故'蔽'既音蔽，又音卑。《考工记·释文》：'轮人轮箄，一音薄计反。'《史记·淮阴侯传》：'从间道草山而望。'如淳曰：'草音蔽。依山自覆蔽。''箄''草'从卑声，而皆读为蔽。故'草'有蔽音，又有卑音。'卑宫室'之作'蔽宫室'，以'卑''蔽'音相近而通耳。"

③ "婴"，○孔德凌曰："原作'攖'，据北宋本、南宋本、世德堂本、汪本改。"

④ "尽"，《释文》云："尽，子忍切。"

⑤ "厌"，《释文》云："厌，一盐切。"

⑥ "惬"，《释文》云："惬，口帖切。"

【范注】万物所异者生也，所同者死也。舜之穷毒、禹之忧苦、周公之危惧、孔子之遑遽，彼四圣也，天下之美归之，而戚戚然以至于死，其死则同矣。夏桀之逸荡、商纣之放纵，彼二凶也，天下之恶归之，而熙熙然以至于死，其死则同矣。故仁圣亦死，凶愚亦死，乌睹其所以异？

【江解】舜为帝之盛帝，禹为王之首王，周公之忠圣，孔子之明道，皆圣人之极致，天下万世莫不尊亲者也。而舜之穷毒，禹之忧苦，周公之危惧，孔子之遑遽，考之虞、夏、商、周之书，稽之孔子之言，其理为不诬，谓之戚戚然以至于死，不为溢恶之言矣。至于桀、纣之逸荡放纵，恣耳目之所娱，穷意虑之所为，肆情于倾宫，纵欲于长夜，此可谓熙熙然足于从欲之欢矣。天下之美归之舜、禹、周、孔而谓之四圣，天下之恶归之桀、纣而谓之二凶，四圣被万世之虚名，二凶享当身之实利。实固非名之所与，名固非实之所取，要其所谓毁誉，徒传于万世之下，毁誉之者，何能知其前？为其毁誉者，亦何知于后？虽有毁誉，与株块何以异哉？谓美恶为同归于死，不亦宜乎？列子言此，不欲天下之人去四圣之名，趣二凶之实也，使求道者审名实之俱非，知忧喜之均累，故以天下万世之所同是非者为言，俾之遗圣人之迹而求圣人之道也。且为四圣者，乐天知命，未始有忧，其所谓穷毒忧惧，皆不得已而应世，与民同吉凶之患，而忧民之忧尔。其所以有圣智之名者，亦人与之名而弗拒尔。必知此而后知列子之言，是乃与四圣同道者。

【口义】"天人"者，言天下之人也。在此天下之人之中，最为穷独，最为忧苦，最为危惧，最为遑遽者也。"遑遽"，逼迫而不得自闲之意。"天民"，亦与"天人"同。"株块"者，言如朽木土块也。身灭之后，誉亦不知，毁亦不知，贤之与否亦何别乎？此段亦太露筋骨。

【通义】此意屡见，于前只明为我之为得，此复标榜穷毒放纵等名，敷演文字耳。美恶之归，良心同也，曰圣曰凶，向背昭然，而结曰同归于死。即众人之所自委以见择术之不慎者众，而有志知几者少也。明抑暗扬。

十三、"杨朱见梁王"章

【原文】

杨朱见梁王，言治天下如运诸掌^①。

梁王曰^②："先生有一妻一妾而不能治，三亩之园而不能芸^③；而言治天下如运诸掌，何也？"

---

① "杨朱见梁王，言治天下如运诸掌"，〇王重民曰："案：《类聚》九十四引作'梁惠王'，下文'梁王曰'无'梁'字。"〇陶光曰："光按：此下一事又见《说苑·政理篇》。"〇王叔岷曰："案：《事类赋》二二《兽部》三引'杨朱'上有'初'字。王重民云……案：《文选》东方曼倩《答客难》注、《事文类聚》后集三九、《韵府群玉》六、《天中记》五四引'梁'下亦并有'惠'字。《御览》八二四引'言'作'曰'，'曰'下更有'王者'二字。《文选·答客难》注引'如运诸掌'作'犹运之掌'。"

② "梁王曰"，〇王重民曰："案：《类聚》九十四引无'梁'字。《类赋》二二《兽部》三、《御览》八三三、《事文类聚·后集》三九、《天中记》五四引亦并无'梁'字，《御览》九百二引《列子传》同。"〇王叔岷曰："王重民云……案：《事类赋》二二《兽部》三、《御览》八三三、《事文类聚》后集三九、《天中记》五四引亦并无'梁'字。《御览》九百二引《列子传》同。"

③ "三亩之园而不能芸"，〇王叔岷曰："案：《艺文类聚》六五引'园'作'圃'，'芸'作'耘'，'圃''园'古多混用。《艺文类聚》九四、《御览》八二四、《事文类聚》后集三九、《天中记》五四引'芸'亦并作'耘'，'芸'借为'耘'，《说文》：'耘，除田间秽也。'重文作'薅'，'耘'即'薅'之省。"

对曰：“君见其^①牧羊者乎？百羊而群^②，使五尺^③童子荷箠^④而随之^⑤，欲东而东，欲西而西。使尧牵一羊，舜荷箠^⑥而随之，则不能前矣^⑦。且臣闻之：吞舟之鱼不游枝流^⑧；鸿鹄高飞^⑨，不集^⑩

---

① "见其"，〇王重民曰："案：'见其'误倒，《类聚》九十四引'其'作'夫'，亦通（《说苑·政理篇》作'君不见夫羊乎'）。"〇陶光曰："王重民云……盖以见其不词而以意改之。光按：王说非也。《说苑》作'君不见夫羊乎'，与此文虽异，而亦作'见夫'，与《类聚》引《列子》同，知《列子》'其'字亦当作'夫'也。"〇王叔岷曰："案：《事类赋》二二《兽部》三、《御览》八三三、《事文类聚》后集三九、《天中记》五四引'其'亦并作'夫'，《御览》九百二引《列子传》同。"〇杨伯峻曰："伯峻案：其，彼也。'君见其牧羊者乎'犹言'君见彼牧羊者乎'。其之训彼，说见仲父（〇震案：仲父即杨树达）所著《高等国文法》及《词诠》。"

② "百羊而群"，〇王重民曰："案：《类聚》九十四引上'而'字作'为'，疑作'为'者是也。'为'古文作'𢍮'，与'而'相似，易讹。本书《黄帝篇》'夫得是而穷之者，焉得为正焉'，《庄子·达生篇》作'物焉得而止焉'，吉府本《列子》作'焉得而正焉'，是其证。"〇王叔岷曰："案：《六帖》九六引'百羊'上有'夫牧羊者'四字，'而群'作'为群'。《御览》八三三、《事文类聚》后集三九、《天中记》五四引'而群'亦并作'为群'，《御览》九百二引《列子传》同。王重民云……其说是也。"

③ "五尺"，〇王叔岷曰："案：《韵府群玉》六引'五尺'下有'之'字。"

④ "箠"，〇陶光曰："世德堂本'箠'作'菙'。光按：'箠''菙'同字，古人从'竹'从'艹'之字多通写也。"

⑤ 〇萧登福曰："案：此章又见于《说苑》卷七《政理篇》。又，箠指竹鞭。"

⑥ "箠"，〇卢文弨曰："菙，箠。"

⑦ "则不能前矣"，〇王叔岷曰："案：《事类赋》二二《兽部》三引作'亦不能前之矣'，《艺文类聚》九四、《事文类聚》后集三九、《韵府群玉》六、《天中记》五四引'矣'并作'也'，'也'犹'矣'也。"

⑧ "枝流"，〇萧登福曰："案：木曰枝，水曰流，衣曰裔；三者皆由主干所分出者。"

⑨ "鹄"，〇王叔岷曰："案：《文选》陈孔璋《为曹洪与魏文帝书》注引'鹄'作'雁'。"

⑩ "集"，〇萧登福曰："案：集，谓鸟棲止于木上。"

070

污池。何则？其极远也①。黄钟②大吕③不可从烦奏④之舞。何则？其音疏也。将治大者不治细，成大功者不成小，此之谓矣[1]。"

【集解】

[1]【义解】治家以及国，此言先后之渐；施于国者不可施于家，此言小大之宜。故牧羊者童子之任，而牧天下唯尧舜之道。将治大者不治细，成大功者不成小，此治之要所以在知道。

【范注】千钧之弩不为鼷鼠发机，万石之钟不为莛撞起音。鲲非溟海无以运其躯，凤非修梧无以晞其翼。将治大者不治细，成大功者不成小，自然之理也。

【江解】治天下者必知所谓如运诸掌而后可以语治也。扬⑤子曰："天下为大，治之在道，四海为远，治之在心。"信斯言也，则不下带而道存，奚啻运诸掌哉？苟能此道矣，则我无为而民自治，我好静而民自正，是以不治，治之也。如欲治之而治，则一妻一妾已不胜其治矣，三亩之园已难为其力矣，是使尧牵羊而舜荷筸之类也。故曰："将治大者不治细，成大功者不成小。"

【口义】尧、舜之牧羊，不如五尺童子，此数语极佳，谓能大者不能小者。

---

① "其极远也"，○陶光曰："光按：《说苑》作'其志极远也'，误。《尔雅·释诂》：'极，至也。'言其所至远也，后人或昧此义，以意增出'志'字耳。"○王叔岷曰："案：《说苑·政理篇》《金楼子·立言下篇》'其'下并有'志'字，当从之。下文'何则？其音疏也'，'志'与'音'对言。"○萧登福曰："案：'极远'与下文'音疏'相对为文。极，音皆为名词。极，至也，正也；引申为所至之目标，标的。"○孔德凌按："德凌按：'陶说可从。'"

② "钟"，○杨伯峻曰："'钟'汪本作'锺'，吉府本同，今从各本正。"

③ "黄钟大吕"，○萧登福曰："黄钟、大吕为十二律之一。音最低沉，疏缓。"

④ "烦奏"，○陶鸿庆曰："'奏'当读为'凑'。凑，会合也。"○陶光曰："光按：《说文》'烦'作'繁'，'烦''繁'并假为'蕃'。《淮南子·主术篇》：'法省而不烦。'注：多也。《吕氏春秋·音初篇》：'世浊则礼烦。'《大戴礼记·少闲》：'列五王之德，烦烦如繁诸乎。'注：众也。'繁'假为众多之义，其例尤多，不书。"○萧登福曰："烦，通繁。烦奏，谓节奏快速。"

⑤ "扬"，○震案：原为"杨"，因后引文出于《扬子法言》，故改之为"扬"。

"枝流"者,支派小流也。《庄子·秋水篇》亦有此意。

【通义】家难而天下易,家亲而天下疏也。杨朱不能治妻妾,亦为我而寡恩乎。法不可加而恩不洽,此所以不治也。能大者不屑小,固任质恃材之器,而非务学者之言矣。然就答问之间而观之,是诚所谓遁辞,仿樊迟学稼章之意也。全是战国辩士之言,反求诸己者不然。

十四、"太古之事灭"章

【原文】

杨朱曰:"太古之事灭矣,孰志之哉?三皇之事若存若亡[1],五帝之事若觉若梦[1],三王之事或隐或显,亿不识一[2]。当身之事或闻或见,万不识一。目前之事或存或废,千不识一。太古至于今日,年数固不可胜纪。但[2]伏羲已[3]来三十馀万岁[4],贤愚、好丑[5],

---

① "若存若亡",○王叔岷曰:"案:《北山录·天地适篇》引'存'作'有',则'亡'与'无'同。"

② "但",○陶光曰:"道藏白文本、林本无'但'字。光按:'但'字无义,衍文。"○萧登福曰:"案:但,只,仅也。"

③ "已",○王叔岷曰:"案:卢重元本、道藏高守元本'已'并作'以',《文选》颜延年《还至梁城作诗》注、《路史·发挥一》注引并同。'以'犹'已'也,作'以'是故书。《文选》王文考《鲁灵光殿赋》注引'已'亦作'以'。"

④ "伏羲已来三十馀(余)万岁",○蒋超伯曰:"按:刘逵左太冲《蜀都赋》注引扬雄《蜀王本纪》:'蜀王之先,名蚕丛、拍濩、鱼凫、蒲泽、开明,是时人萌,椎髻左言,不晓文字,未有礼乐。从开明上到蚕丛,积三万四千岁。'以是推之,则由商周以溯三皇,其年岁亦当仿佛如此。今泰西人推开辟以来,至有明之季,才得六千余岁,究未知其确否也。"○于鬯曰:"鬯案:伏羲至战国有此岁数,惟见于此。"

⑤ "贤愚好丑",○萧登福曰:"案:贤愚好丑,谓人之才智及身形而言。"

成败、是非^①，无不消灭^②；但迟速之间耳^③[3]。矜一时之毁誉，以焦苦其神形，要[4]死后数百年中馀名，岂足润枯骨？何^④生之乐哉[5]？”

【集解】

[1]【释文】觉，音教。

[2]【释文】识如字，又音志，下同。

[3]【张注】以迟速而致惑，奔竞而不已，岂不鄙哉？

[4]【释文】要，一遥切。

[5]【义解】时运不留，迹随以泯，后之视今，犹今之视昔。则务一时之毁誉，而以生为可乐者，是不足以达于理也。太古远矣，其事无传，故若灭若没，莫能志之。三皇以降，比太古为近，故其事疑于存亡；五帝以降，比三皇为又近，故其事疑于有而若觉若梦。然曰"若存若亡"，则疑于在而实无在也；曰"若觉若梦"，则疑于有而实无有也。至三王以还，则为尤近，故曰"或隐或显"。盖其所过者方向于无，而其所存者可证其有，故其隐显特未定也。若夫当身之事，虽既往而未远，然所过者闻，所存者见，既已趣寂；目前之事，方适今而尚在，然目所注者存，目所过者废，亦既不停。是以论其时则久近之殊，言其事则多寡之异，年运而往，其于不可识则一也。若是，则贤愚之异性，好丑之异形，成败是非异理，迟速之间，同于泯绝而已。方且终身役役，与物相刃相靡，竞一时之虚誉，规身后之余荣，尊生者也。

【范注】事之在天下，俄成俄坏，迭盛迭衰，代废代兴，倏起倏灭，是亦一

---

① "成败、是非"，○萧登福曰："案：成败是非，谓事之或成或败，或是或非。"

② "消灭"，○王叔岷曰："案：《文选》王文考《鲁灵光殿赋》注引'消灭'下有'也'字。"

③ "耳"，○陶光曰："道藏白文本'耳'作'尔'。"

④ "何"，○于鬯曰："鬯案：'何'犹'何如'也。此犹上文'若'犹'若此'，并语辞省字法。"

无穷，非亦一无穷。爰自古初以来至于今，不知其几千余万岁矣，贤愚、好丑、是非、成败，有万不同，同归于尽。而昧者不知，乃始胥易技系，劳形怵心，内盈柴栅，外重缠缴，终身役役，曾不得须臾宁神者，不自许也，尚何生之可乐哉？

【江解】可言可为，无非事者。不离于言为之域，则不逃于时数之运矣。虽太古之治，必有事焉，皇之道，帝之德，王之业，世每降而事愈丛矣。以耳目之见闻计所识之多寡，或相倍蓰，或相什百，或相千万。推而上之，至于皇帝，则存亡觉梦，或有或无；及于太古，则已灭矣，已失矣，孰志之哉？由是美恶之迹均在所遗。谓善为可趋，则善名久亦灭矣；谓恶为可避，则恶声久亦消矣，但迟速之间尔，安可致惑于迟速奔竞而不已哉？然则为皇、为帝、为王，其应世之事不离于可名之域，其果是耶？其果非也耶？盖帝王之迹出于感而应，迫而动，无心于名而人以其名归之，与夫矜毁誉而要名者异矣。故其应世之事虽与时俱往，而所以为圣者则独存而常，今不然，何以贵于圣人之治哉？

【口义】"灭矣"者，言泯灭而不传也。"若存若亡""若梦若觉""或隐或显"，大意盖谓事之愈久则愈不可知。虽有一时之名誉，数百年之后无不消灭，为善者亦徒自苦而已。

【通义】此亦旷达之怀，怜奔竞之徒，而开喻之，于世教不为无补。后学乃置《列》《庄》而不读，惜哉。

十五、"人肖天地之类"章

【原文】

杨朱曰："人肖天地之类,怀五常之性①[1],有生之最灵者也②。人者,爪牙不足以供守卫,肌肤不足以自捍③御[2],趋走不足以从利逃害④[3],无毛羽以御寒暑,必将资物以为养⑤,任智而不恃力。故智之所贵,存我为贵;力之所贱,侵物为贱。然身非我有也⑥,既生,不得不全之;物非我有⑦也⑧,既有,不得而去

---

① "人肖天地之类,怀五常之性",○萧登福曰:"案:肖天地之类,谓天圆地方,有三百六十五日,而人之头圆脚方,有三百六十关节。人系法象天地而生。汉儒常以人比天。五常,张湛注以为五行。宋徽宗以为仁义礼智信。又,《淮南子·精神篇》云:'故头之圆也,象天。足之方也,象地。天有四时、五行、九解、三百六十六日,人亦有四支、五藏、九窍、三百六十节。天有风雨寒暑,人亦有取与喜怒。'王充《论衡·物势篇》:'且一人之身,含五行之气;故一人之行,有五常之操。五常,五常之道也。五藏之内,五行气俱。'汉儒常论及天人之事。"

② "者",○陶光曰:"《集解》无'人'字。"○杨伯峻曰:"北宋本、汪本、吉府本、世德堂本'者'下俱衍'人'字,今依《藏》本、《四解》本删。"

③ "捍",○王叔岷曰:"案:《释文》本'捍'作'扞'。'捍'与'扞'同。"

④ "从利逃害",○王重民(敦)曰:"宋本'从利逃害'作'逃利害'。"○杨伯峻曰:"本作'逃利害',今从敦煌斯七七七六朝写本订正。伯峻案:《说文》:'辵,趋也。'《释名》曰:'徐行曰步,疾行曰趋,疾趋曰走。'《吕览·权勋篇》:'齐王走莒。'《注》:'走,奔也。'"○孔德凌曰:"原作'逃利害'。据《敦煌古籍叙录》所载敦煌六朝写本残卷斯七七七改。"

⑤ "养",○王重民(敦)曰:"宋本'养'下有'性'字。"○杨伯峻曰:"各本'养'下有'性'字,今从敦煌斯七七七六朝写本残卷删。"○孔德凌曰:"'养'下,原衍'性'字,据《敦煌古籍叙录》所载敦煌六朝写本残卷斯七七七删。"

⑥ "然身非我有也",○王重民(敦)曰:"'然则身非我有'宋本作'然身非我有也'。"○孔德凌曰:"《敦煌古籍叙录》所载敦煌六朝写本残卷斯七七七作'然则身非我有'。"

⑦ "有",○王重民(敦)曰:"宋本'有'下有'也'字。"

⑧ "也",○孔德凌曰:"《敦煌古籍叙录》所载敦煌六朝写本残卷斯七七七无。"

之^①[4]。身固生之主，物亦养之主。虽全生^②，不可有其身；虽不去物，不可有其物。有其物，有其身，是横私天下之身[5]，横私天下之物。不横私天下之身，不横私天下物者^③，其唯圣人乎^④[6]！公天下之身，公天下之物，其唯至人矣！此之谓至至者也[7]。"

【集解】

[1]【张注】肖，似也。类同阴阳，性禀五行也。

---

① "不得而去之"，○杨伯峻曰："北宋本、汪本、秦刻卢《解》本、世德堂本皆作'不得不去之'。"○俞樾曰："樾谨按：'不得不去之'当作'不得而去之'，故下文曰'虽不去物，不可有其物也'。今作'不得不去'，与下文不合矣。盖涉上文'既生，不得不全之'，故误'而'为'不'。"○杨伯峻又曰："伯峻案：俞说是也，《道藏》白文本、林希逸本、吉府本正作而，今订正。"○王重民曰："案：俞说是也。道藏本、吉府本'不'并作'而'。"○陶光曰："道藏白文本、林本、吉府本（王重民云）作'既有，不得而去之'。俞樾曰：'不得不去之'当作'不得而去之'，盖涉上文'不得不全之'而误。"○王叔岷曰："案：道藏本中白文本、林希逸本'不'并作'而'，江遹本、高守元本仍并误'不'。"○萧登福曰："四解本、江本原作'不得而去之'，口义本作'不得而去之'，俞樾《诸子平议》卷十六云：'……（○震案：如上所录）'今据口义及俞说改。"○孔德凌曰："'而'原作'不'，据道藏白文本、林本改。"

② "生"，○陶鸿庆曰："愚案：上'身'字当衍。"○王重民（敦）曰："宋本'生'下有'身'字"。○杨伯峻曰："各本'生'下有'身'字，今从敦煌斯七七六朝残卷删。"○孔德凌曰："'生'下原衍'身'字，据《敦煌古籍叙录》所载敦煌六朝写本残卷斯七七七删。"

③ "不横私天下之身，不横私天下物者"，○王重民（敦）曰："宋本衍此十四字。"○杨伯峻曰："各本无此十四字，今从敦煌残卷增。"○孔德凌曰："（《四解》本）原脱，据《敦煌古籍叙录》所载敦煌六朝写本残卷斯七七七补此十四字。"

④ "其唯圣人乎"，○陶鸿庆曰："张注云：'知身不可私，物不可有者，唯圣人可也。'此失其读。'其唯圣人乎'当连下读之，乃倒句也。'其唯圣人乎？公天下之身，公天下之物，其唯圣人矣。'盖既叹其圣，又许以至也。《易·乾卦·文言》：'其为圣人乎？知进退存亡而不失其正者，其唯圣人乎。'句法正同。"○杨伯峻曰："伯峻案：陶所据本脱'不横私'等十四字，故云云。今补此十四字，则陶说不足信矣。"○孔德凌曰："敦煌六朝写本残卷斯七七七作'其唯至人矣'。"○王重民（敦）曰："（敦煌残卷斯七七七）'其唯至人矣'，宋本作'其唯圣人乎'，按作'圣人'是也。"

【释文】"肖"作"俏",音笑,本或作肖①。

[2]【释文】"捍"作"扞",音汗。御,鱼据切。

[3]【释文】"趋"作"趣",音趋。

[4]【释文】"而去"作"不去",去,丘吕切。

[5]【释文】横,去声。下同。

[6]【张注】知身不可私,物不可有者,唯圣人可也。

【释文】从此句下"其唯至人矣"连为一段②。

[7]【张注】天下之身同之我身,天下之物同之我物,非至人如何? 既觉私之为非,又知公之为是,故曰至至也。

【义解】肖天地之类,谓方圆动静之形;怀五常之性,谓仁义礼智信之德。万物所同者生,而惟人万物之灵,故曰:"有生之最灵者也。"以其最灵,故于智为有余;以其爪牙不利,无毛羽之蔽,故于力为不足。智有余而力不足,故必资物以为养,盖以我之智可以制彼之力,使为我用故也。虽然任智矣,而又恃其力,则莫知物我之贵贱。故智之所贵,存我为贵,以我贵于物也;力之所贱,侵物为贱,以物能役我也。夫身非我有,圣人岂以物殉身哉? 为其为神明所托也。故既生,不得不全之。物非我有,圣人岂以身逐物哉? 知其为耳目之役也。故既有,不得不去之。有生所贵者,故曰"身固生之主";养形必先之以物,故曰"物亦养之主"。虽然,有生之所患者身,则虽全生身,不可有其身也;志之所以丧者物,则虽不去物,不可有其物也。外有其物,内有其身,蔽于一偏,暗于大理,窃窃然横私天下之身与其物,岂知道之所以为公哉? 圣人知身者天下之委形,故能公天下之身;知物与物何以相远,故能公天下之物。唯天下之至

---

① "肖",○任大椿曰:"案:今本'人肖天地之类','俏'作'肖'。考《淮南子》'浸想宵类',高诱《注》:'宵,物似也。'《汉书·刑法志》:'凡人宵天地之貌。'师古以'宵'为'肖',然则'肖''俏''宵'并通。"

② ○陶光曰:"光按:殷说误也,此句仍当上属。谓世所谓圣人,'有其身,有其物,是横私天下之身,横私天下之物',盖讥弹之也。与上文言舜、禹、周、孔之旨相承,道家于儒之所谓圣人多如此,而贵真人、至人,不烦详释。此书亦然。殷昧于此义,因谓此句属下读。如其说,则与'其唯至人矣'一句相复矣。"

圣为能与于此，故曰："此之谓至至者也。"

【范注】汝身非汝有也，以不可有而有之，是横私天下之身；外物不可必也，以不可必而必之，是横私天下之物。《老子》曰"知当容①，容乃公"，惟公则能兼容；《庄子》曰"大人合并以为公"，惟公则能合并。公天下之身者，内若于身，而身本无身也；公天下之物者，外若于物，而物本无物也。进是道者，讵有介然之知存乎胸中而以自营为事哉？惟至人无己，然后能之。若圣人则未离乎人道，彼其于此犹有未至也。此之谓至至者，岂非庄周所谓"未始有物者不可以加"者耶？

【江解】人之生，必将资物以为养性，是乃养生之主、卫生之经、达生之情所不可不为而其为不免矣。盖身固生之主，故有生必先无离形；物亦养之主，故养形必先之物。物有余而形不养者有之矣，故虽不去物，不可有其物；形不离而生亡者有之矣，故虽全生身，不可有其身。世之人不知养形，果不足以存生也。横私天下之身以为我，横私天下之物以为养，是务夫生之所无以为也。形木必全，而生理灭矣，则世奚足为哉？能弃事遣生而至于形全精复者，其唯圣人乎？圣人犹兆于变化，未能忘我也。若夫至人之不离于真，则公天下之身而身不异物，公天下之物而物无非我。此《庄子·达生》之所谓精而又精，而此之谓至至者欤。

【口义】"养性"者，养生也。"任智而不恃力"，智存于我，力角乎物也。存我者为贵，侵物者为贱。"侵物"者，与之相靡也，相刃也。我身我生，不得不全其生。身外之物非我所有，非我所有则为我之累也，不容不离去之。然身固我之所以生者，物亦资以养生者，身虽可爱，亦有时而不自由，我岂得而有之？物虽可去，而有不容去者，我亦不得而有去物之心也。《庄子》所谓"物莫足为而不可不为"者是也。若以物为有，以身为有，皆逆天理而自私者，故曰"横私"。世之圣人则如此。此语自尧、舜以下皆有讥侮之意。惟付吾身于无身，付外物于无物，无自私之心，此则至人也。"至至"者，言至此至矣，极矣，

---

① "知当容"，○孔德凌曰："今本《老子》作'知常容'。"

不可加也。

【通义】此承上章，惜奔竞之愚而示以此身之贵也。用物而不役于物，则无横私之弊矣。至至者纯公而无私，是为道之至也。今以身与物皆为天下之公，则公亦忘矣。故曰至至。

十六、"生民之不得休息"章

【原文】

杨朱曰："生民之不得休息，为四事故[1]：一为寿[2]，二为名[3]，三为位[4]，四为货[5]。有此四者，畏鬼，畏人，畏威，畏刑：此谓之遁民也①[6]。可杀可活②，制命在外③[7]。不逆命，何羡寿？不矜贵，何羡名？不要[8]势，何羡位？不贪富，何羡货？此

---

① "此谓之遁民也"，○王重民（敦）曰："（敦煌残卷斯七七七）'此谓遁民'，宋本作：'此之谓遁人也'，按'人'应作'民'，宋本未回改唐讳。"○杨伯峻曰："伯俊案：王说是，今从之改正。"○王重民曰："案《意林》引作'此之谓遁人也'，当从之。下文云'此之谓顺民也'，句法相同。"○陶光曰："光按：王说未碻，以语气验之，此二句不必一致。人当作民，唐人避太宗讳改之也。《庄子·天运篇》'以富为是者，不能让禄；以显为是者，不能让名；亲权者，不能与人柄。操之则慄，舍之则悲，而一无所鉴，以窥其所不休者，是天之戮民也'，即此文之义。'戮民''遁民'义同。"○王叔岷曰："案：《释文》'谓遁音钝'，既以'谓遁'连文，是所据本亦作'此之谓遁人也'。江遹《解》：'此之谓遁人'，所见本'之谓'二字亦未误到。"○杨伯峻又曰："'民'本作'人'，敦煌残卷作'民'。"○孔德凌曰："原作'此谓之遁人也'，据《敦煌古籍叙录》所载敦煌残卷斯七七七改。"

② "活"，○杨伯峻曰："伯峻案：活外为韵，古音同在祭部。"

③ ○王重民（敦）曰："（敦煌残卷斯七七七）《列子·杨朱篇》，始'有生之最灵者人也'，讫'可杀可活，制命在外'，共十八行。'民'字不讳，当是六朝写本。"

之^①谓顺民也[9]。天下无对^②,制命在内[10]。故语有之曰:人不婚宦,情欲失半^③;人不衣食,君臣道息^④[11]。周谚曰:'田父可坐杀[12]。'晨出夜入,自以性之恒;啜菽^⑤茹藿^⑥,自以味之极;肌肉麤厚,筋节䐴急^⑦[13],一朝处以柔毛^⑧绨^⑨幕,荐以粱^⑩肉兰橘,心痛^⑪体烦,内热生病矣[14]。商鲁之君与田父侔地,则亦不盈一时而惫矣[15]。故野人之所安,野人之所美,谓天下无过者[16]。昔

---

① "之",○陶光曰:"道藏白文本、林本无'之'字。"

② "对",○杨伯峻曰:"伯峻案:对内为韵,古音同在脂部。"

③ "人不婚宦,情欲失半",○姚文田曰:"宦、半,七真去声。"

④ "人不婚宦,情欲失半;人不衣食,君臣道息",○江有诰曰:"宦,音县;半,音变。宦、半为韵,古音同在元部。食、息为韵,古音同在之部。"○姚文田曰:"食、息,一戬入声。"○萧登福曰:"案:人生不外饮食男女;去婚宦,去衣服,则固无所求。"

⑤ "菽",○王叔岷曰:"案:《记纂渊海》五七引'菽'作'水'。"

⑥ "啜菽茹藿",○萧登福曰:"案:啜、茹,食也。啜菽,熬豆而食。藿,豆叶。"

⑦ "筋节䐴急",○卢文弨曰:"案:《淮南·修务训》'喔腠哆呀',此《释文》音'急'为'喟',盖亦读若'腠'。"○王叔岷曰:"案:道藏白文本、林希逸本'䐴'作'腾',元本、世德堂本并作'崪'。当以作'腾'为正。'䐴',俗字;'崪',误字。"○萧登福曰:"案:腾急,谓筋骨僵硬。"○孔德凌曰:"原作'䐴',据道藏白文本、林本、《释文》本改。"

⑧ "柔毛",○王叔岷曰:"案:《御览》四九六引'柔毛'作'软毛'。"

⑨ "绨",○萧登福曰:"案:绨,厚缯。"

⑩ "粱",○张京华曰:"元刻本误作'梁',日本庆长木活字本同误,据宋景定本、《正统道藏》抄本,及《道藏》本《冲虚至德真经》、江遹《冲虚至德真经解》、《四部丛刊》影印北宋刊本《冲虚至德真经》、《续四部丛刊》影印明世德堂本《列子》径改。日本南北朝本亦误作'梁'。"

⑪ "痛",○萧登福曰:"案:痛,酸痛;引申为忧郁。"

080

者宋国有田夫①，常衣缊黂②[17]，仅以过冬。暨春东作③，自曝于日④，不知天下之有广厦⑤隩室⑥，绵纩⑦狐貉⑧[18]。顾谓⑨其妻

---

① "田夫"，○王叔岷曰："案：《文选》嵇叔夜《与山巨源绝交书》注、《事文类聚续集》十七、《别集》二二、《合璧事类别集》五九、《韵府群玉》四引'田夫'并作'田父'，《草堂诗笺补遗》七引作'田叟'。"

② "缊黂"，○杨伯峻曰："'黂'世德堂本作'黂'，误。"○萧登福曰："案：缊，乱絮。黂，麻之有实者。"

③ "东作"，○杨伯峻曰："伯峻案：《尧典》云：'寅宾出日，平秩东作。'《伪孔传》云：'岁起于东而始就耕，谓之东作。'赵岐《孟子注》云：'《书》曰平秩东作，谓治农事也。'《汉书·王莽传》云：'每县则耕以劝东作。'《后汉·质帝记》《续汉书·礼仪志》皆云：'方春东作'，更其明证。"○萧登福曰："案：东作，谓春耕。《尚书尧典》：'平秩东作。'《孔传》：'岁起于东，而始就耕，谓之东作。'"

④ "暨春东作，自曝于日"，○王叔岷曰："案：《文选》嵇叔夜《与山巨源绝交书》注引'暨'作'至'。《事类赋》一《天部》一、《御览》三、《天中记》一引'自曝于日'并作'曝日于野'，'野'下更有'美之'二字。《书钞》一四九、《文选》嵇叔夜《与山巨源绝交书》注引'曝'并作'暴'，当从之。'曝'，俗字。《天中记》四引《博物志》有此文，亦作'暴'。"

⑤ "厦"，○陶光曰："道藏白文本'夏'作'厦'。光按：'夏'假为'厦'。"

⑥ "隩室"，○萧登福曰："案：隩，深也。隩室，内室。隩或借为燠，燠室为温室。"

⑦ "纩"，○萧登福曰："案：纩，细绵絮。"

⑧ "绵纩狐貉"，○王叔岷曰："案：《文选》嵇叔夜《与山巨源绝交书》注、《事文类聚别集》二二引'不知'上并有'当尔时'三字。《事类赋》一《天部》一、《天中记》一引并作'不识广厦绵纩之属（《天中记》'属'误'丽'）'，盖约举之词，疑所据本'绵纩狐貉'下并有'之属'二字也。卢重元本、世德堂本、道藏林希逸本、高守元本'绵'并作'绵'，《文选》嵇叔夜《与山巨源绝交书》注、《事文类聚别集》二二引并同，当从之。'绵'，俗字，《天中记》四引《博物志》亦作'绵'。《释文》本'貉'作'貉'，《文选》嵇叔夜《与山巨源绝交书》、《锦绣万花谷别集》一、《事文类聚前集》二、《续集》十七、《别集》二二、《合璧事类别集》五九引并同，当以作'貉'为正。《御览》十九、《天中记》四引《博物志》亦并作'貉'。"

⑨ "谓"，○陶光曰："道藏白文本、林本无'谓'字。"

曰:'负日之暄①[19],人莫知者②;以献吾君,将有重赏③。'里之富室告之曰④:'昔人有美戎菽,甘枲茎芹萍子⑤者,对乡豪称之[20]。乡豪取而尝之,蜇于口,惨于腹⑥,众哂而怨⑦之,其人大惭。子,

---

① "暄",〇陶光曰:"各本'煊'作'暄'。"〇杨伯峻曰:"伯俊案:暄、煖或字。"

② "负日之暄,人莫知者",〇王叔岷曰:"案:《事类赋》一《天部》一、《御览》三、《天中记》一引'负'上并有'吾'字,'煊'并作'暄'。《释文》本、卢重元本、元本、世德堂本、道藏各本'煊'皆作'暄',《书钞》一四九,《文选》嵇叔夜《与山巨源绝交书》注,《草堂诗笺》二六、三三,《补遗》六、七,《记纂渊海》二,《锦绣万花谷别集》一,《事文类聚前集》二、《续集》十七、《别集》二二,《合璧事类前集》一、《别集》五九,《韵府群玉》四十引并同。《御览》十九、二七、三七一、四九一、《天中记》四引《博物志》亦并作'暄'。'煊'与'暄'同,正作'煖'。《说文》:'煖,温也。'《草堂诗笺补遗》六引'人莫知者',作'莫有知者',《文选·与山巨源绝交书》注,《记纂渊海》二,《事文类聚别集》二二,《合璧事类前集》一引'者'并作'之'。"〇孔德凌曰:"北宋本、南宋本、汪本'暄'作'煊'。"

③ "将有重赏",〇王叔岷曰:"案:《草堂诗笺》三三引'将'作'当',《事文类聚续集》十七、《合璧事类别集》五九引亦并作'当','重赏'并作'厚赏也'。《事类赋》一《天部》一、《御览》三、《合璧事类前集》一、《韵府群玉》十、《天中记》一引'有'并作'获'。《文选》嵇叔夜《与山巨源绝交书》注,《事文类聚别集》二二引'赏'下亦并有'也'字。"

④ "里之富室告之曰",〇王叔岷曰:"案:《文选》嵇叔夜《与山巨源绝交书》注,《事文类聚续集》十七、《别集》二二,《合璧事类别集》五九引并作'其室告之曰',盖约举之词,疑所据本'里'上并有'其'字。《御览》九百八十引作'其妻告之曰','妻'字疑误。《草堂诗笺》二六引'室'作'人'。"

⑤ "昔人有美戎菽,甘枲茎芹萍子",〇王叔岷曰:"案:旧钞本《文选》嵇叔夜《与山巨源绝交书》注引'戎菽'作'茙菽','枲茎'下有'与'字。'戎''茙'正俗字,《力命篇》:'进其茙菽',亦当以作'戎'为正。《事文类聚续集》十七、《别集》二二,《合璧事类别集》五九引'戎菽'并作'戎葵'。"〇萧登福曰:"案:戎菽,大豆。甘亦美之意,此处作动词用。枲,麻也。或云枲,苍耳;亦作枲耳;菜名;幽冀谓之檀菜,雒下谓之胡枲。见《淮南子·览冥》注。芹,芹菜。萍子,蘋蒿,嫩叶可食。"

⑥ "蜇于口,惨于腹",〇王叔岷曰:"《释文》:'蜇,音哲。'案:旧钞本《文选》嵇叔夜《与山巨源绝交书》注引正作'哲'。《御览》四九一引《博物志》同(三七一引《博物志》作'苦')。《御览》九百八十引作'螫于其口,惨于其肠','蜇'与'螫'同,'哲',借字。《记纂渊海》五四引'腹'亦作'肠'。"

⑦ "怨",〇王叔岷曰:"案:《记纂渊海》五四引'怨'作'恕',云:'一作怨',作'怨'较长。"

此^①类也[21]。'^②"

【集解】

[1]【释文】为,于伪切,下同。

[2]【张注】不敢恣其嗜欲。

[3]【张注】不敢恣其所行。

[4]【张注】曲^③意求通。

[5]【张注】专利惜费。

[6]【张注】违其自然者也。

【释文】遁,音钝。

[7]【张注】全则不系于己。

[8]【释文】要,一遥切。

[9]【张注】得其生理。

[10]【张注】外物所不能制。

【义解】务生者为寿,干誉者为名,尊爵者为位,逐利者为货。内有遑遽之心,则外有怵惕之恐,此所以幽则畏鬼责,明则畏人非。威之所加,刑之所及,且罔不惟畏也。终身役役,不须臾宁,是其所以不得休息者欤? 知其分定,无然歆羡,则处静以休息,乌往而不暇? 谓之遁人,言违其常理;谓之顺民,言因其固然。违其常理者,听于命而不知,故可杀可活,而制命在外;因其固然者,命万物而无所听,故天下无对,而制命在内。

【范注】寿者惛惛,久忧不死,何之苦也? 其为形也亦远矣,故以生为累,有至于畏鬼责者;夜以继日,思虑善否,其为形也亦疏矣,故以显为是,有至于

---

① "子此",○王叔岷曰:"案:《记纂渊海》五四引'子此'作'此子'。"

② ○杨伯峻曰:"伯峻案:《文选》嵇康《与山巨源绝交书》'野人有快炙背而美芹子者,欲献之至尊',可见本有此传说,作《列子》者用以入此章。"

③ "曲",○卢文弨曰:"出,曲。"○杨伯峻曰:"《注》'曲'世德堂本作'出',误。"

畏人非者①。权势不大，而夸者以之悲，则为位而已，讵能无畏威乎？钱财不积，而贪者以之忧，则为货而已，讵能无畏刑乎？若然，遁天倍情，忘其所受，生杀之称，制之非我，乌能自适其适哉？惟体道人，安自然之定分，循不易之真理，适来则安之，适去则顺之，曾未尝外慕动而有歆羡之心。故畸人而侔于天，遗物而立于独，斡旋万化，惟我所为。古之人所谓命万物而无所听者，盖在乎此。

【江解】人之始生也，莫不有寿之道焉，得其常性则寿矣。秉彝而好德，则名斯宾之，名立而位至矣，名位立而资财有余矣。此四事之序也。人之寿固有若彭祖之上及有虞下及五伯者，则人之贪生奚有已哉？至于烈士之殉名，贪夫之殉财，未得则患得，既得则患失，苦心劳形，终身遑遽，岂复须臾之宁哉？四事之于人，每不得而兼之，有一于此，虽终身役役，曾不足以充其欲，况于兼四者之有而徇之，又安能偿其无厌之求哉？此生民之所以不得休息也。有此四者，则进将以有求，退将以有避。恐惧于幽，畏鬼责也；矫情于俗，畏人非也。威不必为我施，恐恐然唯畏其我及也；刑不必为我设，惴惴然唯畏其我犯也。一身之微，无动而不制于物，而在我之真宰丧矣，此之谓遁人。殊不知齐死生之变则寿夭可忘，审知足之富则货财不足徇，车服不维则刀锯不加，理乱不闻则黜陟不知，在我者一无所羡，则在物者都无所畏。其寓于天地之间也，独出独入，独往独来，天下无对，是谓独有。独有之人，是之谓至贵。

[11]【江解】饥而食，寒而衣，有生者不能免其欲，有欲而不足则争兴，君臣之分所由以辩也。民莫不衣食，而不尽婚宦也，婚则人道之患众矣，宦则羡慕之心起矣。生民之不得休息，其本于此乎？人不婚宦，虽未能都无情欲，愈于凡民远矣。所谓君臣道息者，是乃君臣皆安，莫知作上作下而无有于亲誉也，是以君臣之义不可废，而其道则可息也。

[12]【释文】谚，音彦。父，音甫，下同。

---

① "非者"，○孔德凌曰："（《四解》本）二字原脱，据《义解》'明则畏人非'补'非'字，据范解上文'有至于畏鬼责者'补'者'字。'有至于畏人非者'正与上文'有至于畏鬼责者'相对成文，以解释《义解》'此所以幽则畏鬼责，明则畏人非'。"

[13]【张注】㩜音区位切。

【释文】啜，川劣切。茹，去声。藿，音霍。粗（麤），仓胡切。"㩜"作"㟪"，筋，音斤。㟪，音喟，筋节急也。或作朣朜，上音权，下区位切。朕丑，筋急貌①。

【口义】㟪，驱圆切②。

[14]【释文】绨幕，音啼莫。肩，一铅切。

【口义】肩，萦玄切③。

[15]【张注】言有所安习者，皆不可卒④改易，况自然乎？

【释文】伴，莫侯切。

【口义】人惟有所贪恋，则有所忌畏。"威"者，幽明之祸福也。"刑"者，王法之刑戮也。"遁人"者，遁天而背理之人也。如此之人，则杀活皆制于他人，故曰"制命在外"。"顺民"者，无所矜，无所羡，无所贪恋于世，独高于天

---

① 〇秦恩复曰："案：《释文》云：'音喟，筋节急也，或作朣朜，上音權，下区位反，朕丑，筋急貌。'窃谓《释文》音'喟'者，'朕'字音喟也。'朜'当作'朕'，朕，癸声，故音区位反。若'朜'字则当音之春反矣。《玉篇》：'朣朕，丑儿。'朣从月，藿声；朕从月，卷声。藿，卷声之转也。《淮南子·修务训》作'嗛朕'，高诱《注》：'嗛读权衡之权，急气言之。朕读夔。'读夔是区位反之明证。《尔雅》：'其萌藿'，郭音缲绻，是'㟪'即'朣'字之明证。'㩜'张湛本作'崷'，《淮南子》作'嗛'。从山从口皆非，当从月。"〇任大椿曰："案：今本'朣朜'作'朣㟪'。考'朜'无区位切之音，道藏本'朜'当为'㟪'之误。又'筋急貌'三字下今本又有'曰㟪音区位切'六字，道藏本脱去此六字非也。盖《列子》别本或作'朣㟪'，《释文》因分释'朣㟪'二字。其云'朕丑'，释'朣'字之义。《玉篇》、《广雅》、《广韵》皆云'朣朕丑貌'，故以'朕丑'释'朣'字。其云'筋急貌曰㟪音区位切'，欲明'㟪'之与'朣'音义之不同也。今道藏本脱去'曰㟪'以下六字，则竟似以'筋急貌'释'朕丑'矣。'朕丑'无'筋急'之训。"〇杨伯峻曰："伯峻案：任说非也。'㟪音区位切'五字本张《注》，世德堂本溷与《释文》为一，任据世德堂本补《释文》，不可信。又《玉篇》《广韵》之'朣朕丑貌'（《广雅·释诂》作'朣朕丑也'），当以'朣朕'连读。王氏《广雅疏证》引《淮南子·修务训》'嗛朕哆嗢'，即《广雅》之'頯嗢嗛朕'，即此'朣朕'也。任氏以'朕丑'为读，非也。然《释文》亦有错脱。"

② "驱圆切"，〇张京华曰："元刻本脱，据宋景定本、《正统道藏》抄本、日本庆长木活字本补。日本南北朝本不脱。"

③ "萦玄切"，〇张京华曰："元刻本脱，据宋景定本、《正统道藏》抄本、日本庆长木活字本补。日本南北朝本不脱。"

④ "卒"，《释文》云："卒，村入声。"

下，故曰"天下无对"。其命在我，而不制于人，故曰"制命在内"。人生之有昏宦，情欲之所由生。君臣上下之道，以衣食而相维也。使无昏宦，则情欲可减半矣；使无衣食之累，则君臣不得以相使矣。此必自古以来所有之语。"田父可坐杀"者，言以田野鄙贱之人，使其闲坐，不待刀枪而可杀之。盖彼以劳苦为常，一旦忽然安处，则必①至生病。"瘠"，骨酸也。使商、鲁之君与田野之人易地而处，虽顷刻亦不可居矣。子美曰："无贵贱不悲，无富贫亦足。"此章之意似近于此。盖言人生只是习惯，若皆攻苦食淡，不知有人世荣乐之事，则人人无不足者。念头才息，则处处皆安。此语却有味。

[16]【江解】均是人也，为田父而享国君之奉则病矣，为商鲁之君而与田父侔地则惫矣。夫舍膏粱而从茹藿，固人情之所难；以茹藿而易膏粱，疑人之所易。而不能易田父之安者，习之移人，不可遽易也。矧夫汩于外物，恬于俗学，而欲俾之易其习而安于至道，宜其未之思者以为远也。

[17]【张注】黂②，乱麻。

【释文】衣，于既切。缊，一问切。黂，房未切。缊黂，谓分弊麻絮衣也。《韩诗外传》云："异色之衣也。又音汾。"

[18]【释文】暨，音泊。曝，蒲木切。隩，音奥。貉，音鹤。

[19]【释文】暄，音萱。

[20]【张注】乡豪，里③中④之贵者。

【释文】"萍"作"荓"，戎菽，已解《力命篇》。枲，胥里切。枲，胡枲也。《苍颉篇》云：葈耳也。一名苍耳。枲，俗音此。葈，思上声。《尔雅》云⑤：

---

① "必"，○张京华曰："元刻本误作'心'，据宋景定本、《正统道藏》抄本、日本庆长木活字本径改。日本南北朝本作'必'。"

② "黂"，○卢文弨曰："案：'黂'当作'黂'。"

③ "里"，○王叔岷曰："案：道藏本《注》'里'下有'中'字。"

④ "中"，北宋本、汪本、世德堂本无。

⑤ "《尔雅》云"，○胡怀琛曰："张湛于'芹萍'下引《尔雅》为注云云（○震案：实非张注，而为《释文》），按：其注应移在'子者'之下较为明白，'者'字指所言及之人。芹萍子，芹萍所结子也。"

萍,荓也。又苹,藾萧也。郭注:今藾蒿也,初生亦可食也。

[21]【释文】蜇,音哲。惨,千感切。惨、蜇,痛也。哂,式忍切。

【义解】天下各安其性命之情,则之四者存可也,亡可也;天下不安其性命之情,则于是愚智相讥,而歆羡起矣。夫义之于君臣也,礼之于夫妇也,命也,有性焉,君子不谓命;口之于味也,四肢之于安佚也,性也,有命焉,君子不谓性。杨子举婚宦、君臣之言,引田父、乡豪之说,凡以明使天下不安其性命之情者,以此而已。

【江解】衣缊黂者不知有广厦隩室、绵纩狐貉之温,美戎菽甘枲茎芹萍子者不知有膏粱之美。暖暖姝姝而不知道之衣被万物,惑于世味而不知道之淡乎无味,亦犹此矣。

【口义】蜇,陟列切①。田野之人,其所以自安、其所以自美者,谓举天下无以过此,盖安其耳目之所见,而不知其有他也。"缊黂",破麻絮之类。以负暄之乐,而欲献以求赏,此形容其见小不见大之意。"戎菽",大菽也。"甘枲",好麻子也。"茎芹",丝芹菜而为羹也。"萍子",亦菜之类也。"蜇",螫也。"蜇于口",言毒烈其口也。

【通义】此言习以成性,各以为安,非天性之不同也,而各以相非,误矣。然习于小者必不能以信大,习于隘者必不能以知通。伊、周不作,孔、孟不传,大道之为天下哂也,又何足怪。

---

① "陟列切",○张京华曰:"元刻本脱,据宋景定本、《正统道藏》抄本、日本庆长木活字本补。日本南北朝本不脱。"

十七、"丰屋美服"章

【原文】

杨朱曰："丰①屋、美服、厚味、姣②色[1]，有此四者，何求于外？有此而求外者，无厌③之性[2]。无厌之性，阴阳④之蠹也[3]。忠不足以安君，适足以危身；义不足以利物，适足以害生。安上不由于忠，而忠名灭焉；利物不由于义，而义名绝焉。君臣皆⑤安，物我兼利，古之道也[4]。鬻子曰：'去名者无忧[5]。'老子曰：'名者实之宾⑥。'而悠悠⑦者趋名不已。名固不可去，名固不可宾邪？今有名则尊荣，亡名则卑辱。尊荣则逸乐，卑辱则忧苦。忧苦，犯性者也；逸乐[6]，顺性者也。斯实之所系矣。名胡可去？名胡可宾？但恶夫守名而累实[7]。守名而累实，将恤⑧危亡之不救⑨，岂徒⑩逸乐忧苦之

---

① "丰"，〇蒋超伯曰："按：《说文》：'豐，大屋也。'引《易》曰：'豐其屋'。则作豐亦可。"〇萧登福曰："案：丰，大也。"

② "姣"，〇萧登福曰："案：姣，好也。"

③ "厌"，〇杨伯峻曰："'厌'北宋本、世德堂本作'猒'。"

④ "阴阳"，〇萧登福曰："案：阴阳，泛指由阴阳气所生之万物。"

⑤ "皆"，〇陶光曰："道藏白文本、林本'皆'作'兼'。"

⑥ "老子曰名者实之宾"，〇杨伯峻曰："伯峻案：今《老子》无此语，而见于《庄子·逍遥游篇》。"

⑦ "悠悠"，〇萧登福曰："悠悠，众多貌。"

⑧ "恤"，〇萧登福曰："案：恤，忧。"

⑨ "救"，〇陶光曰："《集解》'救'讹作'杀'。"〇萧登福曰："案：杀，衰也，减也，降也。"〇孔德凌曰："原作'杀'，据北宋本、南宋本、世德堂本、汪本、秦本改。"

⑩ "徒"，〇萧登福曰："案：徒，只，仅、但也。"

间哉[8]？"①

【集解】

[1]【释文】姣，音绞。

[2]【释文】"厌"作"餍"，餍，一盐切。

[3]【张注】非但累②其③身，乃侵损正气。

【释文】蠹，音妒。累，去声。

【义解】动与过，刑之所取。宵人之离内刑者，阴阳食之。然则无厌之性为阴阳之蠹者，岂其内刑之过欤？

【范注】南溟之鹏不能展翼于蓬蒿，而鷃之逍遥则有余地；东海之鳖不能容足于坎井，而蛙之跳梁则有余水。自然定分有不可易，故无夸跂之心。傥或游券之外而至乎期费，则盈嗜欲，长好恶，而性命之情病矣，阴阳之寇，奚自而可逃耶？是篇所言，大抵过于放逸，盖以救弊故也。苟不明夫救弊之旨而以是为常，则世俗之君子危身弃生以殉物者多矣，又乌能安于定分哉？故复继之以田父之说。

【江解】丰屋、美服、厚味、姣色，皆分外之物也，苟务此而求之，亦无厌之性也。奚必外此而有求，而后为无厌哉？孟子以目之色、耳之声、鼻之臭、四肢之安逸为性，列子之教，薪于顺性而逸乐，恶夫矫情以招虚名，故以有此四者而求于外为阴阳之蠹也。且言有此四者，是或为富足，以有此四者为言也。如亦必待于求四者而有之，其为无厌孰大焉？

【口义】四者既有，人生可以自足，而又别求功名者，是无厌也。阴阳之蠹，言其无厌自蠹，损其身阴阳之气也。

[4]【义解】忠所以安君也，忠而轻用吾身，则不足以安君，而适所以危

---

① ○秦恩复曰："自'卫端木叔者'以下卢《注》缺佚，无从补正。"

② "累"，《释文》云："累，去声。"

③ "其"，○卢文弨曰："正，其。"○杨伯峻曰："《注》'其'世德堂本作'正'，误。"

身；义所以利物也，义而反愁我己，则不足以利物，而适足以害生。故忠以安君者，欲君臣皆安；义以利物者，欲物我兼利。此古之道也。

【江解】忠则敢于犯颜，义则果于制物。忠或过于厉己，人则反蓄之矣。义或失于刻核，则不肖之心应之矣。若夫以道事君，则身荷美名，君都显号，不亦君臣皆安乎？以道应物，则我常无为，民皆自化，不亦物我兼利乎？老君曰："大道废，有仁义；国家昏乱，有忠臣。"亦此意也。

【口义】此章亦讥忠义立名之人。言忠者必危身，义者必害生，谓之务外不务内也。安上之实，出于自然，岂一人之忠所能安之？利物之道，亦出于自然，岂一人之义所能利之？以一人之私，而求忠义之名，名反泯灭，而徒累其身。不若顺其自然，则君臣俱安，而物我俱利，此所谓古道也。

【通义】此原世人不忠不义之故，由于无厌之性也。惟无厌以为心，则虽欲窃忠之名而无忠之实，故不足以安君，而祗①足以危身。虽欲袭义以欺人，而非诚于义，故不足以利物，而适足以害生。苟能随遇自足，随寓尽心，虽不求为忠而君享其佐辅之功，虽不求为义而无妨物之事，故无忠义之名而君安物利也。曰古之道，以见今之不然。豪杰生于战国言多若此，大意只欲人修德而不务求名，则人己两忘，皥皥如也。

[5]【释文】"者无"作"者亡"。去，丘吕切，下同。亡，音无，下同。

[6]【释文】乐，音洛，下同。

[7]【释文】恶，乌路切。夫，音符。累，去声。

[8]【义解】自内言之，去名无忧；自外言之，有名尊荣。虽然，圣人任其自尔，何容心焉？去功与名，还与众人，非所以蕲无忧也。苟有其实，人与之名不受，非所以图尊荣也。两无所系，此之谓顺性命之道也。

【范注】名不可比周，争也；不可夸诞，有也；不可势重，胁也。故古人谓是为公器而不可多取。彼烈士之殉名、廉士之重名、奸人之盗名，又乌知至人以是为己桎梏而有所谓无为名尸者哉？是篇始有为名之说，必终以此，所以遣

---

① ○震案：朱得之《列子通义》原文为"祗"，为"恭敬"义，似与所引原文之"适"有出入，疑为"祗"之误刻。

其言之累耳。

【江解】鬻子之去名，非无之也，不守之尔。老君之宾名，非去之也，不主之尔。盖有生，斯有身，有身斯有累。物我交构，事无非名，名无非实。性之苦逸，名则系之，名胡可都亡之耶？悠悠之徒，羡美虚名，趋之不已，因失其右实矣。故慕仁之名者，有至于杀身；慕义之名者，有至于灭亲。子推死于忠，尾生死于信，是皆守名而累实，恤危亡之不救者也。列子此篇，于名实之理反复告说，尽之矣。虑夫学者遂以为其道欲尽去天下之名也，故又为之说曰："但恶夫守名而累实者。"夫苟能不守其名而无累其实，是乃鬻子之去名，庄子之宾名，圣人之所谓无名。而处身应物之道无余蕴矣。

【口义】"去名者无忧""名者实之宾"，此言虽出于鬻子、老子，世固知之。然世之悠悠者皆趋于名而不可止，岂二师之言所能戒哉？"宾"，外也。然则名不得而去矣，不可得而外矣。今世之人，既以有名为尊荣，以此为快乐，以无名为卑辱，以此为忧苦，以忧苦为犯其性，以快乐为顺其性，所以趋求之而不已也。"斯"，此也。"斯实之所系"者，谓以犯性、顺性为切实利害之所系，不容于不求矣。然则二师之言，虽欲去其名，乌得而去之？虽欲外其名，乌得而外之？此语既尽，却断之曰：世情于名虽不可去、不可舍矣，然守之太甚，将至于自累其养生之实。如此，则有危亡不救之忧，岂暇分别苦乐乎？"恤"，忧也。此意盖谓世俗之人求名不已，必至自亡其身，是好快乐、畏忧苦，而其弊将至于自杀也。

【通义】先引二老之语，然后推原至理，必本于人情之常，其开示后世之意切矣。惟趋名不已者，则守名而累实耳。守名累实者，名实皆亡。其为忧也，无时可息，犹孟子所谓"安其危而利其灾"也。

第二编

《杨朱篇》详考校订

《列子》作为重要的道家典籍之一，保存了大量的道家文献与思想，有很高的学术价值与思想价值。《列子》八篇中的第七篇为《杨朱篇》，它不仅是《列子》中较为重要的一篇，而且可以说是仅有的专门记录杨朱学派文献的重要文本。张湛在其《列子序》中记载："先君所录书中有《列子》八篇。及至江南，仅有存者。《列子》唯余《杨朱》、《说符》、目录三卷。"由此可知，《杨朱》一篇应并非魏晋时期的杜撰，而极有可能源于先秦时期，保存了先秦时期杨朱学派的相关文献。特别是在学界"杨朱无书"的共识之下，想要对于资料极少的杨朱学派进行研究，那么《杨朱篇》则理应首先受到相应的重视。

　　由于学界多认为《列子》为伪书，所以截至目前对《列子》的研究相对于其他典籍而言可以说并不甚充分。已有的《列子》研究多集中于辨伪、词汇等方面，而对其文本内容的详细考察则相对较少。本编中将结合前人研究[1]，对《杨朱篇》之相关章句进行详细考察，以期得出一个较为符合《杨朱篇》篇章文意的可信文本。

　　需要特别指出的是，本编将对【原文】中相应的古今字、异体字、通假字等特殊文字进行更改。例如将"伯夷非亡欲"的"亡"改为"无"，将"矜清之邮"的"邮"改为"尤"等，并在【校订】中以"更改后之字（原字）"的形式予以标注。

　　同时，为实现古籍文本的现代转化，适应当代读者的阅读习惯，本编中部分对文字发音与释义的校释以现代汉语的音与义为准。例如将"且趣当生，奚遑死后"的"趣"标音为"qù"，释义为"享受乐趣"；将"守名而累实"的"累"

---

[1]　除参考古人相关研究之外，本编中也参考了部分当代通行注本《列子》中的观点。当代通行注本《列子》的版本很多，其中以中华书局杨伯峻的《列子集释》、上海古籍出版社严北溟与严捷的《列子译注》、中华书局叶蓓卿译注的三全本《列子》传播最广、影响最大。其他影响较大的还有贵州人民出版社王强模译注的《列子全译》（修订版）、上海古籍出版社陈明校点的《列子》、中信出版社梁万如导读及译注的《列子》、团结出版社中华文化讲堂注译的《列子》、岳麓书社黄敦兵导读注译的《列子》等。此外，还有一些注本本也较为流行。例如中华书局余才林注释的《列子诵读本》，南京大学出版社邓启铜注释的国学经典大字注音全本《老子·列子》，郑州大学出版社李新路主编的中华国学经典诵读本《列子》，新华出版社窦秀艳、李旭、王晓玮译注的《注音全译列子》等。

标音为"lěi"，释义为"损害""牵累"等。

此外，由于"人肖天地之类"章中存在着较多章句与释义不甚符合篇章文意的问题，需要长篇详论。因此本编中未按其所在整篇中的位置顺序进行排列，而是将之置于最后进行考察。

最后，作为本编详考与校订对象的《杨朱篇》文本之【原文】，择用的是当代学界最具代表性与影响力的杨伯峻《列子集释》中的《杨朱篇》版本 ①，特此说明。

一、"杨朱游于鲁"章

【原文】

杨朱游于鲁，舍于孟氏。

孟氏问曰："人而已矣，奚以名为？"

曰："以名者为富。"

"既富矣，奚不已焉？"

曰："为贵。"

"既贵矣，奚不已焉？"

曰："为死。"

"既死矣，奚为焉？"

---

① 叶蓓卿指出："杨伯峻《列子集释》汇集张湛、卢重玄、陈景元等人的注解及释文，并在附录中辑录了历代有价值的序论和辨伪文字，校勘之精当、训释之准确、资料之详尽，堪称《列子》注本集大成者，无论是初学者还是专业研究者，必当读之。"（叶蓓卿译注，《列子》，北京：中华书局，2011 年 5 月，前言，第 9 页。）

曰："为子孙。"

"名奚益于子孙？"

曰："名乃苦其身，燋其心。乘其名者，泽及宗族，利兼乡党；况子孙乎？"

"凡为名者必廉，廉斯贫；为名者必让，让斯贱。"

曰："管仲之相齐也，君淫亦淫，君奢亦奢。志合言从，道行国霸。死之后，管氏而已。田氏之相齐也，君盈则己降，君敛则己施。民皆归之，因有齐国；子孙享之，至今不绝。若实名贫，伪名富。"

曰："实无名，名无实。名者，伪而已矣。昔者尧舜伪以天下让许由善卷，而不失天下，享祚百年。伯夷叔齐实以孤竹君让而终亡其国，饿死于首阳之山。实、伪之辩，如此其省也。"

【详考】

（一）"孟氏问曰"

对于"孟氏问曰"，于鬯指出："'孟氏问'当作'问孟氏'，'人而已矣，奚以名为'正杨朱之言，非孟氏之言。盖孟氏为人，必好名而贪富者，观下文义可见，故杨朱以是问之。倒'问'字在'孟氏'下，则'人而已矣，奚以名为'为孟氏问辞矣。诚孟氏问辞，杨子当引为同道，而下文之义胥不可通"[1]。若按于鬯的观点，则"杨朱游于鲁"整章之问答将需做一大调整。考察目前所引杨伯峻《列子集释》之"杨朱游于鲁"章，可以发现最后两段均以"曰"开始，因此

---

[1]　［清］于鬯撰，《列子校书》一卷，1963 年《香草续校书》排印本，第 16 页。

最后一段应属于问者的最后论述。而如果是"孟氏问曰",则最后一段应属孟氏;如果是"问孟氏曰",则最后一段应属杨朱。

对此,笔者认为应该从最后一段表述的内容来进行判断,然后再上推至开始。最后一段中的论点是"实无名,名无实。名者,伪而已矣"。而论例为"昔者尧舜伪以天下让许由善卷,而不失天下,享祚百年。伯夷叔齐实以孤竹君让而终亡其国,饿死于首阳之山"。对于论点与论例的对应关系,笔者认为应该有两种解释:

第一,将"实"理解为实际行为,将"名"理解为名声。则"实无名,名无实。名者,伪而已矣"即是说"有实际行为的没有名声,有名声的没有实际行为。名声,不过是虚伪之举罢了"。其中有实际行为的是伯夷叔齐,而没有实际行为的是尧舜。尧舜没有"实让"的实际行为,但是有瞒过众人的由"伪让"而来的名声,所以名声不过是虚伪之举,这可以理解。但是有实际行为的伯夷叔齐也有"实让"之名啊,怎么可以说没有名声呢?所以这显然是说不通的。[①]

第二,将"实"理解为实际利益,将"名"理解为有实际行为的名声。根据"不失天下,享祚百年",可知尧舜"有实",即有实际利益,那么他们对应的应该是"实无名";而根据"终亡其国,饿死于首阳之山",可知伯夷叔齐"无实",即无实际利益,那么他们对应的则应该是"名无实"。由此推衍,可知无名的是尧舜,而有名的则是伯夷叔齐。也即尧舜因"伪让"所以"无名",而伯夷叔齐因"实让"所以"有名"。伯夷叔齐虽然有了"实让"之名,但最后"终亡其国,饿死于首阳之山",没有任何实际利益,所以名带来的都是虚假的东西,即"名者,伪而已矣"。

所以结论就是:"实无名",即有实际利益,但是没有"有实际行为之名"的是指尧舜;而"名无实",即没有实际利益,但是有"有实际行为之名"的是

---

① 管宗昌认为,此处"名是指名誉、声望,实是指人的实际行为和行动,而非实际利益",并将"实无名,名无实。名者,伪而已矣"翻译为"有名声的并没有和他的名声相符合的真实的行为,而有实际行为的人不会有名声"。(管宗昌著,《〈列子〉研究》,沈阳:辽海出版社,2010年4月,第296页。)

指伯夷叔齐。此外，这种解释本段中论点与论例的前后顺序也正相符合，即论点"实无名，名无实"之后的论例中是先论尧舜再论伯夷叔齐的，而这也为本结论提供了一定程度的佐证。

对应管仲与田氏的例子来分析，管仲与田氏作为"相齐"之相，其应有的实际行为是辅佐君主。而其中管仲确实有辅佐君主这一实际行为，因此"有名"，但"死之后，管氏而已"，所以在"益于子孙"方面"无实"；而田氏没有辅佐君主这一实际行为，因此"无名"，但"因有齐国；子孙享之，至今不绝"，所以在"益于子孙"方面"有实"。因此，最后一段的论者否定了上文之"实名贫，伪名富"，而主张"实无名，名无实"。

根据后文之"杨朱曰：'伯夷非亡欲，矜清之邮，以放饿死。……清贞之误善之若此'"，可知杨朱认为伯夷虽有"清"之名，但"以放饿死"，因此"无实"，即"名无实"。由此可以推断本章对话中最后一段应为杨朱之论。由此推至本章开始，可知最初的问者确实应为杨朱，即"问孟氏曰"。[①] 为了明确区分问者与答者之身份，在【校订】中，笔者将增补问者与答者的全称，以免混淆。

（二）"名乃苦其身，燋其心"

对于"名乃苦其身，燋其心"，陶鸿庆指出："'名乃苦其身，燋其心'八字当在上文'孟氏问曰：人而已矣，奚以名为'"之下，以见名之害而为名者之愚。又云'既富矣，奚不已焉''既贵矣，奚不已焉'，正谓其苦身燋心而不止也。今误脱在此，则上文词意不足。而此文方论为名之益，乃先举为名之害，语气为不伦矣。"[②]。结合整章中问者与答者对"名"的态度来分析，笔者认为陶鸿庆言之有理。考察整章可知，问者对"名"一直是处于质疑与否定的态度，而答者对"名"则反之，认为有"名"有利。因此"名乃苦其身，燋其心"确实应

---

① 于鬯指出："'凡为名者必廉'句上当有'曰'字，杨朱语。"（［清］于鬯撰，《列子校书》一卷，1963 年《香草续校书》排印本，第 16 页。）现已证实本章开始最初的问者确为杨朱，由此可知于鬯所言不误。

② ［清］陶鸿庆撰，《读列子札记》一卷，1959 年《读诸子札记》排印本，第 9 页。

该属于问者。对此，庄万寿也持相同的观点。[①] 不过严灵峰在此基础上又更进一步，他指出："陶说'名乃苦其身燋其心'八字'脱误'，是也。但此八字当在'孟氏问曰'四字之下，原当作：'孟氏问曰："名乃苦其身，燋其心。人而已矣，奚以名为？"'先言为名之害，故继而发问'奚以名为？'若依陶说作'孟氏问曰："人而已矣，奚以名为？名乃苦其身，燋其心"'，则其意若谓：奚以为名，盖名者，乃为苦其身，燋其心也。是其为名乃为害也；于义亦不伦矣。陶说不可从。"[②] 对于严灵峰的分析，笔者深以为是，故而从之，无须再论。

（三）"若实名贫，伪名富"

对于"若实名贫，伪名富"，俞樾指出："此下当有'实名贱，伪名贵'二句。上文曰'凡为名者必廉，廉斯贫；为名者必让，让斯贱'，故此引管仲、陈氏事，证为实名则贫贱、为伪名则富贵也。"[③] 对于此说，笔者认为不无道理，但杨伯峻在《列子集释》中曾经提出过一条标准可资参考，即"若诸本皆有脱误，虽考证明确，仍不敢辄改"[④]。对于这一标准，笔者认为可以稍作调整，即如果是在文本中进行文字更正、句序调整以及添加话者以明确文句所属，则可以对相关文句进行改动；但如果是在"诸本皆无"的情况下凭空增添文句，则应慎重，以不作改动为处理原则。因此，对于俞樾所言，笔者虽认为不无道理，但碍于"诸本皆无"，依然选择不作增添。

此外，陶鸿庆指出："俞氏云'此下当有"实名贱，伪名贵"二句'，其说是已。而以此与上言管仲、田氏事为一人之辞，则非也。上文云'凡为名者必廉，廉斯贫；为名者必让，让斯贱'，张《注》以为难家之辞，是也。此云'若实名贫，伪名富；实名贱，伪名贵'，亦难家之辞。……下文又答之曰'实无名，名无

---

① 庄万寿指出："'名乃苦其身'二句，据陶鸿庆说，应挪于'奚以名为'之下。从之，否则讲不通。"（庄万寿注译，《新译列子读本》，台北：三民书局，2009年3月，第238页，注释4。）

② 严灵峰编著，《道家四子新编》，台北：商务印书馆，1977年8月，第241—242页，章句三。

③ ［清］俞樾撰，《列子平议》一卷，1922年双流李氏刊《诸子平议》本，第32页。

④ 杨伯峻撰，《列子集释》，北京：中华书局，2012年3月，例略，第1—2页。

实,名者伪而已矣'。"① 由此可知,陶鸿庆也赞同俞樾的观点,认为"若实名贫,伪名富"之下应当有"实名贱,伪名贵",不过他认为"若实名贫,伪名富"与上言"管仲、田氏事"并非一人之辞,并认为"实无名,名无实,名者伪而已矣"为答者之言。如果按照陶鸿庆的说法,"若实名贫,伪名富"为"难家之辞",即问者之言,那么,"管仲、田氏事"则为答者之言。如此一来,问者在"凡为名者必廉,廉斯贫;为名者必让,让斯贱"中表达过对"名"的否定之后,在其后的"若实名贫,伪名富"中又对"名"表达了一定程度的肯定,这是前后矛盾的,不过虽有抵牾,但却并不是足以推翻其说的问题。最为关键的问题是其观点中答者之言所含有的不可调和的矛盾。答者所言之"田氏事"明显是对上文"乘其名者,泽及宗族,利兼乡党;况子孙乎?"的举例论证,而如果下文"实无名,名无实,名者伪而已矣"亦为答者之言,则答者之言所含之矛盾不可调和矣。试看,答者由"乘其名者,泽及宗族,利兼乡党;况子孙乎?"中认为名有益于子孙,到后来举"管仲、田氏事"之"民皆归之,因有齐国;子孙享之,至今不绝"以论证其说,但到最后却突然直言"实无名,名无实,名者伪而已矣",对名完全持否定态度,与前文持论大相抵牾,文不能通矣。

由此,笔者对陶鸿庆之论不敢苟同。考察本章文句,可以发现上文"凡为名者必廉,廉斯贫;为名者必让,让斯贱"为"难家之辞",也即问者之言,对"名"持怀疑与否定的态度;而下文"实无名,名无实。名者,伪而已矣"也对"名"持否定态度,因此亦应为问者之言,是问者对本次对话做出的最后总结。而其中的"管仲、田氏事"与"若实名贫,伪名富"实均为答者之言。试看,

---

① 陶鸿庆于后继续指出:"'若'犹'此'也,说详王氏《经传释词》('若'下或当有'然'字,下文'孟孙阳曰:若然,速亡愈于久生'。《说符篇》'若然,死者奚为不能言生术哉?'是其例)。言管仲子孙以实名而贫贱,田氏子孙以伪名而富贵,是则名果足以致贫贱也。难者之意,谓实者真名而伪者非名也。下文又答之曰'实无名,名无实,名者伪而已矣',言实与名不并立,既谓之名,名皆有伪而无实,是则名果足以致富贵也。答者之意,谓伪者为名而实者非名也。下文答辞特著'曰'字以别之,则此为难辞无疑。若以此与上下文为一人之辞,则下文'实无名,名无实'云云,皆枝辞赘语,不知其用意所在矣。自'既富矣奚不已焉'以下,凡难者之辞皆省'曰'字,读者当玩其义而自得之。"([清]陶鸿庆撰,《读列子札记》一卷,1959年《读诸子札记》排印本,第9—10页。)

文中问者问："名奚益于子孙?"答者曰："乘其名者,泽及宗族,利兼乡党;况子孙乎?"问者辩难："凡为名者必廉,廉斯贫;为名者必让,让斯贱。"答者举"管仲、田氏事"而得出结论曰："若实名贫,伪名富。"其中"管仲之相齐也,君淫亦淫,君奢亦奢。志合言从,道行国霸。死之后,管氏而已"是对问者"凡为名者必廉,廉斯贫;为名者必让,让斯贱"的回应,是对问者所言情况的部分认可;而"田氏之相齐也,君盈则已降,君敛则已施。民皆归之,因有齐国;子孙享之,至今不绝"则是对自己论点"乘其名者,泽及宗族,利兼乡党;况子孙乎?"的举例论证。最后问者得出结论曰："实无名,名无实。名者,伪而已矣。"并举"尧舜、伯夷叔齐事"进行举例论证,而终以"实、伪之辩,如此其省也"完结此章。

(四)"奚以名为"

对于"奚以名为"的"为"字,不同的注音本亦有分歧。有些注本将之注音为"wéi"[1],句子释义为"为什么还要追求名声"[2]或"为何需要名声呢"[3];有的注本将之注音为"wèi"[4];有些译注本将之释义为"还要名声做什么呢"[5]"要名声干什么呢"[6]"还要名声来干什么"[7]。根据下文相应的"以名者为富""为贵""为死""为子孙"可知,此处的"为"明显是用以表示目的的"为",即"为了""为何"之"为";而不是用以表示"做""行"的动词"为"。

① 邓启铜注释,《老子·列子》,南京:南京大学出版社,2014 年 5 月,第 226 页;李新路主编,《列子》,郑州:郑州大学出版社,2017 年 5 月,第 117 页;窦秀艳、李旭、王晓玮译注,《注音全译列子》,北京:新华出版社,2022 年 12 月,第 319 页。

② 邓启铜注释,《老子·列子》,南京:南京大学出版社,2014 年 5 月,第 226 页,注释 4。

③ 窦秀艳、李旭、王晓玮译注,《注音全译列子》,北京:新华出版社,2022 年 12 月,第 320 页。

④ "中华诵·经典诵读行动"读本编委会编,《列子诵读本》,北京:中华书局,2013 年 1 月,第 105 页。

⑤ 叶蓓卿译注,《列子》,北京:中华书局,2011 年 5 月,第 178 页。

⑥ 严北溟、严捷撰,《列子译注》,上海:上海古籍出版社,2012 年 8 月,第 135 页。

⑦ 王强模译注,《列子全译》(修订版),贵阳:贵州人民出版社,2009 年 3 月,第 155 页。

根据"汉典"^①可知，此表目的的"为"读音为"wèi"。因此，笔者认为"杨朱游于鲁"章中"奚以名为"的"为"注音为"wèi"，用以表示目的。

【校订】

杨朱游于鲁，舍于孟氏。

杨朱问孟氏曰："名乃苦其身，焦（燋）其心。人而已矣，奚以名为？"

孟氏曰："以名者为富。"

杨朱曰："既富矣，奚不已焉？"

孟氏曰："为贵。"

杨朱曰："既贵矣，奚不已焉？"

孟氏曰："为死。"

杨朱曰："既死矣，奚为焉？"

孟氏曰："为子孙。"

杨朱曰："名奚益于子孙？"

孟氏曰："乘其名者，泽及宗族，利兼乡党；况子孙乎？"

杨朱曰："凡为名者必廉，廉斯贫；为名者必让，让斯贱。"

孟氏曰："管仲之相齐也，君淫亦淫，君奢亦奢。志合言从，道行国霸。死之后，管氏而已。田氏之相齐也，君盈则己降，君敛则己施。民皆归之，因有齐国；子孙享之，至今不绝。若实名贫，伪名富。"

杨朱曰："实无名，名无实。名者，伪而已矣。昔者尧、舜伪以天下让许由、善卷，而不失天下，享祚百年。伯夷、叔齐实以孤竹君让而终亡其国，饿死于首阳之山。实、伪之辨（辩），如此其省也。"

① "汉典" https://www.zdic.net/hans/%E4%B8%BA，2024 年 1 月 20 日引用。

二、“百年寿之大齐”章

【原文】

杨朱曰："百年，寿之大齐。得百年者千无一焉。设有一者，孩抱以逮昏老，幾居其半矣。夜眠之所弭，昼觉之所遗，又幾居其半矣。痛疾哀苦，亡失忧惧，又幾居其半矣。量十数年之中，逌然而自得亡介焉之虑者，亦亡一时之中尔。则人之生也奚为哉？奚乐哉？为美厚尔，为声色尔。而美厚复不可常厌足，声色不可常玩闻。乃复为刑赏之所禁劝，名法之所进退；遑遑尔竞一时之虚誉，规死后之馀荣；偊偊尔顺耳目之观听，惜身意之是非；徒失当年之至乐，不能自肆于一时。重囚累梏，何以异哉？太古之人知生之暂来，知死之暂往；故从心而动，不违自然所好；当身之娱非所去也，故不为名所劝。从性而游，不逆万物所好；死后之名非所取也，故不为刑所及。名誉先后，年命多少，非所量也。"

【详考】

（一）"从心而动"与"从性而游"

对于"从心而动"与"从性而游"的"从"字，多个《列子》注音本或译注本中均注音为"zòng"①，或在注释中标明"即'纵'"②、"同'纵'，随任"③或"通'纵'，放任"④，或将之翻译为"放纵意志去行动"⑤等。而即使有的译注本中将"从心而动"翻译为了"顺从心愿行动"⑥，但后面却将"从性而游"翻译为了"放纵天性，优游世间"⑦，即虽然将"从心而动"的"从"解释为了"顺从"，但却依然将"从性而游"的"从"解释为了"放纵"；还有的注音本中虽然将"从心而动"翻译为"放纵意志去行动"，但后面却将"从性而游"翻译为了"由着本性四处游历"⑧，即将"从心而动"的"从"解释为了"放纵"，但却将"从性而游"的"从"解释为了"由着"。凡此种种，都出现了前后不一的矛盾。

通过考察笔者发现，最早认为"从心而动"与"从性而游"的"从"字应为"纵"的是《列子释文》，其注为"从音纵，下同"⑨。对此，笔者不敢苟同。

首先，"百年寿之大齐"章中"从心而动"与"从性而游"的"从"与《杨朱篇》其他章中的"纵"在字形上即有不同。例如各古本《列子·杨朱篇》中"志合言从""而不得从""志无不从""生有从欲之欢""不可从烦奏之舞"中的

① 李新路主编，《列子》，郑州：郑州大学出版社，2017年5月，第119页；窦秀艳、李旭、王晓玮译注，《注音全译列子》，北京：新华出版社，2022年12月，第324页。

② 王强模译注，《列子全译》（修订版），贵阳：贵州人民出版社，2009年3月，第157页，注释12。

③ 梁万如导读及译注，《列子》，北京：中信出版社，2015年1月，第185页，注释12。

④ "中华诵·经典诵读行动"读本编委会编，《列子诵读本》，北京：中华书局，2013年1月，第107页，注释7；严北溟、严捷撰，《列子译注》，上海：上海古籍出版社，2012年8月，第136页，注释9。

⑤ 邓启铜注释，《老子·列子》，南京：南京大学出版社，2014年5月，第228页，注释17。

⑥ 叶蓓卿译注，《列子》，北京：中华书局，2011年5月，第181页。

⑦ 叶蓓卿译注，《列子》，北京：中华书局，2011年5月，第181页。

⑧ 邓启铜注释，《老子·列子》，南京：南京大学出版社，2014年5月，第228页，注释20。

⑨ ［晋］张湛注，［唐］卢重玄解，［唐］殷敬顺、［宋］陈景元释文，陈明校点，《列子》，上海：上海古籍出版社，2014年6月，第193页，注释15。

"从"均写为"从"，与"纵"字在字形上明显不同①。

其次，"百年寿之大齐"章中"从心而动"与"从性而游"的"从"与《杨朱篇》其他章中的"纵"在语义上也有不同。例如各古本《列子·杨朱篇》中"纵欲于长夜""此天民之放纵者也"中的"纵"是"纵欲""放纵"之义，而"志合言从""而不得从""志无不从""生有从欲之欢""不可从烦奏之舞"中的"从"均为"顺从""依照"等义，与"纵"在字义上也有明显的不同。

综上，《杨朱篇》"百年寿之大齐"章中"从心而动"与"从性而游"的"从"与《杨朱篇》中的"纵"是两种字形，并没有通用的例证。而如果将"从心而动"与"从性而游"的"从"按照"纵"进行解释，翻译为"放纵"的话，那么这两句应该翻译为"放纵本心来行动"与"放纵本性来优游"。这里的"放纵本心"与"放纵本性"明显有语义不畅之病，而不如按照"从"之原义"顺从"翻译为"顺从本心来行动"与"顺从本性来优游"通畅明晰。因此，笔者认为此处"从心而动"与"从性而游"的"从"不应被注音为"zòng"，不应被认为与"纵"相通而被翻译为"放纵"，而应按其字形注音为"cóng"，并按其本义翻译为"顺从"才是符合原文本意的注音与释义。

（二）"当身之娱"

对于"当身之娱"的"身"字，俞樾指出"'当身'乃'当生'之误。下云，'死后'之名非所取也，'当生'与'死后'正相对。下文云，'且趣当生，奚遑死后'，是其证"②。而王强模也认为"当身"应为"当生"，释义为"当自己生存

---

① ［宋］林希逸著，张京华点校，《列子鬳斋口义》，上海：华东师范大学出版社，2016 年 5 月；［周］列子撰，［晋］张湛注，［唐］卢重玄解，［宋］赵佶训，［宋］范致虚解，［金］高守元集，孔德凌点校，《冲虚至德真经四解》，南京：凤凰出版社，2016 年 6 月；［战国］列子撰，［宋］林希逸注，《元刻本列子》，北京：国家图书馆出版社，2017 年 5 月；［明］顾春编，《六子全书之列子》，长春：吉林出版集团有限责任公司，2010 年 10 月；［战国］列御寇撰，［清］纪昀等编纂，《四库全书·道家类·列子》，北京：中国书店，2018 年 8 月；［战国］列御寇撰，［唐］卢重元注，《列子》，北京：中国书店，2019 年 9 月；等等。
② ［清］俞樾撰，《列子·平议》一卷，1922 年双流李氏刊《诸子平议》本，第 33 页。

于世的时候"①。对此，笔者认为"当身"与"当生"其实皆可。俞樾所言固然有其根据，可成一家之言，但也并非没有反证。例如上文中的"遑遑尔竞一时之虚誉，规死后之馀荣；偶偶尔顺耳目之观听，惜身意之是非"中就是"死后"对"身意"，并非俞樾所认为的一定是"'当生'与'死后'正相对"。再有，"当身之事，或闻或见，万不识一"中亦为"当身"也并非"当生"。

同时，"当身之娱"也并非解释不通。通过"原宪窭于鲁"章中"可在乐生，可在逸身"可知，"乐生"与"逸身"是两个关联非常密切的概念。根据上文中的"则人之生也奚为哉？奚乐哉？为美厚尔，为声色尔"可知，"乐生"要通过对"美厚"与"声色"的体验来实现，而能够直接体验"美厚"与"声色"正是"身"。因为"身"乃"生"之载体，因此只有通过"逸身"才能实现"乐生"。相反，如果"累身"则必然是无法实现"乐生"的。因此"当生之娱"要通过也只能通过"当身之娱"来实现，换言之，"当身之娱"即"当生之娱"。

综上，笔者认为虽然"当身"与"当生"皆可，但"当身"实则与文意更为契合。且由于《杨朱篇》原文如此，对于经典，我们应本着无其必要则不予修改的原则，保留原文中的"当身之娱"即可。

【校订】

设有一者，孩抱以逮昏老，几（幾）居其半矣。夜眠之所弭，昼觉之所遗，又几（幾）居其半矣。痛疾哀苦，亡失忧惧，又几（幾）居其半矣。量十数年之中，悠（逌）然而自得，无（亡）芥（介）焉之虑者，亦无（亡）一时之中尔。

遑遑尔竞一时之虚誉，规死后之余（馀）荣；偶偶尔慎（顺）耳目之观听，惜身意之是非；徒失当年之至乐，不能自肆于一时。重囚累（纍）梏，何以异哉？

---

① 王强模译注，《列子全译》（修订版），贵阳：贵州人民出版社，2009 年 3 月，第 157 页，注释 13。

三、"万物所异者生"章

【原文】

杨朱曰:"万物所异者生也,所同者死也。生则有贤愚、贵贱,是所异也;死则有臭腐、消灭,是所同也。虽然,贤愚、贵贱非所能也;臭腐、消灭亦非所能也。故生非所生,死非所死;贤非所贤,愚非所愚,贵非所贵,贱非所贱。然而万物齐生齐死,齐贤齐愚,齐贵齐贱。十年亦死,百年亦死。仁圣亦死,凶愚亦死。生则尧舜,死则腐骨;生则桀纣,死则腐骨。腐骨一矣,孰知其异?且趣当生,奚遑死后?"

【详考】

(一)"且趣当生"

对于"且趣当生"的"趣"字,不同的注音本或译注本中有不同的注音和释义。例如有些注音本中注音为"qù"①,将"趣当生"翻译为"快活地生活在

---

① 邓启铜注释,《老子·列子》,南京:南京大学出版社,2014年5月,第228页;李新路主编,《列子》,郑州:郑州大学出版社,2017年5月,第120页。

当世"①; 而有些注音本中则注音为"qū"②, 释义为"趋向, 走"③, 或将"趣当生"翻译为"追求现世的快乐"④。而一些重要的译注本中对此"趣"字的释义也有分歧。例如有些译注本中将"趣当生"翻译为"享受今生的乐趣"⑤, 将"趣"释义为"享受乐趣"; 有些译注本中将"趣当生"翻译为"追求当下生存"⑥, 将"趣"释义为"追求"; 而有些注音本中将"趣当生"翻译为"追求当生的快乐"⑦或"追求当前生存的快乐"⑧, 把前两种译注本中的"享受乐趣"与"追求"结合起来, 将"趣"释义为"追求快乐"。

通过以上对比可知, 各家注本对此处"趣"的释义有三种观点: 第一种观点认为"趣"发"qù"音, 为其原义, 即"享受乐趣"; 第二种观点认为"趣"发"qū"音, 与"趋"相通, 即"趋向, 走"之义, 引申为"追求"; 第三种观点就是将前两种观点结合, 统合释义为"追求快乐"。对此, 笔者更为认同第一种观点, 佐证如下。

遍搜文本, 笔者发现《杨朱篇》中除了"且趣当生"的"趣"之外再无第二个"趣"字, 无法进行对比分析。但是相应的"趋"字却有两处, 即"人肖天地之类"章中的"趋走不足以逃利害"与"丰屋美服"章中的"而悠悠者趋名不

① 邓启铜注释,《老子·列子》, 南京: 南京大学出版社, 2014 年 5 月, 第 228 页, 注释 9。

② "中华诵·经典诵读行动"读本编委会编,《列子诵读本》, 北京: 中华书局, 2013 年 1 月, 第 108 页; 窦秀艳、李旭、王晓玮译注,《注音全译列子》, 北京: 新华出版社, 2022 年 12 月, 第 327 页。

③ 窦秀艳、李旭、王晓玮译注,《注音全译列子》, 北京: 新华出版社, 2022 年 12 月, 第 327 页, 注释 1。

④ "中华诵·经典诵读行动"读本编委会编,《列子诵读本》, 北京: 中华书局, 2013 年 1 月, 第 108 页, 注释 1。

⑤ 叶蓓卿译注,《列子》, 北京: 中华书局, 2011 年 5 月, 第 182 页; 中华文化讲堂注译,《列子》, 北京: 团结出版社, 2017 年 2 月, 第 202 页。

⑥ 黄敦兵导读注译,《列子》, 长沙: 岳麓书社, 2021 年 4 月, 第 186 页。

⑦ 严北溟、严捷撰,《列子译注》, 上海: 上海古籍出版社, 2012 年 8 月, 第 137 页。

⑧ 王强模译注,《列子全译》(修订版), 贵阳: 贵州人民出版社, 2009 年 3 月, 第 158 页。

已"。其中"趋走不足以逃利害"的"趋"在各注音本中的注音均为"qū"①, 在各译注本中的释义分别为"奔跑"②"急行"③"奔"④"走路"⑤"疾行"⑥等; "而悠悠者趋名不已"的"趋"在各注音本中的注音亦均为"qū"⑦, 在各译注本中的释义分别为"追逐"⑧"追求"⑨等。根据《释名》"疾行曰趋。趋赴也, 赴所至也"⑩可知, "趋"为"疾行""所至"之义。由此可知, "趋走不足以逃利害"的"趋"应为"疾行"之义, "而悠悠者趋名不已"的"趋"应为"追求"之义。因此, 如果"且趣当生"的"趣"读音为"qū", 与"趋"相通, 引申为"追求"之义的话, 那《杨朱篇》中完全可以用文中出现过两次的"趋"之本字, 而不需要用"趣"来代替"趋"。再有, 如果把"且趣当生"翻译为"追求当下生存"的话, 其实语义是不甚明确的, 其中最为重要的是"追求当下生存的

① "中华诵·经典诵读行动"读本编委会编,《列子诵读本》, 北京: 中华书局, 2013 年 1 月, 第 120 页; 邓启铜注释,《老子·列子》, 南京: 南京大学出版社, 2014 年 5 月, 第 245 页; 李新路主编,《列子》, 郑州: 郑州大学出版社, 2017 年 5 月, 第 134 页; 窦秀艳、李旭、王晓玮注译,《注音全译列子》, 北京: 新华出版社, 2022 年 12 月, 第 363 页。

② 叶蓓卿译注,《列子》, 北京: 中华书局, 2011 年 5 月, 第 201 页。

③ 严北溟、严捷撰,《列子译注》, 上海: 上海古籍出版社, 2012 年 8 月, 第 150 页。

④ 王强模译注,《列子全译》(修订版), 贵阳: 贵州人民出版社, 2009 年 3 月, 第 176 页。

⑤ 窦秀艳、李旭、王晓玮译注,《注音全译列子》, 北京: 新华出版社, 2022 年 12 月, 第 365 页。

⑥ 黄敦兵导读注译,《列子》, 长沙: 岳麓书社, 2021 年 4 月, 第 203 页。

⑦ "中华诵·经典诵读行动"读本编委会编,《列子诵读本》, 北京: 中华书局, 2013 年 1 月, 第 122 页; 邓启铜注释,《老子·列子》, 南京: 南京大学出版社, 2014 年 5 月, 第 248 页; 李新路主编,《列子》, 郑州: 郑州大学出版社, 2017 年 5 月, 第 137 页; 窦秀艳、李旭、王晓玮注译,《注音全译列子》, 北京: 新华出版社, 2022 年 12 月, 第 370 页。

⑧ 邓启铜注释,《老子·列子》, 南京: 南京大学出版社, 2014 年 5 月, 第 248 页, 注释 7; 严北溟、严捷撰,《列子译注》, 上海: 上海古籍出版社, 2012 年 8 月, 第 153 页; 梁万如导读及注译,《列子》, 北京: 中信出版社, 2015 年 1 月, 第 218 页。

⑨ 窦秀艳、李旭、王晓玮译注,《注音全译列子》, 北京: 新华出版社, 2022 年 12 月, 第 372 页; 黄敦兵导读注译,《列子》, 长沙: 岳麓书社, 2021 年 4 月, 第 207 页; 王强模译注,《列子全译》(修订版), 贵阳: 贵州人民出版社, 2009 年 3 月, 第 180 页; 叶蓓卿译注,《列子》, 北京: 中华书局, 2011 年 5 月, 第 205 页; 中华文化讲堂注译,《列子》, 北京: 团结出版社, 2017 年 2 月, 第 207 页。

⑩ [汉]刘熙撰,《释名: 附音序、笔画索引》, 北京: 中华书局, 2016 年 4 月, 第 32 页。

什么？"而上文"百年寿之大齐"章中已经明确提出了"为美厚尔，为声色尔"，提出了"当年之至乐"等价值取向，因此更为明确的语义应该是"追求当下生存的快乐"。而其实第一种观点中按照"趣"的本音原义翻译的"享受今生的乐趣"也已经包含了"追求当前生存的快乐"这一释义。因此第三种观点不过是对第一种观点的另一种表达，而第二种认为"趣"发"qū"音，与"趋"相通的观点却存在着明显的问题。综上，笔者认为"万物所异者生"章中"且趣当生"的"趣"应注音为"qù"，为其原义，即"享受乐趣"之义。

四、"伯夷非亡欲"章

【原文】

杨朱曰："伯夷非亡欲，矜清之邮，以放饿死。展季非亡情，矜贞之邮，以放寡宗。清贞之误善之若此！"

【详考】

（一）"以放饿死"与"以放寡宗"

对于"以放饿死"与"以放寡宗"的"放"字，不同的注音本亦有分歧。

有些注本注音为"fǎng"①，释义为"到，至"②"致"③"至，到"④；有些注本将之释义为"至"⑤"直至"⑥；还有的注本将"以放饿死"的"放"注音为"fàng"，将"以放寡宗"的"放"注音为"fǎng"⑦，很可能是笔误。对此"放"字，《列子释文》中指出"《公羊传》曰：'放死不立。'刘兆注曰：'放，至也'"⑧。同时，根据"汉典"⑨中的注音可知，"放"音"fàng"，其释义 11 为"至"，例句为"放乎四海""摩顶放踵"，这与本章中"以放饿死"与"以放寡宗"之"放"显然同义。因此，笔者认为"伯夷非亡欲"章中"以放饿死"与"以放寡宗"的"放"应注音为"fàng"，释义为"至"，"以放"即"以至""以至于"。

（二）"清贞之误善之若此"

对于"清贞之误善之若此"，于鬯指出："下'之'字当如'者'字之义。'之'本与'诸'通，故'之'与'者'亦通，要皆一声之转。谓清贞之误善如

① "中华诵·经典诵读行动"读本编委会编，《列子诵读本》，北京：中华书局，2013 年 1 月，第 108 页；邓启铜注释，《老子·列子》，南京：南京大学出版社，2014 年 5 月，第 230 页；窦秀艳、李旭、王晓玮译注，《注音全译列子》，北京：新华出版社，2022 年 12 月，第 329 页；叶蓓卿译注，《列子》，北京：中华书局，2011 年 5 月，第 182 页，注释 2；严北溟、严捷撰，《列子译注》，上海：上海古籍出版社，2012 年 8 月，第 137 页，注释 2；黄敦兵导读注译，《列子》，长沙：岳麓书社，2021 年 4 月，第 186 页，注释 2。

② "中华诵·经典诵读行动"读本编委会编，《列子诵读本》，北京：中华书局，2013 年 1 月，第 108 页，注释 4。

③ 邓启铜注释，《老子·列子》，南京：南京大学出版社，2014 年 5 月，第 230 页，注释 3。

④ 窦秀艳、李旭、王晓玮译注，《注音全译列子》，北京：新华出版社，2022 年 12 月，第 329 页，注释 3；叶蓓卿译注，《列子》，北京：中华书局，2011 年 5 月，第 182 页，注释 2；严北溟、严捷撰，《列子译注》，上海：上海古籍出版社，2012 年 8 月，第 137 页，注释 2。

⑤ 王强模译注，《列子全译》（修订版），贵阳：贵州人民出版社，2009 年 3 月，第 159 页，注释 3；黄敦兵导读注译，《列子》，长沙：岳麓书社，2021 年 4 月，第 186 页，注释 2。

⑥ 梁万如导读及译注，《列子》，北京：中信出版社，2015 年 1 月，第 189 页，注释 2。

⑦ 李新路主编，《列子》，郑州：郑州大学出版社，2017 年 5 月，第 120 页。

⑧ 杨伯峻撰，《列子集释》，北京：中华书局，2012 年 3 月，第 211 页。

⑨ "汉典"https://www.zdic.net/hans/%E6%94%BE，2024 年 1 月 20 日引用。

伯夷、展季者若此，故曰善者若此，则不善者更可知矣。"① 于鬯认为此处之
"善"是与"不善"相对的"善良"之义，而有些注本也持同样的观点，将"清
贞之误善之若此"翻译为了"清高贞洁耽误善良的人们竟然到了如此地步"②
或"清高贞洁竟将善良的人们耽误到了这种地步"③。此外，对此"善"字之释
义，其他各家注本也各不相同。例如有的注本将"善"释义为"大"④，并翻译
为"清高和坚贞的失误竟是如此之大啊"⑤；而有的注本将"善"释义为"容
易、轻易、多、常"⑥，并翻译为"清白节行的弊端是容易达到这种程度的"⑦
或"清高和坚贞容易造成这样的过失"⑧；有的注本将"善"释义为"竟然达
到"，并翻译为"清高与贞节的失误，竟然达到如此的结果"⑨；还有的注本
将"善"释义为"善事"⑩，并翻译为"清高和贞节竟然如此的误了善事"⑪ 或
"清高和贞节的延误善事，是如此大呀"⑫。根据"汉典"⑬ 中对"善"的释义
可知，"善"的释义中并无"大"之义，而有"容易、易于"之义，也可以表示"善
人""善事"。但对于"清贞之误善之若此"，除非按照于鬯的观点，将第二个

① ［清］于鬯撰，《列子校书》一卷，1963 年《香草续校书》排印本，第 17 页。

② 叶蓓卿译注，《列子》，北京：中华书局，2011 年 5 月，第 182 页；窦秀艳、李旭、王晓玮译
注，《注音全译列子》，北京：新华出版社，2022 年 12 月，第 329—330 页。

③ 中华文化讲堂注译，《列子》，北京：团结出版社，2017 年 2 月，第 202 页。

④ 严北溟、严捷撰，《列子译注》，上海：上海古籍出版社，2012 年 8 月，第 137 页，注释 6；
"中华诵·经典诵读行动"读本编委会编，《列子诵读本》，北京：中华书局，2013 年 1 月，
第 108 页，注释 8。

⑤ 严北溟、严捷撰，《列子译注》，上海：上海古籍出版社，2012 年 8 月，第 138 页。

⑥ 王强模译注，《列子全译》（修订版），贵阳：贵州人民出版社，2009 年 3 月，第 159 页，注
释 7；梁万如导读及译注，《列子》，北京：中信出版社，2015 年 1 月，第 189 页，注释 6。

⑦ 王强模译注，《列子全译》（修订版），贵阳：贵州人民出版社，2009 年 3 月，第 159 页。

⑧ 梁万如导读及译注，《列子》，北京：中信出版社，2015 年 1 月，第 189 页。

⑨ 黄敦兵导读注译，《列子》，长沙：岳麓书社，2021 年 4 月，第 186 页。

⑩ 庄万寿认为"善指不饿死而保全生命和多妻妾而多子孙"。（庄万寿注译，《新译列子读
本》，台北：三民书局，2009 年 3 月，第 244 页，注释 6。）

⑪ 庄万寿注译，《新译列子读本》，台北：三民书局，2009 年 3 月，第 244 页。

⑫ 萧登福著，《列子古注今译》，台北：文津出版社，1990 年 3 月，第 617 页。

⑬ "汉典" https://www.zdic.net/hans/%E5%96%84，2024 年 3 月 31 日引用。

"之"改为"者",不然"善人""善事"也较难讲通。因此,笔者认为将此处之"善"释义为"容易"更为妥当,而整句翻译为"清高与贞洁的弊端是容易达到这种程度的"。

【校订】

杨朱曰:"伯夷非无(亡)欲,矜清之尤(邮),以放饿死。展季非无(亡)情,矜贞之尤(邮),以放寡宗。清贞之误善之若此。"

五、"原宪窭于鲁"章

【原文】

杨朱曰:"原宪窭于鲁,子贡殖于卫。原宪之窭损生,子贡之殖累身。"

"然则窭亦不可,殖亦不可;其可焉在?"

曰:"可在乐生,可在逸身。故善乐生者不窭,善逸身者不殖。"

【详考】

(一)"子贡之殖累身"

对于"子贡之殖累身"的"累"字,不同的注音本亦有分歧,有些注本注音为"lèi"①，本句释义为"拖累身体"②；有的注本注音为"lěi"③，本句释义为"累坏了自己的身心"④。此外，还有些注本释义为"劳累了自己的身心"⑤"劳累身心"⑥"拖累了自己的身体"⑦。对此"累"字，《列子释文》中指出"累，去声"⑧，即"lèi"。

对此，笔者认为，其实不论是"lèi"还是"lěi"都是符合文意的。如果是"lèi"，那么"累身"就是"劳累身体"；如果是"lěi"，那么"累身"就是"牵连身体"。但如果考虑后文对应的是"逸身"，即"使身体安逸舒适"⑨，那"累身"则应该释义为"使身体劳累"。因为"安逸"对应的反义词是"劳累"，而不是"牵连"。因此相对于"牵连身体"的释义，"劳累身体"应该是更为符合文意的。而且在将"累"注音为"lěi"的注本的译文中也将"累身"翻译为了"累坏了自己的身心"⑩，与"lèi"之释义相同。综上，笔者认为"子贡之殖累身"的"累"应注音为"lèi"，释义为"使……劳累"。

【校订】

问者曰："然则窭亦不可，殖亦不可；其可焉在？"

杨朱曰："可在乐生，可在逸身。故善乐生者不窭，善逸身者不殖。"

① "中华诵·经典诵读行动"读本编委会编，《列子诵读本》，北京：中华书局，2013 年 1 月，第 108 页；邓启铜注释，《老子·列子》，南京：南京大学出版社，2014 年 5 月，第 230 页；李新路主编，《列子》，郑州：郑州大学出版社，2017 年 5 月，第 120 页。

② 邓启铜注释，《老子·列子》，南京：南京大学出版社，2014 年 5 月，第 230 页，注释 10。

③ 窦秀艳、李旭、王晓玮译注，《注音全译列子》，北京：新华出版社，2022 年 12 月，第 330 页。

④ 窦秀艳、李旭、王晓玮译注，《注音全译列子》，北京：新华出版社，2022 年 12 月，第 331 页。

⑤ 叶蓓卿译注，《列子》，北京：中华书局，2011 年 5 月，第 183 页。

⑥ 严北溟、严捷撰，《列子译注》，上海：上海古籍出版社，2012 年 8 月，第 138 页。

⑦ 王强模译注，《列子全译》（修订版），贵阳：贵州人民出版社，2009 年 3 月，第 159 页。

⑧ 杨伯峻撰，《列子集释》，北京：中华书局，2012 年 3 月，第 212 页。

⑨ 邓启铜注释，《老子·列子》，南京：南京大学出版社，2014 年 5 月，第 230 页，注释 12。

⑩ 窦秀艳、李旭、王晓玮译注，《注音全译列子》，北京：新华出版社，2022 年 12 月，第 331 页。

六、"晏平仲问养生"章

【原文】

晏平仲问养生于管夷吾。

管夷吾曰："肆之而已,勿壅勿阏。"

晏平仲曰："其目奈何?"

夷吾曰："恣耳之所欲听,恣目之所欲视,恣鼻之所欲向,恣口之所欲言,恣体之所欲安,恣意之所欲行。夫耳之所欲闻者音声,而不得听,谓之阏聪;目之所欲见者美色,而不得视,谓之阏明;鼻之所欲向者椒兰,而不得嗅,谓之阏颤;口之所欲道者是非,而不得言,谓之阏智;体之所欲安者美厚,而不得从,谓之阏适;意之所欲为者放逸,而不得行,谓之阏性。凡此诸阏,废虐之主。去废虐之主,熙熙然以俟死,一日、一月、一年、十年,吾所谓养。拘此废虐之主,录而不舍,戚戚然以至久生,百年、千年、万年,非吾所谓养。"

管夷吾曰："吾既告子养生矣,送死奈何?"

晏平仲曰："送死略矣,将何以告焉?"

管夷吾曰："吾固欲闻之。"

平仲曰："既死,岂在我哉?焚之亦可,沉之亦可,瘗之亦可,露之亦可,衣薪而弃诸沟壑亦可,衮衣绣裳而纳诸石椁亦可,唯所遇焉。"

管夷吾顾谓鲍叔黄子曰："生死之道,吾二人进之矣。"

【详考】

（一）"谓之阅颤"

对于"谓之阅颤"的"颤"字，不同的注音本亦有分歧。有的注本注音为"shūn"①，应为笔误，并注释为"通'膻'，辨别气味"②；有的注本注音为"shān"③，注释为"通'膻'。审辨气味"④"鼻通能辨别气味"⑤；有的注本注音为"chàn"⑥，注释"阅颤"为"鼻堵塞"⑦；还有的注本注释为"用鼻子嗅"⑧。对此"颤"字，《张湛注》中认为"鼻通曰颤。颤音舒延反"⑨，即认为"颤"音"shān"，义为"鼻通"。而《列子释文》中认为"颤与膻字同，须延切"⑩，即认为"颤"与"膻"相同。笔者认为，由原文"鼻之所欲向者椒兰，而不得嗅，谓之阅颤"之文意可知，此处之"颤"确实应通"膻"，音"shān"，义为"鼻通"。

---

① "中华诵·经典诵读行动"读本编委会编，《列子诵读本》，北京：中华书局，2013 年 1 月，第 109 页。

② "中华诵·经典诵读行动"读本编委会编，《列子诵读本》，北京：中华书局，2013 年 1 月，第 109 页，注释 7。

③ 叶蓓卿译注，《列子》，北京：中华书局，2011 年 5 月，第 184 页，注释 6；严北溟、严捷撰，《列子译注》，上海：上海古籍出版社，2012 年 8 月，第 139 页，注释 8；窦秀艳、李旭、王晓玮译注，《注音全译列子》，北京：新华出版社，2022 年 12 月，第 332 页。

④ 严北溟、严捷撰，《列子译注》，上海：上海古籍出版社，2012 年 8 月，第 139 页，注释 8。

⑤ 叶蓓卿译注，《列子》，北京：中华书局，2011 年 5 月，第 184 页，注释 6；窦秀艳、李旭、王晓玮译注，《注音全译列子》，北京：新华出版社，2022 年 12 月，第 333 页，注释 2。

⑥ 邓启铜注释，《老子·列子》，南京：南京大学出版社，2014 年 5 月，第 231 页；李新路主编，《列子》，郑州：郑州大学出版社，2017 年 5 月，第 121 页。

⑦ 邓启铜注释，《老子·列子》，南京：南京大学出版社，2014 年 5 月，第 231 页，注释 10。

⑧ 王强模译注，《列子全译》（修订版），贵阳：贵州人民出版社，2009 年 3 月，第 161 页，注释 8。

⑨ 杨伯峻撰，《列子集释》，北京：中华书局，2012 年 3 月，第 212-213 页。

⑩ ［晋］张湛注，［唐］卢重玄解，［唐］殷敬顺、［宋］陈景元释文，陈明校点，《列子》，上海：上海古籍出版社，2014 年 6 月，第 197 页，注释 6。

（二）"衮衣绣裳"

对于"衮衣绣裳"的"裳"字，不同的注音本亦有分歧。有的注本注音为"cháng"[①]，有的注本注音为"shang"[②]。

根据"汉典"可知，"裳"发"cháng"音时是指"古代遮蔽下体的衣裙"，而发"shang"音时泛指"衣服"[③]。本章原文为"衮衣绣裳"，根据"汉典"可知，"衮衣绣裳"是指"古代天子祭祀时所穿的绣有龙的礼服"[④]，即"画有卷龙的上衣和绣有花纹的下裳"[⑤]。其中"衮衣"是指"古代帝王及上公穿的绘有卷龙的礼服"[⑥]，也即"上衣"；而"绣裳"则是指绣有花纹的"彩色下衣"，其发音为"xiù cháng"[⑦]。综上，笔者认为"晏平仲问养生"章中"衮衣绣裳"的"裳"应该是与"上衣"相对应的"下裳"之义，发音为"cháng"。

【校订】

鼻之所欲向者椒兰，而不得嗅，谓之阏膻（颤）。

管夷吾顾谓鲍叔、黄子曰："生死之道，吾二人尽（进）之矣。"

---

① "中华诵·经典诵读行动"读本编委会编，《列子诵读本》，北京：中华书局，2013 年 1 月，第 110 页；窦秀艳、李旭、王晓玮译注，《注音全译列子》，北京：新华出版社，2022 年 12 月，第 333 页。

② 邓启铜注释，《老子·列子》，南京：南京大学出版社，2014 年 5 月，第 232 页；李新路主编，《列子》，郑州：郑州大学出版社，2017 年 5 月，第 121 页。

③ "汉典" https://www.zdic.net/hans/%E8%A3%B3，2024 年 1 月 22 日引用。

④ "汉典" https://www.zdic.net/hans/%E8%A1%AE%E8%A1%A3%E7%BB%A3%E8%A3%B3，2024 年 1 月 22 日引用。

⑤ "汉典" https://www.zdic.net/hans/%E7%BB%A3%E8%A3%B3，2024 年 1 月 22 日引用。

⑥ "汉典" https://www.zdic.net/hans/%E8%A1%AE%E8%A1%A3，2024 年 1 月 22 日引用。

⑦ "汉典" https://www.zdic.net/hans/%E7%BB%A3%E8%A3%B3，2024 年 1 月 22 日引用。

七、"子产相郑"章

【原文】

子产相郑，专国之政；三年，善者服其化，恶者畏其禁，郑国以治。诸侯惮之。

而有兄曰公孙朝，有弟曰公孙穆。朝好酒，穆好色。朝之室也聚酒千锺，积麹成封，望门百步糟浆之气逆于人鼻。方其荒于酒也，不知世道之安危，人理之悔吝，室内之有亡，九族之亲疏，存亡之哀乐也。虽水火兵刃交于前，弗知也。穆之后庭比房数十，皆择稚齿媒婧者以盈之。方其耽于色也，屏亲昵，绝交游，逃于后庭，以昼足夜；三月一出，意犹未惬。乡有处子之娥姣者，必贿而招之，媒而挑之，弗获而后已。

子产日夜以为戚，密造邓析而谋之，曰："侨闻治身以及家，治家以及国，此言自于近至于远也。侨为国则治矣，而家则乱矣。其道逆邪？将奚方以救二子？子其诏之！"

邓析曰："吾怪之久矣，未敢先言。子奚不时其治也，喻以性命之重，诱以礼义之尊乎？"

子产用邓析之言，因闲以谒其兄弟，而告之曰："人之所以贵于禽兽者，智虑。智虑之所将者，礼义。礼义成，则名位至矣。若触情而动，耽于嗜欲，则性命危矣。子纳侨之言，则朝自悔而夕食禄矣。"

朝穆曰："吾知之久矣，择之亦久矣，岂待若言而后识之哉？凡生之难遇而死之易及。以难遇之生，俟易及之死，可孰念哉？而欲尊礼义以夸人，矫情性以招名，吾以此为弗若死矣。为欲尽一生之欢，穷当年之乐。唯患腹溢而不得恣口之饮，力憊而不得肆情于色；不遑忧名声之丑，性命之危也。且若以治国之能夸物，欲以说辞乱我之心，荣禄喜我之意，不亦鄙而可怜哉？我又欲与若别之。夫善治外者，物未必治，而身交苦；善治内者，物未必乱，而性交逸。以若之治外，其法可暂行于一国，未合于人心；以我之治内，可推之于天下，君臣之道息矣。吾常欲以此术而喻之，若反以彼术而教我哉？"

子产忙然无以应之。他日以告邓析。

邓析曰："子与真人居而不知也，孰谓子智者乎？郑国之治偶耳，非子之功也。"

【详考】

（一）"公孙朝"

对于"公孙朝"的"朝"字，不同的注音本亦有分歧。有的注本注音为

"zhāo"①，有的注本注音为"cháo"②。《列子释文》注为"朝依字"③，但依然不详其字发音。对此，管宗昌认为"公孙朝的原型是和子产同时的郑伯有"④，并将"公孙穆"写为"公孙暮"，认为"公孙暮的原型则是公孙黑"⑤。如果"公孙穆"的原型确为"公孙黑"，那么可以推测其名在《杨朱篇》中经过艺术加工，应该是经过了由"黑"到"暮"再到"穆"的过程。对比这兄弟二人的名字可知，"朝"与"穆"相对，即"朝"与"暮"相对，而"暮"即"傍晚，太阳落山的时候""晚，将尽"⑥之义，则"朝"应为与之相对的"早晨""日，天"⑦之义。由此可以推测，"公孙朝"的"朝"字应为"朝阳"之"zhāo"音。同时，由"朝好酒，穆好色"可知公孙朝好酒，公孙穆好色，即"朝酒穆色"。对此稍作调整即为"朝穆酒色"，即"朝暮酒色"，也即"日夜酒色"之义，这也正好符合二人在文中的志趣与形象。再有，"汉典"中在"穆"字词条下有"古代宗庙次序，父居左为'昭'，子居右为'穆'"⑧的注释。由此可知"昭"与"穆"是显示长幼尊卑的两个相对的用词，而这正与朝为兄穆为弟的长幼次序相对应，因此"朝"应发与"昭"相同的"zhāo"音。此亦不失为一条"公孙朝"之"朝"应为"zhāo"音的旁证。综上，笔者认为"公孙朝"的"朝"字应为"zhāo"音，而非"cháo"音。

---

① "中华诵·经典诵读行动"读本编委会编，《列子诵读本》，北京：中华书局，2013年1月，第110页。

② 邓启铜注释，《老子·列子》，南京：南京大学出版社，2014年5月，第233页；李新路主编，《列子》，郑州：郑州大学出版社，2017年5月，第123页；窦秀艳、李旭、王晓玮译注，《注音全译列子》，北京：新华出版社，2022年12月，第336页。

③ ［晋］张湛注，［唐］卢重玄解，［唐］殷敬顺、［宋］陈景元释文，陈明校点，《列子》，上海：上海古籍出版社，2014年6月，第199页，注释3。

④ 管宗昌著，《〈列子〉研究》，沈阳：辽海出版社，2009年12月，第311页。

⑤ 管宗昌著，《〈列子〉研究》，沈阳：辽海出版社，2009年12月，第312页。

⑥ "汉典" https://www.zdic.net/hans/%E6%9A%AE，2024年1月20日引用。

⑦ "汉典" https://www.zdic.net/hans/%E6%9C%9D，2024年1月20日引用。

⑧ "汉典" https://www.zdic.net/hans/%E7%A9%86，2024年1月20日引用。

（二）“屏亲昵”

对于“屏亲昵”的“屏”字，不同的注音本亦有分歧。有些注本注音为“píng”①；有些注本注为“bǐng”②，释义为“不理”③“拒绝”④；有些译注本释义为“摒退”⑤“屏退”⑥“摒弃”⑦。对此，《列子释文》注为“屏，上声”⑧。根据“汉典”⑨可知，“屏”发“píng”音时，释义为“遮挡”，常用于自然事物，如“屏风”“屏障”等；“屏”发“bǐng”音时，释义为“退避，隐退”“掩蔽”等，常用于与人相关的事物，例如“侯生乃屏人间语”（《史记·魏公子列传》）、“屏居（辞官隐居，不问事实）”、“屏语（避开他人，私下交谈）”等，再如“屏王耳目，使不聪明”（《左传·昭公二十七年》）、“屏处（隐蔽之处）”等。根据原文中的“屏亲昵”可知，此处要“屏”的是与人相关的事物。因此笔者认为此处之“屏”应发“bǐng”音，释义为“退避”“避开”。

①　“中华诵·经典诵读行动”读本编委会编，《列子诵读本》，北京：中华书局，2013 年 1 月，第 111 页；李新路主编，《列子》，郑州：郑州大学出版社，2017 年 5 月，第 123 页。

②　邓启铜注释，《老子·列子》，南京：南京大学出版社，2014 年 5 月，第 233 页；窦秀艳、李旭、王晓玮译注，《注音全译列子》，北京：新华出版社，2022 年 12 月，第 337 页。

③　邓启铜注释，《老子·列子》，南京：南京大学出版社，2014 年 5 月，第 233 页，注释 13。

④　窦秀艳、李旭、王晓玮译注，《注音全译列子》，北京：新华出版社，2022 年 12 月，第 340 页。

⑤　叶蓓卿译注，《列子》，北京：中华书局，2011 年 5 月，第 188 页。

⑥　严北溟、严捷撰，《列子译注》，上海：上海古籍出版社，2012 年 8 月，第 141 页；梁万如导读及译注，《列子》，北京：中信出版社，2015 年 1 月，第 196 页。

⑦　王强模译注，《列子全译》（修订版），贵阳：贵州人民出版社，2009 年 3 月，第 165 页；黄敦兵导读注译，《列子》，长沙：岳麓书社，2021 年 4 月，第 190 页。

⑧　[晋]张湛注，[唐]卢重玄解，[唐]殷敬顺，[宋]陈景元释文，陈明校点，《列子》，上海：上海古籍出版社，2014 年 6 月，第 200 页，注释 14。

⑨　“汉典”https://www.zdic.net/hans/%E5%B1%8F，2024 年 1 月 21 日引用。

（三）"媒而挑之"

对于"媒而挑之"的"挑"字，多数注本均注音为"tiǎo"[1]，释义为"招呼，相诱"[2]"挑诱"[3]等；但有的注本将之释义为"挑选"[4]，则其相应注音应为"tiāo"。对此，《列子释文》中注为"挑，他尧切。《苍颉篇》云：挑谓招呼也。《说文》作㨄，相诱也。㨄，大了切"[5]。根据"汉典"可知，"挑"发"tiāo"音时，释义为"选，拣"；"挑"发"tiǎo"音时，释义为"引诱，逗弄"。而根据原文"乡有处子之娥姣者，必贿而招之，媒而挑之，弗获而后已"可知，此处的"挑"是在"贿""招""媒"之后的行为，是在已经选定目标之后以"获"为目的的行为。因此，此处的"挑"应该是促成目的的动词，而不是进行选择的动词。综上，笔者认为此处的"挑"当为"相诱"之义，应该发"tiǎo"，而非"挑选"之义，不应发"tiāo"音。

（四）"弗获而后已"

对于"弗获而后已"的"弗"字，杨伯峻认为"'弗'字疑衍，或者为'必'字之误"[6]，而其他各家注本亦均提出了相应的质疑，如认为"'弗'当为衍

---

① "中华诵·经典诵读行动"读本编委会编，《列子诵读本》，北京：中华书局，2013 年 1 月，第 111 页；邓启铜注释，《老子·列子》，南京：南京大学出版社，2014 年 5 月，第 233 页；李新路主编，《列子》，郑州：郑州大学出版社，2017 年 5 月，第 123 页；窦秀艳、李旭、王晓玮译注，《注音全译列子》，北京：新华出版社，2022 年 12 月，第 337 页。

② "中华诵·经典诵读行动"读本编委会编，《列子诵读本》，北京：中华书局，2013 年 1 月，第 111 页，注释 5。

③ 叶蓓卿译注，《列子》，北京：中华书局，2011 年 5 月，第 188 页；严北溟、严捷撰，《列子译注》，上海：上海古籍出版社，2012 年 8 月，第 141 页。

④ 王强模译注，《列子全译》（修订版），贵阳：贵州人民出版社，2009 年 3 月，第 165 页。

⑤ ［晋］张湛注，［唐］卢重玄解，［唐］殷敬顺、［宋］陈景元释文，陈明校点，《列子》，上海：上海古籍出版社，2014 年 6 月，第 200 页，注释 19。

⑥ 杨伯峻撰，《列子集释》，北京：中华书局，2012 年 3 月，第 215 页。

文"①"一本作必获而后已"②"当为'必获而后已'之误"③"（弗）疑为衍文"④。只有于鬯提出了不同的看法，他认为"弗，语辞。弗获，获也，犹弗甯，甯也"⑤。对于以上各家将"弗"删去或修改为"必"以及"弗"为"语辞"的观点，笔者认为都有一定的道理，但是笔者也发现了原文之"弗"字还有另一种释义的可能。

关于"弗"，《说文解字》中记载："弗，（撟）［矫］也。从丿、从乀、从韦省。分勿切（fú）。"⑥《说文解字注》中记载："弗，矫也。矫，各本作'撟'，今正。撟者，举手也，引申为高举之用。矫者，揉箭箝也，引申为矫拂之用。今人不能辩者久矣。弗之训矫也，今人矫弗皆作拂，而用弗为不，其误盖亦久矣。《公羊传》曰：'弗者，不之深也。'固是矫义。凡经传言不者，其文直；言弗者，其文曲。如《春秋》：'公孙敖如京师，不至而复。''晋人纳捷菑于邾，弗克纳。'弗与不之异也。《礼记》：'虽有嘉肴，弗食不知其旨；虽有至道，弗学不知其善也。'弗与不不可互易。从丿乀。丿乀，皆有矫意。从韦省。韦者，相背也，故取以会意。谓或左或右，皆背而矫之也。分勿切，十五部。"⑦由此可知，"弗"实为"矫"，而"矫"又可以引申为"矫拂之用"。根据"汉典"可知"矫拂"为"拂逆，违背""纠正"⑧之义。而根据原文"乡有处子之娥姣者，必贿而招之，媒而挑之，弗获而后已"可知，整个"贿而招之，媒而挑之"的过程就是为了"纠正"那些"处子之娥姣者"不愿从之的想法，以求最后获得之。所以"弗获"即"矫获"，也即"纠正其原本想法而获得之"的意思。

① "中华诵·经典诵读行动"读本编委会编，《列子诵读本》，北京：中华书局，2013年1月，第111页。

② 邓启铜注释，《老子·列子》，南京：南京大学出版社，2014年5月，第233页，注释19。

③ 严北溟、严捷撰，《列子译注》，上海：上海古籍出版社，2012年8月，第141页，注释9。

④ 王强模译注，《列子全译》（修订版），贵阳：贵州人民出版社，2009年3月，第164页，注释20。

⑤ ［清］于鬯撰，《列子校书》一卷，1963年《香草续校书》排印本，第18页。

⑥ 汤可敬译注，《说文解字》，北京：中华书局，2018年6月，第2686页。

⑦ ［清］段玉裁撰，《说文解字注》，北京：中华书局，2013年7月，第633页。

⑧ "汉典" https://www.zdic.net/hans/%E7%9F%AB%E6%8B%82，2024年1月21日引用。

综上，笔者认为"弗获而后已"的"弗"字虽然可以按照杨伯俊等人的观点删去或者修改为"必"字，但按其原音"fú"，按其原义"纠正"来理解也是完全可以甚至是更为符合文意的。

（五）"因閒以谒其兄弟"

对于"因閒以谒其兄弟"的"閒"，多数注本中均改为了"间"[①]，并发"jiàn"[②]音。但其实对此"閒"字，《列子释文》中早已注明"閒音闲"[③]，而黄敦兵在其注本中则改为了"闲"[④]。对此，笔者认同《列子释文》与黄敦兵的观点，认为应该将"閒"改为"闲"，发音为"xián"。

（六）"欲以说辞乱我之心"

对于"欲以说辞乱我之心"的"说"字，不同的注音本亦有分歧。有些注本注音为"shuō"[⑤]，将"说辞"释义为"漂亮的词句"[⑥]；有些注本注音为

---

① 叶蓓卿译注，《列子》，北京：中华书局，2011年5月，第186页；严北溟、严捷撰，《列子译注》，上海：上海古籍出版社，2012年8月，第140页；王强模译注，《列子全译》（修订版），贵阳：贵州人民出版社，2009年3月，第163页等。

② "中华诵·经典诵读行动"读本编委会编，《列子诵读本》，北京：中华书局，2013年1月，第111页；邓启铜注释，《老子·列子》，南京：南京大学出版社，2014年5月，第234页；窦秀艳、李旭、王晓玮译注，《注音全译列子》，北京：新华出版社，2022年12月，第338页等。

③ ［晋］张湛注，［唐］卢重玄解，［唐］殷敬顺、［宋］陈景元释文，陈明校点，《列子》，上海：上海古籍出版社，2014年6月，第200页，注释22。

④ 黄敦兵导读注译，《列子》，长沙：岳麓书社，2021年4月，第191页。

⑤ "中华诵·经典诵读行动"读本编委会编，《列子诵读本》，北京：中华书局，2013年1月，第112页；窦秀艳、李旭、王晓玮译注，《注音全译列子》，北京：新华出版社，2022年12月，第339页。

⑥ 窦秀艳、李旭、王晓玮译注，《注音全译列子》，北京：新华出版社，2022年12月，第341页。

"shuì"①，将"说辞"释义为"劝说"②；有些译注本将"说辞"释义为"劝说之辞"③"言辞"④"漂亮的词句"⑤。对此，《列子释文》注为"说辞，一本作'伪辞'"⑥。根据"汉典"可知，"说"发"shuō"音时是"用话来表达意思"⑦之义；而"说"发"shuì"音时是"用话劝说别人，使他听从自己的意见"⑧之义。根据原文"欲以说辞乱我之心"之义可知，对方想要用话劝说"我"，此处之"说"似乎应发"shuì"音，义为"用话劝说别人，使他听从自己的意见"。但值得注意的是，发"shuì"音的"说"一般为动词词性，常与"游"搭配，组成"游说"一词使用，但"欲以说辞乱我之心"中的"说"却是以"说辞"的形式出现的。而在"汉典"中搜索"说辞"一词，只出现了一组发音，那就是"shuōcí"，释义为"推辞或辩解的理由"⑨。

综上，由于"欲以说辞乱我之心"中的"说"与"辞"搭配，组成"说辞"一词，所以并非"游说"一词之"说"。因此，笔者认为"欲以说辞乱我之心"之"说"还是应该发"shuō"音，"说辞"应该释义为"劝说之辞"。

（七）"吾常欲以此术而喻之"

对于"吾常欲以此术而喻之"的"喻之"，杨伯峻指出："'喻之'当作'喻

---

① 邓启铜注释，《老子·列子》，南京：南京大学出版社，2014 年 5 月，第 235 页；李新路主编，《列子》，郑州：郑州大学出版社，2017 年 5 月，第 125 页；王强模译注，《列子全译》（修订版），贵阳：贵州人民出版社，2009 年 3 月，第 164 页，注释 32。

② 王强模译注，《列子全译》（修订版），贵阳：贵州人民出版社，2009 年 3 月，第 164 页，注释 32。

③ 严北溟、严捷撰，《列子译注》，上海：上海古籍出版社，2012 年 8 月，第 142 页。

④ 梁万如导读及译注，《列子》，北京：中信出版社，2015 年 1 月，第 196 页。

⑤ 黄敦兵导读注译，《列子》，长沙：岳麓书社，2021 年 4 月，第 192 页。

⑥ ［晋］张湛注，［唐］卢重玄解、［唐］殷敬顺、［宋］陈景元释文，陈明校点，《列子》，上海：上海古籍出版社，2014 年 6 月，第 201 页，注释 29。

⑦ "汉典" https://www.zdic.net/hans/%E8%AF%B4，2024 年 1 月 21 日引用。

⑧ "汉典" https://www.zdic.net/hans/%E8%AF%B4，2024 年 1 月 21 日引用。

⑨ "汉典" https://www.zdic.net/hans/%E8%AF%B4%E8%BE%9E，2024 年 1 月 21 日引用。

若'。本作'吾常欲以此术而喻若，若反以彼术而教我哉？''若'字重叠。古人于重叠处辄省其下文，而画二笔以识之。钞者不察，以二笔误作'之'，'若若'遂讹作'若之'。浅人又谓'若之'不可通，乃乙转成为'之若'，遂铸成此错矣"[1]。而孔德凌认为"杨说可从"[2]，也认可杨伯峻的说法。对此，笔者认为杨伯峻所论持之有据，推之成理，故而从之，无须再论。

【校订】

朝之室也聚酒千钟（锺）。

室内之有无（亡），九族之亲疏。

子产用邓析之言，因闲（閒）以谒其兄弟。

吾常欲以此术而喻若（之），若反以彼术而教我哉？

八、"卫端木叔"章

【原文】

卫端木叔者，子贡之世也。藉其先赀，家累万金。不治世故，放意所好。其生民之所欲为，人意之所欲玩者，无不为也，无不玩也。墙屋台榭，园囿池沼，饮食车服，声乐嫔御，拟齐楚之君焉。至其情所欲好，耳所欲听，目所欲视，口所欲尝，虽殊方偏国，非齐土之所

---

① 杨伯峻撰，《列子集释》，北京：中华书局，2012 年 3 月，第 216 页。

② ［周］列子撰，［晋］张湛注，［唐］卢重玄解，［宋］赵佶训，［宋］范致虚解，［金］高守元集，孔德凌点校，《冲虚至德真经四解》，南京：凤凰出版社，2016 年 6 月，第 262 页，注释 1。

产育者，无不必致之；犹藩墙之物也。及其游也，虽山川阻险，涂径修远，无不必之，犹人之行咫步也。宾客在庭者日百住，庖厨之下不绝烟火，堂庑之上不绝声乐。奉养之馀，先散之宗族；宗族之馀，次散之邑里；邑里之馀，乃散之一国。行年六十，气幹将衰，弃其家事，都散其库藏、珍宝、车服、妾滕。一年之中尽焉，不为子孙留财。及其病也，无药石之储；及其死也，无瘗埋之资。一国之人受其施者，相与赋而藏之，反其子孙之财焉。

禽骨釐闻之，曰："端木叔，狂人也，辱其祖矣。"

段干生闻之，曰："端木叔，达人也，德过其祖矣。其所行也，其所为也，众意所惊，而诚理所取。卫之君子多以礼教自持，固未足以得此人之心也。"

【详考】

（一）"宾客在庭者日百住"

对于"宾客在庭者日百住"的"住"字，不同的注音本亦有分歧。有些注本注音为"zhù"[1]，并注释为"当为'数'"[2]，或将"宾客在庭者日百住"翻

---

① "中华诵·经典诵读行动"读本编委会编，《列子诵读本》，北京：中华书局，2013年1月，第112页；李新路主编，《列子》，郑州：郑州大学出版社，2017年5月，第126页；窦秀艳、李旭、王晓玮译注，《注音全译列子》，北京：新华出版社，2022年12月，第344页。

② "中华诵·经典诵读行动"读本编委会编，《列子诵读本》，北京：中华书局，2013年1月，第112页，注释12。

译为"住在家里的宾客每天数以百计"①；有些注本注音为"sù"②，并对"百住"注释为"一般解释作百数"③；有些译注本将"日百住"翻译为"每天数以百计"④或"每日以百计数"⑤或"每天以百计"⑥或"每日以百计"⑦，大同小异；还有的译注本将"宾客在庭者日百住"翻译为"他每天在庭院中招待的宾客数以百计"⑧。

对此，《列子释文》中注为"住，色主切，或作往"⑨。俞樾指出："'住'当为'数'，声之误也。《黄帝篇》'沤鸟之至者百住而不止'，张《注》曰：'住当作数。'是其证矣。此篇卢重元本作'往'，则是误字。"⑩陶光指出："作'住'是也，'住'假为'数'，《黄帝篇》'沤鸟之至者百住'与此同例，说详彼篇。后人不识'百住'之义，因以意改为'往'耳。"⑪王叔岷指出："《释文》本、元本、世德堂本'百往'并作'百住'，当从之。俞樾云……道藏各本皆误'往'，《释文》亦云：'或作往'，作'住'是故书。"⑫

笔者认为，此章中"宾客在庭者日百住"的"住"字改为"数"固然可以，但实则按照"住"来释义亦可自圆其说。根据"汉典"可知，"住"发"zhù"音，释义为"长期居留或短暂歇息"⑬。因此，正如上文所引之译文，将"宾客在庭

---

① 窦秀艳、李旭、王晓玮译注，《注音全译列子》，北京：新华出版社，2022 年 12 月，第 346 页。

② 邓启铜注释，《老子·列子》，南京：南京大学出版社，2014 年 5 月，第 237 页。

③ 邓启铜注释，《老子·列子》，南京：南京大学出版社，2014 年 5 月，第 237 页，注释 2。

④ 叶蓓卿译注，《列子》，北京：中华书局，2011 年 5 月，第 191 页。

⑤ 严北溟、严捷撰，《列子译注》，上海：上海古籍出版社，2012 年 8 月，第 143 页。

⑥ 王强模译注，《列子全译》（修订版），贵阳：贵州人民出版社，2009 年 3 月，第 168 页。

⑦ 梁万如导读及译注，《列子》，北京：中信出版社，2015 年 1 月，第 199 页。

⑧ 黄敦兵导读注译，《列子》，长沙：岳麓书社，2021 年 4 月，第 193 页。

⑨ ［晋］张湛注，［唐］卢重玄解，［唐］殷敬顺、［宋］陈景元释文，陈明校点，《列子》，上海：上海古籍出版社，2014 年 6 月，第 202 页，注释 7。

⑩ ［清］俞樾撰，《列子平议》一卷，1922 年双流李氏刊《诸子平议》本，第 33–34 页。

⑪ 陶光撰，《列子校释》，1953 年排印本，第 234 页。

⑫ 王叔岷著，《列子补正》，台北：商务印书馆，1992 年 12 月影印一版，卷四，第七叶。

⑬ "汉典" https://www.zdic.net/hans/%E4%BD%8F，2024 年 1 月 21 日引用。

者日百住"翻译为"住在家里的宾客每天数以百计"即非常符合文意。综上，笔者认为虽然将"宾客在庭者日百住"中的"住"改为"数"进行注音释义并无不妥，但以"住"之本字来注音释义亦符合篇章文意，因此实无一定修改之必要。正如前文所述，对于经典，我们应本着无其必要则不予修改的原则，保留原文中的"住"即可。

【校订】

借（藉）其先赀，家累万金。

奉养之余（馀），先散之宗族；宗族之余（馀），次散之邑里；邑里之余（馀），乃散之一国。行年六十，气干（幹）将衰，弃其家事，都散其库藏、珍宝、车服、妾滕。

一国之人受其施者，相与赋而葬（藏）之。

九、"孟孙阳问杨朱"章

【原文】

孟孙阳问杨朱曰："有人于此，贵生爱身，以蕲不死，可乎？"

曰："理无不死。"

"以蕲久生，可乎？"

曰："理无久生。生非贵之所能存，身非爱之所能厚。且久生奚为？五情好恶，古犹今也；四体安危，古犹今也；世事苦乐，古犹今也；变易治乱，古犹今也。既闻之矣，既见之矣，既更之矣，百年犹厌其多，况久生之苦也乎？"

孟孙阳曰："若然，速亡愈于久生；则践锋刃，入汤火，得所志矣。"

杨子曰："不然；既生，则废而任之，究其所欲，以俟于死。将死，则废而任之，究其所之，以放于尽。无不废，无不任，何遽迟速于其间乎？"

【详考】

（一）"五情好恶"

对于"五情好恶"的"五情"，各家注本的释义也不尽相同。例如有的注本将之释义为"喜怒哀乐怨"[1]，有的注本将之释义为"人的情感"[2]，有的注本将之释义为"耳、目、鼻、口、肌（身体）所表现于外之情感"[3]等。对此，笔者认为这里的"五情"很难得出其确指，因此不如将之笼统地翻译为"人的情感"更为妥当。

【校订】

孟孙阳问杨子（朱）曰："有人于此，贵生爱身，以祈（蕲）不死，可乎？"
杨子曰："理无不死。"

---

[1] 叶蓓卿译注，《列子》，北京：中华书局，2011年5月，第192页；王强模译注，《列子全译》（修订版），贵阳：贵州人民出版社，2009年3月，第168页，注释3；邓启铜注释，《老子·列子》，南京：南京大学出版社，2014年5月，第238页，注释4等。

[2] 严北溟、严捷撰，《列子译注》，上海：上海古籍出版社，2012年8月，第144页。

[3] 萧登福著，《列子古注今译》，台北：文津出版社，1990年3月，第639页，注释3。

孟孙阳曰："以祈（蕲）久生，可乎？"

杨子曰："理无久生。"

十、"天下之美"章

【原文】

杨朱曰："天下之美归之舜、禹、周、孔，天下之恶归之桀纣。然而舜耕于河阳，陶于雷泽，四体不得暂安，口腹不得美厚；父母之所不爱，弟妹之所不亲。行年三十，不告而娶。及受尧之禅，年已长，智已衰。商钧不才，禅位于禹，戚戚然以至于死：此天人之穷毒者也。鲧治水土，绩用不就，殛诸羽山。禹纂业事雠，惟荒土功，子产不字，过门不入；身体偏枯，手足胼胝。及受舜禅，卑宫室，美绂冕，戚戚然以至于死：此天人之忧苦者也。武王既终，成王幼弱，周公摄天子之政。邵公不悦，四国流言。居东三年，诛兄放弟，仅免其身，戚戚然以至于死：此天人之危惧者也。孔子明帝王之道，应时君之聘，伐树于宋，削迹于卫，穷于商周，围于陈蔡，受屈于季氏，见辱于阳虎，戚戚然以至于死：此天民之遑遽者也。凡彼四圣者，生无一日之欢，死有万世之名。名者，固非实之所取也。虽称之弗知，虽赏之不知，与株块无以异矣。桀藉累世之资，居南面之尊，智足以距群下，威足以震海内；恣耳目之所娱，穷意虑之所为，熙熙然以至于死：此天民之逸荡者也。纣亦藉累世之资，居南面之尊；威无不行，志无不从；肆情于倾宫，纵欲于长夜；不以礼义自苦，熙熙然以至于诛：此天民之放纵者也。彼二凶也，生有从欲之欢，死被愚暴之名。实者，固非名之所与也，虽毁之不知，虽称之弗知，此与株块奚以异矣。彼四圣虽美之所归，苦以至终，同归于死矣。彼二凶虽恶之所归，乐以至终，亦同归于死矣。"

【详考】

（一）"此天人之穷毒者也"等

对于"此天人之穷毒者也"等之"天人"，陶光指出："此句当作'此天民之穷毒者也'，'民'字作'人'，唐人避太宗讳改之也。下文'此天人之忧苦者也''此天人之危惧者也'，'人'字并当作'民'。'此天民之遑遽者也''此天民之逸荡者也''此天民之放纵者也'，诸句字尚作'民'，是改之未遍之迹也"[1]。孔德凌也认为"（'民'）原作'人'，避唐太宗李世民讳，今改正。下同"[2]。对此各句之"天人"，笔者认为陶光所言极是，故而从之，不再详论。

（二）"美绂冕"

对于"美绂冕"，陶光指出："'美绂冕'与上下文义正相反。《释文》于'禅'字之下、'绂冕'之上出'蔽'字，云：'音弊，音卑'。疑'美'原作'蔽'，假为'弊'，本或作'弊'，讹为'美'字。宫室曰卑，绂冕曰弊，义各有当，亦正相合。然《释文》又有'卑'音，以例推之，其本当作'弊宫室'矣。不能确指，疑有

---

[1]　陶光撰，《列子校释》，1953年排印本，第236页。

[2]　[周]列子撰，[晋]张湛注，[唐]卢重玄解，[宋]赵佶训，[宋]范致虚解，[金]高守元集，孔德凌点校，《冲虚至德真经四解》，南京：凤凰出版社，2016年6月，第269页，注释1。

误也。"① 此处陶光所言之关键在于其预设的"宫室曰卑，绂冕曰弊，义各有当"，根据整段行文中对"四圣"境况之形容，可以明显发现仅"美绂冕"一处为正面评价，这一反常之处确易让人产生疑问。然而《论语·泰伯篇》中记载："子曰：'禹，吾无间然矣。菲饮食而致孝乎鬼神，恶衣服而致美乎黻冕，卑宫室而尽力乎沟洫。禹，吾无间然矣。'"② 由此可知，"美绂冕"之"美"应该并非讹字。对此，笔者认为对常人而言再好不过的"美绂冕"之所以会使大禹戚戚然，是因为他是一位习惯了"卑宫室"的忧苦者，故而"美绂冕"与之行为习惯甚为不合，以至于到了使之戚戚然的程度。这样看来，"美绂冕"就并无不妥了。

（三）"围于陈蔡"

对于"围于陈蔡"之"围"，俞樾指出："《杨朱篇》作'围于陈蔡'，亦'困'字之误，卢重玄本皆作'困'"③；杨伯峻指出："'围'秦刻卢《解》本作'困'"④。对此，笔者认为作"围"与作"困"在文意理解上区别不大。考察"孔子围于陈蔡之事"于其他典籍中的记载，可知《庄子》之《天运》《山木》《让王》《盗跖》《渔父》等诸篇中均为"围于陈蔡"⑤，而《说苑》之《杂言》⑥、《韩诗外传》之《卷七》⑦、《风俗通义》之《穷通》⑧ 等则作"困于陈蔡"。由于当代各主要注本中均作"围于陈蔡"⑨，故笔者决定亦不作改动，仍

① 陶光撰，《列子校释》，1953 年排印本，第 237 页。

② 陈晓芬、徐儒宗译注，《论语·大学·中庸》，北京：中华书局，2011 年 3 月，第 96 页。

③ ［清］俞樾撰，《列子平议》一卷，1922 年双流李氏刊《诸子平议》本，第 29–30 页。

④ 杨伯峻撰，《列子集释》，北京：中华书局，2012 年 3 月，第 222 页。

⑤ 方勇译注，《庄子》，北京：中华书局，2010 年 6 月，第 233、324、327、497、509、538 页。

⑥ 王天海、杨秀岚译注，《说苑》，北京：中华书局，2019 年 12 月，第 890 页。

⑦ 杜泽逊、庄大钧译注，《韩诗外传选译》，南京：凤凰出版社，2011 年 5 月，第 212 页。

⑧ ［汉］应劭撰，《元本风俗通义》，北京：国家图书馆出版社，2019 年 9 月，第 198 页。

⑨ 叶蓓卿译注，《列子》，北京：中华书局，2011 年 5 月，第 222 页；严北溟、严捷撰，《列子译注》，上海：上海古籍出版社，2012 年 8 月，第 146 页；王强模译注，《列子全译》（修订版），贵阳：贵州人民出版社，2009 年 3 月，第 171 页；等等。

择取"围于陈蔡"。

（四）"生有从欲之欢"

对于"生有从欲之欢"的"从"，《列子释文》中注为"从，音纵"①；而多数注音本均将其注音为"zòng"②，并注释为"从：通'纵'，放纵"③，更有的注音本中直接将"从"字改为了"纵"字④；有些译注本虽然没有将"从"改为"纵"，但其将"生有从欲之欢"翻译为了"生前享尽纵欲的欢乐"⑤或"活着有纵欲的欢娱"⑥或"活着时纵情欢乐"⑦，当然也有些译注本直接将"从"改为了"纵"⑧。

对于"从"与"纵"之辨，笔者在上文对"百年寿之大齐"章中"从心而动"与"从性而游"的"从"进行分析时就已经做过详细的辨析。此处笔者仍然认为"天下之美"章中"生有从欲之欢"的"从"应发"cóng"音，为"顺从"之义，而非发"纵欲"之"纵"的"zòng"音。详考如下。

首先，"天下之美"章中"生有从欲之欢"的"从"与《杨朱篇》其他章中的"纵"在字形上即有不同。例如各古本《列子·杨朱篇》中"从心而动""从性

---

① ［晋］张湛注，［唐］卢重玄解，［唐］殷敬顺、［宋］陈景元释文，陈明校点，《列子》，上海：上海古籍出版社，2014 年 6 月，第 206 页，注释 14。

② "中华诵·经典诵读行动"读本编委会编，《列子诵读本》，北京：中华书局，2013 年 1 月，第 118 页；邓启铜注释，《老子·列子》，南京：南京大学出版社，2014 年 5 月，第 242 页；李新路主编，《列子》，郑州：郑州大学出版社，2017 年 5 月，第 132 页；窦秀艳、李旭、王晓玮译注，《注音全译列子》，北京：新华出版社，2022 年 12 月，第 356 页。

③ "中华诵·经典诵读行动"读本编委会编，《列子诵读本》，北京：中华书局，2013 年 1 月，第 118 页，注释 4。

④ 邓启铜注释，《老子·列子》，南京：南京大学出版社，2014 年 5 月，第 242 页；李新路主编，《列子》，郑州：郑州大学出版社，2017 年 5 月，第 132 页。

⑤ 叶蓓卿译注，《列子》，北京：中华书局，2011 年 5 月，第 198 页。

⑥ 严北溟、严捷撰，《列子译注》，上海：上海古籍出版社，2012 年 8 月，第 148 页。

⑦ 梁万如导读及译注，《列子》，北京：中信出版社，2015 年 1 月，第 208 页。

⑧ 王强模译注，《列子全译》（修订版），贵阳：贵州人民出版社，2009 年 3 月，第 171 页；黄敦兵导读注译，《列子》，长沙：岳麓书社，2021 年 4 月，第 200 页。

而游""志合言从""而不得从""志无不从""不可从烦奏之舞"中的"从"均写为"从"，与"纵"字在字形上明显不同①。

其次，"天下之美"章中"生有从欲之欢"的"从"与《杨朱篇》其他章中的"纵"在语义上也有不同。例如各古本《列子·杨朱篇》中"纵欲于长夜""此天民之放纵者也"中的"纵"是"纵欲""放纵"之义，而"从心而动""从性而游""志合言从""而不得从""志无不从""不可从烦奏之舞"中的"从"均为"顺从""依照"等义，与"纵"在字义上也有明显的不同。

再有，根据上文"纣亦藉累世之资，居南面之尊；威无不行，志无不从；肆情于倾宫，纵欲于长夜；不以礼义自苦，熙熙然以至于诛：此天民之放纵者也"可知，"纵欲于长夜"是商纣的行为，"天民之放纵者"是对商纣的定义。而"生有从欲之欢"是对"二凶"的综合表述，其中还包含了夏桀。但文中对夏桀行为的描述中并没有"纵"这一词汇，而且对夏桀的定义也是"天民之逸荡者"。所以夏桀的特征应是"逸荡"，而并非"放纵"。因此，如果以"生有纵欲之欢"来概括商纣和夏桀这"二凶"的话，难免有以商纣之特征来概况"二凶"之特征的以偏概全之嫌。而"从欲"，即"顺从自己的欲望"，其语义要广于"纵欲"。换言之，"从欲"与"纵欲"是包含与被包含的关系。即"从欲"既可以包含"纵欲"，又可以包含"逸荡"。也就是"从欲"既可以包含商纣的"肆情于倾宫，纵欲于长夜"，又可以包含夏桀的"恣耳目之所娱，穷意虑之所为"，可以包含夏桀与商纣的所有行为。

综上，《杨朱篇》"天下之美"章中"生有从欲之欢"的"从"与《杨朱篇》中的"纵"是两种字形、两种释义，并没有通用的例证。而如果将"生有从欲之欢"的"从"按照"纵"进行解释，翻译为"放纵"的话，那么就是以"纵欲"这

---

① ［宋］林希逸著，张京华点校，《列子鬳斋口义》，上海：华东师范大学出版社，2016 年 5 月；［周］列子撰，［晋］张湛注，［唐］卢重玄解，［宋］赵佶训，［宋］范致虚解，［金］高守元集，孔德凌点校，《冲虚至德真经四解》，南京：凤凰出版社，2016 年 6 月；［战国］列子撰，［宋］林希逸注，《元刻本列子》，北京：国家图书馆出版社，2017 年 5 月；［明］顾春编，《六子全书之列子》，长春：吉林出版集团有限责任公司，2010 年 10 月；［战国］列御寇撰，［清］纪昀等编纂，《四库全书·道家类·列子》，北京：中国书店，2018 年 8 月；［战国］列御寇撰，［唐］卢重元注，《列子》，北京：中国书店，2019 年 9 月；等等。

一对商纣的描述来概括商纣和夏桀这"二凶"的特征，难免以偏概全之嫌。通过上文的论述可知，"从欲"的语义要广于"纵欲"，"从欲"与"纵欲"是包含与被包含的关系，"从欲"可以包含"纵欲"与"逸荡"等夏桀与商纣的所有行为。因此，笔者认为此处"生有从欲之欢"的"从"不应被注音为"zòng"，不应被认为与"纵"相通而被翻译为"放纵"，而应按其字形注音为"cóng"，并按其本义翻译为"顺从"才是符合原文本意的注音与释义。

（五）"死被愚暴之名"

对于"死被愚暴之名"的"被"字，不同的注音本亦有分歧。有些注本注音为"pī"[1]，有些译注本将"被"注释为"披"[2]；有些注本注音为"bèi"[3]，并释义为"得到了"[4]；有些译注本将之翻译为"背负起"[5]或"背上"[6]或"有"[7]或"披上"[8]或"蒙上了"[9]。根据"汉典"对"被(bèi)"的释义可知，"被"并无以上译文之义，而"被(pī)"的释义中有"覆盖"之义，可引申为"背负""披上""蒙上"之义。因此，笔者认为"死被愚暴之名"的"被"字应注音为"pī"，释义为"背负"。

① "中华诵·经典诵读行动"读本编委会编，《列子诵读本》，北京：中华书局，2013 年 1 月，第 118 页。

② 王强模译注，《列子全译》（修订版），贵阳：贵州人民出版社，2009 年 3 月，第 173 页，注释 31。

③ 邓启铜注释，《老子·列子》，南京：南京大学出版社，2014 年 5 月，第 242 页；李新路主编，《列子》，郑州：郑州大学出版社，2017 年 5 月，第 132 页；窦秀艳、李旭、王晓玮译注，《注音全译列子》，北京：新华出版社，2022 年 12 月，第 356 页。

④ 窦秀艳、李旭、王晓玮译注，《注音全译列子》，北京：新华出版社，2022 年 12 月，第 358 页。

⑤ 叶蓓卿译注，《列子》，北京：中华书局，2011 年 5 月，第 198 页。

⑥ 严北溟、严捷撰，《列子译注》，上海：上海古籍出版社，2012 年 8 月，第 148 页。

⑦ 王强模译注，《列子全译》（修订版），贵阳：贵州人民出版社，2009 年 3 月，第 173 页。

⑧ 梁万如导读及译注，《列子》，北京：中信出版社，2015 年 1 月，第 208 页。

⑨ 黄敦兵导读注译，《列子》，长沙：岳麓书社，2021 年 4 月，第 199 页。

（六）"虽毁之不知，虽称之弗知"

对于"虽毁之不知，虽称之弗知"中的"称"字，不同的注音本亦有分歧。有些注本注音为"chēng"[1]，有的注本在注释中指出"称：当作'罚'"[2]，有的注本将之释义为"称赞"[3]；有的注本注音为"chèng"[4]，疑为笔误；有些译注本将之翻译为"称赞"[5]或"称颂"[6]；还有些注本采纳了俞樾的观点，认为此处的"称"应为"罚"，将之释义为"惩罚"[7]。对此，俞樾指出："上文言舜、禹、周、孔曰'虽称之弗知，虽赏之不知'，则此言桀、纣，宜云'虽毁之不知，虽罚之弗知'。'毁之'对'称之'言，'罚之'对'赏之'言，方与下文'彼四圣，虽美之所归''彼二凶，虽恶之所归'文义相应。'称之''赏之'是美之所归也，'毁之''罚之'是恶之所归也。今涉上文而亦作'称之'，义不可通矣"[8]。陶光指出："'称'字误。上文于彼四圣者言'虽称之弗知，虽赏之不知'，此文于彼二凶当得一字与'毁'字之义相比也。"[9]庄万寿指出："'虽'下之字，必不是'称'，而是与'毁'同义的字，但是否为'罚'字，不可知。现暂

---

① "中华诵·经典诵读行动"读本编委会编，《列子诵读本》，北京：中华书局，2013 年 1 月，第 118 页；邓启铜注释，《老子·列子》，南京：南京大学出版社，2014 年 5 月，第 243 页；窦秀艳、李旭、王晓玮译注，《注音全译列子》，北京：新华出版社，2022 年 12 月，第 356 页；

② "中华诵·经典诵读行动"读本编委会编，《列子诵读本》，北京：中华书局，2013 年 1 月，第 118 页，注释 5。

③ 窦秀艳、李旭、王晓玮译注，《注音全译列子》，北京：新华出版社，2022 年 12 月，第 358 页。

④ 李新路主编，《列子》，郑州：郑州大学出版社，2017 年 5 月，第 132 页。

⑤ 叶蓓卿译注，《列子》，北京：中华书局，2011 年 5 月，第 198 页。

⑥ 王强模译注，《列子全译》（修订版），贵阳：贵州人民出版社，2009 年 3 月，第 174 页；梁万如导读及译注，《列子》，北京：中信出版社，2015 年 1 月，第 208 页。

⑦ 严北溟、严捷撰，《列子译注》，上海：上海古籍出版社，2012 年 8 月，第 148 页；黄敦兵导读注译，《列子》，长沙：岳麓书社，2021 年 4 月，第 200 页。

⑧ ［清］俞樾撰，《列子平议》一卷，1922 年双流李氏刊《诸子平议》本，第 34-35 页。

⑨ 陶光撰，《列子校释》，1953 年排印本，第 237 页。

从俞说作'罚'。"①

　　对此,笔者认为大可不必。根据"汉典"中对"称"的释义可知,"称"不仅有"赞扬"之义,也有"说"之义,例如"声称""称病"等②,属于中性词。因此,此处的"虽称之弗知"完全可以翻译为"虽然议论但他们并不知道",其中并没有褒贬之意。同时,因上文为"虽称之弗知,虽赏之不知",因此笔者认为此处实应调整句子顺序,将"虽毁之不知,虽称之弗知"调整为"虽称之弗知,虽毁之不知",这样以来就与"虽称之弗知,虽赏之不知"协调对称了。综上,笔者认为"虽毁之不知,虽称之弗知"的"称"应注音为"chēng",且两句的顺序应当对调,即调整为"虽称之弗知,虽毁之不知"。

【校订】

　　此天民(人)之穷毒者也。

　　禹纂业事仇(雠),惟荒土功,子产不字,过门不入。

　　此天民(人)之忧苦者也。

　　此天民(人)之危惧者也。

　　桀借(藉)累世之资,居南面之尊,智足以拒(距)群下,威足以震海内。

　　纣亦借(藉)累世之资,居南面之尊。

　　虽称之弗知,虽毁之不知(虽毁之不知,虽称之弗知)。此与株块奚以异矣?

①　庄万寿注译,《新译列子读本》,台北:三民书局,2009 年 3 月,第 266 页,注释 23。

②　"汉典" https://www.zdic.net/hans/%E7%A7%B0, 2024 年 1 月 21 日引用。

十一、"杨朱见梁王"章

【原文】

杨朱见梁王，言治天下如运诸掌。

梁王曰："先生有一妻一妾而不能治，三亩之园而不能芸；而言治天下如运诸掌，何也？"

对曰："君见其牧羊者乎？百羊而群，使五尺童子荷箠而随之，欲东而东，欲西而西。使尧牵一羊，舜荷箠而随之，则不能前矣。且臣闻之：吞舟之鱼不游枝流；鸿鹄高飞，不集污池。何则？其极远也。黄钟大吕不可从烦奏之舞。何则？其音疏也。将治大者不治细，成大功者不成小，此之谓矣。"

【详考】

（一）"君见其牧羊者乎"

对于"君见其牧羊者乎"之"见其"，王重民指出："'见其'误倒，《类聚》九十四引'其'作'夫'，亦通（《说苑·政理篇》作'君不见夫羊乎'）。"[①] 陶光指出："王重民云……盖以见其不词而以意改之。光按：王说非也。《说苑》作'君不见夫羊乎'，与此文虽异，而亦作'见夫'，与《类聚》引《列子》同，知

---

① 王重民撰，《列子校释》一卷，1930 年"西苑丛书"排印本，第 45 页。

《列子》'其'字亦当作'夫'也。"① 王叔岷指出："《事类赋》二二《兽部》三、《御览》八三三、《事文类聚》后集三九、《天中记》五四引'其'亦并作'夫'，《御览》九百二引《列子传》同。"② 杨伯峻指出："其，彼也。'君见其牧羊者乎'犹言'君见彼牧羊者乎'。其之训彼，说见仲父③所著《高等国文法》及《词诠》。"④ 由此可见，对于"君见其牧羊者乎"的"见其"，学界目前有三种观点，即王重民的"其见"、陶光与王叔岷的"见夫"以及杨伯峻的"见其"。笔者认为"见夫"与"见其"各有其理，但考察当今各主要注本，目前均采用了"见其"二字。因此，本着无其必要则不予修改的原则，笔者认为保留原文中的"见其"即可。

（二）"百羊而群"

对于"百羊而群"之"而"，王重民指出："《类聚》九十四引上'而'字作'为'，疑作'为'者是也。'为'古文作'𠫓'，与'而'相似，易讹。本书《黄帝篇》'夫得是而穷之者，焉得为正焉'，《庄子·达生篇》作'物焉得而止焉'，吉府本《列子》作'焉得而正焉'，是其证"⑤ 王叔岷指出："《六帖》九六引'百羊'上有'夫牧羊者'四字，'而群'作'为群'。《御览》八三三、《事文类聚》后集三九、《天中记》五四引'而群'亦并作'为群'，《御览》九百二引《列子传》同。王重民云……其说是也。"⑥ 对此，笔者认为王重民与王叔岷持论有据，举例充分，故从而改之。

---

① 陶光撰，《列子校释》，1953 年排印本，第 238 页。

② 王叔岷著，《列子补正》，台北：商务印书馆，1992 年 12 月影印一版，卷四，第十一叶。

③ 震案：仲父即杨树达。

④ 杨伯峻撰，《列子集释》，北京：中华书局，2012 年 3 月，第 223 页。

⑤ 王重民撰，《列子校释》一卷，1930 年"西苑丛书"排印本，第 46 页。

⑥ 王叔岷著，《列子补正》，台北：商务印书馆，1992 年 12 月影印一版，卷四，第十一叶。

（三）"其极远也"

对于"其极远也"，王叔岷指出："《说苑·政理篇》《金楼子·立言下篇》'其'下并有'志'字，当从之。下文'何则? 其音疏也'，'志'与'音'对言。"[1]陶光指出："《说苑》作'其志极远也'，误。《尔雅·释诂》：'极，至也。'言其所至远也，后人或昧此义，以意增出'志'字耳。"[2]萧登福指出："'极远'与下文'音疏'相对为文。极、音皆为名词。极，至也，正也；引申为所至之目标，标的。"[3]孔德凌认为"陶说可从"[4]。由此可见，对于"其极远也"，学界目前有两种观点，即王叔岷的"其志极远也"与以陶光为代表的"其极远也"。对此，笔者认为实则两者皆可，但从音节对称的角度来看，"其极远也"似更为合适，而且考察当今各主要注本，目前均采用了"其极远也"四字。因此，本着无其必要则不予修改的原则，笔者认为保留原文中的"其极远也"即可。

【校订】

先生有一妻一妾而不能治，三亩之园而不能耘（芸）。

百羊为（而）群，使五尺童子荷箠而随之。

① 王叔岷著，《列子补正》，台北：商务印书馆，1992 年 12 月影印一版，卷四，第十一叶。

② 陶光撰，《列子校释》，1953 年排印本，第 238 页。

③ 萧登福著，《列子古注今译》，台北：文津出版社，1990 年 3 月，第 656 页，注释 4。

④ ［周］列子撰，［晋］张湛注，［唐］卢重玄解，［宋］赵佶训，［宋］范致虚解，［金］高守元集，孔德凌点校，《冲虚至德真经四解》，南京：凤凰出版社，2016 年 6 月，第 271 页，注释 3。

十二、"太古之事灭"章

【原文】

杨朱曰："太古之事灭矣，孰志之哉？三皇之事若存若亡，五帝之事若觉若梦，三王之事或隐或显，亿不识一。当身之事或闻或见，万不识一。目前之事或存或废，千不识一。太古至于今日，年数固不可胜纪。但伏羲已来三十馀万岁，贤愚、好丑，成败、是非，无不消灭；但迟速之间耳。矜一时之毁誉，以焦苦其神形，要死后数百年中馀名，岂足润枯骨？何生之乐哉？"

【详考】

（一）"但"

对于"但"字，陶光指出："道藏白文本、林本无'但'字。光按：'但'字无义，衍文"[①]。萧登福指出："但，只，仅也。"[②] 对此，笔者认为"但"字并非衍文，根据上文之"太古至于今日，年数固不可胜纪"之"固"，可知"但伏羲已来三十馀万岁"之"但"并非无用，而是在句子中起到了限定范围的作用，即如萧登福所言为"只、仅"之义。而此整句则可以翻译为"太古到今日的年数固然无法计算，仅仅自伏羲以来的三十多万年……"，此句中如无"仅仅"，则文意不顺矣。可见此"但"字不但并非衍文，而且还是必不可缺的极为关键的副词。

---

① 陶光撰，《列子校释》，1953 年排印本，第 239 页。
② 萧登福著，《列子古注今译》，台北：文津出版社，1990 年 3 月，第 658 页。

（二）"已来"

对于"已来"，王叔岷指出："卢重元本、道藏高守元本'已'并作'以'，《文选》颜延年《还至梁城作诗》注、《路史·发挥一》注引并同。'以'犹'已'也，作'以'是故书。《文选》王文考《鲁灵光殿赋》注引'已'亦作'以'。"对此，笔者认为王叔岷所言不误，故从而改之。

【校订】

但伏羲以（已）来三十余（馀）万岁，贤愚、好丑、成败、是非，无不消灭；但迟速之间耳。矜一时之毁誉，以焦苦其神形，要死后数百年中余（馀）名，岂足润枯骨？何生之乐哉？

十三、"生民之不得休息"章

【原文】

杨朱曰："生民之不得休息，为四事故：一为寿，二为名，三为位，四为货。有此四者，畏鬼，畏人，畏威，畏刑：此谓之遁民也。可杀可活，制命在外。不逆命，何羡寿？不矜贵，何羡名？不要势，何羡位？不贪富，何羡货？此之谓顺民也。天下无对，制命在内。故语有之曰：人不婚宦，情欲失半；人不衣食，君臣道息。周谚曰：'田父可坐杀。'晨出夜入，自以性之恒；啜菽茹藿，自以味之极；肌肉麤厚，筋节腊急，一朝处以柔毛绨幕，荐以粱肉兰橘，心疴体烦，内热生病矣。商鲁之君与田父侔地,则亦不盈一时而惫矣。故野人之所安,野人之所美,谓天下无过者。昔者宋国有田夫,常衣缊黂,仅以过冬。暨春东作,自曝于日,不知天下之有广厦隩室,绵纩狐貉。顾谓其妻曰:'负日之暄,人莫知者;以献吾君,将有重赏。'里之富室告之曰:'昔人有美戎菽,甘枲茎芹萍子者,对乡豪称之。乡豪取而尝之,蜇于口,惨于腹,众哂而怨之,其人大惭。子,此类也。'"

【详考】

(一)"此谓之遁民也"

对于"此谓之遁民也",杨伯峻指出:"'民'本作'人',敦煌残卷作'民'"[1]。孔德凌指出:"原作'此谓之遁人也',据《敦煌古籍叙录》所载敦煌残卷斯七七七改。"[2] 王重民在《敦煌古籍叙录》中指出:"(敦煌残卷斯七七七)'此谓遁民',宋本作:'此之谓遁人也',案:'人'应作'民',宋本未回改唐讳。"[3] 杨伯峻认为"王说是,今从之改正"[4]。王重民在《列子校释》中指出:"《意林》引作'此之谓遁人也',当从之。下文云'此之谓顺民也',句法相同。"[5] 陶光认为"王说未碻,以语气验之,此二句不必一致。人当作民,唐人避太宗讳改之也。"[6] 王叔岷指出:"《释文》'谓遁音钝',既以'谓遁'连

① 杨伯峻撰,《列子集释》,北京:中华书局,2012 年 3 月,第 225 页。

② [周]列子撰,[晋]张湛注,[唐]卢重玄解,[宋]赵佶训,[宋]范致虚解,[金]高守元集,孔德凌点校,《冲虚至德真经四解》,南京:凤凰出版社,2016 年 6 月,第 274 页,注释 2。

③ 王重民著,《敦煌古籍叙录》,北京:中华书局,2010 年 11 月,第 258 页。

④ 杨伯峻撰,《列子集释》,北京:中华书局,2012 年 3 月,第 225 页。

⑤ 王重民撰,《列子校释》一卷,1930 年"西苑丛书"排印本,第 46 页。

⑥ 陶光撰,《列子校释》,1953 年排印本,第 240 页。

文，是所据本亦作'此之谓遁人也'。江遹《解》'此之谓遁人'，所见本'之谓'二字亦未误到。"① 综合以上观点可知，各家均认为"人"应作"民"，无须再论。只是王重民认为此句应为"此之谓遁民也"，而陶光则认为"二句不必一致"，即"此谓之遁民也"亦可。然而王叔岷通过举《释文》与江遹《解》之例，论证了"谓遁"连文与"之谓"二字并未误倒，从而最终坐实了"此之谓遁民也"之说。由此，笔者认为"此之谓遁民也"当为原文。

（二）"里之富室告之曰"

对于"里之富室告之曰"，王叔岷指出："《文选》嵇叔夜《与山巨源绝交书》注，《事文类聚续集》十七、《别集》二二，《合璧事类别集》五九引并作'其室告之曰'，盖约举之词，疑所据本'里'上并有'其'字。《御览》九百八十引作'其妻告之曰'，'妻'字疑误。《草堂诗笺》二六引'室'作'人'"②。对此，笔者认为"其室告之曰"语焉不详，不甚妥当，但"里之富室告之曰"与"其妻告之曰"似乎均可。考察当今各主要注本，目前均采用了"里之富室告之曰"。因此，本着无其必要则不予修改的原则，笔者认为保留原文中的"里之富室告之曰"即可。

【校订】

有此四者，畏鬼，畏人，畏威，畏刑：此之谓（谓之）遁民也。

肌肉粗（麤）厚，筋节腃（膅）急。

不知天下之有广厦燠（隩）室，绵纩狐貉。

---

① 王叔岷著，《列子补正》，台北：商务印书馆，1992年12月影印一版，卷四，第十二叶。

② 王叔岷著，《列子补正》，台北：商务印书馆，1992年12月影印一版，卷四，第十五叶。

十四、"丰屋美服"章

【原文】

杨朱曰:"丰屋、美服、厚味、姣色,有此四者,何求于外?有此而求外者,无厌之性。无厌之性,阴阳之蠹也。忠不足以安君,适足以危身;义不足以利物,适足以害生。安上不由于忠,而忠名灭焉;利物不由于义,而义名绝焉。君臣皆安,物我兼利,古之道也。鬻子曰:'去名者无忧。'老子曰:'名者实之宾。'而悠悠者趋名不已。名固不可去,名固不可宾邪?今有名则尊荣,亡名则卑辱。尊荣则逸乐,卑辱则忧苦。忧苦,犯性者也;逸乐,顺性者也。斯实之所系矣。名胡可去?名胡可宾?但恶夫守名而累实。守名而累实,将恤危亡之不救,岂徒逸乐忧苦之间哉?"

【详考】

(一)"守名而累实"

对于"守名而累实"的"累"字,不同的注音本亦有分歧。有些注本注音为

"lèi"①，释义为"损害"②；有些注本注音为"lěi"③，释义为"损害"④；有些译注本释义为"损害，危害"⑤或"损害"⑥或"损害，牵累"⑦。对此"累"字，《列子释文》中指出"累，去声"⑧，即"lèi"。

对此，笔者认为，其实不论是"lèi"还是"lěi"都是符合文意的。如果是"lèi"，那么"累实"就是"劳累实体"；如果是"lěi"，那么"累实"就是"牵累实体"。根据"汉典"可知，"累(lěi)"有"连及，连带"之义，例如"累及""牵累""拖累"等⑨。如果考虑前面对应的是"守名"，即"死守名声"，那么"累实"则应该释义为"牵累实体"。正如前文中对"原宪窭于鲁"章中"子贡之殖累身"的"累身"进行考察时指出的那样，"逸身"应该对应"累(lèi)身"，那么此处的"守名"则应该对应"累(lěi)实"。因为"死守"对应的应该是"牵累"，而不是"劳累"。因此相对于"劳累实体"的释义，"牵累实体"应该是更为符合文意的。而且不论是将"累"注音为"lěi"的注本还是将"累"注音为"lèi"的注本均将"累"翻译为了"损害"，可见这两种不同发音的"累"在本章之"守名而累实"的语境中所对应的释义其实是大同小异的。综上，笔者认为"守名而累实"的"累"应注音为"lěi"，释义为"损害""牵累"。

① "中华诵·经典诵读行动"读本编委会编，《列子诵读本》，北京：中华书局，2013年1月，第122页；邓启铜注释，《老子·列子》，南京：南京大学出版社，2014年5月，第248页；李新路主编，《列子》，郑州：郑州大学出版社，2017年5月，第137页。

② 邓启铜注释，《老子·列子》，南京：南京大学出版社，2014年5月，第248页，注释10。

③ 窦秀艳、李旭、王晓玮译注，《注音全译列子》，北京：新华出版社，2022年12月，第371页。

④ 窦秀艳、李旭、王晓玮译注，《注音全译列子》，北京：新华出版社，2022年12月，第372页。

⑤ 叶蓓卿译注，《列子》，北京：中华书局，2011年5月，第205页。

⑥ 严北溟、严捷撰，《列子译注》，上海：上海古籍出版社，2012年8月，第153页；梁万如导读及译注，《列子》，北京：中信出版社，2015年1月，第219页；黄敦兵导读注译，《列子》，长沙：岳麓书社，2021年4月，第207页。

⑦ 王强模译注，《列子全译》(修订版)，贵阳：贵州人民出版社，2009年3月，第180页。

⑧ [晋]张湛注，[唐]卢重玄解，[唐]殷敬顺、[宋]陈景元释文，陈明校点，《列子》，上海：上海古籍出版社，2014年6月，第211页，注释6。

⑨ "汉典" https://www.zdic.net/hans/%E7%B4%AF，2024年1月22日引用。

（二）"忧苦，犯性者也；逸乐，顺性者也"

本章中的"忧苦，犯性者也；逸乐，顺性者也"，在顺序方面似乎存在一定的问题。根据上文之"今有名则尊荣，亡名则卑辱。尊荣则逸乐，卑辱则忧苦"，其正确的顺序似乎应该为"逸乐，顺性者也；忧苦，犯性者也"。正如"人肖天地之类"章中的"有其物，有其身"一样，因其上下文之表述顺序均为"身、物"，故而笔者推测最原始的文句实际应为"有其身，有其物"。因此，在上文有"今有名则尊荣，亡名则卑辱。尊荣则逸乐，卑辱则忧苦"的前提下，如果"忧苦，犯性者也；逸乐，顺性者也"之下文再有"顺性……；犯性……"的话，则此文必应改为"逸乐，顺性者也；忧苦，犯性者也"无疑。然而，此句之下文并没有再出现"顺性……；犯性……"之类的表述，而是出现了"斯实之所系矣"一句。由于由"有名则尊荣，尊荣则逸乐"一脉而来的"逸乐，顺性者也"为下文的"实之所系"，而"忧苦，犯性者也"与上文的"亡名则卑辱，卑辱则忧苦"则一脉相承，因此与"有其身，有其物"之相关句式的情况不同，将本应为"逸乐，顺性者也；忧苦，犯性者也"的句序调整为"忧苦，犯性者也；逸乐，顺性者也"，使之与和各自文意指向相近之句相承接，形成"甲乙甲乙乙甲甲"的句式，实为本段行文之特色。因此，对于"忧苦，犯性者也；逸乐，顺性者也"，笔者思索再三，最终决定不予调整。

【校订】

今有名则尊荣，无（亡）名则卑辱。

十五、"人肖天地之类"章 [①]

【原文】

杨朱曰:"人肖天地之类,怀五常之性,有生之最灵者也。人者,爪牙不足以供守卫,肌肤不足以自捍御,趋走不足以从利逃害,无毛羽以御寒暑,必将资物以为养,任智而不恃力。故智之所贵,存我为贵;力之所贱,侵物为贱。然身非我有也,既生,不得不全之;物非我有也,既有,不得而去之。身固生之主,物亦养之主。虽全生,不可有其身;虽不去物,不可有其物。有其物,有其身,是横私天下之身,横私天下之物。不横私天下之身,不横私天下物者,其唯圣人乎!公天下之身,公天下之物,其唯至人矣!此之谓至至者也。"

【详考】

(一)"有生之最灵者也"

此句在杨伯峻的《列子集释》、严北溟与严捷的《列子译注》、叶蓓卿的三全本《列子》(以下简称"杨、严、叶的版本")中均为"有生之最灵者也"。杨伯峻指出:"北宋本、汪本、吉府本、世德堂本'者'下俱衍'人'字,今依《藏》本、《四解》本删。"[②] 本章中相关原文为"人肖天地之类,怀五常之

---

① 本部分内容在《〈列子·杨朱篇〉"人肖天地之类"章考论》(项楚、舒大刚主编,《中华经典研究·第六辑》,北京:商务印书馆,2024年12月,第209-228页)的基础上修改而成。

② 杨伯峻撰,《列子集释》,北京:中华书局,2012年3月,第224页。

性，有生之最灵者（人）也。人者，……"①，上文的"肖天地之类，怀五常之性"是对"人"特性的介绍，"有生之最灵者"是对"人"的定义。而根据下文的"人者"亦可知，上句必定有对"人"的定义，即"什么什么者，人也"，下句才能以"人者"开头来再次强调并进一步展开后面的描述。杨伯峻的《列子集释》之所以采用《藏》本与《四解》本，应该是将"肖天地之类，怀五常之性，有生之最灵者"均划为了对开头"人肖天地之类"中第一个"人"字的介绍，而忽略了"有生之最灵者"的"者"后面需要一个"什么也"来连缀，就像下文的"人者"后面会有相应的描述一样。因此，笔者认为此章句原文应为"人肖天地之类，怀五常之性。有生之最灵者，人也。"

（二）"趋走不足以从利逃害"

此句在杨、严、叶的版本中均为"趋走不足以从利逃害"。对此，王重民在《敦煌古籍叙录》中指出："宋本'从利逃害'作'逃利害'"②。杨伯峻指出："本作'逃利害'。今从敦煌斯七七七六朝写本订正。"③孔德凌也指出："原作'逃利害。'据《敦煌古籍叙录》所载敦煌六朝写本残卷斯七七七改。"④本章中相关原文为"人者，爪牙不足以供守卫，肌肤不足以自捍御，趋走不足以从利逃害（逃利害），无毛羽以御寒暑，必将资物以为养，（性）任智而不恃力"⑤，根据前面的"爪牙不足以供守卫，肌肤不足以自捍御"，从句式方面判断，后文应为"趋走不足以逃利害"。同时，《列子·说符篇》中有如下记载：

> 杨朱曰："行善不以为名而名从之，名不与利期而利归之，利不与争期

---

① 杨伯峻撰，《列子集释》，北京：中华书局，2012 年 3 月，第 224 页。

② 王重民著，《敦煌古籍叙录》，北京：中华书局，2010 年 11 月，第 258 页。

③ 杨伯峻撰，《列子集释》，北京：中华书局，2012 年 3 月，第 224 页。

④ ［周］列子撰，［晋］张湛注，［唐］卢重玄解，［宋］赵佶训，［宋］范致虚解，［金］高守元集，孔德凌点校，《冲虚至德真经四解》，南京：凤凰出版社，2016 年 6 月，第 272 页，注释 2。

⑤ 杨伯峻撰，《列子集释》，北京：中华书局，2012 年 3 月，第 224 页。

而争及之：故君子必慎为善。"①

由此可知，《列子》中杨朱认为"利不与争期而争及之"，所以对"利"也要采取慎重的态度。因此，笔者认为比起敦煌残卷本《列子》的"趋走不足以从利逃害"，宋本《列子》的"趋走不足以逃利害"不论是从句式方面还是从思想倾向方面都是更为符合原文本意的。

（三）"任智而不恃力"

此句在杨、严、叶的版本中均为"任智而不恃力"。对此，王重民在《敦煌古籍叙录》中指出："宋本养下有性字。"② 杨伯峻指出："各本'养'下有'性'字，今从敦煌斯七七七六朝写本残卷删。"③ 孔德凌也指出："'养'下，原衍'性'字，据《敦煌古籍叙录》所载敦煌六朝写本残卷斯七七七删。"④ 本章中相关原文为"人者，爪牙不足以供守卫，肌肤不足以自捍御，趋走不足以从利逃害（逃利害），无毛羽以御寒暑，必将资物以为养，（性）任智而不恃力。故智之所贵，存我为贵；力之所贱，侵物为贱"⑤。杨伯峻之所以根据敦煌残卷本《列子》删去"性"字，明显是将"性"字划归到了"必将资物以为养"之后⑥，认为"养"字足矣，不必为"养性"，故将"性"字删掉。但其实"性"字是可以划归到"任智而不恃力"的开头的。不过即使如此可能也会有研究者认为没有

---

① ［明］顾春编，《六子全书之列子》，长春：吉林出版集团有限责任公司，2010 年 10 月，第 350–351 页。

② 王重民著，《敦煌古籍叙录》，北京：中华书局，2010 年 11 月，第 258 页。

③ 杨伯峻撰，《列子集释》，北京：中华书局，2012 年 3 月，第 224 页。

④ ［周］列子撰，［晋］张湛注，［唐］卢重玄解，［宋］赵佶训，［宋］范致虚解，［金］高守元集，孔德凌点校，《冲虚至德真经四解》，南京：凤凰出版社，2016 年 6 月，第 272 页，注释 3。

⑤ 杨伯峻撰，《列子集释》，北京：中华书局，2012 年 3 月，第 224 页。

⑥ 例如萧登福《列子古注今译》中的相关章句即为"必将资物以为养性"。（萧登福著，《列子古注今译》，台北：文津出版社，1990 年 3 月，第 660 页。）梁万如导读及译注《列子》中的相关章句亦为"必将资物以为养性"。（梁万如导读及译注，《列子》，北京：中信出版社，2015 年 1 月，第 213 页。）

必要,那是因为他们将"(性)任智而不恃力"与上文的"爪牙……,肌肤……,趋走……,无毛羽……,必将……"放到了同等重要的并列位置,认为"(性)任智而不恃力"只是一句与上文无异的接续,因此"性"字依然多余。但其实不然,笔者认为"(性)任智而不恃力"实际上有着承上启下的重要作用。由以上原文可知"(性)任智而不恃力"之前的章句均为对"人者"特征的描述,而"(性)任智而不恃力"之后的章句"故智之所贵,存我为贵;力之所贱,侵物为贱"则是对为什么要"任智而不恃力"原因的说明。所以"(性)任智而不恃力"一句只有是对"人性"进行的一个总括性的表述,才能起到这样一个承上启下的作用。由此,笔者认为此章句应为"性任智而不恃力",翻译为"本性崇尚智慧而不依仗力量"。①

(四)"不得而去之"

此句在杨、严、叶的版本中均为"不得而去之",没有问题。不过还是有部分通行注本为"不得不去之",例如王强模的《列子全译》(修订版)中即为"物非我有也,既有不得不去之"②,白冶钢的《列子译注》中也为"物非我有也,既有,不得不去之"③。但是王强模的译文却为"身外的事物并不是个人所有的,事物既然已经存在了,不得抛弃它"④,而白冶钢的译文也为"外物其实也并非为我所有,但是既然有了,那么为了保全生命也就离不开它们"⑤,均属于对"不得而去之"的翻译。

对此,俞樾指出:"'不得不去之'当作'不得而去之',故下文曰'虽不去物,不可有其物也'。今作'不得不去',与下文不合矣。盖涉上文'既生,不得

---

① 通行注本《列子》中也有相关章句为"性任智而不恃力"的版本,例如张长法注译的《列子》就是如此,但因其版本较为小众,未能产生较大影响。([战国]列子撰,张长法注译,《列子》,郑州:中州古籍出版社,2018年1月,第194页。)

② 王强模译注,《列子全译》(修订版),贵阳:贵州人民出版社,2009年3月,第176页。

③ 白冶钢译注,《列子译注》,上海:上海三联书店,2018年9月,第284页。

④ 王强模译注,《列子全译》(修订版),贵阳:贵州人民出版社,2009年3月,第177页。

⑤ 白冶钢译注,《列子译注》,上海:上海三联书店,2018年9月,第285页。

不全之'，故误'而'为'不'。"① 俞樾对"不得不去之"之所以应为"不得而去之"的解释已然非常明晰，而其他各家亦均认同其说②，故此处从之，兹不赘述。

（五）"虽全生"

此句在杨、严、叶的版本中均为"虽全生"。王重民在《敦煌古籍叙录》中指出："宋本'生'下有'身'字。"③ 陶鸿庆认为："上'身'字当衍。"④ 杨伯峻指出："各本'生'下有'身'字，今从敦煌斯七七七六朝残卷删。"⑤ 孔德凌指出："'生'下原衍'身'字，据《敦煌古籍叙录》所载敦煌六朝写本残卷斯七七七删。"⑥ 此句所在的相关部分原文如下：

> 然<u>身</u>非我有也，既生，不得不全之；<u>物</u>非我有也，既有，不得而去之。

---

① ［清］俞樾撰，《列子平议》一卷，1922 年双流李氏刊《诸子平议》本，第 35 页。

② 杨伯峻指出："北宋本、汪本、秦刻卢《解》本、世德堂本皆作'不得不去之'。"（杨伯峻撰，《列子集释》，北京：中华书局，2012 年 3 月，第 224 页。）杨伯峻认为"俞说是也，《道藏》白文本、林希逸本、吉府本正作而，今订正。"（杨伯峻撰，《列子集释》，北京：中华书局，2012 年 3 月，第 224 页。）王重民也认为"俞说是也。道藏本、吉府本'不'并作'而'。"（王重民撰，《列子校释》一卷，1930 年"西苑丛书"排印本，第 46 页。）陶光指出："道藏白文本、林本、吉府本（王重民云）作'既有，不得而去之'。俞樾曰……。"（陶光撰，《列子校释》，1953 年排印本，第 240 页。）王叔岷指出："道藏本中白文本、林希逸本'不'并作'而'，江通本、高守元本仍并误'不'。"（王叔岷著，《列子补正》，台北：商务印书馆，1992 年 12 月影印一版，卷四，第十二叶。）萧登福指出："四解本、江本原作'不得而去之'，口义本作'不得而去之'，俞樾《诸子平议》卷十六云：'……'，今据口义及俞说改。"（萧登福著，《列子古注今译》，台北：文津出版社，1990 年 3 月，第 662 页。）孔德凌指出："'而'原作'不'，据道藏白文本、林本改。"（［周］列子撰，［晋］张湛注，［唐］卢重玄解，［宋］赵佶训，［宋］范致虚解，［金］高守元集，孔德凌点校，《冲虚至德真经四解》，南京：凤凰出版社，2016 年 6 月，第 273 页，注释 3。）

③ 王重民著，《敦煌古籍叙录》，北京：中华书局，2010 年 11 月，第 258 页。

④ ［清］陶鸿庆撰，《读列子札记》一卷，1959 年《读诸子札记》排印本，第 10 页。

⑤ 杨伯峻撰，《列子集释》，北京：中华书局，2012 年 3 月，第 224 页。

⑥ ［周］列子撰，［晋］张湛注，［唐］卢重玄解，［宋］赵佶训，［宋］范致虚解，［金］高守元集，孔德凌点校，《冲虚至德真经四解》，南京：凤凰出版社，2016 年 6 月，第 273 页，注释 4。

> 身固生之主，物亦养之主。虽全生（身），不可有其身；虽不去物，不可有其物。有其物，有其身，是横私天下之身，横私天下之物。[1]

通过对比原文可知，句子中画横线的关键位置分别为：身；物。身，物。生（身），身；物，物。物，身，身，物。其中，只有"生"字比较突兀。而且全文都在讲怎样对待"身"与"物"，根据上文的"身非我有也""身固生之主"与下文的"不可有其身""有其身""是横私天下之身"，可知此处"全"的宾语明显是"身"，而"生"不过是用来修饰"身"的定语而已。因此，笔者认为此句实应为"虽全生身"。

（六）"有其物，有其身"

此句不仅在以杨、严、叶的版本为代表的各通行注本中为"有其物，有其身"，而且在目前已知的所有版本中均为"有其物，有其身"。但是，笔者对此略有疑意，不敢苟同。正如上一节中分析的那样，句子中画横线的关键位置分别为：身；物。身，物。身，身；物，物。物，身，身，物。其中，只有"有其物，有其身"的顺序是"物、身"，而上文与下文的顺序均为"身、物"。因此，笔者大胆推测，此句在最原始的《列子》文本中实际应为"有其身，有其物"，而后人在某次传抄过程中不慎颠倒了顺序，错抄为"有其物，有其身"。并且，由于此后的流传过程中再也没有人提出过质疑，以至最后一错至今。由此，笔者在本编【详考】中将之更正为"有其身，有其物"。

（七）"不横私天下之身，不横私天下物者，其唯圣人乎"

对于"不横私天下之身，不横私天下物者，其唯圣人乎"，除敦煌残卷本《列子》之外，历代各版本《列子》的"人肖天地之类"章在"其唯圣人乎"之前并无"不横私天下之身，不横私天下物者"两句，而是均为"有其物，有

---

[1]　杨伯峻撰，《列子集释》，北京：中华书局，2012年3月，第224页。

其身，是横私天下之身，横私天下之物，其唯圣人乎"①。在杨伯峻的《列子集释》中第一次将"不横私天下之身，不横私天下物者"两句加入原文，成为"有其物，有其身，是横私天下之身，横私天下之物。不横私天下之身，不横私天下物者，其唯圣人乎"。②杨伯峻在加入这两句之后注有"各本无此十四字，今从敦煌残卷增"③，此后，当代各主要注本《列子》多以杨伯峻《列子集释》为依据，加入这十四个字④。例如严北溟与严捷的《列子译注》、叶蓓卿的三全本《列子》等中均已将之加入，组成了"不横私天下之身，不横私天下物者，其唯圣人乎"，并翻译为"不无理地占有属于天下的身体，不无理地占有属于天下的物资，只有圣人才能做到吧"⑤或"不强行独占本属于天下的身体，不强行独占本属于天下的外物，大概只有圣人才能做到吧"⑥，将"圣人"作为"不横私"的范例给予褒扬。而王强模的《列子全译》(修订版)中虽然没有加入

① 宋、金、元、明、清本(以下简称宋本等)《列子》中原文均为"有其物，有其身，是横私天下之身，横私天下之物，其唯圣人乎"。例如［宋］林希逸著，张京华点校，《列子鬳斋口义》，上海：华东师范大学出版社，2016年5月，第174页；［周］列子撰，［晋］张湛注，［唐］卢重玄解，［宋］赵佶训，［宋］范致虚解，［金］高守元集，孔德凌点校，《冲虚至德真经四解》，南京：凤凰出版社，2016年6月，第273页；［战国］列子撰，［宋］林希逸撰，《元刻本列子》，北京：国家图书馆出版社，2017年5月，第255-256页；［明］顾春编，《六子全书之列子》，长春：吉林出版集团有限责任公司，2010年10月，第309页；［战国］列御寇撰，［清］纪昀等编纂，《四库全书·道家类·列子》，北京：中国书店，2018年8月，第243页；［战国］列御寇撰，［唐］卢重元注，《列子》，北京：中国书店，2019年9月，第193页；等等。

② 此外，英、日、韩等海外通行译注本亦受影响，出现了相应的问题。例如 Trans. by Rosemary Brant, Yang Chu's Garden of Pleasure: The Philosophy of Individuality, Astrolog Publishing House, 2005, PP. 80-81；［日］土方贺阳，《楊朱を読む》，2023, PP. 49-51；［韩］김학주，《열자 (하)》，서울：명문당，2023, PP. 191-193 等。

③ 杨伯峻撰，《列子集释》，北京：中华书局，2012年3月，第225页。

④ 王重民在《敦煌古籍叙录》中指出："宋本衍此十四字。"（王重民著，《敦煌古籍叙录》，北京：中华书局，2010年11月，第258页。）震案：宋本中并无此十四字，王重民之"宋本衍此十四字"中疑有笔误。此外，孔德凌与杨伯峻持相同观点，亦指出："(《四解》本)原脱，据《敦煌古籍叙录》所载敦煌六朝写本残卷斯七七七补此十四字"。（［周］列子撰，［晋］张湛注，［唐］卢重玄解，［宋］赵佶训，［宋］范致虚解，［金］高守元集，孔德凌点校，《冲虚至德真经四解》，南京：凤凰出版社，2016年6月，第273页，注释5。）

⑤ 严北溟、严捷撰，《列子译注》，上海：上海古籍出版社，2012年8月，第150-151页。

⑥ 叶蓓卿译注，《列子》，北京：中华书局，2011年5月，第202页。

"不横私天下之身，不横私天下物者"，但却将"其唯圣人乎"翻译为"这只有圣人才了解"[①]，依然将"圣人"作为"能了解"的范例置于"横私"的行为主体之外。

为了便于对比分析，下面我们来看一下杨伯峻所据的敦煌残卷本《列子》的相关原文：

> 敦煌残卷编号斯七七七《列子张湛注（杨朱）》：（前阙）有生之（中阙）不足以供守卫，肌肤不足以自（中阙）不足以从利逃害，无毛羽以御寒暑，必将资物以为养。任智而不恃（中阙）之所贵，存我为贵；力之所贱，侵物为贱。然则身非我有，既生，不得不全之；物非我有，既有，不得去之。身因生之主，物（中阙）养之主。虽全生，不可有其身；虽不去物，不可有其物。有其物，有其身，是横私天下之身，横私天下之物。不横私天下之身，不横私天下物者，其唯至人矣。公天下之身，公天下之物，其唯至人矣。此之谓至至者也。[②]

由上可知，敦煌残卷本《列子·杨朱篇》"人肖天地之类"章中的相关部分原文为"有其物，有其身，是横私天下之身，横私天下之物。不横私天下之身，不横私天下物者，其唯至人矣"，并没有"圣人"一词。而"其唯圣人乎"其实是宋本等《列子》"有其物，有其身，是横私天下之身，横私天下之物，其唯圣人乎"原文中的一部分。因此，杨伯峻《列子集释》中的"不横私天下之身，不横私天下物者，其唯圣人乎"其实是选取了敦煌残卷本《列子》的"不横私天下之身，不横私天下物者"与宋本等《列子》的"其唯圣人乎"，断以己意，拼凑而成的，实则并无确凿之凭据。但问题是其拼凑文句之文意与其他版本的

① 王强模译注，《列子全译》（修订版），贵阳：贵州人民出版社，2009年3月，第177页。
② 中国社会科学院历史研究所、中国敦煌吐鲁番学会敦煌古文献编辑委员会、英国国家图书馆、伦敦大学亚非学院合编，《英藏敦煌文献（汉文佛经以外部分）第二卷（斯五二五——三八〇）》，成都：四川人民出版社，1990年，第148页。

文意极为不同,甚至可以说是大相径庭。

现对比三种版本的章句、译文及对"圣人"之态度如下:

1. 敦煌残卷本《列子》

章句:有其物,有其身,是横私天下之身,横私天下之物。不横私天下之身,不横私天下物者,其唯至人矣。[1]

笔者的译文:占有外物,占有身体,是粗暴地强行独占本属于天下的身体,是粗暴地强行独占本属于天下的外物。不粗暴地强行独占本属于天下的身体,不粗暴地强行独占本属于天下的外物,大概只有至人才能做到吧。

笔者认为文中对"圣人"的态度:文中没有"圣人"这一表述。

2. 宋本等《列子》

章句:有其物,有其身,是横私天下之身,横私天下之物,其唯圣人乎?[2]

笔者的译文:占有外物,占有身体,是粗暴地强行独占本属于天下的身体,是粗暴地强行独占本属于天下的外物,难道只有圣人这样吗?

笔者认为文中对"圣人"的态度:认为"圣人"是"横私"的最大主体(但却并不是唯一主体,还有其他"横私"的主体存在)。

3. 杨伯峻《列子集释》

章句:有其物,有其身,是横私天下之身,横私天下之物。不横私天下之身,不横私天下物者,其唯圣人乎![3]

笔者的译文:占有外物,占有身体,是粗暴地强行独占本属于天下的身体,是粗暴地强行独占本属于天下的外物。不粗暴地强行独占本属于天下的身体,不粗暴地强行独占本属于天下的外物,难道只有圣人这样吗?

笔者认为文中对"圣人"的态度:认为"圣人"是"不横私"的最大主体

① 中国社会科学院历史研究所、中国敦煌吐鲁番学会敦煌古文献编辑委员会、英国国家图书馆、伦敦大学亚非学院合编,《英藏敦煌文献(汉文佛经以外部分)第二卷(斯五二五一一三八〇)》,成都:四川人民出版社,1990 年,第 148 页。

② [宋]林希逸著,张京华点校,《列子鬳斋口义》,上海:华东师范大学出版社,2016 年 5 月,第 174 页。

③ 杨伯峻撰,《列子集释》,北京:中华书局,2012 年 3 月,第 224–225 页。

（但却并不是唯一主体，还有其他"不横私"的主体存在）。

对比三种版本可知，敦煌残卷本《列子》的"人肖天地之类"一章中并没有"圣人"这一表述。而最先将敦煌残卷本《列子》的"其唯至人矣"改为"其唯圣人乎"的是王重民的《敦煌古籍叙录》，他指出："（敦煌残卷斯七七七）'其唯至人矣'，宋本作'其唯圣人乎'，按作'圣人'是也"[①]。而孔德凌也指出："'其唯圣人乎'，敦煌六朝写本残卷斯七七七作'其唯至人矣'，王重民曰……。"[②] 由此可见，杨伯峻《列子集释》中虽未明示[③]，但其极有可能也是参考了王重民《敦煌古籍叙录》中的观点，才将敦煌残卷本《列子》中的"不横私天下之身，不横私天下物者"与宋本等《列子》中的"其唯圣人乎"相缀合，在其《列子集释》中将此章句重新编排为了"不横私天下之身，不横私天下物者，其唯圣人乎"。

当代各主要注本《列子》中的相关章节多数采用了王重民、杨伯峻的"不横私天下之身，不横私天下物者，其唯圣人乎"，并将"圣人"置于"不横私"的最高主体地位。例如严北溟、严捷的《列子译注》与叶蓓卿的三全本《列子》等。

同时，也有些注本《列子》中保留了宋本等《列子》的"是横私天下之身，横私天下之物，其唯圣人乎"，但今译时依然将"圣人"置于"不横私"的主体地位。例如王强模《列子全译》（修订版）中的原文虽为"有其物有其身，是横私天下之身，横私天下之物。其唯圣人乎"[④]，但却将此章句翻译为了"个人占有外物，个人占有身体，是个人蛮横地占有天下之人的身体，个人蛮横地占有天

① 王重民著，《敦煌古籍叙录》，北京：中华书局，2010年11月，第258页。

② ［周］列子撰，［晋］张湛注，［唐］卢重玄解，［宋］赵佶训，［宋］范致虚解，［金］高守元集，孔德凌点校，《冲虚至德真经四解》，南京：凤凰出版社，2016年6月，第273页，注释6。

③ 杨伯峻仅在《列子集释》之《例略》中笼统地说明了"王重民《敦煌古籍叙录》有《列子》数条，亦加采录。"（杨伯峻撰，《列子集释》，北京：中华书局，2012年3月，例略，第2页。）

④ 王强模译注，《列子全译》（修订版），贵阳：贵州人民出版社，2009年3月，第176页。

下之人的事物。这只有圣人才了解"①；再有萧登福《列子古注今译》中的原文虽为"有其物，有其身，是横私天下之身，横私天下之物，其唯圣人乎"②，但却将此章句翻译为了"想要独自据有外物，据有身体，就像是把属于天下的身体、外物蛮横的据为己有一样。大概也只有（舜禹周孔）等圣人才会把自己的身体当做天下人所共有的"③。

在笔者看来，这些译文均没有忠实于原文本意，并对"圣人"一词做出了先入为主的主观判断。究其原因，很可能与中国两千多年来"独尊儒术"影响下"圣人无过"的固有思维密切相关。而且译注者们很可能惧怕挑战权威，惧怕挑战"圣人"与"大家"的权威，以至于产生了不分文境对"圣人"进行正面评价的惯性思维。其实这一现象在历代各家对《列子》的注解中也可稍见端倪。例如在"是横私天下之身，横私天下之物，其唯圣人乎"之后，《张湛注》曰："知身不可私，物不可有者，唯圣人可也"④；《释文》曰："'其唯圣人乎'，从此句下'其唯至人矣'连为一段"⑤；陶鸿庆曰："张《注》云……此失其读。'其唯圣人乎'当连下读之，乃倒句也。'其唯圣人乎，公天下之身，公天下之物，其唯至人矣！'盖既叹其圣，又许以至也"⑥；而杨伯峻认为"陶所据本脱'不横私'等十四字，故云云。今补此十四字，则陶说不足信矣"⑦，虽然对陶鸿庆的说法提出了质疑与更正，但是依然没有产生质疑"圣人"作为"不横私"的主体适当与否的想法。如此种种，可见一斑。

那么，《杨朱篇》中到底有没有"圣人"这类词汇或概念呢? 遍搜整篇《杨

① 王强模译注，《列子全译》（修订版），贵阳: 贵州人民出版社，2009 年 3 月，第 177 页。

② 萧登福著，《列子古注今译》，台北: 文津出版社，1990 年 3 月，第 661 页。

③ 萧登福著，《列子古注今译》，台北: 文津出版社，1990 年 3 月，第 665 页。

④ ［明］顾春编，《六子全书之列子》，长春: 吉林出版集团有限责任公司，2010 年 12 月，第 309 页。

⑤ ［晋］张湛注，［唐］卢重玄解，［唐］殷敬顺、［宋］陈景元释文，陈明校点，《列子》，上海: 上海古籍出版社，2014 年 6 月，第 208 页，注释 6。

⑥ ［清］陶鸿庆撰，《读列子札记》一卷，1959 年《读诸子札记》排印本，第 10 页。

⑦ 杨伯峻撰，《列子集释》，北京: 中华书局，2012 年 3 月，第 225 页。

朱篇》可知,《杨朱篇》全文中"圣"字仅出现了4次,而其中"圣人"只出现了1次,即"其唯圣人乎"。详文如下:

1. "万物所异者生"章

章句:十年亦死,百年亦死。仁圣亦死,凶愚亦死。[①]

笔者的译文:活十年是死,活百年也是死。仁人圣贤会死,凶徒愚者也会死。

笔者认为文中对"圣人"的态度:认为"圣人"也是一定会死亡的普通人,圣人也只是凡人而已,除去神化色彩。

2. "天下之美"章

章句:凡彼四圣者,生无一日之欢,死有万世之名。[②]

笔者的译文:所有这四位圣人,生时没有一天的欢乐,死后获得了万世的美名。

笔者认为文中对"圣人"的态度:认为"圣人"在生活中没有获得丝毫的欢乐,而死后只是留下了实际上与己无关的虚名,对圣人的人生表示同情与惋惜。

3. "天下之美"章

章句:彼四圣虽美之所归,苦以至终,同归于死矣。[③]

笔者的译文:那四位圣人虽然集美名于一身,但却忧愁困苦一辈子,同样归于死亡。

笔者认为文中对"圣人"的态度:认为"圣人"虽然获得了美名,但却一生艰苦,最后也免不了死亡,对圣人的人生表示同情与惋惜的同时除去神化色彩。

4. "人肖天地之类"章

---

① 杨伯峻撰,《列子集释》,北京:中华书局,2012年3月,第211页。

② 杨伯峻撰,《列子集释》,北京:中华书局,2012年3月,第222页。

③ 杨伯峻撰,《列子集释》,北京:中华书局,2012年3月,第222页。

章句: 有其物, 有其身, 是横私天下之身, 横私天下之物, 其唯圣人乎? [1]

笔者的译文: 是粗暴地强行独占本属于天下的身体, 是粗暴地强行独占本属于天下的外物, 难道只有圣人这样吗?

笔者认为文中对"圣人"的态度: 认为"圣人"是"横私"的最大主体, 指责圣人"横私天下", 对圣人表示彻底的否定, 圣人成为负面形象。

通过以上对"万物所异者生"章与"天下之美"章中"圣"的分析可知,《杨朱篇》中的"圣人"只不过是一个艰辛地度过一生并且无法免除死亡的悲苦的凡人形象。而之所以如此, 是因为他们的人生实况正与杨朱所提倡的人生准则背道而驰。《孟子》《吕氏春秋》《韩非子》《淮南子》等对杨朱思想的描述分别如下:

> 杨朱、墨翟之言盈天下。天下之言不归杨则归墨。杨氏为我, 是无君也; 墨氏兼爱, 是无父也。[2](《孟子·滕文公下》)
>
> 阳生贵己。[3](《吕氏春秋·审分览·不二》)
>
> 今有人于此, 义不入危城, 不处军旅, 不以天下大利易其胫一毛, 世主必从而礼之, 贵其智而高其行, 以为轻物重生之士也。夫上所以陈良田大宅, 设爵禄, 所以易民死命也。今上尊贵轻物重生之士, 而索民之出死而重殉上事, 不可得也。[4](《韩非子·显学》)
>
> 全性保真, 不以物累形, 杨子之所立也, 而孟子非之。[5](《淮南子·氾论训》)

根据以上古籍记载可知, 杨朱思想的核心主张是"为我""贵己""轻物

---

① [明]顾春编,《六子全书之列子》, 长春: 吉林出版集团有限责任公司, 2010 年 10 月, 第 309 页。
② 方勇译注,《孟子》, 北京: 中华书局, 2010 年 6 月, 第 121 页。
③ 陆玖译注,《吕氏春秋》, 北京: 中华书局, 2011 年 10 月, 第 617 页
④ 高华平、王齐洲、张三夕译注,《韩非子》, 北京: 中华书局, 2010 年 6 月, 第 729 页。
⑤ 陈广忠译注,《淮南子》, 北京: 中华书局, 2012 年 1 月, 第 738 页。

重生""全性保真, 不以物累形", 而《杨朱篇》中的"圣人"正好是"重物轻生""以物累形"的典型代表。因此, 在"人肖天地之类"章中指责圣人"横私天下", 认为他们是"横私"的最大主体, 对"圣人"表示彻底的否定, 才应该是《杨朱篇》的本意, 而不应该是与前文自相矛盾地为"圣人"唱响赞歌。

笔者认为, 敦煌残卷本《列子》的"不横私天下之身, 不横私天下物者, 其唯至人矣"中没有"圣人"这一表述, 与后面的"公天下之身, 公天下之物, 其唯至人矣"衔接紧密, 文意通畅, 很符合《杨朱篇》的思想倾向。因为"不横私天下"即是"公天下", 如果"不横私天下"的是"圣人", 而"公天下"却是"至人", 那么"不横私天下"与"公天下"的到底是"圣人"还是"至人"呢? 如果"圣人"与"至人"都是"不横私天下"与"公天下"的主体, 那么作者又为什么要用两个不同的名词来进行表述呢? 显然这是说不通的。因此笔者认为敦煌残卷本《列子》的章句是没有问题的。

同时, 笔者认为宋本等《列子》的"有其物, 有其身, 是横私天下之身, 横私天下之物, 其唯圣人乎"应该翻译为"占有外物, 占有身体, 是强行独占本属于天下的身体, 是强行独占本属于天下的外物, 只有圣人这样做吗?"这里认为"圣人"是"横私"的最大主体, 指责圣人"横私天下"。这样的释义与前文指出的《杨朱篇》中的"圣人"正好是"重物轻生""以物累形"的典型代表甚相符合, 而且是进一步对圣人进行了否定, 或者可以说是对圣人进行了彻底的否定。由此, 《杨朱篇》中的"圣人"成为与其文中最为推崇的"至人"相互对立的负面形象的代表。因此笔者认为宋本等《列子》的章句也是没有问题的。

在探讨这一问题的过程中笔者检索了历代《列子》注解本中的相关部分, 发现宋代的林希逸在其《列子鬳斋口义》中指出: "若以物为有, 以身为有, 皆逆天理而自私者, 故曰'横私'。世之圣人则如此。此语自尧、舜以下皆有讥侮之意。"[①] 他认为圣人"以物为有, 以身为有", 是"逆天理的自私者", 是"横私"的代表。这与笔者的观点不谋而合, 笔者深以为然。

---

① [宋]林希逸著, 张京华点校, 《列子鬳斋口义》, 上海: 华东师范大学出版社, 2016 年 5月, 第 174 页。

此外，卢重玄注本《列子》中"惟杨朱一篇注佚其半，惜无别本可补耳"①，而"人肖天地之类"章正处于"注佚其半"的部分，因此无法参考卢重玄对此章句的注解与评判，可谓甚是遗憾。

综上可知，杨伯峻《列子集释》中既没有完全采用敦煌残卷本《列子》的"不横私天下之身，不横私天下物者，其唯至人矣"，也没有完全采用宋本等《列子》的"有其物，有其身，是横私天下之身，横私天下之物，其唯圣人乎"，而可能是在王重民《敦煌古籍叙录》的判断与历代"圣人无过"固有思维的影响下，断以己意，将敦煌残卷本《列子》的"不横私天下之身，不横私天下物者"与宋本等《列子》的"其唯圣人乎"相结合，拼凑成了不符合《杨朱篇》原文本意的"有其物，有其身，是横私天下之身，横私天下之物。不横私天下之身，不横私天下物者，其唯圣人乎"。

而当今各主要注本《列子》"人肖天地之类"章中"有其物，有其身，是横私天下之身，横私天下之物。不横私天下之身，不横私天下物者，其唯圣人乎"的问题就在于盲目地采用了以王重民《敦煌古籍叙录》与杨伯峻《列子集释》的判断为标准的章句，并以历代"独尊儒术"影响下"圣人无过"的固有思维进行思考，可能又兼有避免挑战"圣人"与"大家"之权威的考量，才会做出不顾《杨朱篇》原文本意选取章句并对圣人进行正面释义的牵强之举。

当然，当代注本《列子》的版本中也有相关原文及译文与笔者所见略同的版本。例如中信出版社出版的梁万如导读及译注的《列子》中的"人肖天地之类"章中就保留了宋本等《列子》的原文"有其物，有其身，是横私天下之身，横私天下之物。其唯圣人乎"②，而且将其翻译为"拥有外物，拥有身体，是把天下的身体任意据为己有，把天下的外物任意据为己有的，就只有圣人吧"③，并且在其相应的"赏析与点评"部分还指出"杨朱以身体和外物的公和私来评价圣人与至人，也就是评价儒家和道家的分别。杨朱自然把至人说

---

① ［清］阮元辑，《宛委别藏·列子注》，南京：江苏古籍出版社，1988年2月，卷首。

② 梁万如导读及译注，《列子》，北京：中信出版社，2015年1月，第213页。

③ 梁万如导读及译注，《列子》，北京：中信出版社，2015年1月，第213页。

成是大公无私的支持者"①。其说甚是，笔者深表认同。② 但由于其版本较为小众，并未产生太大影响，甚是遗憾。

【校订】

杨朱曰："人肖天地之类，怀五常之性。有生之最灵者，人也。人者，爪牙不足以供守卫，肌肤不足以自捍御，趋走不足以逃利害（从利逃害），无毛羽以御寒暑，必将资物以为养，性任智而不恃力。故智之所贵，存我为贵；力之所贱，侵物为贱。然身非我有也，既生，不得不全之；物非我有也，既有，不得而去之。身固生之主，物亦养之主。虽全生身，不可有其身；虽不去物，不可有其物。有其身（物），有其物（身），是横私天下之身，横私天下之物，其唯圣人乎？公天下之身，公天下之物，其唯至人矣。此之谓至至者也。"

十六、各章详考汇总

（一）"杨朱游于鲁"章

1."孟氏问曰"应该为"问孟氏曰"，即最初的问者应为杨朱，而相应的后文中的问者与答者之身份也随之改变。

2."名乃苦其身，燋其心"应在"问孟氏曰"之下。

3."若实名贫，伪名富"之后虽应当有"实名贱，伪名贵"，但碍于"诸本皆

---

① 梁万如导读及译注，《列子》，北京：中信出版社，2015年1月，第214页。

② 此外持相同观点的还有陶光的《列子校释》"殷说误也，（其唯圣人乎）此句仍当上属。谓世所谓圣人，'有其身，有其物，是横私天下之身，横私天下之物'，盖讥弹之也。与上文言舜、禹、周、孔之旨相承，道家于儒之所谓圣人多如此，而贵真人、至人，不烦详释"（陶光撰，《列子校释》，1953年排印本，第240页）；庄万寿的《道家史论》"上章所说的'四圣'追求的是'有其物，有其身'，是杨朱所唾弃的人物，何况就句法看，此句绝应上属"（庄万寿著，《道家史论》，台北：万卷楼，2000年4月，第188页）；等等。

无"，依然选择不作增添。

4."奚以名为"的"为"应注音为"wèi"，用以表示目的。

（二）"百年寿之大齐"章

1."从心而动"与"从性而游"的"从"应注音为"cóng"，释义为"顺从"。
2."当身之娱"没有更改为"当生之娱"的必要。

（三）"万物所异者生"章

1."且趣当生"的"趣"应注音为"qù"，为其原义，即"享受乐趣"。

（四）"伯夷非亡欲"章

1."以放饿死"与"以放寡宗"的"放"应注音为"fàng"，释义为"至"。
2."清贞之误善之若此"之"善"释义为"容易"更为妥当。

（五）"原宪窭于鲁"章

1."子贡之殖累身"应注音为"lèi"，释义为"使……劳累"。

（六）"晏平仲问养生"章

1."谓之阋颤"的"颤"应通"膻"，注音为"shān"，义为"鼻通"。
2."袨衣绣裳"的"裳"应注音为"cháng"，是与"上衣"相对应的"下裳"之义。

（七）"子产相郑"章

1."公孙朝"的"朝"应注音为"zhāo"。
2."屏亲昵"的"屏"应注音为"bǐng"，释义为"退避""避开"。
3."媒而挑之"的"挑"应注音为"tiǎo"，为"相诱"之义。
4."弗获而后已"的"弗"虽然可以删去或者修改为"必"字，但按其原音注音为"fú"，按其原义"纠正"来理解也是完全可以甚至是更为符合文意的。

5．"因閒以谒其兄弟"之"閒"应改为"闲"，发音为"xián"。

6．"欲以说辞乱我之心"之"说"应注音为"shuō"，"说辞"应该释义为"劝说之辞"。

7．"吾常欲以此术而喻之"之"喻之"应改为"喻若"。

（八）"卫端木叔"章

1．"宾客在庭者日百住"的"住"虽然可以修改为"数"，但也可以按其本义注音为"zhù"，释义为"住宿"。

（九）"孟孙阳问杨朱"章

1．"五情好恶"的"五情"很难得出其确指，因此不如将之笼统地翻译为"人的情感"更为妥当。

（十）"天下之美"章

1．"此天人之穷毒者也"等之"天人"应改为"天民"。

2．"美绂冕"并无不妥。

3．"围于陈蔡"之"围"虽亦可作"困"，但各主要注本中均作"围"，故笔者决定从之不改。

4．"生有从欲之欢"的"从"应注音为"cóng"，并按其本义翻译为"顺从"。

5．"死被愚暴之名"的"被"应注音为"pī"，释义为"背负"。

6．"虽毁之不知，虽称之弗知"的"称"应注音为"chēng"，且两句的顺序应当调整为"虽称之弗知，虽毁之不知"。

（十一）"杨朱见梁王"章

1．"君见其牧羊者乎"之"见其"亦可作"见夫"，但本着无其必要则不予修改的原则，故笔者决定不予修改。

2."百羊而群"之"而"应改为"为"。

3."其极远也"亦可为"其志极远也",但从音节对称的角度来看,"其极远也"似更为合适,且各主要注本目前均采用了"其极远也",故笔者决定从之不改。

（十二）"太古之事灭"章

1."但伏羲已来三十馀万岁"之"但"并非无用,而是在句子中起到了限定范围的作用,即"只、仅"之义,因此"但"字不但不是衍文,而且还是必不可缺的极为关键的副词。

2."但伏羲已来三十馀万岁"之"已"应改为"以"。

（十三）"生民之不得休息"章

1."此谓之遁民也"应改为"此之谓遁民也"。

2."里之富室告之曰"虽然作"其妻告之曰"亦可,但本着无其必要则不予修改的原则,笔者决定不予修改。

（十四）"丰屋美服"章

1."守名而累实"的"累"应注音为"lěi",释义为"损害""牵累"。

2."忧苦,犯性者也;逸乐,顺性者也"与上下文形成了"甲乙甲乙乙甲甲"的句式,实为本段行文之特色,因此笔者决定不对句序进行调整。

（十五）"人肖天地之类"章

1."有生之最灵者也"应改为"有生之最灵者,人也"。

2."趋走不足以从利逃害"应改为"趋走不足以逃利害"。

3."任智而不恃力"应改为"性任智而不恃力"。

4."不得而去之"不应改为"不得不去之"。

5."虽全生"应改为"虽全生身"。

6."有其物,有其身"应改为"有其身,有其物"。

7. "不横私天下之身，不横私天下物者，其唯圣人乎"作为杨伯峻《列子集释》中的问题章句，对当代各主要注本《列子》及海外注本《列子》均产生了重要影响。杨伯峻在参考敦煌残卷本《列子》与宋本等《列子》的相关章句进行调整与修改时，未能察觉"不横私天下之身，不横私天下之物者，其唯至人矣"与"有其物，有其身，是横私天下之身，横私天下之物，其唯圣人乎"二者的各有可取与不可兼容，并疏于考虑《杨朱篇》中对"圣人"的批判态度，本着"圣人无过"的固有思维对相关章句进行了牵强的结合与释义，造成了"有其物，有其身，是横私天下之身，横私天下之物。不横私天下之身，不横私天下之物者，其唯圣人乎"这样的问题章句，应该将之更正为"有其身，有其物，是横私天下之身，横私天下之物，其唯圣人乎"。

十七、各章校订汇总

（一）"杨朱游于鲁"章

杨朱游于鲁，舍于孟氏。

杨朱问孟氏曰："名乃苦其身，焦（燋）其心。人而已矣，奚以名为？"

孟氏曰："以名者为富。"

杨朱曰："既富矣，奚不已焉？"

孟氏曰："为贵。"

杨朱曰："既贵矣，奚不已焉？"

孟氏曰："为死。"

杨朱曰："既死矣，奚为焉？"

孟氏曰："为子孙。"

杨朱曰："名奚益于子孙？"

孟氏曰："乘其名者，泽及宗族，利兼乡党；况子孙乎？"

杨朱曰："凡为名者必廉，廉斯贫；为名者必让，让斯贱。"

孟氏曰:"管仲之相齐也,君淫亦淫,君奢亦奢。志合言从,道行国霸。死之后,管氏而已。田氏之相齐也,君盈则已降,君敛则已施。民皆归之,因有齐国;子孙享之,至今不绝。若实名贫,伪名富。"

杨朱曰:"实无名,名无实。名者,伪而已矣。昔者尧、舜伪以天下让许由、善卷,而不失天下,享祚百年。伯夷、叔齐实以孤竹君让而终亡其国,饿死于首阳之山。实、伪之辨(辩),如此其省也。"

(二)"百年寿之大齐"章

设有一者,孩抱以逮昏老,几(幾)居其半矣。夜眠之所弭,昼觉之所遗,又几(幾)居其半矣。痛疾哀苦,亡失忧惧,又几(幾)居其半矣。量十数年之中,悠(逌)然而自得,无(亡)芥(介)焉之虑者,亦无(亡)一时之中尔。

遑遑尔竞一时之虚誉,规死后之余(馀)荣;偊偊尔慎(顺)耳目之观听,惜身意之是非;徒失当年之至乐,不能自肆于一时。重囚累(纍)梏,何以异哉?

(三)"万物所异者生"章

无。

(四)"伯夷非亡欲"章

杨朱曰:"伯夷非无(亡)欲,矜清之尤(邮),以放饿死。展季非无(亡)情,矜贞之尤(邮),以放寡宗。清贞之误善之若此。"

(五)"原宪窭于鲁"章

问者曰:"然则窭亦不可,殖亦不可;其可焉在?"
杨朱曰:"可在乐生,可在逸身。故善乐生者不窭,善逸身者不殖。"

(六)"晏平仲问养生"章

鼻之所欲向者椒兰,而不得嗅,谓之阏膻(颤)。

管夷吾顾谓鲍叔、黄子曰："生死之道，吾二人尽（进）之矣。"

（七）"子产相郑"章

朝之室也聚酒千钟（锺）。

室内之有无（亡），九族之亲疏。

子产用邓析之言，因闲（閒）以谒其兄弟。

吾常欲以此术而喻若（之），若反以彼术而教我哉？

（八）"卫端木叔"章

借（藉）其先赀，家累万金。

奉养之余（馀），先散之宗族；宗族之余（馀），次散之邑里；邑里之余（馀），乃散之一国。行年六十，气干（幹）将衰，弃其家事，都散其库藏、珍宝、车服、妾媵。

一国之人受其施者，相与赋而葬（藏）之。

（九）"孟孙阳问杨朱"章

孟孙阳问杨子（朱）曰："有人于此，贵生爱身，以祈（蕲）不死，可乎？"

杨子曰："理无不死。"

孟孙阳曰："以祈（蕲）久生，可乎？"

杨子曰："理无久生。"

（十）"天下之美"章

此天民（人）之穷毒者也。

禹纂业事仇（雠），惟荒土功，子产不字，过门不入。

此天民（人）之忧苦者也。

此天民（人）之危惧者也。

桀借（藉）累世之资，居南面之尊，智足以拒（距）群下，威足以震海内。

纣亦借（藉）累世之资，居南面之尊。

虽称之弗知,虽毁之不知(虽毁之不知,虽称之弗知)。此与株块奚以异矣?

(十一)"杨朱见梁王"章

先生有一妻一妾而不能治,三亩之园而不能耘(芸)。

百羊为(而)群,使五尺童子荷箠而随之。

(十二)"太古之事灭"章

但伏羲以(已)来三十余(馀)万岁,贤愚、好丑、成败、是非,无不消灭;但迟速之间耳。矜一时之毁誉,以焦苦其神形,要死后数百年中余(馀)名,岂足润枯骨?何生之乐哉?

(十三)"生民之不得休息"章

有此四者,畏鬼,畏人,畏威,畏刑:此之谓(谓之)遁民也。

肌肉粗(麤)厚,筋节腃(膬)急。

不知天下之有广厦燠(隩)室,绵纩狐貉。

(十四)"丰屋美服"章

今有名则尊荣,无(亡)名则卑辱。

(十五)"人肖天地之类"章

杨朱曰:"人肖天地之类,怀五常之性。有生之最灵者,人也。人者,爪牙不足以供守卫,肌肤不足以自捍御,趋走不足以逃利害(从利逃害),无毛羽以御寒暑,必将资物以为养,性任智而不恃力。故智之所贵,存我为贵;力之所贱,侵物为贱。然身非我有也,既生,不得不全之;物非我有也,既有,不得而去之。身固生之主,物亦养之主。虽全生身,不可有其身;虽不去物,不可有其物。有其身(物),有其物(身),是横私天下之身,横私天下之物,其唯圣人乎?公天下之身,公天下之物,其唯至人矣。此之谓至至者也。"

十八、新订版《杨朱篇》文本

（一）"杨朱游于鲁"章

杨朱游于鲁，舍于孟氏。

杨朱问孟氏曰："名乃苦其身，焦其心。人而已矣，奚以名为？"

孟氏曰："以名者为富。"

杨朱曰："既富矣，奚不已焉？"

孟氏曰："为贵。"

杨朱曰："既贵矣，奚不已焉？"

孟氏曰："为死。"

杨朱曰："既死矣，奚为焉？"

孟氏曰："为子孙。"

杨朱曰："名奚益于子孙？"

孟氏曰："乘其名者，泽及宗族，利兼乡党；况子孙乎？"

杨朱曰："凡为名者必廉，廉斯贫；为名者必让，让斯贱。"

孟氏曰："管仲之相齐也，君淫亦淫，君奢亦奢。志合言从，道行国霸。死之后，管氏而已。田氏之相齐也，君盈则己降，君敛则己施。民皆归之，因有齐国；子孙享之，至今不绝。若实名贫，伪名富。"

杨朱曰："实无名，名无实。名者，伪而已矣。昔者尧、舜伪以天下让许由、善卷，而不失天下，享祚百年。伯夷、叔齐实以孤竹君让，而终亡其国，饿死于首阳之山。实、伪之辨，如此其省也。"

（二）"百年寿之大齐"章

杨朱曰："百年，寿之大齐。得百年者，千无一焉。设有一者，孩抱以逮昏老，几居其半矣。夜眠之所弭，昼觉之所遗，又几居其半矣。痛疾哀苦、亡失忧惧，又几居其半矣。量十数年之中，悠然而自得，无芥焉之虑者，亦无一时之中尔。"

"则人之生也奚为哉？奚乐哉？为美厚尔，为声色尔。而美厚复不可常厌足，声色不可常玩闻。乃复为刑赏之所禁劝，名法之所进退；遑遑尔竞一时之虚誉，规死后之余荣；偊偊尔慎耳目之观听，惜身意之是非；徒失当年之至乐，不能自肆于一时。重囚累梏，何以异哉？

"太古之人知生之暂来，知死之暂往。故从心而动，不违自然所好；当身之娱非所去也，故不为名所劝。从性而游，不逆万物所好；死后之名非所取也，故不为刑所及。名誉先后，年命多少，非所量也。"

（三）"万物所异者生"章

杨朱曰："万物所异者生也，所同者死也。生则有贤愚、贵贱，是所异也；死则有臭腐、消灭，是所同也。虽然，贤愚、贵贱非所能也，臭腐、消灭亦非所能也。故生非所生，死非所死，贤非所贤，愚非所愚，贵非所贵，贱非所贱。"

"然而万物齐生齐死，齐贤齐愚，齐贵齐贱。十年亦死，百年亦死。仁圣亦死，凶愚亦死。生则尧、舜，死则腐骨；生则桀、纣，死则腐骨。腐骨一矣，孰知其异？且趣当生，奚遑死后？"

（四）"伯夷非无欲"章

杨朱曰："伯夷非无欲，矜清之尤，以放饿死。展季非无情，矜贞之尤，以放寡宗。清贞之误善之若此。"

（五）"原宪窭于鲁"章

杨朱曰："原宪窭于鲁，子贡殖于卫。原宪之窭损生，子贡之殖累身。"
问者曰："然则窭亦不可，殖亦不可，其可焉在？"
杨朱曰："可在乐生，可在逸身。故善乐生者不窭，善逸身者不殖。"

（六）"古语有之"章

杨朱曰："古语有之：'生相怜，死相捐。'此语至矣。相怜之道，非唯情也；勤能使逸，饥能使饱，寒能使温，穷能使达也。相捐之道，非不相哀也；不含珠玉，不服文锦，不陈牺牲，不设明器也。"

（七）"晏平仲问养生"章

晏平仲问养生于管夷吾。

管夷吾曰："肆之而已，勿壅勿阏。"

晏平仲曰："其目奈何？"

夷吾曰："恣耳之所欲听，恣目之所欲视，恣鼻之所欲向，恣口之所欲言，恣体之所欲安，恣意之所欲行。夫耳之所欲闻者音声，而不得听，谓之阏聪；目之所欲见者美色，而不得视，谓之阏明；鼻之所欲向者椒兰，而不得嗅，谓之阏膻；口之所欲道者是非，而不得言，谓之阏智；体之所欲安者美厚，而不得从，谓之阏适；意之所欲为者放逸，而不得行，谓之阏性。凡此诸阏，废虐之主。去废虐之主，熙熙然以俟死，一日、一月、一年、十年，吾所谓养。拘此废虐之主，录而不舍，戚戚然以至久生，百年、千年、万年，非吾所谓养。"

管夷吾曰："吾既告子养生矣，送死奈何？"

晏平仲曰："送死略矣，将何以告焉？"

管夷吾曰："吾固欲闻之。"

平仲曰："既死，岂在我哉？焚之亦可，沉之亦可，瘗之亦可，露之亦可，衣薪而弃诸沟壑亦可，衮衣绣裳而纳诸石椁亦可，唯所遇焉。"

管夷吾顾谓鲍叔、黄子曰："生死之道，吾二人尽之矣。"

（八）"子产相郑"章

子产相郑，专国之政；三年，善者服其化，恶者畏其禁，郑国以治。诸侯惮之。

而有兄曰公孙朝，有弟曰公孙穆。朝好酒，穆好色。朝之室也聚酒千钟，积麹成封，望门百步，糟浆之气逆于人鼻。方其荒于酒也，不知世道之安危、人理之悔吝、室内之有无、九族之亲疏、存亡之哀乐也。虽水火兵刃交于前，弗知也。穆之后庭比房数十，皆择稚齿婑媠者以盈之。方其耽于色也，屏亲昵，绝交游，逃于后庭，以昼足夜；三月一出，意犹未惬。乡有处子之娥姣者，必贿而招之，媒而挑之，弗获而后已。

子产日夜以为戚，密造邓析而谋之，曰：“侨闻治身以及家，治家以及国，此言自于近至于远也。侨为国则治矣，而家则乱矣。其道逆邪？将奚方以救二子？子其诏之。”

邓析曰：“吾怪之久矣，未敢先言。子奚不时其治也，喻以性命之重，诱以礼义之尊乎？”

子产用邓析之言，因闲以谒其兄弟，而告之曰：“人之所以贵于禽兽者，智虑。智虑之所将者，礼义。礼义成，则名位至矣。若触情而动，耽于嗜欲，则性命危矣。子纳侨之言，则朝自悔而夕食禄矣。”

朝、穆曰：“吾知之久矣，择之亦久矣，岂待若言而后识之哉？凡生之难遇而死之易及。以难遇之生，俟易及之死，可孰念哉？而欲尊礼义以夸人，矫情性以招名，吾以此为弗若死矣。为欲尽一生之欢，穷当年之乐，唯患腹溢而不得恣口之饮，力惫而不得肆情于色；不遑忧名声之丑、性命之危也。且若以治国之能夸物，欲以说辞乱我之心，荣禄喜我之意，不亦鄙而可怜哉？”

“我又欲与若别之。夫善治外者，物未必治，而身交苦；善治内者，物未必乱，而性交逸。以若之治外，其法可暂行于一国，未合于人心；以我之治内，可推之于天下，君臣之道息矣。吾常欲以此术而喻若，若反以彼术而教我哉？”

子产忙然无以应之，他日以告邓析。

邓析曰：“子与真人居而不知也，孰谓子智者乎？郑国之治偶耳，非子之功也。”

（九）“卫端木叔”章

卫端木叔者，子贡之世也。借其先赀，家累万金。不治世故，放意所好。其生民之所欲为、人意之所欲玩者，无不为也，无不玩也。墙屋台榭、园囿池沼、饮食车服、声乐嫔御，拟齐、楚之君焉。至其情所欲好、耳所欲听、目所欲视、口所欲尝，虽殊方偏国，非齐土之所产育者，无不必致之；犹藩墙之物也。及其游也，虽山川阻险，涂径修远，无不必之；犹人之行咫步也。

宾客在庭者日百住，庖厨之下不绝烟火，堂庑之上不绝声乐。奉养之余，先散之宗族；宗族之余，次散之邑里；邑里之余，乃散之一国。行年六十，气干将衰，弃其家事，都散其库藏、珍宝、车服、妾媵。一年之中尽焉，不为子孙留财。及其病也，无药石之储；及其死也，无瘞埋之资。一国之人受其施者，相与赋而葬之，反其子孙之财焉。

禽骨釐闻之，曰："端木叔，狂人也，辱其祖矣。"

段干生闻之，曰："端木叔，达人也，德过其祖矣。其所行也，其所为也，众意所惊，而诚理所取。卫之君子多以礼教自持，固未足以得此人之心也。"

（十）"孟孙阳问杨子"章

孟孙阳问杨子曰："有人于此，贵生爱身，以祈不死，可乎？"

杨子曰："理无不死。"

孟孙阳曰："以祈久生，可乎？"

杨子曰："理无久生。生非贵之所能存，身非爱之所能厚。且久生奚为？五情好恶，古犹今也；四体安危，古犹今也；世事苦乐，古犹今也；变易治乱，古犹今也。既闻之矣，既见之矣，既更之矣，百年犹厌其多，况久生之苦也乎？"

孟孙阳曰："若然，速亡愈于久生；则践锋刃，入汤火，得所志矣。"

杨子曰："不然；既生，则废而任之，究其所欲，以俟于死。将死，则废而任之，究其所之，以放于尽。无不废，无不任，何遽迟速于其间乎？"

（十一）"伯成子高"章

杨朱曰："伯成子高不以一毫利物，舍国而隐耕。大禹不以一身自利，一体偏枯。古之人损一毫利天下不与也，悉天下奉一身不取也。人人不损一毫，人人不利天下，天下治矣。"

禽子问杨朱曰："去子体之一毛以济一世，汝为之乎？"

杨子曰："世固非一毛之所济。"

禽子曰："假济，为之乎？"

杨子弗应。

禽子出语孟孙阳。

孟孙阳曰:"子不达夫子之心,吾请言之。有侵若肌肤获万金者,若为之乎?"

曰:"为之。"

孟孙阳曰:"有断若一节得一国,子为之乎?"

禽子默然有间。

孟孙阳曰:"一毛微于肌肤,肌肤微于一节,省矣。然则积一毛以成肌肤,积肌肤以成一节。一毛固一体万分中之一物,奈何轻之乎?"

禽子曰:"吾不能所以答子。然则以子之言问老聃、关尹,则子言当矣;以吾言问大禹、墨翟,则吾言当矣。"

孟孙阳因顾与其徒说他事。

(十二)"天下之美"章

杨朱曰:"天下之美归之舜、禹、周、孔,天下之恶归之桀、纣。然而舜耕于河阳,陶于雷泽,四体不得暂安,口腹不得美厚;父母之所不爱,弟妹之所不亲。行年三十,不告而娶。及受尧之禅,年已长,智已衰。商钧不才,禅位于禹,戚戚然以至于死。此天民之穷毒者也。"

"鲧治水土,绩用不就,殛诸羽山。禹纂业事仇,惟荒土功,子产不字,过门不入;身体偏枯,手足胼胝。及受舜禅,卑宫室,美绂冕,戚戚然以至于死。此天民之忧苦者也。

"武王既终,成王幼弱,周公摄天子之政。邵公不悦,四国流言。居东三年,诛兄放弟,仅免其身,戚戚然以至于死。此天民之危惧者也。

"孔子明帝王之道,应时君之聘,伐树于宋,削迹于卫,穷于商周,围于陈蔡,受屈于季氏,见辱于阳虎,戚戚然以至于死。此天民之遑遽者也。

"凡彼四圣者,生无一日之欢,死有万世之名。名者,固非实之所取也。虽称之弗知,虽赏之不知,与株块无以异矣。

"桀借累世之资,居南面之尊,智足以拒群下,威足以震海内;恣耳目之所娱,穷意虑之所为,熙熙然以至于死。此天民之逸荡者也。

"纣亦借累世之资，居南面之尊，威无不行，志无不从；肆情于倾宫，纵欲于长夜，不以礼义自苦，熙熙然以至于诛。此天民之放纵者也。

"彼二凶也，生有从欲之欢，死被愚暴之名。实者，固非名之所与也。虽称之弗知，虽毁之不知。此与株块奚以异矣？

"彼四圣虽美之所归，苦以至终，同归于死矣；彼二凶虽恶之所归，乐以至终，亦同归于死矣。"

（十三）"杨朱见梁王"章

杨朱见梁王，言治天下如运诸掌。

梁王曰："先生有一妻一妾而不能治，三亩之园而不能耘；而言治天下如运诸掌，何也？"

对曰："君见其牧羊者乎？百羊为群，使五尺童子荷箠而随之，欲东而东，欲西而西。使尧牵一羊，舜荷箠而随之，则不能前矣。"

"且臣闻之：吞舟之鱼不游枝流，鸿鹄高飞不集污池。何则？其极远也。黄钟、大吕不可从烦奏之舞。何则？其音疏也。将治大者不治细，成大功者不成小，此之谓矣。"

（十四）"太古之事灭"章

杨朱曰："太古之事灭矣，孰志之哉？三皇之事若存若亡，五帝之事若觉若梦，三王之事或隐或显，亿不识一。当身之事或闻或见，万不识一。目前之事或存或废，千不识一。"

"太古至于今日，年数固不可胜纪。但伏羲以来三十余万岁，贤愚、好丑、成败、是非，无不消灭，但迟速之间耳。矜一时之毁誉，以焦苦其神形，要死后数百年中余名，岂足润枯骨？何生之乐哉？"

（十五）"人肖天地之类"章

杨朱曰："人肖天地之类，怀五常之性。有生之最灵者，人也。人者，爪牙不足以供守卫，肌肤不足以自捍御，趋走不足以逃利害，无毛羽以御寒暑，必将资物以为养,性任智而不恃力。"

"故智之所贵,存我为贵;力之所贱,侵物为贱。然身非我有也,既生,不得不全之;物非我有也,既有,不得而去之。身固生之主,物亦养之主。虽全生身,不可有其身;虽不去物,不可有其物。有其身,有其物,是横私天下之身,横私天下之物,其唯圣人乎?公天下之身,公天下之物,其唯至人矣。此之谓至至者也。"

(十六)"生民之不得休息"章

杨朱曰:"生民之不得休息,为四事故。一为寿,二为名,三为位,四为货。有此四者,畏鬼,畏人,畏威,畏刑。此之谓遁民也。可杀可活,制命在外。"

"不逆命,何羡寿?不矜贵,何羡名?不要势,何羡位?不贪富,何羡货?此之谓顺民也。天下无对,制命在内。

"故语有之曰:'人不婚宦,情欲失半;人不衣食,君臣道息。'周谚曰:'田父可坐杀。'晨出夜入,自以性之恒;啜菽茹藿,自以味之极。肌肉粗厚,筋节腃急。一朝处以柔毛绨幕,荐以粱肉兰橘,心痛体烦,内热生病矣。商、鲁之君与田父侔地,则亦不盈一时而惫矣。故野人之所安、野人之所美,谓天下无过者。

"昔者宋国有田夫,常衣缊黂,仅以过冬。暨春东作,自曝于日,不知天下之有广厦燠室、绵纩狐貉。顾谓其妻曰:'负日之暄,人莫知者;以献吾君,将有重赏。'里之富室告之曰:'昔人有美戎菽,甘枲茎、芹萍子者,对乡豪称之。乡豪取而尝之,蜇于口,惨于腹,众哂而怨之,其人大惭。子,此类也。'"

(十七)"丰屋美服"章

杨朱曰:"丰屋、美服、厚味、姣色,有此四者,何求于外?有此而求外者,无厌之性。无厌之性,阴阳之蠹也。"

"忠不足以安君,适足以危身;义不足以利物,适足以害生。安上不由于忠,而忠名灭焉;利物不由于义,而义名绝焉。君臣皆安,物我兼利,古之道也。

"鬻子曰：'去名者无忧。'老子曰：'名者实之宾。'而悠悠者趋名不已。名固不可去，名固不可宾邪？今有名则尊荣，无名则卑辱。尊荣则逸乐，卑辱则忧苦。忧苦，犯性者也；逸乐，顺性者也。斯实之所系矣。名胡可去？名胡可宾？但恶夫守名而累实。守名而累实，将恤危亡之不救，岂徒逸乐忧苦之间哉？"

综上，本编通过对《杨朱篇》中的相关问题进行详细考论，更正了现有注本中存在的各类问题，重新校订出一个更为符合篇章文意的新订版《杨朱篇》文本，以期正本清源，为学界今后的相关研究提供参考与助力。

第三编

新订版《杨朱篇》标音译注

上一编中在对《杨朱篇》进行详考校订的基础上，笔者对《杨朱篇》原有文本内容进行了重新修订，确定了新订版《杨朱篇》的文本内容。本编中则对"新订版《杨朱篇》"的文本内容进行了全文标音与精准译注。

对于今天的读者来说，阅读古籍时最为关键也最为困难的就是了解准确的读音与文意。希望本编中对新订版《杨朱篇》文本内容的全文标音与经过反复斟酌推敲的精准译注能够帮助读者更准确地阅读文本与理解文意，为读者品读经典提供助力。

值得说明的是，《杨朱篇》中的"一""不"在实际诵读中与其他音节连接时，会发生一种变调，这种变调现象不会影响其词义和语法功用，因此笔者在标音时仍然标其本调，即"一"标为"yī"，"不"标为"bù"。再有，对于《杨朱篇》中的古今字、异体字、通假字等特殊文字，第二编之【校订】部分中均已予以更改，本编【原文】文本中将直接择用更改后的文字，以便于读者更为直观地理解文意。

一、"杨朱游于鲁"章

【原文】

yáng zhū yóu yú lǔ　shè①　yú mèng shì
杨朱游于鲁，舍①于孟氏。

yáng zhū wèn mèng shì yuē　míng nǎi kǔ qí shēn jiāo qí xīn rén ér yǐ yǐ xī② yǐ
杨朱问孟氏曰："名乃苦其身，焦其心。人而已矣，奚②以

míng wèi
名为？"

---

① 舍：动词，住宿。
② 奚：疑问代词，指处所或事物，相当于"什么""为什么""哪里"。

孟氏曰:"以名者为富。"

杨朱曰:"既富矣,奚不已焉?"

孟氏曰:"为贵。"

杨朱曰:"既贵矣,奚不已焉?"

孟氏曰:"为死。"

杨朱曰:"既死矣,奚为焉?"

孟氏曰:"为子孙。"

杨朱曰:"名奚益于子孙?"

孟氏曰:"乘①其名者,泽及宗族,利兼乡党②;况子孙乎?"

杨朱曰:"凡为名者必廉,廉斯③贫;为名者必让,让斯贱。"

孟氏曰:"管仲之相④齐也,君淫亦淫,君奢亦奢。志合言从,道行国霸。死之后,管氏而已。田氏之相齐也,君盈⑤则

---

① 乘:动词,趁着、利用、凭恃、依仗。

② 乡党:周朝制度以五百家为党,一万二千五百家为乡,后泛指乡里。

③ 斯:副词,表示承接上文,得出结论,相当于"则""就"。

④ 相:动词,辅佐、扶助,做某国或某人的相。

⑤ 盈:动词,自满、满足。

己降^①，君敛则已施。民皆归之，因有齐国；子孙享之，至今不绝。若实名贫，伪名富。"

杨朱曰："实无名，名无实。名者，伪而已矣。昔者尧、舜伪以天下让许由、善卷，而不失天下，享祚^②百年。伯夷、叔齐实以孤竹君让，而终亡其国，饿死于首阳之山。实、伪之辨，如此其省^③也。"

【译文】

杨朱在鲁国游历，住在孟氏家里。

杨朱问孟氏说："名声使人身体劳苦，精神焦虑。做人罢了，要名声做什么呢？"

孟氏说："求名之人为了富足。"

杨朱说："已经富足了，为什么还不停止呢？"

孟氏说："为了尊贵。"

杨朱说："已经尊贵了，为什么还不停止呢？"

孟氏说："为了死后。"

杨朱说："已经死了，还为什么呢？"

孟氏说："为了子孙。"

杨朱说："名声怎么能有益于子孙呢？"

---

① 降：动词，贬抑、降低。

② 祚：名词，福运、帝位。

③ 省：动词，明白、醒悟。

孟氏说："借着名声，恩泽可以施及宗族，利益可以兼顾乡党；更何况自己的子孙呢？"

　　杨朱说："凡是追求名声的人必定要廉洁，廉洁就会导致贫穷；追求名声的人必定要谦让，谦让就会导致卑贱。"

　　孟氏说："管仲担任齐国的国相，国君淫逸他也淫逸，国君奢侈他也奢侈。志向相合，言听计从，治道得以推行，国家得以称霸。但其死后，管氏家族就此衰落。田氏担任齐国的国相，君主自满他便谦恭，君主聚敛他便施舍。民心悉皆归附，因此据有齐国；子孙得以享用，至今不曾断绝。这样看来，有实际行为的真实的名声使人贫贱，没有实际行为的虚伪的名声使人富贵！"

　　杨朱说："有实际利益的没有有实际行为之名声，有有实际行为之名声的没有实际利益。所谓有实际行为之名声，不过是虚假的东西罢了。从前，尧、舜虚伪地把天下让给许由、善卷，却没有失去天下，享受国运达百年之久。伯夷、叔齐真实地让出孤竹国的君位，却最终亡国，饿死在首阳山上。实与伪的分辨，就是这样明白。"

二、"百年寿之大齐"章

【原文】

　　yáng zhū yuē　　　　　 bǎi nián　shòu zhī dà jì ①　 dé bǎi nián zhě　qiān wú yī yān　shè yǒu
　　杨朱曰："百年，寿之大齐 ①。得百年者，千无一焉。设有

yī zhě　hái bào yǐ dài ②　hūn lǎo　jǐ jū qí bàn yǐ　yè mián zhī suǒ mǐ ③　zhòu jiào zhī
一者，孩抱以逮 ② 昏老，几居其半矣。夜眠之所弭 ③，昼觉之

―――――――――――――――

① 齐：名词，界限、分际。

② 逮：动词，赶上、及、到。

③ 弭：动词，平息、停止、消除。

所遗^①，又几居其半矣。痛疾哀苦、亡失忧惧，又几居其半矣。量十数年之中，悠然而自得，无芥^②焉之虑者，亦无一时之中尔。"

"则人之生也奚为哉？奚乐哉？为美厚尔，为声色尔。而美厚复不可常厌足^③，声色不可常玩闻。乃复为刑赏之所禁劝，名法之所进退；遑遑^④尔竞一时之虚誉，规^⑤死后之余荣；偊偊^⑥尔慎耳目之观听，惜身意之是非；徒失当年之至乐，不能自肆于一时。重囚^⑦累梏^⑧，何以异哉？

"太古之人知生之暂^⑨来，知死之暂往。故从心而动，不违自然所好；当身之娱非所去也，故不为名所劝。从性而游，不逆万物所好；死后之名非所取也，故不为刑所及。名誉先后，年命多少，非所量也。"

---

① 遗：动词，丢失、漏掉。

② 芥：名词，小草，引申为细微。

③ 厌足：满足。

④ 遑遑：惊慌不安的样子。

⑤ 规：动词，计划、谋划、谋求。

⑥ 偊偊：独行的样子、谨慎的样子。

⑦ 重囚：旧指犯有重罪的囚犯，此处或指严加囚禁。

⑧ 累梏：沉重的手铐，此处或指加倍束缚。

⑨ 暂：副词，仓促、突然、猝然。

　　杨朱说："一百年,是寿命的大限。能活一百年的,千中无一。假设有一个人能活到百岁,处于幼年及老年的时间,几乎占据了其生命的一半。夜晚睡眠所消耗的,白天睡醒所失去的,又几乎占据了剩余时间的一半。疼痛、疾病、哀愁、劳苦、流亡、失意、忧伤、惊惧,又几乎占据了剩余时间的一半。算算在这仅剩的十几年里,能够悠然自得而毫无忧虑的时间,也没有多少了。"

　　"那么人的一生为的是什么呢? 有什么快乐呢? 为了锦衣玉食,为了歌舞美色。然而锦衣玉食并不能常常得到满足,歌舞美色不能常常得以玩赏。而且还要受到刑罚的禁止、奖赏的劝诱、名教的督促、礼法的束缚;惶惶不安地竞取一时的虚誉,谋求死后留下的虚名;谨慎地注意耳目的观察聆听,顾惜身心的是是非非;白白丧失了当年的最大快乐,不能给自己片刻的肆意放纵。这同重犯被关进牢房戴上沉重的手铐脚镣有什么不一样呢?

　　"远古的人们懂得生命的猝然而来,知道死亡是迅疾离开。所以顺从内心行动,不违背自然的喜好;不放弃当身的欢娱,因此不为名誉所劝诱。顺从天性优游,不违逆万物的喜好;不追求死后的虚名,因此不为刑罚所触及。名誉的先后大小,寿命的长短多少,不是他们所考虑的。"

三、"万物所异者生"章

【原文】

　　杨朱曰:"万物所异者生也,所同者死也。生则有贤愚、贵贱,是所异也;死则有臭腐、消灭,是所同也。虽然，贤愚、贵贱非所能也，臭腐、消灭亦非所能[1]也。故生非所生[2]，死非所死，贤非所贤，愚非所愚，贵非所贵，贱非所贱。"

"然而万物齐[3]生齐死，齐贤齐愚，齐贵齐贱。十年亦死，百年亦死。仁圣亦死，凶愚亦死。生则尧、舜，死则腐骨；生则桀、纣，死则腐骨。腐骨一矣，孰知其异？且趣当生，奚遑[4]死后？"

【译文】

杨朱说："万物的不同是生，相同是死。生时分贤愚、贵贱，所以不同；死后则腐臭、消亡，所以相同。虽是如此，贤愚、贵贱不是自己所能左右的，腐臭、消亡也不是自己所能左右的。所以生不是自己使之生，死不是自己使之死，贤明不是自己使之贤明，愚昧不是自己使之愚昧，尊贵不是自己使之尊贵，卑贱不是自己使之卑贱。"

"然而，万物同样有生有死，同样有贤明有愚昧，同样有尊贵有卑贱。活十年是死，活百年也是死。仁人圣贤会死，凶徒愚者也会死。生时是尧、舜，死后是腐骨；生时是桀、纣，死后是腐骨。腐骨都是一样的，谁知道它们的差别呢？姑且享受当生的乐趣，哪有空闲操心死后呢？"

---

① 非所能：不是自己能够左右的。

② 非所生：不是自己使之生，下各"非所"义同。

③ 齐：动词，同等、同样。

④ 遑：名词，闲暇、空闲。

四、"伯夷非无欲"章

【原文】

<ruby>杨<rt>yáng</rt></ruby> <ruby>朱<rt>zhū</rt></ruby> <ruby>曰<rt>yuē</rt></ruby>："<ruby>伯<rt>bó</rt></ruby> <ruby>夷<rt>yí</rt></ruby> <ruby>非<rt>fēi</rt></ruby> <ruby>无<rt>wú</rt></ruby> <ruby>欲<rt>yù</rt></ruby>，<ruby>矜<rt>jīn</rt></ruby>① <ruby>清<rt>qīng</rt></ruby> <ruby>之<rt>zhī</rt></ruby> <ruby>尤<rt>yóu</rt></ruby>，<ruby>以<rt>yǐ</rt></ruby> <ruby>放<rt>fàng</rt></ruby>② <ruby>饿<rt>è</rt></ruby> <ruby>死<rt>sǐ</rt></ruby>。<ruby>展<rt>zhǎn</rt></ruby> <ruby>季<rt>jì</rt></ruby> <ruby>非<rt>fēi</rt></ruby>

<ruby>无<rt>wú</rt></ruby> <ruby>情<rt>qíng</rt></ruby>，<ruby>矜<rt>jīn</rt></ruby> <ruby>贞<rt>zhēn</rt></ruby> <ruby>之<rt>zhī</rt></ruby> <ruby>尤<rt>yóu</rt></ruby>，<ruby>以<rt>yǐ</rt></ruby> <ruby>放<rt>fàng</rt></ruby> <ruby>寡<rt>guǎ</rt></ruby> <ruby>宗<rt>zōng</rt></ruby>。<ruby>清<rt>qīng</rt></ruby> <ruby>贞<rt>zhēn</rt></ruby> <ruby>之<rt>zhī</rt></ruby> <ruby>误<rt>wù</rt></ruby> <ruby>善<rt>shàn</rt></ruby>③ <ruby>之<rt>zhī</rt></ruby> <ruby>若<rt>ruò</rt></ruby> <ruby>此<rt>cǐ</rt></ruby>。"

【译文】

杨朱说："伯夷并非没有欲望，只是过于自恃清高，以至于饥饿而死。展季并非没有情感，只是过于自恃贞洁，以至于子嗣不多。清高、贞洁的妨害容易达到这种程度。"

五、"原宪窭于鲁"章

【原文】

<ruby>杨<rt>yáng</rt></ruby> <ruby>朱<rt>zhū</rt></ruby> <ruby>曰<rt>yuē</rt></ruby>："<ruby>原<rt>yuán</rt></ruby> <ruby>宪<rt>xiàn</rt></ruby> <ruby>窭<rt>jù</rt></ruby>④ <ruby>于<rt>yú</rt></ruby> <ruby>鲁<rt>lǔ</rt></ruby>，<ruby>子<rt>zǐ</rt></ruby> <ruby>贡<rt>gòng</rt></ruby> <ruby>殖<rt>zhí</rt></ruby>⑤ <ruby>于<rt>yú</rt></ruby> <ruby>卫<rt>wèi</rt></ruby>。<ruby>原<rt>yuán</rt></ruby> <ruby>宪<rt>xiàn</rt></ruby> <ruby>之<rt>zhī</rt></ruby> <ruby>窭<rt>jù</rt></ruby> <ruby>损<rt>sǔn</rt></ruby> <ruby>生<rt>shēng</rt></ruby>，

---

① 矜：动词，自夸、自恃、谨慎、拘谨。
② 放：动词，至。
③ 善：副词，多、常、易。
④ 窭：形容词，贫穷、贫寒。
⑤ 殖：动词，经营、经商、从事买卖活动。

子贡之殖累身。”

问者曰：“然则窭亦不可，殖亦不可，其可焉在？”

杨朱曰：“可在乐生，可在逸身。故善乐生者不窭，善逸身者不殖。”

【译文】

杨朱说：“原宪在鲁国贫寒穷苦，子贡在卫国经商发财。原宪的贫寒穷苦损害生命，子贡的经商发财劳累身心。”

有人问：“既然贫寒穷苦也不可以，经商发财也不可以，那么可以的是什么呢？”

杨朱说：“可以的是让生命快乐，可以的是让身心安逸。所以善于让生命快乐的人不会贫寒穷苦，善于让身心安逸的人不会经商发财。”

六、“古语有之”章

【原文】

杨朱曰：“古语有之：‘生相怜，死相捐①。’此语至矣。相怜之道，非唯情也；勤能使逸，饥能使饱，寒能使温，穷能

----

① 捐：动词，舍弃、抛弃。

使达也。相捐之道，非不相哀也；不含珠玉，不服文锦，不
陈牺牲，不设明器①也。”

【译文】

　　杨朱说："有一句古语说：'生时相互怜惜，死后相互捐弃。'这句话对极
了。相互怜惜的途径，并非只是情感方面；还要让勤苦的得到安逸，让饥饿的
得到饱足，让寒冷的得到温暖，让穷困的得到显达。相互捐弃的途径，并非不
相互哀伤；而是不使之口含珍珠美玉，不让其身着锦衣华服，不陈设祭祀供
品，不埋置殉葬冥器。"

七、"晏平仲问养生"章

【原文】

　　晏平仲问养生于管夷吾。

　　管夷吾曰："肆②之而已，勿壅③勿阏④。"

　　晏平仲曰："其目⑤奈何？"

---

① 明器：古代陪葬的器物。

② 肆：动词，恣纵、放纵、任意行事。

③ 壅：动词，堵塞。

④ 阏：动词，遏制、遏止、抑制、阻塞。

⑤ 目：名词，细目、具体条目。

夷吾曰："恣①耳之所欲听，恣目之所欲视，恣鼻之所欲向，恣口之所欲言，恣体之所欲安，恣意之所欲行。夫耳之所欲闻者音声，而不得听，谓之阏聪；目之所欲见者美色，而不得视，谓之阏明；鼻之所欲向者椒兰②，而不得嗅，谓之阏膻③；口之所欲道者是非，而不得言，谓之阏智；体之所欲安者美厚，而不得从，谓之阏适；意之所欲为者放逸，而不得行，谓之阏性。凡此诸阏，废虐④之主。去废虐之主，熙熙然⑤以俟死，一日、一月、一年、十年，吾所谓养。拘此废虐之主，录⑥而不舍，戚戚然⑦以至久生，百年、千年、万年，非吾所谓养。"

管夷吾曰："吾既告子养生矣，送死奈何？"

晏平仲曰："送死略矣，将何以告焉？"

管夷吾曰："吾固欲闻之。"

---

① 恣：动词，放纵、听任。

② 椒兰：皆芳香之物，故以并称。

③ 膻：此处指鼻通能辨别气味。

④ 废虐：败坏残害。废：败坏、浪费；虐：侵害、残害。

⑤ 熙熙然：欢乐、和乐的样子。

⑥ 录：动词，禁止、检束、约束。

⑦ 戚戚然：忧惧、忧伤的样子。

平仲曰：“既死，岂在我哉？焚之亦可，沉之亦可，瘞①之亦可，露之亦可，衣薪②而弃诸③沟壑亦可，衮衣绣裳④而纳诸石椁⑤亦可，唯所遇焉。”

管夷吾顾谓鲍叔、黄子曰：“生死之道，吾二人尽之矣。”

【译文】

晏平仲向管夷吾询问养生之道。管夷吾说：“不过是肆意放纵自己的欲望罢了，不要去堵塞它，不要去遏制它。”

晏平仲说：“具体有哪些细则？”

管夷吾说：“放任耳朵想听什么就听什么，放任眼睛想看什么就看什么，放任鼻子想闻什么就闻什么，放任嘴巴想说什么就说什么，放任身体想享受什么就享受什么，放任意念想干什么就干什么。耳朵想要听的是美妙的声音，却不得听，这就叫作遏制听觉的灵敏；眼睛想要看的是美好的姿色，却不得看，这就叫作遏制视觉的明锐；鼻子想要闻的是芳香的椒兰，却不得闻，这就叫作遏制嗅觉的审辨；嘴巴想要说的是人间的是非，却不得说，这就叫作遏制头脑的智慧；身体想要享的是锦衣玉食，却不得享，这就叫作遏制人身的安乐；意念想要做的是放纵逸乐，却不得做，这就叫作遏制先天的本性。凡此种种

---

① 瘞：动词，掩埋、埋葬。

② 衣薪：用柴草遮盖。衣：动词，遮盖。

③ 诸：代词兼介词，“之于”的合音。

④ 衮衣绣裳：古代天子祭祀时所穿的绣有龙的礼服，形容衣着华丽奢华。

⑤ 石椁：石制的外棺。

遏制，都是残害身心的主要因素。摒除这些残害身心的因素，欢欢喜喜一直到死，哪怕只活上一天、一月、一年、十年，也算是我所谓的养生。拘守于这些残害身心的因素，甘受约束而不予摒弃，悲悲戚戚一直活着，哪怕是一百年、一千年、一万年，也不算是我所谓的养生。"

管夷吾说："我既然告诉了你养生之道，那么你说给人送葬又该如何呢？"

晏平仲说："送葬就简单了，有什么可以说的呢？"

管夷吾说："我就是想听一听。"

晏平仲说："人都死了，还由得了他自己吗？把尸体焚化了也可以，沉入水中也可以，埋到地里也可以，抛在露天也可以，用柴草盖上丢到沟里也可以，穿上锦衣绣服安置到石棺里也可以，就看遇到什么情况了。"

管夷吾听罢，回头对鲍叔、黄子说："养生与送死之道，我们二人算是彻底说透了。"

八、"子产相郑"章

【原文】

zǐ chǎn xiàng zhèng　zhuān guó zhī zhèng　sān nián　shàn zhě fú qí huà　è zhě wèi qí jìn
子产相郑，专国之政；三年，善者服其化，恶者畏其禁，

zhèng guó yǐ zhì　zhū hóu dàn zhī
郑国以治。诸侯惮之。

ér yǒu xiōng yuē gōng sūn zhāo　yǒu dì yuē gōng sūn mù　zhāo hào jiǔ　mù hào sè　zhāo
而有兄曰公孙朝，有弟曰公孙穆。朝好酒，穆好色。朝

之室也聚酒千钟，积麹成封①，望②门百步，糟浆之气逆于人鼻。方③其荒④于酒也，不知世道之安危、人理之悔吝⑤、室内之有无、九族之亲疏、存亡之哀乐也。虽水火兵刃交于前，弗知也。穆之后庭比房数十，皆择稚齿矮婧⑥者以盈之。方其耽⑦于色也，屏亲昵，绝交游，逃于后庭，以昼足⑧夜；三月一出，意犹未惬。乡有处子之娥姣⑨者，必贿而招之，媒而挑⑩之，弗获而后已。

子产日夜以为戚，密造邓析而谋之，曰："侨闻治身以及家，治家以及国，此言自于近至于远也。侨为国则治矣，而家则乱矣。其道逆邪？将奚方以救二子？子其诏之。"

邓析曰："吾怪之久矣，未敢先言。子奚不时其治⑪也，喻

---

① 积麹成封：酒曲堆积成山。麹：名词，酒曲；封：名词，土堆。

② 望：动词，接近，引申为距离。

③ 方：介词，在、当。

④ 荒：动词，沉溺、沉迷。

⑤ 吝：悔恨、遗憾、吝惜。

⑥ 稚齿矮婧：形容年轻且柔美的女子。稚齿：稚嫩的牙齿，指年少；矮婧：柔弱美好的样子。

⑦ 耽：动词，沉溺、迷恋。

⑧ 足：动词，弥补、补足。

⑨ 娥姣：容貌美好。

⑩ 挑：动词，招呼、相诱、引诱、逗弄。

⑪ 时其治：适当的时候进行整治。

以性命之重，诱以礼义之尊乎？"

子产用邓析之言，因闲以谒其兄弟，而告之曰："人之所以贵于禽兽者，智虑。智虑之所将①者，礼义。礼义成，则名位至矣。若触情而动，耽于嗜欲，则性命危矣。子纳侨之言，则朝自悔而夕食禄矣。"

朝、穆曰："吾知之久矣，择之亦久矣，岂待若言而后识之哉？凡生之难遇而死之易及。以难遇之生，俟易及之死，可孰念哉？而欲尊礼义以夸人②，矫情性以招名，吾以此为弗若死矣。为欲尽一生之欢，穷当年之乐，唯患腹溢而不得恣口之饮，力惫而不得肆情于色；不遑忧名声之丑、性命之危也。且若以治国之能夸物③，欲以说辞乱我之心，荣禄喜我之意，不亦鄙而可怜哉？"

"我又欲与若别④之。夫善治外者，物未必治，而身交苦；善治内者，物未必乱，而性交逸。以若之治外，其法可暂

---

① 将：动词，扶持。
② 夸人：向他人夸耀。
③ 夸物：向外界夸耀。
④ 别：动词，分辩、争辩。

xíng yú yì guó　wèi hé yú rén xīn　yǐ wǒ zhī zhì nèi　kě tuī zhī yú tiān xià　jūn chén zhī
行于一国，未合于人心；以我之治内，可推之于天下，君臣之

dào xī yǐ　wú cháng yù yǐ cǐ shù ér yù ruò　ruò fǎn yǐ bǐ shù ér jiào wǒ zāi
道息矣。吾常欲以此术而喻若，若反以彼术而教我哉？"

zǐ chǎn máng rán wú yǐ yìng zhī　tā rì yǐ gào dèng xī
子产忙然无以应之，他日以告邓析。

dèng xī yuē　zǐ yǔ zhēn rén jū　ér bù zhī yě　shú wèi zǐ zhī zhě hū　zhèng guó
邓析曰："子与真人居^①而不知也，孰谓子智者乎？郑国

zhī zhì ǒu ěr　fēi zǐ zhī gōng yě
之治偶耳，非子之功也。"

【译文】

子产担任郑国国相，独揽着国家政权；经过三年，好人服从他的教化，坏人畏惧他的禁令，郑国因此得以大治。各国诸侯都非常忌惮郑国。

但子产有个哥哥名叫公孙朝，有个弟弟名叫公孙穆。公孙朝偏爱喝酒，公孙穆偏爱女色。公孙朝的家里藏着千钟美酒，酒曲堆积成山，距离他家大门一百步之远，酒浆的香气就扑鼻而来。当他沉迷于喝酒的时候，不知道世道的安危、人事的纷争、家业的有无、九族的亲疏、存亡的哀乐。就算水火兵刃交加于面前，也不知道。公孙穆的后庭有几十间房屋鳞次栉比，满屋都是挑来的年轻貌美的女子。当他沉溺于女色的时候，就屏退亲友，断绝交游，逃避在后庭之中，日以继夜地纵情享乐；三个月才出来一次，感觉还是未能满足。但凡乡里有容貌姣好的未嫁姑娘，他必定要用财物来招引，请媒人来挑诱，弄到手才肯罢休。

子产整天整夜为这兄弟二人的行为忧愁，于是私底下造访邓析并同他商量，说："我听说治理好自身才能治理好家庭，治理好家庭才能治理好国家，这是说由近及远。国家我已经治理好，可是自己家却一团糟。难道道理颠倒了

---

① 居：动词，住，引申为在一起、相处。

吗? 要用什么办法来挽救我这两位兄弟呢? 您替我出出主意吧! "

邓析说: "我对这个情况早就感到奇怪了, 只是不好先说。你为什么不找个恰当的时机管教一下他们, 劝谕他们认识性命的重要, 启发他们明白礼义的尊贵呢? "

子产采纳了邓析的意见, 找机会去见了他的兄弟, 并劝告他们说: "人之所以比飞禽走兽尊贵, 在于人有理智和思虑。理智和思虑所扶持起来的, 便是礼义。有了礼义, 名誉和地位便会随之而来。如果一味地纵情行事, 沉溺于嗜好情欲, 那么性命就危险啦。你们听我的劝告, 那早上悔改自新, 晚上就能拿俸禄了。"

公孙朝和公孙穆说: "对此我们早就知道了, 做出选择也已经很久了, 难道还要等你说了才明白吗? 大抵而言生命是难以得到的, 死亡却很容易到来。以难得的生命, 去等待容易到来的死亡, 还有什么需要顾忌的呢? 你想通过尊重礼义来向人夸耀, 矫饰性情来招引美名, 我们认为这样还不如死了的好。为了要享尽一生的欢愉, 穷尽有生之年的快乐, 只怕肚子太饱而不能让嘴巴恣意吃喝, 只怕精力疲惫而不能纵情于声色; 无暇担忧名声的不好与生命的损害。而你凭借治国的才能向外界夸耀, 还想用说辞来扰乱我们的内心, 用功名利禄来诱惑我们的意志, 不也是太浅薄又太可怜了吗? "

"我还想再和你分辨一下。善于治理外物的人, 外物未必能治理得好, 而自己却累得心力交瘁; 善于治理内心的人, 外物未必会发生混乱, 而本性却自然得以安逸。以你治理外物的方法, 或许可以暂时在一国推行, 却未必合乎人心; 以我们调治内心的方法, 则可以推广到整个天下, 君臣之道也就用不着了。我们常常想用这种方法来开导你, 你反而用你的方法教导起我们来了? "

子产听罢, 茫然无言以对, 改天把这件事告诉了邓析。

邓析说: "你和得道的真人住在一起却不知道, 谁说你是个聪明人呢? 郑国的大治不过是偶然罢了, 并不是你的功劳啊。"

九、"卫端木叔"章

【原文】

卫端木叔者，子贡之世①也。借其先赀②，家累万金。不治世故③，放意④所好。其生民之所欲为、人意之所欲玩者，无不为也，无不玩也。墙屋台榭、园圃池沼、饮食车服、声乐嫔御，拟齐、楚之君焉。至其情所欲好、耳所欲听、目所欲视、口所欲尝，虽殊方偏国，非齐土⑤之所产育者，无不必致之；犹藩墙⑥之物也。及其游也，虽山川阻险，涂径修远，无不必之；犹人之行咫步也。

宾客在庭者日百住，庖厨之下不绝烟火，堂庑⑦之上不绝声乐。奉养之余，先散之宗族；宗族之余，次散之邑里；邑里

---

① 世：名词，后嗣、后人。

② 赀：名词，财产、产业。

③ 世故：此处指生计、生产。

④ 放意：纵情于。

⑤ 齐土：中土、中原地区，古指中国，即华夏族统治的地区。

⑥ 藩墙：篱落、垣墙、围墙。

⑦ 堂庑：堂及四周的廊屋，亦泛指屋宇。

之余，乃散之一国。行年六十，气干①将衰，弃其家事，都散其

库藏、珍宝、车服、妾媵②。一年之中尽焉，不为子孙留财。及

其病也，无药石③之储；及其死也，无瘗埋之资。一国之人

受其施者，相与赋④而葬之，反其子孙之财焉。

禽骨釐闻之，曰："端木叔，狂人也，辱其祖矣。"

段干生闻之，曰："端木叔，达人也，德过其祖矣。其所

行也，其所为也，众意所惊，而诚理所取。卫之君子多以礼

教自持，固未足以得此人之心也。"

【译文】

　　卫国的端木叔，是子贡的后代。凭借祖先的遗产，积累了万贯家财。他不经营生产，恣意放任自己的嗜好。只要是人们想做的、人们想玩的，无所不为，无所不玩。他家的高墙深院、楼阁台榭、花苑兽园、池塘水沼、美酒玉食、华车锦服、歌舞声乐、嫔御侍妾，都可以与齐、楚两国的国君所拥有的相媲美。至于他情性所喜好的、耳朵想听到的、眼睛想看到的、嘴巴想尝到的，即使远在异域他国，并非是中原本土所产育的，没有不弄到手的，就像围墙里的东西一样。他外出游玩时，即便是山川险阻，路途遥远，也没有不到达的，就像人走

---

① 气干：气血和躯干，指身体。

② 妾媵：古代诸侯贵族女子出嫁，以侄娣从嫁，称媵，后因以"妾媵"泛指侍妾。

③ 药石：古时指治病的药物和砭石。

④ 赋：动词，按人口出钱。

上几步路一样。

住在他家庭院里的宾客每天数以百计，厨房灶台下的烟火从不熄灭，厅堂廊屋上的声乐从不间断。奉养宾客之余，先散发给宗族本家；散发给宗族本家之余，再散发给乡里乡亲；散发给乡里乡亲之余，于是散发给全国民众。到了六十岁，身体逐渐衰竭，于是抛弃家事，将所有的库藏财物、珍珠宝石、车马服饰、侍妾女仆统统分散出去。一年之内家产荡然无存，没有给子孙留下任何财产。等他生病的时候，已经没有药物的储备；等他死去的时候，已经没有埋葬的钱财。一国之中凡是接受过他施舍的人，一起计口凑钱将他埋葬，并把应属他子孙的财产返还了回去。

禽骨釐听闻此事，说："端木叔真是个狂荡之人，辱没了他的祖先。"

段干生听闻此事，说："端木叔真是个通达之人，德行超过了他的祖先。他的所作所为，虽然令大家感到惊奇，然而却实在是符合情理的。卫国的君子多以礼教来约束自己，当然不足以理解端木叔的用心了。"

十、"孟孙阳问杨子"章

【原文】

孟孙阳问杨子曰："有人于此，贵生爱身，以祈不死，可乎？"

杨子曰："理无不死。"

孟孙阳曰："以祈久生，可乎？"

杨子曰："理无久生。生非贵之所能存，身非爱之所能厚^①。且久生奚为？五情好恶，古犹今也；四体安危，古犹今也；世事苦乐，古犹今也；变易治乱，古犹今也。既闻之矣，既见之矣，既更^②之矣，百年犹厌其多，况久生之苦也乎？"

孟孙阳曰："若然，速亡愈于久生；则践锋刃，入汤火，得所志矣。"

杨子曰："不然；既生，则废^③而任之，究^④其所欲，以俟于死。将死，则废而任之，究其所之，以放^⑤于尽。无不废，无不任，何遽^⑥迟速于其间乎？"

【译文】

孟孙阳问杨子说："如果有一个人，珍视生命爱惜身体，以祈求不死，能办到吗？"

杨子说："没有不死的道理。"

孟孙阳说："以祈求长生，能办到吗？"

杨子说："没有长生的道理。生命不是珍惜就能长存的，身体不是爱护就能健康的。况且要长生干什么呢？人类情感的好恶，古今是一样的；身体四肢

---

① 厚：动词，推崇、优待。

② 更：动词，经过、经历。

③ 废：动词，弃置不顾、放任。

④ 究：动词，达、贯彻、穷尽。

⑤ 放：动词，至、到。

⑥ 遽：形容词，惊慌、惶恐、窘急。

的安危,古今是一样的;人间世事的苦乐,古今是一样的;社会变迁的治乱,古今是一样的。既然已经听说过了,既然已经见识过了,既然已经经历过了,活上百年都嫌太多,何况长生的痛苦呢?"

孟孙阳说:"如果这样,速死胜过长生的话,那么去踩踏刀锋利刃,投进沸水烈火,就可以得其所愿了。"

杨子说:"不是这样。既然已经活着,就弃置放任,满足其所欲为,来等待死亡。即将死亡,就弃置放任,满足其所欲归,直至命终。没有什么不可弃置的,没有什么不可放任的,有什么好为生死之间的迟缓或迅疾而惶恐担忧的呢?"

十一、"伯成子高"章

【原文】

杨朱曰:"伯成子高不以一毫利物,舍国而隐耕。大禹不以一身自利,一体偏枯①。古之人损一毫利天下不与也,悉②天下奉一身不取也。人人不损一毫,人人不利天下,天下治矣。"

禽子问杨朱曰:"去子体之一毛以济一世,汝为之乎?"

杨子曰:"世固非一毛之所济。"

---

① 偏枯:偏瘫,即半身不遂。

② 悉:副词,全都、全部。

禽子曰：“假济，为之乎？”

杨子弗应。

禽子出语孟孙阳。

孟孙阳曰：“子不达夫子之心，吾请言之。有侵若肌肤获万金者，若为之乎？”

曰：“为之。”

孟孙阳曰：“有断若一节①得一国，子为之乎？”

禽子默然有间。

孟孙阳曰：“一毛微于肌肤，肌肤微于一节，省矣。然则积一毛以成肌肤，积肌肤以成一节。一毛固一体万分中之一物，奈何轻之乎？”

禽子曰：“吾不能所以答子。然则以子之言问老聃、关尹，则子言当矣；以吾言问大禹、墨翟，则吾言当矣。”

孟孙阳因顾②与其徒说他事。

---

① 一节：一段肢体。
② 因顾：于是回过头去。因：连词，于是；顾：动词，回头看。

【译文】

杨朱说:"伯成子高不肯拔掉一根毫毛来施惠外物,舍弃国家而隐居耕种。大禹不愿为自身谋利益,以至半身不遂。古代的人,损伤一根毫毛来施惠于天下,他不愿意;拿整个天下来奉养自己,他也不要。人人都不损伤一根毫毛,人人都不有利于天下,天下就大治了。"

禽骨釐问杨朱说:"拔去你身上的一根毫毛来救济整个世道,你干吗?"

杨子说:"世道固然不是一根毫毛就能救济的。"

禽子说:"假如能够救济,干吗?"

杨子不再回应。

禽子出门将此事告诉了孟孙阳。

孟孙阳说:"你没能领会先生的用心,让我来说说吧。有人侵害你的肌肤而让你获得万金,你干吗?"

禽子说:"干。"

孟孙阳说:"有人砍断你的一段肢体而让你获得一个国家,你干吗?"

禽子沉默了好一会儿,没有回答。

孟孙阳说:"一根毫毛比肌肤轻微,肌肤又比一段肢体轻微,这是明摆着的。然而正是一根根毫毛累积起来形成了肌肤,一寸寸肌肤累积起来形成了肢体。一根毫毛固然只占了整个身体的万分之一,但又如何能轻视它呢?"

禽子说:"我不知道该说什么来回答你。但是,拿你的话去询问老聃、关尹,那么你的话是恰当的;而拿我的话去询问大禹、墨翟,那么我的话也是恰当的。"

孟孙阳听罢,于是就回过头去和他的徒弟说其他事情了。

十二、"天下之美"章

【原文】

杨朱曰:"天下之美归之舜、禹、周①、孔,天下之恶归之桀、纣。然而舜耕于河阳,陶于雷泽,四体不得暂安,口腹不得美厚;父母之所不爱,弟妹之所不亲。行年三十,不告而娶。及受尧之禅,年已长,智已衰。商钧不才,禅位于禹,戚戚然以至于死。此天民之穷毒②者也。"

"鲧治水土,绩用不就③,殛④诸羽山。禹纂⑤业事仇,惟荒土功⑥,子产不字⑦,过门不入;身体偏枯,手足胼胝⑧。及受舜禅,卑宫室,美绂冕⑨,戚戚然以至于死。此天民之忧苦

---

① 周:指周公,西周初期政治家。姓姬名旦,也称叔旦。文王子,武王弟,成王叔。辅武王灭商。武王崩,成王幼,周公摄政。东平武庚、管叔、蔡叔之叛。继而厘定典章、制度,复营洛邑为东都,作为统治中原的中心,天下臻于大治。后多作圣贤的典范。

② 穷毒:穷困苦痛。

③ 绩用不就:功绩没有完成,没有成功。

④ 殛:动词,杀死。

⑤ 纂:动词,继承。

⑥ 土功:指治水、筑城、建造宫殿等工程。此处指治理水土。

⑦ 字:动词,抚养、养育、教养。

⑧ 胼胝:皮肤因长期受压和摩擦而引起的角质层增厚,又称"老茧"。

⑨ 绂冕:古时系官印的丝带及大夫以上的礼冠。

者也。

"武王既终，成王幼弱，周公摄天子之政。邵公不悦，四国流言①。居东三年，诛兄放弟，仅免其身，戚戚然以至于死。此天民之危惧者也。

"孔子明帝王之道，应时君之聘②，伐树于宋③，削迹于卫④，穷于商周⑤，围于陈蔡⑥，受屈于季氏⑦，见辱于阳虎⑧，戚戚然以至于死。此天民之遑遽⑨者也。

"凡彼四圣者，生无一日之欢，死有万世之名。名者，固非实之所取也。虽称之弗知，虽赏之不知，与株块⑩无以

---

① 四国流言：《诗经·豳风·破斧》记载"周公东征，四国是皇"。四国指管国、蔡国、商国、奄国。流言指散播没有根据的话，多指背后议论、诬蔑或挑拨的话。

② 应时君之聘：孔子曾受聘于鲁定公、卫灵公、楚昭王等。

③ 伐树于宋：《史记·孔子世家》记载"孔子去曹适宋，与弟子习礼大树下。宋司马桓魋欲杀孔子，拔其树"。

④ 削迹于卫：卫灵公原来想聘用孔子，后听信谗言，改变了态度。孔子担心卫灵公加害于他，便躲藏起来，然后悄悄离开卫国。削迹指隐藏起来，销声匿迹。

⑤ 穷于商周：孔子去陈国，途经匡。匡人曾遭受鲁国阳虎的侵害，他们见孔子貌似阳虎，便将他抓住，囚禁了五天。穷此处指困厄。商周即今河南商丘一带的商朝旧地，这里专指"匡"。

⑥ 围于陈蔡：楚昭王派人聘请孔子，陈、蔡两国大夫怕楚昭王重用孔子，便一道出兵把孔子围困在陈、蔡之间的野地里。

⑦ 受屈于季氏：季孙氏是当时鲁国三卿中权势最大的一家，孔子曾经担任季孙氏手下管理牲畜的小官。

⑧ 见辱于阳虎：阳虎，又作"阳货"，春秋后期季孙氏的家臣，要挟季孙氏，掌握国政，权势很大。季孙氏曾经设宴招待鲁国士人，孔子前去，被阳虎阻拦并侮辱。

⑨ 遑遽：凄惶窘迫，惊惧不安。

⑩ 株块：树根与土块，泛指土木。

异矣。

"桀借累世之资，居南面之尊，智足以拒群下，威足以震海内；恣耳目之所娱，穷意虑之所为，熙熙然以至于死。此天民之逸荡者也。

"纣亦借累世之资，居南面之尊，威无不行，志无不从；肆情于倾宫，纵欲于长夜，不以礼义自苦，熙熙然以至于诛。此天民之放纵者也。

"彼二凶也，生有从欲之欢，死被愚暴之名。实者，固非名之所与也。虽称之弗知，虽毁之不知。此与株块奚以异矣？

"彼四圣虽美之所归，苦以至终，同归于死矣；彼二凶虽恶之所归，乐以至终，亦同归于死矣。"

【译文】

杨朱说："天下的美名归于虞舜、夏禹、周公、孔子，天下的恶名归于夏桀、商纣。可是舜在河阳耕种，在雷泽制陶，身体四肢无法得到片刻的安息，嘴巴肚子无法得到丰盛的美食；父母不喜爱他，弟弟妹妹不亲近他。到了三十岁，不禀告父母就自娶妻室。等到接受尧的禅让登上帝位，年纪也大了，智力也衰退了。他儿子商钧没有治国之才，又禅位于大禹，忧忧戚戚直到死去。这是天下人民中穷困苦痛的人。"

"鲧治理水土，任务没有完成，毫无功绩，被杀死在羽山。大禹继承了父亲的事业，事奉着杀父仇人，一心沉溺于治理水土，儿子出生他不抚养，路过家门他不进去；弄得自己身体偏瘫，手上脚上长满老茧。等到接受舜的禅让登上帝位，住在低矮的宫室，却穿着华美的冠服，忧忧戚戚直到死去。这是天下人民中忧愁劳苦的人。

"周武王死后，成王年幼弱小，周公辅佐天子掌管国政。邵公对此不满，四处传播着对他不利的流言蜚语。周公因此东征三年，诛杀了哥哥管叔鲜，放逐了弟弟蔡叔度，才得以保全自身，忧忧戚戚直到死去。这是天下人民中恐惧害怕的人。

"孔子深谙帝王之道，接受当时君主的聘请，却在宋国遭到砍树威胁而仓惶出境，在卫国遭到造谣中伤而销声匿迹，在商周地方被囚禁，在陈、蔡之间被围困，在季孙氏手下受委屈，还被阳虎当面羞辱，忧忧戚戚直到死去。这是天下人民中凄惶窘迫的人。

"所有这四位圣人，生时没有一天的欢乐，死后获得了万世的美名。所谓名声，本来就不是实在所要择取的。人死之后，虽然被谈论也不会知道，纵然被赞赏也不会知晓，和树根土块没有什么区别。

"夏桀凭借历代祖宗积累的基业，高居帝王之位，智谋足以对付群臣，威力足以震慑海内；恣意享受感官娱乐，纵心任意为所欲为，欢欢喜喜直到死去。这是天下人民中奢逸放荡的人。

"商纣也凭借历代祖宗积累的基业，高居帝王之位，威严的法令没有不施行的，强力的意志没有不服从的；在深宫后庭中肆意寻欢作乐，在漫漫长夜中通宵放纵情欲，不拿礼义来为难自己，欢欢喜喜直到死去。这是天下人民中纵情任性的人。

"这两个凶徒，生时有顺从欲望的欢乐，死后背负起愚顽残暴的恶名。所谓实，本来就不是名声所能给予的。人死之后，虽然被谈论也不会知道，纵然被诋毁也不会知晓。这和树根土块有什么区别呢。

"那四位圣人虽然集美名于一身，但却忧愁困苦一辈子，同样归于死亡；

那两个凶徒虽然集恶名于一身,但却欢乐快活一辈子,也同样归于死亡。"

十三、"杨朱见梁王"章

【原文】

杨朱见梁王,言治天下如运诸掌。

梁王曰:"先生有一妻一妾而不能治,三亩之园而不能耘;而言治天下如运诸掌,何也?"

对曰:"君见其牧羊者乎?百羊为群,使五尺童子荷箠①而随之,欲东而东,欲西而西。使尧牵一羊,舜荷箠而随之,则不能前矣。"

"且臣闻之:吞舟之鱼不游枝流,鸿鹄高飞不集②污池③。何则?其极④远也。黄钟、大吕不可从烦奏之舞。何则?其音疏也。将治大者不治细,成大功者不成小,此之谓矣。"

---

① 荷箠:拿着鞭子。

② 集:动词,聚集。

③ 污池:此处指水停积不流的池塘。

④ 极:名词,顶点、尽头,引申为目标。

【译文】

杨朱进见梁王，说治理天下易如反掌。

梁王说："先生有一妻一妾尚且不能管教，三亩大的园子尚且不能耕耘，却说治理天下易如反掌，是什么道理呢？"

杨朱回答说："君主见过牧羊的场景吗？上百头羊汇成一群，让一个五尺高的孩童拿着鞭子跟随在羊群后面，要它们往东它们就往东，要它们往西他们就往西。如果让尧牵着一头羊，让舜拿着鞭子跟随在羊后面，就没办法前行了。"

"而且我听说：吞舟的大鱼不在江河的支流里游弋，高飞的鸿鹄不在积水的池塘边栖集。为什么呢？因为它们的目标极其远大。黄钟、大吕不能为节奏繁促的舞蹈伴奏。为什么呢？因为它们的音律十分舒缓。将要治理大事的人不治理小事，成就大功的人不成就小功，说的就是这个道理。"

十四、"太古之事灭"章

【原文】

杨朱曰："太古之事灭矣，孰志之哉？三皇之事若存若亡，五帝之事若觉若梦，三王之事或隐或显，亿不识一。当身之事或闻或见，万不识一。目前之事或存或废，千不识一。"

"太古至于今日，年数固不可胜纪。但①伏羲以来三十余

---

① 但：副词，只、仅。

万岁，贤愚、好丑、成败、是非，无不消灭，但迟速之间耳。矜一时之毁誉，以焦苦其神形，要^①死后数百年中余名，岂足润枯骨？何生之乐哉？"

【译文】

杨朱说："远古的事情早已湮灭，有谁记下来呢？三皇时代的事情仿佛存在又仿佛消亡，五帝时代的事情好像清晰又好像梦幻，三王时代的事情有的隐没有的彰显，未必识得亿分之一。当代的事情有的听到有的看见，未必识得万分之一。眼前的事情有的存在有的废弃，未必识得千分之一。"

"从远古到现在，年数固然已经无法计算。仅从伏羲以来的三十多万年中，贤明的、愚蠢的、美好的、丑陋的、成功的、失败的、正确的、错误的，无不消亡湮灭，只是快慢之间罢了。拘泥于一时的毁谤荣誉，使身心陷于焦灼苦楚，追求死后数百年中留下名声，难道能够滋润枯朽的尸骨？这样活着又有什么乐趣呢？"

---

① 要：动词，想要、希望、索取。

十五、"人肖天地之类"章

【原文】

杨朱曰："人肖^①天地之类，怀五常^②之性。有生^③之最灵者，人也。人者，爪牙不足以供守卫，肌肤不足以自捍御，趋走不足以逃利害，无毛羽以御寒暑，必将资^④物以为养，性任智而不恃力。"

"故智之所贵，存我为贵；力之所贱，侵物为贱。然身非我有也，既生，不得不全之；物非我有也，既有，不得而去之。身固生之主，物亦养之主。虽全生身，不可有其身；虽不去物，不可有其物。有其身，有其物，是横私^⑤天下之身，横私天下之物，其^⑥唯圣人乎？公天下之身，公天下之物，其^⑦唯至人矣。此之谓至至者也。"

---

① 肖：动词，相似、相像。
② 五常：或谓金、木、水、火、土，或谓仁、义、礼、智、信，或谓其他。
③ 有生：指所有的生物。
④ 资：动词，凭借、依靠。
⑤ 横私：粗暴地占为己有。
⑥ 其：副词，岂、难道。
⑦ 其：副词，也许、大概。

　　杨朱说:"人类与天地相似,怀有五常之性。所有生命中最有灵性的种类,是人。人,指甲牙齿不足以用来守护保卫自身,肌肉皮肤不足以用来捍卫抵抗外侵,疾走奔跑不足以逃避利害,没有皮毛羽翼来抵御严寒酷暑,必定要依靠外物来供养自身,本性是运用智慧而不是依凭蛮力。"

　　"因此,智慧之所以高贵,就在于它能保全自我;蛮力之所以卑贱,就在于它会侵害外物。然而身体并不归我们所有,但既然已经活着了,就不得不保全它;外物也不归我们所有,但既然已经受其供养,就不必刻意舍弃它。身体固然是生命的主体,外物也是供养生命的主体。虽然要保全生命之身,但不可以占有自己的身体;虽然不必刻意舍弃外物,但不可以占有相应的外物。占有身体,占有外物,是粗暴地强行独占本属于天下的身体,是粗暴地强行独占本属于天下的外物,难道只有圣人这样吗?将本属于天下的身体化为公有,将本属于天下的外物化为公有,大概只有至人才能做到吧。这就叫作达到至高境界的人了。"

十六、"生民之不得休息"章

【原文】

　　杨朱曰:"生民之不得休息,为四事故。一为寿,二为名,三为位,四为货。有此四者,畏鬼,畏人,畏威,畏刑。此之谓遁民①也。可杀可活,制命在外。"

---

①　遁民:指心多疑畏、违背本性的人。

"不逆命，何羡寿？不矜贵，何羡名？不要势，何羡位？不贪富，何羡货？此之谓顺民①也。天下无对②，制命在内。

"故语有之曰：'人不婚宦，情欲失半；人不衣食，君臣道息。'周谚曰：'田父可坐杀③。'晨出夜入，自以性之恒；啜菽茹藿④，自以味之极。肌肉粗厚，筋节腃急⑤。一朝处以柔毛绨幕⑥，荐以粱肉兰橘⑦，心疼⑧体烦，内热生病矣。商⑨、鲁之君与田父侔地⑩，则亦不盈一时而惫矣。故野人之所安、野人之所美，谓天下无过者。

"昔者宋国有田夫，常衣缊黂⑪，仅以过冬。暨春东作⑫，自曝于日，不知天下之有广厦燠室⑬、绵纩狐貉⑭。顾谓其妻

---

① 顺民：指心无疑畏、顺应本性的人。

② 对：动词，较量、作对。

③ 坐杀：因终日闲坐而致病丧命。

④ 啜菽茹藿：喝豆汁、嚼豆叶。啜：吃、饮；菽：本谓大豆，泛指豆类；茹：吃；藿：豆叶。

⑤ 筋节腃急：韧带关节弯曲紧缩。筋：韧带；节：关节；腃：弯曲；急：紧缩。

⑥ 绨幕：丝织帐幕。绨：一种光滑厚实的丝织品；幕：帐幕、篷帐。

⑦ 粱肉兰橘：指精美的饭菜、香甜的水果。粱：粟的优良品种的总称；兰：香草。

⑧ 疼：形容词，忧郁。

⑨ 商：指春秋时的宋国。

⑩ 侔地：一起耕地。侔：齐、相等、相同。

⑪ 缊黂：用乱麻旧絮做的粗麻布衣服。缊：乱麻、旧絮；黂：粗麻布。

⑫ 暨春东作：开春以后进行耕作。东作：指从事农耕。

⑬ 广厦燠室：宽大的房子、温暖的房间。燠：暖和。

⑭ 绵纩狐貉：丝绸棉衣狐皮貉裘。绵：蚕丝物品；纩：丝绵；狐：狐皮；貉：貉裘。

曰：'负日之暄^①，人莫知者；以献吾君，将有重赏。'里之富室告之曰：'昔人有美戎菽^②，甘枲茎、芹萍子^③者，对乡豪称之。乡豪取而尝之，蜇^④于口，惨^⑤于腹，众哂^⑥而怨之，其人大惭。子，此类也。'"

【译文】

杨朱说："人们之所以得不到休息，是为了四件事的缘故。一是为长寿，二是为名声，三是为地位，四是为财货。有这四件事，就会怕鬼，怕人，怕权势，怕刑罚。这就叫作违背本性的人。或死或生，命运受着外界的支配。"

"不违逆天命，何须羡慕长寿？不看重显贵，何须羡慕名声？不追求权势，何须羡慕地位？不贪图富贵，何须羡慕财货？这就叫作顺从本性的人。天下没有什么和他们作对，命运完全由内在掌控。

"所以有这么一句话说：'人不结婚和做官，七情六欲会减半；人不穿衣和吃饭，君臣之道从此断。'周代谚语说：'闲坐可杀老农夫。'农夫们早出晚归，自以为是人生的恒常本性；喝豆汁，嚼豆叶，自以为是美味的极致。肌肤肉质粗糙厚实，韧带关节弯曲紧缩。一旦让他们躺在柔软的毛皮上，躺进丝绸的帐幕里，再送上精美的饭菜、香甜的水果，便会内心忧愁、身体烦闷，内热生病了。如果让宋国、鲁国的君主和农夫们一起耕地，那么也用不了多久就疲惫不堪了。所以对于山

---

① 暄：形容词，温暖、暖和。

② 戎菽：大豆。

③ 枲茎、芹萍子：枲茎：胡麻茎；芹萍子：即"苹"，蒿类植物，嫩苗可食。

④ 蜇：动词，刺痛、刺伤。

⑤ 惨：形容词，悲痛、剧痛。

⑥ 哂：动词，讥笑。

野农夫所安身的地方、山野农夫所喜好的东西，他们自认为天下没有更好的了。

　　"从前宋国有个农夫，常常穿着破麻絮衣服，勉强熬过寒冬。开春以后开始耕作，自己在太阳下晒着，不知道世上还有高楼大厦、暖房温室、丝绸棉衣、狐皮貉裘。回过头对他的妻子说：'晒太阳的温暖，别人都不知道；把它献给国君，将会得到重赏。'乡里的富户告诉他说：'从前有个人，以大豆、胡麻茎、蒿苗为美味，对乡里的富豪喷喷称道。乡里的富豪拿来一尝，嘴巴被刺伤，肚子也剧痛，大家都讥笑并埋怨他，那个人非常惭愧。你，就是这类人。'"

十七、"丰屋美服"章

【原文】

　　杨朱曰："丰屋、美服、厚味、姣色，有此四者，何求于外①？有此而求外者，无厌之性。无厌之性，阴阳之蠹②也。"

　　"忠不足以安君，适足以危身；义不足以利物，适足以害生。安上不由于忠，而忠名灭焉；利物不由于义，而义名绝焉。君臣皆安，物我兼利，古之道也。

　　"鬻子曰：'去名者无忧。'老子曰：'名者实之宾。'而

---

① 外：名词，以外、其他。

② 蠹：名词，蛀蚀器物的虫子，害虫，引申为世间的祸害。

悠悠^①者趋名不已。名固不可去，名固不可宾邪？今有名则尊荣，无名则卑辱。尊荣则逸乐，卑辱则忧苦。忧苦，犯性者也；逸乐，顺性者也。斯实之所系^②矣。名胡可去？名胡可宾？但恶夫守名而累实。守名而累实，将恤^③危亡之不救，岂徒逸乐忧苦之间哉？"

【译文】

杨朱说："高大的房屋、华贵的服饰、丰盛的饮食、姣好的美色，有这四样东西，还要向外寻求什么呢？有了这些还要寻求其他的人，是本性贪得无厌。贪得无厌的本性，是天地间的祸害。"

"忠诚不足以使君主安宁，却恰好足以危及自身；仁义不足以使外物得利，却恰好足以损害生命。令君主安宁不依靠忠诚，那么忠诚的名声就消亡了；施惠外物不依靠仁义，那么仁义的名声就灭绝了。让君主与臣下都得安宁，对外物与自我同时有利，这是古代的做法。

"鬻子说：'摒弃名声的人没有忧愁。'老子说：'名声是实在的附庸。'然而芸芸众生始终都在不懈地追求名声。名声本来就不可以摒弃，名声本来就不可以附从吗？如今有名声就尊贵显要，没有名声就卑下屈辱。尊贵显要就能安逸享乐，卑下屈辱就会忧愁困苦。忧愁困苦，是违背人性的；安逸享乐，是顺应人性的。这是实在所关联的。名声怎么可以摒弃？名声怎么可以附从？只是厌弃那些死守名声而损害实在的做法罢了。死守名声而损害实在，就要忧虑危险与败亡的不可挽救，难道只是安逸享乐与忧愁困苦之间的问题吗？"

---

① 悠悠：众多的样子。

② 系：动词，依附、关联。

③ 恤：动词，顾虑、忧虑、担忧。

附录

一、各注本《列子》中对《杨朱篇》的题解与导读

（一）景中译注《列子·杨朱篇》①

杨朱学说，在战国时代曾独树一帜，与儒、墨学派相抗衡。杨朱之学虽自成一家，但由于其思想近乎道家，故为后世道教所吸收容纳。杨朱之学被攻击为"拔一毛利天下而不为"的极端利己主义，为世人所不齿，几无立足之地，秦汉时便销声匿迹，至东晋由张湛作注复行于世的《列子》，保存了《杨朱篇》，才使杨朱思想面貌又浮出水面，所以张湛在《列子序》中说该篇为"仅有存者"之一。有学者认为杨朱"为我论"是魏晋时代的产物，不免失之武断，应该说它是战国时期杨朱的思想。

本篇由十五个寓言故事组成，全文可分三个要点。第一，论生死。杨朱提出有生便有死，人人皆如是。生有贤愚、贫贱之异，而死皆归腐骨，尧、舜与桀、纣死后都是一堆腐骨。因此"且趣当生，奚遑死后"。第二，贵己乐生。杨朱提出，己身最宝贵的东西莫过于生命，生难遇而死易及，对这短促的一生应当万分珍重。要乐生，一切以存我为贵，不要使它受到任何伤害，去则不复再来。既不以穷损生，也不以富累生。"损一毫利天下不与也，悉天下奉一身不取也"，"智之所贵，存我为贵"，说明每个人任"智"发挥主观能力以保存自己的合理性。第三，全性保真。全性，就是顺应自然之性，生既有之便当全生，物既养生便当享用之，但不可逆命而羡寿，聚物而累形，只要"丰屋美服，原味姣色"满足生命的享乐就够了，不要贪得无厌，不要为外物伤生。保真，就是保持自然所赋予我身之真性，自纵一时，勿失当年之乐；纵心而动，不违自然所好；

---

① 景中译注，《列子》，北京：中华书局，2007年12月，第204-205页。

纵心而游, 不逆万物所好; 勿矜一时之毁誉, 不要贪求死后之荣; 不羡寿, 不羡名, 不羡位, 不羡财, 便可以不畏鬼, 不畏人, 不畏威, 不畏刑, 保持、顺应自然之性, 自己主宰自己的命运。

以上思想虽不能说完全与道家同, 但至少可以说它是道家之友。

(二) 王强模译注《列子全译·杨朱》题解 [①]

本篇假托春秋末期人物杨朱之口, 集中地表达了作者"唯贵放逸", "不违自然所好"的人生态度和社会观点。全篇强调的就是"厚味、美服、好色、音声", 只有获得这些并尽情享受, 才能充分满足性情, 才能充分娱悦耳目, 这也才能称为"达乎生生之趣"。

对于《杨朱》一篇, 传统的看法是, 它鲜明地提出了享乐主义、纵欲主义的人生观, 强烈地反映了魏晋时期世家大族荒淫纵欲、悲观厌世的思想情绪。

这种传统看法有一定道理, 但尚不全面。首先,《杨朱》明确地否定君臣纲常、礼义教条。多次表示, 必须让君臣之道止息, 认为礼义是伪名, 不过是追逐个人荣利的遮羞布。其次, 它力主按照人的天性生活并处理人际关系。认为正确的生活态度应该是"不违自然所好"。它抨击为寿、为名、为位、为货的行为, 倡导人与人的关系应该是"公天下之身, 公天下之物"。只有抱着这种生活态度和这样处理人际关系, 才能保持人的天性, 进而达到做人的理想境界。再次, 对当时的丑恶现实是厌恶的, 是有批判锋芒的。它指出, 名声是虚伪的, 并以古讽今, 对子产准备私授其弟以禄位的事情, 实实在在地嘲弄了一番。"今有名则尊荣, 亡名则卑辱", 对于社会的不公平, 对于人心的险恶, 在一定程度上作了揭露和批判。从这些方面看,《杨朱》是有积极的社会意义的。

当然, 它的纵欲享乐, 被渲染得太浓重了, 有严重的消极影响, 是不应忽视的。它还强调劳动者与富贵者其习性、生活环境生来就不可更移, 这就是唯

---

① 王强模译注,《列子全译》(修订版), 贵阳: 贵州人民出版社, 2009 年 3 月, 第 153-154 页。

心的宿命观了。

全篇有 4 则寓言和故事，共同表达"唯贵放逸""不违自然所好"的基本思想。

《杨朱》，又称《达生》。

（注：以上为题解，以下为"前言"中之杨朱相关部分内容。[1]）

《列子》的人生观，在学术界引起最大非议的是《杨朱》一篇。认为《杨朱》反映了魏晋封建门阀士族的荒淫无耻的生活方式，露骨地宣扬腐朽的纵欲享乐思想，是一剂腐蚀人们心灵的毒药。

这个观点有其正确的方面，也有其偏颇的方面。说它正确，因为《杨朱》宣扬的就是纵欲和享乐，教人们不要"苦其身，燋其心""徒失当年之至乐，不能自肆于一时"。说它有偏颇，是因为对《杨朱》乃至对整部《列子》尚未作全面具体的研究，未能深刻说明它的享乐纵欲与魏晋门阀士族的淫乐虽有相同之处，却又有很大差别，这就是它独特的人生观和理论体系之所在。

《杨朱》宣扬的享乐主义，有一条明显的思想线索——任其自然。这是有积极意义的。首先，是继阮籍、嵇康之后，举起的又一面反名教、反传统的旗帜。《列子》的作者大约属于不得志的士子，面对着"上品无寒门，下品无势族"（刘毅《疏》）的现实，加之连年的残酷战争，关中连年的饥荒，士人朝不保夕，便只好任性而为，反对人为的束缚和压迫。这种与封建当权者不合作，反对礼教传统的思想，其积极意义也就十分明显。其次，享乐和纵情的人生态度，核心是"为我"。这直接同魏晋时期的宗法制度，同道德仁义的说教相对抗，让人们重视自身，维护个人利益，尊重独立人格，这已经是人的初步觉醒时期的人生态度和理论形态，无疑地有着历史积极意义。再其次，是保护心灵的健康、纯洁而坚持的人生态度。《杨朱》宣扬的享乐纵欲，是以"全性保真"为前提的。只有这样做，才是个人修养的根本，是善于"治内者"；只有这样做，才是"不违自然之所好"，因而也就没有任何牵累；只有这样做，才是真情

---

① 王强模译注，《列子全译》（修订版），贵阳：贵州人民出版社，2009 年 3 月，前言，第 9–10 页。

而不是"矫情",心灵不受闭塞,不掺杂质。《杨朱》也并不主张纵欲无度,并没有达到荒淫无耻的程度。它明确地指出,"无厌之性,阴阳之蠹也"。贪得无厌,逸乐失度,就走向反面,成为害人虫了。

(三)叶蓓卿译注《列子·杨朱》题解①

《杨朱》,又名《达生》。全篇畅言当生之乐,晓谕生死之道。文中"且趣当生,奚遑死后"的论调,以及"损一毫利天下不与也,悉天下奉一身不取也"的主张,堪称千古罕有的异端"邪"说。但刘向在《列子新书目录》中所称"杨子之篇,唯贵放逸",则未免以偏概全,支离其说。

文中,杨朱将名实关系两两分离,认为名未必符合实,实也未必依附于名。他列举管仲、田恒、尧、舜、伯夷、叔齐等人的不同遭际,证明社会上存在着种种"实名贫,伪名富"的不公平现象。唯有死亡才能够消解尘世间的这些贵贱等差,并且卸下所有仁义道德的虚浮光环,让仁圣凶愚死后同样化作腐骨。由此反观充满苦难的历史进程与飘忽无定的短暂人生,我们唯一能够把握的就是当下的厚味、美服、好色、音声,与之相比,任何的生前虚名或是死后荣耀都无异于伤生害性的"重囚累梏"。凡俗之人,顾忌着刑赏的尺度、名法的教诲,行为处世往往前瞻后瞩,即便有幸得享百年之寿,也不过做了礼教与名利的傀儡。公孙朝、公孙穆酗酒作乐,端木叔散尽家累,在常人眼中自是狂放之徒。殊不知杨朱正是通过这两则寓言昭示天下,应当抛弃造作虚伪,不为功名所误,不为利禄所累,乐生逸身,任性纵情,才是悟道真人。

篇末,杨朱又唯恐矫枉过正,故而转回名实之论,表明在"有名则尊荣,亡名则卑辱"的现实中,"名"与"实"并不是完全割裂的关系。但若是在缘自本性的欲求之外,还去追求多余的功名利禄,那就是贪得无厌,成为他所鄙夷的"守名而累实"。可见,杨朱学说本为批驳俗世虚荣,解脱纲常教化,并非肆意妄为。及至后人曲解,才让他无端担起了自私放纵的万世恶名。

---

① 叶蓓卿译注,《列子》,北京:中华书局,2011年5月,第176—177页。

（四）谷淑梅、安睿注译《列子全集·杨朱篇》题解 [①]

杨朱，先秦哲学思想家，在战国时代曾独树一帜，反对儒、墨，尤其反对墨子的"兼爱"，主张"贵生""重己"，重视个人生命的保存，反对他人对自己的侵夺，也反对自己对他人的侵夺。《杨朱》篇假托杨朱之口，集中地表达了作者"唯贵放逸""不违自然所好"的人生态度和社会观点。全篇由十五个寓言故事组成，全文可分为三个要点：第一，论生死。杨朱提出，有生便有死，死皆归腐骨。因此，"且趣当生，奚遑死后"。第二，贵己乐生。杨朱提出，己身最宝贵的东西就是生命，应当万分珍重，不使它受到任何伤害，提出"智之所贵，存我为贵"。第三，全性保真。即顺应自然之性，保持自然赋予我身之真性，自己主宰自己的命运。

（五）严北溟、严捷撰《列子译注·杨朱篇》[②]

杨朱学说连同儒、墨，曾是战国初年的三大显学。但本篇论旨往往与前期杨朱派不尽相同，它直接反对礼义纲常，强调顺从人的本性，享受当生的快乐。故应该是杨朱"为我"论在魏晋时代特定条件下的一种反映。

全文可分四个层次。首先，它针对与礼教纲常互为补充的功名利禄，以尧、舜、伯夷、叔齐、管仲、田恒等人的不同遭遇，说明"实名贫，伪名富"；因此，"名者，伪而已矣"；礼义荣禄不过是人生的"重囚累梏"。人的本性在于享乐，而生命短促，即使贤如尧舜，或恶如桀纣，死后都是腐骨一堆，因此便应该"且趣当生，奚遑死后"。

其次，享乐的目的在于重生贵己，既不以穷损生，也不以富累生，因此，它提出"损一毫利天下不与也，悉天下奉一身不取也"。在此前提下，它提出"智之所贵，存我为贵"，表明每个人任"智"即发挥主观能力以保存自己是合理的。

---

① 谷淑梅、安睿注译，《列子全集》，北京：海潮出版社，2012 年 4 月，第 190 页。

② 严北溟、严捷撰，《列子译注》，上海：上海古籍出版社，2012 年 8 月，第 133–134 页。

再次，承认人是感性实体，有追求享乐的权利，这是对的，但人人纵情所好，在现实社会中又行不通，不过是一种幻想。于是，它只能把人的欲望向内收敛，以"负暄""献芹"等寓言，要人各安其性，制命在内。这里，本是从贵己非命出发，不意又落入了命定论的圈套。历来对本篇与《力命篇》宗旨相反却又前后双出的用意，异议颇多。刘向《列子新书目录》质疑道："至于《力命篇》一推分命，杨子之篇唯贵放逸；二义乖背，不似一家之书。"另有人则曲为之解，如张湛认为此意在："叩其二端，使万物自求其中。"其实，在这一层意思中可以看出，两篇旨义并非乖背，在"为我"与"知命"之间没有一条不可逾越的鸿沟。

最后，作为第一层意思的补充，它申明"名"也非空无一物，"今有名则尊荣，亡名则卑辱，尊荣则逸乐，卑辱则忧苦"，而忧苦便违反了人性。因此，名不可执着也不可抛弃，全以是否遂顺人性作为取舍的标准。

（六）梁万如导读及译注《列子·杨朱篇》本篇导读[①]

杨朱思想在这篇之中得以保留。张湛在《列子序》中说这篇为"仅有存者"。杨朱的思想与道家的思维方式有几分相似，特别是对二元思维的掌握。例如，他提及：不认命，怎会羡慕长寿？不注重显贵，怎会羡慕名声？不追求权势，怎会羡慕地位？不贪图富有，怎会羡慕货财？

杨朱的主张，可以概括为以下三个方面：

重视自己

怎样算是懂得生活？杨朱认为如果要活得长久，人就要虚伪，凡事真实，吃亏的就只有自己。他更认为人生在世，太多限制，令人无暇去顺应自己的本性做事，不如一任心意，一任本性，放任一下。

一般人认为拿分毫来救助他人何乐而不为，但对于杨朱，一根毫毛的价值比全体价值更大。究竟一根毫毛的价值是高是低呢？毛发是组成肌肤的重

---

① 梁万如导读及译注，《列子》，北京：中信出版社，2015 年 1 月，第 182 页。

要部分，而肌肤是构成肢体的重要部分，一根毫毛虽微小，缺少它，就组成不了肌肤，因而又组成不了肢体，所以它的价值非常大。因此，杨朱不会从量去看一毛，而是从质去看。

人生的目的

怎样看待生存呢？杨朱认为，人既然出生了，就应听任自己的欲望，尽量满足它，什么长生和死亡，都不必去理会，直至人生走到尽头。听任自己的欲望是杨朱思想在这节着力的地方。因而活得快乐和安逸最为重要，这就是人生的目的。因此要达至这个目标，生活要取得平衡，就不可过于追求某一种生活方式，生活态度要能保持身心舒畅，让生命快乐不匮乏，让身体安逸不劳累。

杨朱认为一切事情终归湮灭，更何况是名声，所以否定注重毁誉，认为快乐才是人生的目的。他反复提及名声，认为名声是令人忧烦、不得安闲的重要思维障碍。名声是从属于真实的，既然如此，那些只管守着名声的想法，根本就是在损害真实。

人生的终结

所谓生，就是要活得安逸，让不安逸变得安逸，甚至放纵性情，让自己得到最大的快乐。要情感先行，欲望先行，合乎人性，自然而然，就可以了。把人的原始欲望加以规范，谈礼仪和人的价值，是令人忧心过活的恶因。而所谓死，最终也一样地臭腐。人的生死、贤愚、贵贱虽然不同，但是生存是人皆必经的，既然如此，不如选择活在当下，懒得理会死后的世界吧。

（注：以上为"本篇导读"，以下为"《列子》导读"中之杨朱相关部分内容。[1]）

《列子》有《杨朱篇》，以追求快乐为人生的目标。这一点与道家所说的应世思想不太相同，但是其论说的方式，则又接近道家的二元相对思考。

杨朱认为人既出生，不必去想长生和死亡，因为那是无法掌握的事实，不

---

[1]　梁万如导读及译注，《列子》，北京：中信出版社，2015 年 1 月，《列子》导读，第 21—22 页。

如听任自己的欲望,不去理会这些人生的限制,让自己安逸快活,直至寿终。特别是人生的毁誉,毁誉是人爱名声所产生的,名声是好是坏,往往令人无所适从,令人不得安逸。有时虚伪一下,顺应自己的本性,会活得更为踏实。

孟孙阳曾问杨朱:"爱惜身体,祈求不死,可以吗?"杨朱回答说:"没有不死的道理。"孟孙阳又问:"那么祈求长生可以吗?"杨朱回答说:"没有长生的道理。"于是孟孙阳说:"如果这样,立即死去比长生还好,对吧?"杨朱则认为既然生存,就不管了,听任它,满足自己的欲望,直至死亡。就算行将就木,也不用去管,全都听任自然,不必害怕生命的长短。

因此,自己的快乐比其他的重要,自己所拥有的比他人的重要。一根毫毛的价值比全体的价值更大,所以杨朱说损自己分毫去救助他人,他是不会的。禽滑釐曾问杨朱:"拔去你身上的一根毫毛来救济世间,你做吗?"杨朱说:"世间本来就不是一根毫毛所能救济的。"禽滑釐说:"假设可以救济,你做吗?"杨朱不回应。后来禽滑釐问孟孙阳,才得知杨朱的价值取向。

(七)胡志泉评译《列子·杨朱第七》题解 [①]

《杨朱》,又名《达生》。本卷中,作者借杨朱之口,阐释名实之间的关系。在作者看来,名实两者是分离的,名不一定符合实,实也不一定依附于名,在不公平的世界中,只有死亡才能够消解因名实不符而产生的贵贱等差。

生而为人,面对飘忽不定的短暂人生,唯一能把握的就是当生之乐,亦即人们能触摸享用到的美味、华服、声乐、好色、犬马等。但作者并非标榜肆意妄为,脱离伦理纲常的贪得无厌,而是一切的享乐应当源自本性的欲求,而非去追求造作虚伪,为利禄所累的生活。

任性旷达,乐生安逸,才是悟道真人。

---

① 胡志泉评译,《列子》,北京:北京联合出版社,2017年1月,第114页。

（八）中华文化讲堂注译《列子·杨朱》题解 [①]

本篇讲述的是战国时代曾独树一帜的杨朱学说的内容，以杨朱游鲁时，与人关于真实与虚伪的讨论开篇，以十五个寓言，论名实，论生死，论贵己乐生，论全性保真。

在杨朱看来，名实关系是两两分离的，通过管仲等人的不同际遇，证明社会上存在"实名贫，伪名富"的现象，而只有死亡才能消除尘世间的这些等差。杨朱提出，自己最宝贵的东西莫过于生命，因此"且趣当生，奚遑死后"，在他看来短促的一生应该得到万分珍重，要乐生逸身，要任性纵情，才能成为悟道真人。不仅如此，杨朱还指出，要顺应自然之性，只要满足生命的享乐便足矣，不能贪得无厌且为了外物而伤生。同时，也要保持自然所赋予每一个人的真性情，不贪婪，不畏惧，保持并顺应自然之性，自己便能主宰自己的命运。

杨朱学说虽然自成一家，但因其思想与道家相近，所以也为后世道教所吸收容纳。实际上，杨朱学说原本是批驳俗世虚荣，为了解脱纲常教化，这一篇通篇都畅谈为人应当享生之乐，将生死之道讲述明白。除了要乐在当下勿论死后的观点，其中的"损一毫利天下不与也，悉天下奉一身不取也"的主张，着实令人闻所未闻，也是千古罕有的学说。

（九）孙红颖解译《列子全鉴：珍藏版·杨朱篇》题解 [②]

杨朱，先秦哲学思想家，其思想在战国时代曾独树一帜，与儒、墨学派相抗衡，尤其反对墨子的"兼爱"思想，主张"贵生""重己"，反对礼义纲常，强调顺从人的本性，享受当生的快乐。本篇假托杨朱之口，表达了作者"唯贵放逸""不违自然所好"的人生态度和社会观点。全篇由十五个寓言故事组成，可分为三个要点：第一，论生死。杨朱提出有生便有死，生有贤愚、贫贱之别，而

---

① 中华文化讲堂注译，《列子》，北京：团结出版社，2017年2月，第196–197页。

② 孙红颖解译，《列子全鉴：珍藏版·杨朱篇》，北京：中国纺织出版社，2018年3月，第225–226页。

死皆归腐骨，人人皆如是。第二，贵己乐生。杨朱提出享乐的目的在于终生贵己，"损一毫利天下不与也，悉天下奉一身不取也"，并在此前提下，提出"智之所贵，存我为贵"，认为己身最宝贵的东西就是生命，应当万分珍重，不要使它受到伤害。第三，全性保真。全性，就是顺应自然之形，保真，就是保持自然所赋予我身之真性，告诫人们不羡寿，不羡名，不羡位，不羡财，便可以不畏鬼，不畏人，不畏威，不畏刑，从而自己主宰自己的命运。

（十）黄敦兵导读注译《列子·杨朱》导读 [①]

本卷又名《达生》，共十七章，因首章开篇以"杨朱游于鲁"开头，故以"杨朱"为卷题。本卷主要谈杨朱的生平遭遇与思想主张，集中反映了《列子》的人生哲学。

本卷揭示了现实人生中的悖论，为了追求长寿、名声、地位、财货，人生都不得休息。然而，社会上悠悠大众"趋名不已"，"今有名则尊荣，亡名则卑辱"，而"尊荣则逸乐，卑辱则忧苦"，在丰屋、美服、厚味、姣色之外，还贪求无厌，追求忠义之名，这些"无厌之性"实乃"阴阳之蠹"。在忧苦与逸乐、"犯性"与"顺性"之间，正是"斯实之所系"。从名实关系看，如果"守名而累实"，则"将恤危亡之不救，岂徒逸乐忧苦之间哉"。

本卷直面了人生到底该追求什么的问题："人之生也奚为哉？奚乐哉？"杨朱的思考，是在"美厚"与"声色"之间，考虑"美厚复不可常厌足，声色不可常玩闻"，加上"刑赏之所禁劝，名法之所进退"，在"重囚累梏"中"从心而动"，"不为名所劝"，"不为刑所及"，不要计较"名誉先后，年命多少"。人生有"相怜""相捐"之道，人生中有贤愚、贵贱之分，"然而万物齐生齐死，齐贤齐愚，齐贵齐贱"，死后均为腐骨，所以在当下人生路径的取择上，就不如"且趣当生"。他们的"生死之道"，生时之欲望，当如文中管仲所言，当"肆之而已，勿壅勿阏"；而死后之安排，则如晏婴所说的"岂在我哉"。郑国宰相子

---

① 黄敦兵导读注译，《列子》，长沙：岳麓书社，2021 年 4 月，第 180–181 页。

产的兄弟，好酒好色，不为"性命之重"与"礼义之尊"所动。由于他们有"生之难遇，而死之易及"的生死观，所以其人生意义乃在于追求"尽一生之欢，穷当年之乐"，完全不顾惜"名声之丑"与"性命之危"。端木叔亦是利用祖上传下的万贯家业，"不治世故，放意所好"，"其生民之所欲为，人意之所欲玩者，无不为也，无不玩也"，最后散尽家财，"不为子孙留财"。他死后，受过施舍的人帮助了他和他的后人，他本人获得有德"达人"和辱祖"狂人"两个迥然不同的赞语。

杨朱并不赞成"贵生爱身，以薪不死"，因为"理无不死""理无久生"，生死都不应该过度追求什么，而应该"废而任之"。从主观动机与客观效果上看，即使一毛之微，天下之大，也不能任意施为。杨朱欣赏"损一毫利天下，不与也；悉天下奉一身，不取也"的"古之人"，主张"人人不损一毫，人人不利天下"，正是他"无不废，无不任"哲学观的内在延伸。杨朱所言"虽全生，不可有其身；虽不去物，不可有其物"，以及追求做"公天下之身，公天下之物"的"圣人""至人"，也是"废而任之"哲学的内在要求。

总体上，杨朱追求享受当下人生，不宜矜惜"一时之毁誉"，因为它往往由"焦苦其神形"得来；不要计较"死后数百年中余名"，因为它对于当下人生既已没有了实际意义，也不能让"枯骨"复活。舜、鲧、武王、孔子四圣，"生无一日之欢，死有万世之名"；桀、纣二凶，"生有纵欲之欢，死被愚暴之名"。然而，不管是前者的美名苦实，还是后者的恶名乐实，都是现实生活中的名实分离。人们所求的是"伪名"，是为了生时富贵、死后尊荣及子孙乡党的福泽，并非为了廉让的"实名"，从而揭示了"实无名，名无实；名者，伪而已矣"的清楚的"实、伪之辩"。从伯夷"饿死"、展季"寡宗"上主要看到的是"清贞之误"，这是虚名之误。从原宪窭居"损生"、子贡货殖"累身"上看不到"乐生""逸身"，这是不懂养生之误。

二、《杨朱篇》之外《列子》中的杨朱相关文献

（一）《黄帝篇》①

杨朱南之沛，老聃西游于秦，邀于郊。至梁而遇老子。老子中道仰天而叹曰："始以汝为可教，今不可教也。"杨子不答。

至舍，进涫漱巾栉，脱履户外，膝行而前，曰："向者夫子仰天而叹曰：'始以汝为可教，今不可教。'弟子欲请夫子辞，行不闲，是以不敢。今夫子闲矣，请问其过。"

老子曰："而睢睢，而盱盱，而谁与居？大白若辱，盛德若不足。"

杨朱蹴然变容曰："敬闻命矣！"

其往也，舍者迎将家，公执席，妻执巾栉，舍者避席，炀者避灶。其反也，舍者与之争席矣。

杨朱过宋，东之于逆旅。逆旅人有妾二人，其一人美，其一人恶；恶者贵而美者贱。杨朱问其故。逆旅小子对曰："其美者自美，吾不知其美也；其恶者自恶，吾不知其恶也。"

杨朱曰："弟子记之！行贤而去自贤之行，安往而不爱哉？"

（二）《周穆王篇》②

秦人逢氏有子，少而惠，及壮而有迷罔之疾。闻歌以为哭，视白以为黑，飨香以为朽，尝甘以为苦，行非以为是：意之所之，天地、四方，水火、寒暑，无不倒错者焉。

---

① 叶蓓卿译注，《列子》，北京：中华书局，2011 年 5 月，第 58–60 页。

② 叶蓓卿译注，《列子》，北京：中华书局，2011 年 5 月，第 86 页。

杨氏告其父曰："鲁之君子多术艺，将能已乎。汝奚不访焉？"

其父之鲁。过陈，遇老聃，因告其子之证。

老聃曰："汝庸知汝子之迷乎？今天下之人皆惑于是非，昏于利害。同疾者多，固莫有觉者。且一身之迷不足倾一家，一家之迷不足倾一乡，一乡之迷不足倾一国，一国之迷不足倾天下。天下尽迷，孰倾之哉？向使天下之人其心尽如汝子，汝则反迷矣。哀乐、声色、臭味、是非，孰能正之？且吾之言未必非迷，而况鲁之君子迷之邮者，焉能解人之迷哉？荣汝之粮，不若遄归也。"

(三)《仲尼篇》①

无所由而常生者，道也。由生而生，故虽终而不亡，常也。由生而亡，不幸也。有所由而常死者，亦道也。由死而死，故虽未终而自亡者，亦常。由死而生，幸也。故无用而生谓之道，用道得终谓之常；有所用而死者亦谓之道，用道而得死者亦谓之常。

季梁之死，杨朱望其门而歌。随梧之死，杨朱抚其尸而哭。隶人之生，隶人之死，众人且歌，众人且哭。

(四)《力命篇》②

杨朱之友曰季梁。季梁得疾，十日大渐。其子环而泣之，请医。季梁谓杨朱曰："吾子不肖如此之甚，汝奚不为我歌以晓之？"

杨朱歌曰："天其弗识，人胡能觉？匪祐自天，弗孽由人。我乎汝乎！其弗知乎！医乎巫乎！其知之乎？"

其子弗晓，终谒三医。一曰矫氏，二曰俞氏，三曰卢氏，诊其所疾。

矫氏谓季梁曰："汝寒温不节，虚实失度，病由饥饱色欲。精虑烦散，非天非鬼。虽渐，可攻也。"

季梁曰："众医也。亟屏之！"

---

① 叶蓓卿译注，《列子》，北京：中华书局，2011 年 5 月，第 103 页。

② 叶蓓卿译注，《列子》，北京：中华书局，2011 年 5 月，第 164-171 页。

俞氏曰："女始则胎气不足，乳湩有余。病非一朝一夕之故，其所由来渐矣，弗可已也。"

季梁曰："良医也。且食之！"

卢氏曰："汝疾不由天，亦不由人，亦不由鬼。禀生受形，既有制之者矣，亦有知之者矣。药石其如汝何？"

季梁曰："神医也，重贶遣之！"

俄而季梁之疾自瘳。

生非贵之所能存，身非爱之所能厚；生亦非贱之所能夭，身亦非轻之所能薄。故贵之或不生，贱之或不死；爱之或不厚，轻之或不薄。此似反也，非反也；此自生自死，自厚自薄。或贵之而生，或贱之而死；或爱之而厚，或轻之而薄。此似顺也，非顺也；此亦自生自死，自厚自薄。

鬻熊语文王曰："自长非所增，自短非所损。算之所亡若何？"老聃语关尹曰："天之所恶，孰知其故？"言迎天意，揣利害，不如其已。

杨布问曰："有人于此，年兄弟也，言兄弟也，才兄弟也，貌兄弟也；而寿夭父子也，贵贱父子也，名誉父子也，爱憎父子也。吾惑之。"

杨子曰："古之人有言，吾尝识之，将以告若。不知所以然而然，命也。今昏昏昧昧，纷纷若若，随所为，随所不为。日去日来，孰能知其故？皆命也夫。信命者，亡寿夭；信理者，亡是非；信心者，亡逆顺；信性者，亡安危。则谓之都亡所信，都亡所不信。真矣悫矣，奚去奚就？奚哀奚乐？奚为奚不为？黄帝之书云：'至人居若死，动若械。'亦不知所以居，亦不知所以不居；亦不知所以动，亦不知所以不动。亦不以众人之观易其情貌，亦不谓众人之不观不易其情貌。独往独来，独出独入，孰能碍之？"

墨尿、单至、啴咺、憋懯四人相与游于世，胥如志也；穷年不相知情，自以智之深也。

巧佞、愚直、婩斫、便辟四人相与游于世，胥如志也；穷年而不相语术，自以巧之微也。

㣁㤲、情露、謰极、凌谇四人相与游于世，胥如志也；穷年不相晓悟，自以为才之得也。

眠娗、諈诿、勇敢、怯疑四人相与游于世，胥如志也；穷年不相谪发，自以行无戾也。

多偶、自专、乘权、只立四人相与游于世，胥如志也；穷年不相顾眄，自以时之适也。

此众态也。貌不一，而咸之于道，命所归也。

佹佹成者，俏成也，初非成也。佹佹败者，俏败者也，初非败也。故迷生于俏，俏之际昧然。于俏而不昧然，则不骇外祸，不喜内福；随时动，随时止，智不能知也。信命者于彼我无二心。于彼我而有二心者，不若掩目塞耳，背坂面隍亦不坠仆也。故曰：死生自命也，贫穷自时也。怨夭折者，不知命者也；怨贫穷者，不知时者也。当死不惧，在穷不戚，知命安时也。其使多智之人量利害，料虚实，度人情，得亦中，亡亦中。其少智之人不量利害，不料虚实，不度人情，得亦中，亡亦中。量与不量，料与不料，度与不度，奚以异？唯亡所量，亡所不量，则全而亡丧。亦非知全，亦非知丧，自全也，自亡也，自丧也。

（五）《说符篇》①

杨朱曰："利出者实及，怨往者害来。发于此而应于外者唯请：是故贤者慎所出。"

杨子之邻人亡羊，既率其党，又请杨子之竖追之。

杨子曰："嘻！亡一羊何追者之众？"

邻人曰："多歧路。"

既反，问："获羊乎？"

曰："亡之矣。"

曰："奚亡之？"

曰："歧路之中又有歧焉，吾不知所之，所以反也。"

杨子戚然变容，不言者移时，不笑者竟日。

---

① 叶蓓卿译注，《列子》，北京：中华书局，2011 年 5 月，第 232–236 页。

门人怪之，请曰："羊，贱畜，又非夫子之有，而损言笑者，何哉？"

杨子不答。门人不获所命。弟子孟孙阳出以告心都子。

心都子他日与孟孙阳偕入，而问曰："昔有昆弟三人，游齐鲁之闲，同师而学，进仁义之道而归。其父曰：'仁义之道若何？' 伯曰：'仁义使我爱身而后名。' 仲曰：'仁义使我杀身以成名。' 叔曰：'仁义使我身名并全。' 彼三术相反，而同出于儒。孰是孰非邪？"

杨子曰："人有滨河而居者，习于水，勇于泅，操舟鬻渡，利供百口。裹粮就学者成徒，而溺死者几半。本学泅，不学溺，而利害如此。若以为孰是孰非？"

心都子嘿然而出。

孟孙阳让之曰："何吾子问之迂，夫子答之僻？吾惑愈甚。"

心都子曰："大道以多歧亡羊，学者以多方丧生。学非本不同，非本不一，而末异若是。唯归同反一，为亡得丧。子长先生之门，习先生之道，而不达先生之况也，哀哉！"

杨朱之弟曰布，衣素衣而出。天雨，解素衣，衣缁衣而反。其狗不知，迎而吠之。杨布怒，将扑之。杨朱曰："子无扑矣！子亦犹是也。向者使汝狗白而往，黑而来，岂能无怪哉？"

杨朱曰："行善不以为名，而名从之；名不与利期，而利归之；利不与争期，而争及之：故君子必慎为善。"

三、《列子》之外其他古籍中的杨朱相关文献

（一）《孟子》

1.《滕文公下》[①]

"圣王不作，诸侯放恣，处士横议，杨朱、墨翟之言盈天下。天下之言不归杨则归墨。杨氏为我，是无君也；墨氏兼爱，是无父也。无父无君是禽兽也。公明仪曰：'庖有肥肉，厩有肥马，民有饥色，野有饿莩，此率兽而食人也。'杨墨之道不息，孔子之道不著，是邪说诬民，充塞仁义也。仁义充塞则率兽食人，人将相食。吾为此惧，闲先圣之道，距杨墨，放淫辞，邪说者不得作。作于其心，害于其事；作于其事，害于其政。圣人复起，不易吾言矣。"

"昔者禹抑洪水而天下平，周公兼夷、狄驱猛兽而百姓宁，孔子成《春秋》而乱臣贼子惧。《诗》云：'戎狄是膺，荆舒是惩，则莫我敢承。'无父无君，是周公所膺也。我亦欲正人心，息邪说，距诐行，放淫辞，以承三圣者。岂好辩哉？予不得已也。能言距杨墨者，圣人之徒也。"

2.《尽心上》[②]

孟子曰："杨子取为我，拔一毛而利天下，不为也。墨子兼爱，摩顶放踵利天下，为之。子莫执中，执中为近之。执中无权，犹执一也。所恶执一者，为其贼道也，举一而废百也。"

3.《尽心下》[③]

孟子曰："逃墨必归于杨，逃杨必归于儒。归，斯受之而已矣。今之与杨、

---

① 方勇译注，《孟子》，北京：中华书局，2010 年 6 月，第 121 页。
② 方勇译注，《孟子》，北京：中华书局，2010 年 6 月，第 271 页。
③ 方勇译注，《孟子》，北京：中华书局，2010 年 6 月，第 296 页。

墨辩者，如追放豚，既入其苙，又从而招之。"

（二）《庄子》

1.《内篇·应帝王》①

阳子居见老聃，曰："有人于此，向疾强梁，物彻疏明，学道不倦。如是者，可比明王乎？"老聃曰："是于圣人也，胥易技系，劳形怵心者也。且曰虎豹之文来田，猿狙之便、执斄之狗来藉。如是者，可比明王乎？"

阳子居蹴然曰："敢问明王之治。"老聃曰："明王之治：功盖天下而似不自己，化贷万物而民弗恃；有莫举名，使物自喜；立乎不测，而游于无有者也。"

2.《外篇·骈拇》②

是故骈于明者，乱五色，淫文章，青黄黼黻之煌煌非乎？而离朱是已。多于聪者，乱五声，淫六律，金石丝竹黄钟大吕之声非乎？而师旷是已。枝于仁者，擢德塞性以收名声，使天下簧鼓以奉不及之法非乎？而曾史是已。骈于辩者，累瓦结绳，窜句，游心于坚白同异之间，而敝跬誉无用之言非乎？而杨墨是已。故此皆多骈旁枝之道，非天下之至正也。

3.《外篇·胠箧》③

故绝圣弃知，大盗乃止；擿玉毁珠，小盗不起；焚符破玺，而民朴鄙；掊斗折衡，而民不争；殚残天下之圣法，而民始可与论议；擢乱六律，铄绝竽瑟，塞瞽旷之耳，而天下始人含其聪矣；灭文章，散五采，胶离朱之目，而天下始人含其明矣；毁绝钩绳，而弃规矩，攦工倕之指，而天下始人有其巧矣。故曰："大巧若拙。"削曾、史之行，钳杨、墨之口，攘弃仁义，而天下之德始玄同矣。彼人含其明，则天下不铄矣；人含其聪，则天下不累矣；人含其知，则天下不惑矣；人含其德，则天下不僻矣。彼曾、史、杨、墨、师旷、工倕、离朱，皆外立其德，

---

① 方勇译注，《庄子》，北京：中华书局，2010 年 6 月，第 126 页。

② 方勇译注，《庄子》，北京：中华书局，2010 年 6 月，第 133–134 页。

③ 方勇译注，《庄子》，北京：中华书局，2010 年 6 月，第 150–151 页。

而以熻乱天下者也，法之所无用也。

4.《外篇·天地》①

百年之木，破为牺尊，青黄而文之，其断在沟中。比牺尊于沟中之断，则美恶有间矣，其于失性一也。跖与曾、史，行义有间矣，然其失性均也。且夫失性有五：一曰五色乱目，使目不明；二曰五声乱耳，使耳不聪；三曰五臭薰鼻，困惾中颡；四曰五味浊口，使口厉爽；五曰趣舍滑心，使性飞扬。此五者，皆生之害也。而杨、墨乃始离跂自以为得，非吾所谓得也。夫得者困，可以为得乎？则鸠鸮之在于笼也，亦可以为得矣。且夫趣舍、声色以柴其内，皮弁、鹬冠、搢笏、绅修以约其外，内支盈于柴栅，外重缧缴，睆睆然在缧缴之中而自以为得，则是罪人交臂历指而虎豹在于囊槛，亦可以为得矣。

5.《外篇·山木》②

阳子之宋，宿于逆旅。逆旅人有妾二人，其一人美，其一人恶，恶者贵而美者贱。阳子问其故，逆旅小子对曰："其美者自美，吾不知其美也；其恶者自恶，吾不知其恶也。"

阳子曰："弟子记之！行贤而去自贤之行，安往而不爱哉！"

6.《杂篇·徐无鬼》③

庄子曰："射者非前期而中，谓之善射，天下皆羿也，可乎？"惠子曰："可。"庄子曰："天下非有公是也，而各是其所是，天下皆尧也，可乎？"惠子曰："可。"

庄子曰："然则儒墨杨秉四，与夫子为五，果孰是邪？或者若鲁遽者邪？其弟子曰：'我得夫子之道矣，吾能冬爨鼎而夏造冰矣。'鲁遽曰：'是直以阳召阳，以阴召阴，非吾所谓道也。吾示子乎吾道。'于是为之调瑟，废一于堂，废一于室，鼓宫宫动，鼓角角动，音律同矣。夫或改调一弦，于五音无当也；鼓之，二十五弦皆动，未始异于声而音之君已。且若是者邪？"

---

① 方勇译注，《庄子》，北京：中华书局，2010 年 6 月，第 203 页。

② 方勇译注，《庄子》，北京：中华书局，2010 年 6 月，第 335 页。

③ 方勇译注，《庄子》，北京：中华书局，2010 年 6 月，第 412 页。

惠子曰："今夫儒墨杨秉，且方与我以辩，相拂以辞，相镇以声，而未始吾非也，则奚若矣？"

庄子曰："齐人蹢子于宋者，其命阍也不以完，其求铃钟锺也以束缚，其求唐子也而未始出域，有遗类矣！夫楚人寄而蹢阍者，夜半于无人之时而与舟人斗，未始离于岑而足以造于怨也。"

7.《杂篇·寓言》[①]

阳子居南之沛，老聃西游于秦，邀于郊，至于梁而遇老子。老子中道仰天而叹曰："始以汝为可教，今不可也。"

阳子居不答。至舍，进盥漱巾栉，脱屦户外，膝行而前，曰："向者弟子欲请夫子，夫子行不闲，是以不敢。今闲矣，请问其过。"老子曰："而睢睢盱盱，而谁与居？大白若辱，盛德若不足。"阳子居蹴然变容曰："敬闻命矣！"

其往也，舍者迎将，其家公执席，妻执巾栉，舍者避席，炀者避灶。其反也，舍者与之争席矣。

（三）《荀子》

1.《王霸》[②]

夫贵为天子，富有天下，名为圣王，兼制人，人莫得而制也，是人情之所同欲也，而王者兼而有是者也。重色而衣之，重味而食之，重财物而制之，合天下而君之，饮食甚厚，声乐甚大，台谢甚高，园囿甚广，臣使诸侯，一天下，是又人情之所同欲也，而天子之礼制如是者也。制度以陈，政令以挟，官人失要则死，公侯失礼则幽，四方之国有侈离之德则必灭，名声若日月，功绩如天地，天下之人应之如景向，是又人情之所同欲也，而王者兼而有是者也。故人之情，口好味而臭味莫美焉，耳好声而声乐莫大焉，目好色而文章致繁妇女莫众焉，形体好佚而安重闲静莫愉焉，心好利而谷禄莫厚焉，合天下之所同愿兼而有之，睪牢天下而制之若制子孙，人苟不狂惑戆陋者，其谁能睹是而不乐也哉！

---

① 方勇译注，《庄子》，北京：中华书局，2010 年 6 月，第 479 页。

② 方勇、李波译注，《荀子》，北京：中华书局，2011 年 3 月，第 176 页。

欲是之主并肩而存，能建是之士不世绝，千岁而不合，何也？曰：人主不公，人臣不忠也。人主则外贤而偏举，人臣则争职而妒贤，是其所以不合之故也。人主胡不广焉无恤亲疏，无偏贵贱，惟诚能之求？若是，则人臣轻职业让贤而安随其后，如是，则舜、禹还至，王业还起。功壹天下，名配舜、禹，物由有可乐如是其美焉者乎？呜呼！君人者亦可以察若言矣。杨朱哭衢涂，曰："此夫过举跬步而觉跌千里者夫！"哀哭之。此亦荣辱安危存亡之衢已，此其为可哀甚于衢涂。呜呼哀哉！君人者，千岁而不觉也。

（四）《韩非子》

1.《说林上》①

杨子过于宋东之逆旅。有妾二人，其恶者贵，美者贱。杨子问其故。逆旅之父答曰："美者自美，吾不知其美也；恶者自恶，吾不知其恶也。"杨子谓弟子曰："行贤而去自贤之心，焉往而不美？"

2.《说林下》②

杨朱之弟杨布衣素衣而出。天雨，解素衣，衣缁衣而反，其狗不知而吠之。杨布怒，将击之。杨朱曰："子毋击也，子亦犹是。曩者使女狗白而往，黑而来，子岂能毋怪哉？"

3.《八说》③

察士然后能知之，不可以为令，夫民不尽察。贤者然后能行之，不可以为法，夫民不尽贤。杨朱、墨翟，天下之所察也，干世乱而卒不决，虽察而不可以为官职之令。鲍焦、华角，天下之所贤也，鲍焦木枯，华角赴河，虽贤不可以为耕战之士。故人主之察，智士尽其辩焉；人主之所尊，能士尽其行焉。今世主察无用之辩，尊远功之行，索国之富强，不可得也。

---

① 高华平、王齐洲、张三夕译注，《韩非子》，北京：中华书局，2010 年 6 月，第 261-262 页。

② 高华平、王齐洲、张三夕译注，《韩非子》，北京：中华书局，2010 年 6 月，第 269 页。

③ 高华平、王齐洲、张三夕译注，《韩非子》，北京：中华书局，2010 年 6 月，第 670 页。

4.《显学》①

今有人于此, 义不入危城, 不处军旅, 不以天下大利易其胫一毛, 世主必从而礼之, 贵其智而高其行, 以为轻物重生之士也。夫上所以陈良田大宅、设爵禄, 所以易民死命也。今上尊贵轻物重生之士, 而索民之出死而重殉上事, 不可得也。

（五）《吕氏春秋》

1.《审分览·不二》②

听群众人议以治国, 国危无日矣。何以知其然也? 老耽贵柔, 孔子贵仁, 墨翟贵廉, 关尹贵清, 子列子贵虚, 陈骈贵齐, 阳生贵己, 孙膑贵势, 王廖贵先, 兒良贵后。此十人者, 皆天下之豪士也。

有金鼓, 所以一耳也; 同法令, 所以一心也; 智者不得巧, 愚者不得拙, 所以一众也; 勇者不得先, 惧者不得后, 所以一力也。故一则治, 异则乱; 一则安, 异则危。夫能齐万不同, 愚智工拙皆尽力竭能, 如出乎一穴者, 其唯圣人矣乎! 无术之智, 不教之能, 而恃强速贯习, 不足以成也。

（六）《淮南子》

1.《俶真训》③

夫天之所覆, 地之所载, 六合所包, 阴阳所呴, 雨露所濡, 道德所扶, 此皆生一父母而阅一和也。是故槐榆与橘柚, 合而为兄弟; 有苗与三危, 通为一家。夫目视鸿鹄之飞, 耳听琴瑟之声, 而心在雁门之间。一身之中, 神之分离剖判; 六合之内, 一举而千万里。是故自其异者视之, 肝胆胡越; 自其同者视之, 万物一圈也。百家异说, 各有所出。若夫墨、杨、申、商之于治道, 犹盖之无一橑, 而轮之无一辐。有之可以备数, 无之未有害于用也。己自以为独擅之, 不通之于

---

① 高华平、王齐洲、张三夕译注,《韩非子》, 北京: 中华书局, 2010 年 6 月, 第 729 页。

② 陆玖译注,《吕氏春秋》, 北京: 中华书局, 2011 年 10 月, 第 617—618 页。

③ 陈广忠译注,《淮南子》, 北京: 中华书局, 2012 年 1 月, 第 70—71 页。

天地之情也。

2.《氾论训》[1]

夫弦歌鼓舞以为乐，盘旋揖让以修礼，厚葬久丧以送死，孔子之所立也，而墨子非之。兼爱、尚贤、右鬼、非命，墨子之所立也，而杨子非之。全性保真，不以物累形，杨子之所立也，而孟子非之。趋舍人异，各有晓心。故是非有处，得其处则无非，失其处则无是。丹穴、太蒙、反踵、空同、大夏、北户、奇肱、修股之民，是非各异，习俗相反，君臣上下，夫妇父子，有以相使也。此之是，非彼之是也；此之非，非彼之非也。譬若斤斧椎凿之各有所施也。

3.《说林训》[2]

陶人弃索，车人掇之；屠者弃销，而锻者拾之，所缓急异也。

百星之明，不如一月之光；十牖之开，不如一户之明。

矢之于十步，贯兕甲；及其极，不能入鲁缟。

太山之高，背而弗见；秋毫之末，视之可察。

山生金，反自刻；木生蠹，反自食；人生事，反自贼。

巧冶不能铸木，工匠不能斫金者，形性然也。

白玉不雕，美珠不文，质有余也。

故跬步不休，跛鳖千里；累积不辍，可成丘阜。城成于土，木直于下，非有事焉，所缘使然。

凡用人之道，若以燧取火，疏之则弗得，数之则弗中，正在疏数之间。

从朝视夕者移，从枉准直者亏。圣人之偶物也，若以镜视形，曲得其情。

杨子见逵路而哭之，为其可以南，可以北；墨子见练丝而泣之，为其可以黄，可以黑。

趋舍之相合，犹金石之一调，相去千岁，合一音也。

---

① 陈广忠译注，《淮南子》，北京：中华书局，2012年1月，第738页。
② 陈广忠译注，《淮南子》，北京：中华书局，2012年1月，第1027–1029页。

（七）《说苑》

1.《政理》①

杨朱见梁王，言治天下如运诸掌然。梁王曰："先生有一妻一妾不能治，三亩之园不能芸，言治天下如运诸手掌，何以？"杨朱曰："臣有之。君不见夫羊乎？百羊而群，使五尺童子荷杖而随之，欲东而东，欲西而西。君且使尧牵一羊，舜荷杖而随之，则乱之始也。臣闻之，夫吞舟之鱼不游渊；鸿鹄高飞，不就污池；何则？其志极远也。黄钟大吕，不可从繁奏之舞，何则？其音疏也。将治大者不治小，成大功者不小苟，此之谓也。"

2.《权谋》②

杨子曰："事之可以之贫，可以之富者，其伤行者也；事之可以之生，可以之死者，其伤勇者也。"仆子曰："杨子智而不知命，故其知多疑。"语曰："知命者不惑，晏婴是也。"

（八）《扬子法言》

1.《吾子卷第二》③

古者杨、墨塞路。孟子辞而辟之，廓如也。后之塞路者有矣。窃自比于孟子。

2.《五百卷第八》④

庄、杨荡而不法，墨、晏俭而废礼，申、韩险而无化，邹衍迂而不信。

---

① 王天海、杨秀岚译注，《说苑》，北京：中华书局，2019 年 12 月，第 349 页。
② 王天海、杨秀岚译注，《说苑》，北京：中华书局，2019 年 12 月，第 659 页。
③ 韩敬译注，《法言》，北京：中华书局，2012 年 10 月，第 52 页。
④ 韩敬译注，《法言》，北京：中华书局，2012 年 10 月，第 224 页。

（九）其他称述杨朱之文献 [①]

1.《孟子题辞解》

战国纵横，用兵争强，以相侵夺。当世取士，务先权谋，以为上贤。先王大道陆迟隳废，异端并起。若杨朱、墨翟放荡之言，以干时惑众者非一。

2.《楚辞章句叙》

周室衰微，战国并争，道德陵迟，谲诈萌生。于是杨、墨、邹、孟、孙、韩之徒，各以所知，著造传记，或以述古，或以明世。

3.《中论·考伪篇》

昔杨朱、墨翟、申不害、韩非、田骈、公孙龙，汩乱乎先王之道，诪张乎战国之世，然非人伦之大患也。何者，术异圣人者易辨，而从之不多也。

4.《玄畅赋序》

孔、老异旨，杨、墨殊义。

5.《答先主书》

昔游荆北，时涉师门，记问之学，不足纪名。内无杨朱守静之术，外无墨翟务时之风。

6.《与傅玄书》

省足下所著书……存重儒教，足以塞杨、墨之流遁，齐孙、孟于往代。

7.《七发》

将为太子奏方术之士，有资略者，若庄周、魏牟、杨朱、墨翟、便蜎、詹何之伦，使之论天下之精微，理万物之是非。孔、老览观，孟子持筹而算之，万不失一。此亦天下要言妙道也。

8.《羽猎赋》

群公、常伯、阳朱、墨翟之徒，喟然并称曰："崇哉乎德。"

[①] 本部分附录文献均转引自顾实《杨朱哲学》，北京：北京理工大学出版社，2020 年 5 月，第 70—82 页。

9.《显志赋》

杨朱号乎衢路兮, 墨子泣乎白丝。知渐染之易性兮, 怨造作之弗思。

10.《论衡·率性篇》

是故杨子哭歧道, 墨子哭练丝也, 盖伤离本不可复变也。

11.《论衡·艺增篇》

墨子哭于练丝, 杨子哭于歧道, 盖伤失本, 悲离其实也。

12.《论衡·对作篇》

杨、墨之道不乱传义, 则孟子之传不造。

13.《风俗通·皇霸篇》

然而玄谈者人异, 缀文者家舛, 斯乃杨朱哭于歧路、墨翟悲于丝素者也。

14.《风俗通·十反篇》

墨翟摩顶以放踵, 杨朱一毛而不为。

15.《理惑论》

杨、墨塞群儒之路, 车不得走, 人不得步。孟子辟之, 乃知所从。

16.《申鉴·杂言上篇》

杨朱哭歧路, 所通逼者然也。夫歧路恶足悲哉? 中反焉。

17.《抱朴子·嘉遁篇》

杨朱吝其一毛。

18.《抱朴子·博喻篇》

杨朱同一毛于连城。

19.《为虞领军荐张道顺文》

慕西道之阳生, 希北巷之颜回。

20.《与司空刘琨书》

盖本同末异, 杨朱兴衰; 始素终玄, 墨翟垂涕。

21.《报羊希书》

但理实诡固, 物好交加。或征势而笑其言, 或观谋而害其意。夫杨朱以此, 犹见嗤于梁人; 况才减杨子之器, 物甚魏君之意者哉?

22.《北山移文》

岂期终始参差，苍黄翻覆。泪墨子之悲，恸朱公之哭。

23.《锦带书·十二月启》

穷途异县，岐路他乡。非无阮籍之悲，诚有杨朱之泣。

24.《答客喻》

故秀而不实，尼父为之叹息；析彼歧路，杨子所以留连。

25.《答释法云书难范缜神灭论》

昔者异学争途，孟子抗周公之法……于是杨、墨之党，舌举口张。

26.《还林赋》

验难停于杨辙，昭易改于墨丝。

27.《答释法云书难范缜神灭论》

殷人示民有知，孔子祭则神在。或理传妙觉，或义阐生知。而杨、墨纷论，徒然穿凿。

28.《与徐仆射书》

昔杨朱歧路，悲始末之长离；苏武河梁，叹平生之永别。

29.《颜氏家训·省事篇》

墨翟之徒，世谓热腹；杨朱之侣，世谓冷肠。肠不可冷，腹不可热，当以仁义为节文尔。

此外，在以《太平御览》为代表的古代类书中多有对其他古籍中杨朱相关文献的重复收录，此处不再复录。再有，在以《全唐诗》为代表的古典诗词中亦有涉及杨朱之句，但多为对"杨朱哭歧途"这一典故的化用，此处亦不予收录。特此说明。

四、各家推测疑属"杨朱学派"的相关文献

对于传世文献中哪些可能属于"杨朱学派",前辈学人各有己见。现将各家推论之相关篇目按各位学者姓氏拼音顺序排列如下:

程一凡:《吕氏春秋》之《本生》《重己》《贵生》《情欲》《尽数》《审为》等,《郭店楚简》之《老子甲》。①

冯友兰:《吕氏春秋》之《重己》,《老子》之《十三章》《四十四章》,《庄子》之《养生主》《人间世》。②

葛瑞汉:《吕氏春秋》之《本生》《重己》《贵生》《情欲》《审为》,《庄子》之《让王》《盗跖》《说剑》《渔父》。③

顾实:《吕氏春秋》之《本生》《重己》《贵生》《情欲》《尽数》《先己》。④

关锋:《庄子》之《让王》《盗跖》《渔父》。⑤

郭沫若:《管子》之《心术上》《心术下》《白心》《内业》。⑥

---

① 程一凡,《谁是杨朱?——听史华慈的》,许纪霖、朱政惠编,《史华慈与中国》,长春:吉林出版集团有限责任公司,2008 年 8 月,第 214-241 页。

② 冯友兰著,赵复三译,《中国哲学简史》,北京:中华书局,2019 年 4 月,第 85-86 页。

③ [英]葛瑞汉著,张海晏译,《论道者:中国古代哲学论辩》,北京:中国社会科学出版社,2003 年 8 月,第 68-69 页。

④ 顾实著,《杨朱哲学》,长沙:岳麓书院,2010 年 12 月,第 44-45 页。

⑤ 关锋,《〈庄子〉外杂篇初探》,《哲学研究》编辑部编,《庄子哲学讨论集》,1962 年 8 月,第 89-96 页。

⑥ 郭沫若著,《稷下黄老学派的批判》,《十批判书》,北京:东方出版社,1996 年 3 月,第 142-173 页。

侯外庐：《吕氏春秋》之《本生》《重己》《贵生》《情欲》。①

蒙文通：《吕氏春秋》之《本生》《重己》《贵生》《尽数》《审为》等，《庄子》之《让王》《盗跖》等，《管子》之《心术上》《心术下》《白心》《内业》等。②

孙道升：《墨子》之《大取》《小取》。③

王范之：《吕氏春秋》之《本生》《贵生》《审为》《重己》《情欲》《尽数》《察贤》。④

今据此十家之推论，可知疑属"杨朱学派"文献的相关篇目为《吕氏春秋》之《本生》《重己》《贵生》《情欲》《尽数》《先己》《察贤》《审为》，《庄子》之《养生主》《人间世》《让王》《盗跖》《说剑》《渔父》，《墨子》之《大取》《小取》，《管子》之《心术上》《心术下》《白心》《内业》，《老子》之《十三章》《四十四章》，以及《郭店楚简》之《老子甲》。现将各家推论之疑属"杨朱学派"相关文献附录于下：

（一）《吕氏春秋》

1.《本生》⑤

始生之者，天也；养成之者，人也。能养天之所生而勿撄之谓天子。天子之动也，以全天为故者也。此官之所自立也。立官者，以全生也。今世之惑主，多官而反以害生，则失所为立之矣。譬之若修兵者，以备寇也。今修兵而反以自攻，则亦失所为修之矣。

---

① 侯外庐著，《中国思想通史（第一卷）》，北京：人民出版社，2011 年 8 月，第 303–304 页。

② 蒙文通著，《先秦诸子与理学》，桂林：广西师范大学出版社，2006 年 5 月，第 108–130 页。

③ 孙道升著，《杨朱的著作及其学派考》，自刊，1934 年 5 月，第 12–44 页。

④ 王范之著，《吕氏春秋研究》，呼和浩特：内蒙古大学出版社，1993 年 10 月，第 127–130 页。

⑤ 陆玖译注，《吕氏春秋》，北京：中华书局，2011 年 10 月，第 11–15 页。

夫水之性清，土者抇之，故不得清。人之性寿，物者抇之，故不得寿。物也者，所以养性也，非所以性养也。今世之人，惑者多以性养物，则不知轻重也。不知轻重，则重者为轻，轻者为重矣。若此，则每动无不败。以此为君，悖；以此为臣，乱；以此为子，狂。三者国有一焉，无幸必亡。

今有声于此，耳听之必慊已，听之则使人聋，必弗听。有色于此，目视之必慊已，视之则使人盲，必弗视。有味于此，口食之必慊已，食之则使人喑，必弗食。是故圣人之于声色滋味也，利于性则取之，害于性则舍之，此全性之道也。世之贵富者，其于声色滋味也，多惑者，日夜求，幸而得之则遁焉。遁焉，性恶得不伤？

万人操弓，共射一招，招无不中。万物章章，以害一生，生无不伤；以便一生，生无不长。故圣人之制万物也，以全其天也。天全，则神和矣，目明矣，耳聪矣，鼻臭矣，口敏矣，三百六十节皆通利矣。若此人者，不言而信，不谋而当，不虑而得；精通乎天地，神覆乎宇宙；其于物无不受也，无不裹也，若天地然；上为天子而不骄，下为匹夫而不惛。此之谓全德之人。

贵富而不知道，适足以为患，不如贫贱。贫贱之致物也难，虽欲过之，奚由？出则以车，入则以辇，务以自佚，命之曰"招蹷之机"。肥肉厚酒，务以自强，命之曰"烂肠之食"。靡曼皓齿，郑卫之音，务以自乐，命之曰"伐性之斧"。三患者，贵富之所致也。故古之人有不肯贵富者矣，由重生故也；非夸以名也，为其实也。则此论之不可不察也。

2.《重己》[1]

倕，至巧也。人不爱倕之指，而爱己之指，有之利故也。人不爱昆山之玉、江汉之珠，而爱己一苍璧小玑，有之利故也。今吾生之为我有，而利我亦大矣。论其贵贱，爵为天子，不足以比焉；论其轻重，富有天下，不可以易之；论其安危，一曙失之，终身不复得。此三者，有道者之所慎也。

有慎之而反害之者，不达乎性命之情也。不达乎性命之情，慎之何益？是

---

[1]　陆玖译注，《吕氏春秋》，北京：中华书局，2011年10月，第16-19页。

师者之爱子也，不免乎枕之以糠；是聋者之养婴儿也，方雷而窥之于堂。有殊弗知慎者？

夫弗知慎者，是死生存亡可不可未始有别也。未始有别者，其所谓是未尝是，其所谓非未尝非。是其所谓非，非其所谓是，此之谓大惑。若此人者，天之所祸也。以此治身，必死必殃；以此治国，必残必亡。

夫死殃残亡，非自至也，惑召之也。寿长至常亦然。故有道者不察所召，而察其召之者，则其至不可禁矣。此论不可不熟。

使乌获疾引牛尾，尾绝力勤，而牛不可行，逆也。使五尺竖子引其棬，而牛恣所以之，顺也。世之人主贵人，无贤不肖，莫不欲长生久视，而日逆其生，欲之何益？凡生之长也，顺之也；使生不顺者，欲也。故圣人必先适欲。

室大则多阴，台高则多阳；多阴则蹶，多阳则痿。此阴阳不适之患也。是故先王不处大室，不为高台，味不众珍，衣不燀热。燀热则理塞，理塞则气不达；味众珍则胃充，胃充则中大鞔，中大鞔而气不达。以此长生可得乎？昔先圣王之为苑囿园池也，足以观望劳形而已矣；其为宫室台榭也，足以辟燥湿而已矣；其为舆马衣裘也，足以逸身暖骸而已矣；其为饮食酏醴也，足以适味充虚而已矣；其为声色音乐也，足以安性自娱而已矣。五者，圣王之所以养性也，非好俭而恶费也，节乎性也。

3.《贵生》[1]

圣人深虑天下，莫贵于生。夫耳目鼻口，生之役也。耳虽欲声，目虽欲色，鼻虽欲芬香，口虽欲滋味，害于生则止。在四官者不欲，利于生者则弗为。由此观之，耳目鼻口不得擅行，必有所制。譬之若官职，不得擅为，必有所制。此贵生之术也。

尧以天下让于子州支父，子州支父对曰："以我为天子犹可也。虽然，我适有幽忧之病，方将治之，未暇在天下也。"天下，重物也，而不以害其生，又况于他物乎？惟不以天下害其生者也，可以托天下。

---

① 陆玖译注，《吕氏春秋》，北京：中华书局，2011 年 10 月，第 38–43 页。

越人三世杀其君，王子搜患之，逃乎丹穴。越国无君，求王子搜而不得，从之丹穴。王子搜不肯出，越人薰之以艾，乘之以王舆。王子搜援绥登车，仰天而呼曰："君乎！独不可以舍我乎？"王子搜非恶为君也，恶为君之患也。若王子搜者，可谓不以国伤其生矣。此固越人之所欲得而为君也。

鲁君闻颜阖得道之人也，使人以币先焉。颜阖守闾，鹿布之衣，而自饭牛。鲁君之使者至，颜阖自对之。使者曰："此颜阖之家邪？"颜阖对曰："此阖之家也。"使者致币，颜阖对曰："恐听缪而遗使者罪，不若审之。"使者还反审之，复来求之，则不得已。故若颜阖者，非恶富贵也，由重生恶之也。世之人主多以富贵骄得道之人，其不相知，岂不悲哉？

故曰：道之真，以持身；其绪余，以为国家；其土苴，以治天下。由此观之，帝王之功，圣人之余事也，非所以完身养生之道也。今世俗之君子，危身弃生以徇物，彼且奚以此之也？彼且奚以此为也？

凡圣人之动作也，必察其所以之与其所以为。今有人于此，以随侯之珠弹千仞之雀，世必笑之。是何也？所用重，所要轻也。夫生，岂特随侯珠之重也哉！

子华子曰："全生为上，亏生次之，死次之，迫生为下。"故所谓尊生者，全生之谓；所谓全生者，六欲皆得其宜也。所谓亏生者，六欲分得其宜也。亏生则于其尊之者薄矣。其亏弥甚者也，其尊弥薄。所谓死者，无有所以知，复其未生也。所谓迫生者，六欲莫得其宜也，皆获其所甚恶者。服是也，辱是也。辱莫大于不义，故不义，迫生也。而迫生非独不义也，故曰迫生不若死。奚以知其然也？耳闻所恶，不若无闻；目见所恶，不若无见。故雷则掩耳，电则掩目，此其比也。凡六欲者，皆知其所甚恶，而必不得免，不若无有所以知，无有所以知者，死之谓也，故迫生不若死。嗜肉者，非腐鼠之谓也；嗜酒者，非败酒之谓也；尊生者，非迫生之谓也。

4.《情欲》[1]

天生人而使有贪有欲。欲有情，情有节。圣人修节以止欲，故不过行其情也。故耳之欲五声，目之欲五色，口之欲五味，情也。此三者，贵贱、愚智、贤不肖欲之若一，虽神农、黄帝其与桀、纣同。圣人之所以异者，得其情也。由贵生动，则得其情矣；不由贵生动，则失其情矣。此二者，死生存亡之本也。

俗主亏情，故每动为亡败。耳不可赡，目不可厌，口不可满；身尽府种，筋骨沈滞，血脉壅塞，九窍寥寥，曲失其宜，虽有彭祖，犹不能为也。其于物也，不可得之为欲，不可足之为求，大失生本；民人怨谤，又树大雠；意气易动，躁然不固；矜势好智，胸中欺诈；德义之缓，邪利之急。身以困穷，虽后悔之，尚将奚及？巧佞之近，端直之远，国家大危，悔前之过，犹不可反。闻言而惊，不得所由。百病怒起，乱难时至。以此君人，为身大忧。耳不乐声，目不乐色，口不甘味，与死无择。

古人得道者，生以寿长，声色滋味能久乐之，奚故？论早定也。论早定则知早啬，知早啬则精不竭。秋早寒则冬必暖矣，春多雨则夏必旱矣。天地不能两，而况于人类乎？人与天地也同。万物之形虽异，其情一体也。故古之治身与天下者，必法天地也。尊，酌者众则速尽。万物之酌大贵之生者众矣，故大贵之生常速尽。非徒万物酌之也，又损其生以资天下之人，而终不自知。功虽成乎外，而生亏乎内。耳不可以听，目不可以视，口不可以食，胸中大扰，妄言想见，临死之上，颠倒惊惧，不知所为。用心如此，岂不悲哉？

世人之事君者，皆以孙叔敖之遇荆庄王为幸。自有道者论之则不然，此荆国之幸。荆庄王好周游田猎，驰骋弋射，欢乐无遗，尽傅其境内之劳与诸侯之忧于孙叔敖。孙叔敖日夜不息，不得以便生为故，故使庄王功迹著乎竹帛，传乎后世。

5.《尽数》[2]

天生阴阳、寒暑、燥湿、四时之化、万物之变，莫不为利，莫不为害。圣人

---

① 陆玖译注，《吕氏春秋》，北京：中华书局，2011 年 10 月，第 45—49 页。

② 陆玖译注，《吕氏春秋》，北京：中华书局，2011 年 10 月，第 71—76 页。

察阴阳之宜，辨万物之利以便生，故精神安乎形，而年寿得长焉。长也者，非短而续之也，毕其数也。毕数之务，在乎去害。何谓去害？大甘、大酸、大苦、大辛、大咸，五者充形则生害矣。大喜、大怒、大忧、大恐、大哀，五者接神则生害矣。大寒、大热、大燥、大湿、大风、大霖、大雾，七者动精则生害矣。故凡养生，莫若知本，知本则疾无由至矣。

精气之集也，必有入也。集于羽鸟，与为飞扬；集于走兽，与为流行；集于珠玉，与为精朗；集于树木，与为茂长；集于圣人，与为夐明。精气之来也，因轻而扬之，因走而行之，因美而良之，因长而养之，因智而明之。

流水不腐，户枢不蝼，动也。形气亦然。形不动则精不流，精不流则气郁。郁处头则为肿、为风，处耳则为挶、为聋，处目则为𥅆、为盲，处鼻则为鼽、为窒，处腹则为张、为疛，处足则为痿、为蹷。

轻水所，多秃与瘿人；重水所，多尰与躄人；甘水所，多好与美人；辛水所，多疽与痤人；苦水所，多尪与伛人。

凡食，无强厚，烈味重酒，是以谓之疾首。食能以时，身必无灾。凡食之道，无饥无饱，是之谓五藏之葆。口必甘味，和精端容，将之以神气，百节虞欢，咸进受气。饮必小咽，端直无戾。

今世上卜筮祷祠，故疾病愈来。譬之若射者，射而不中，反修于招，何益于中？夫以汤止沸，沸愈不止，去其火则止矣。故巫医毒药，逐除治之，故古之人贱之也，为其末也。

6.《先己》[1]

汤问于伊尹曰：“欲取天下，若何？”伊尹对曰：“欲取天下，天下不可取；可取，身将先取。”凡事之本，必先治身，啬其大宝。用其新，弃其陈，腠理遂通。精气日新，邪气尽去，及其天年。此之谓真人。

昔者，先圣王成其身而天下成，治其身而天下治。故善响者不于响于声，善影者不于影于形，为天下者不于天下于身。《诗》曰：“淑人君子，其仪不忒。

---

① 陆玖译注，《吕氏春秋》，北京：中华书局，2011 年 10 月，第 77–82 页。

其仪不忒，正是四国。"言正诸身也。

故反其道而身善矣；行义则人善矣；乐备君道而百官已治矣，万民已利矣。三者之成也，在于无为。无为之道曰胜天，义曰利身，君曰勿身。勿身督听，利身平静，胜天顺性。顺性则聪明寿长，平静则业进乐乡，督听则奸塞不皇。

故上失其道，则边侵于敌；内失其行，名声堕于外。是故百仞之松，本伤于下而末槁于上；商、周之国，谋失于胸，令困于彼。故心得而听得，听得而事得，事得而功名得。五帝先道而后德，故德莫盛焉；三王先教而后杀，故事莫功焉；五伯先事而后兵，故兵莫强焉。当今之世，巧谋并行，诈术递用，攻战不休，亡国辱主愈众，所事者末也。

夏后相与有扈战于甘泽而不胜。六卿请复之，夏后相曰："不可。吾地不浅，吾民不寡，战而不胜，是吾德薄而教不善也。"于是乎处不重席，食不贰味，琴瑟不张，钟鼓不修，子女不饬，亲亲长长，尊贤使能。期年而有扈氏服。故欲胜人者，必先自胜；欲论人者，必先自论；欲知人者，必先自知。

《诗》曰："执辔如组。"孔子曰："审此言也，可以为天下。"子贡曰："何其躁也！"孔子曰："非谓其躁也，谓其为之于此，而成文于彼也。"圣人组修其身而成文于天下矣。故子华子曰："丘陵成而穴者安矣，大水深渊成而鱼鳖安矣，松柏成而涂之人已荫矣。"

孔子见鲁哀公，哀公曰："有语寡人曰：'为国家者，为之堂上而已矣。'寡人以为迂言也。"孔子曰："此非迂言也。丘闻之，得之于身者得之人，失之于身者失之人。不出于门户而天下治者，其唯知反于己身者乎！"

7.《察贤》[①]

今有良医于此，治十人而起九人，所以求之万也。故贤者之致功名也，比乎良医，而君人者不知疾求，岂不过哉！今夫塞者，勇力、时日、卜筮、祷祠无事焉，善者必胜。立功名亦然，要在得贤。魏文侯师卜子夏，友田子方，礼段干木，

① 陆玖译注，《吕氏春秋》，北京：中华书局，2011 年 10 月，第 795–796 页。

国治身逸。天下之贤主，岂必苦形愁虑哉! 执其要而已矣。雪霜雨露时，则万物育矣，人民修矣，疾病妖厉去矣。故曰尧之容若委衣裘，以言少事也。

宓子贱治单父，弹鸣琴，身不下堂，而单父治。巫马期以星出，以星入，日夜不居，以身亲之，而单父亦治。巫马期问其故于宓子。宓子曰："我之谓任人，子之谓任力；任力者故劳，任人者故逸。"宓子则君子矣。逸四肢，全耳目，平心气，而百官以治，义矣，任其数而已矣。巫马期则不然，弊生事精，劳手足，烦教诏，虽治犹未至也。

8.《审为》①

身者，所为也；天下者，所以为也。审所以为，而轻重得矣。今有人于此，断首以易冠，杀身以易衣，世必惑之。是何也? 冠，所以饰首也，衣，所以饰身也，杀所饰要所以饰，则不知所为矣。世之走利有似于此。危身伤生、刈颈断头以徇利，则亦不知所为也。

太王亶父居邠，狄人攻之。事以皮帛而不受，事以珠玉而不肯，狄人之所求者，地也。太王亶父曰："与人之兄居而杀其弟，与人之父处而杀其子，吾不忍为也。皆勉处矣! 为吾臣与狄人臣，奚以异? 且吾闻之，不以所以养害所养。"杖策而去。民相连而从之，遂成国于岐山之下。太王亶父可谓能尊生矣。能尊生，虽富贵，不以养伤身；虽贫贱，不以利累形。今受其先人之爵禄，则必重失之。生之所自来者久矣，而轻失之，岂不惑哉?

韩魏相与争侵地。子华子见昭釐侯，昭釐侯有忧色。子华子曰："今使天下书铭于君之前，书之曰：'左手攫之则右手废，右手攫之则左手废，然而攫之必有天下。'君将攫之乎? 亡其不与? "昭釐侯曰："寡人不攫也。"子华子曰："甚善。自是观之，两臂重于天下也。身又重于两臂。韩之轻于天下远；今之所争者，其轻于韩又远。君固愁身伤生以忧之戚不得也? "昭釐侯曰："善。教寡人者众矣，未尝得闻此言也。"子华子可谓知轻重矣。知轻重，故论不过。

中山公子牟谓詹子曰："身在江海之上，心居乎魏阙之下，奈何? "詹子

① 陆玖译注，《吕氏春秋》，北京：中华书局，2011 年 10 月，第 802–806 页。

曰:"重生。重生则轻利。"中山公子牟曰:"虽知之,犹不能自胜也。"詹子曰:"不能自胜则纵之,神无恶乎!不能自胜而强不纵者,此之谓重伤。重伤之人无寿类矣。"

(二)《庄子》

1.《养生主》①

为善无近名,为恶无近刑;缘督以为经,可以保身,可以全生,可以养亲,可以尽年。

2.《人间世》②

山木自寇也,膏火自煎也。桂可食,故伐之;漆可用,故割之。人皆知有用之用,而莫知无用之用也。

3.《让王》③

尧以天下让许由,许由不受。又让于子州支父,子州支父曰:"以为我天子,犹之可也。虽然,我适有幽忧之病,方且治之,未暇治天下也。"夫天下至重也,而不以害其生,又况他物乎!唯无以天下为者,可以托天下也。

舜让天下于子州支伯,子州支伯曰:"予适有幽忧之病,方且治之,未暇治天下也。"故天下大器也,而不以易生,此有道者之所以异乎俗者也。

舜以天下让善卷,善卷曰:"余立于宇宙之中,冬日衣皮毛,夏日衣葛絺;春耕种,形足以劳动;秋收敛,身足以休息;日出而作,日入而息,逍遥于天地之间而心意自得。吾何以天下为哉!悲夫,子之不知余也。"遂不受。于是去而入深山,莫知其处。

舜以天下让其友石户之农,石户之农曰:"卷卷乎后之为人,葆力之士也。"以舜之德为未至也,于是夫负妻戴,携子以入于海,终身不反也。

大王亶父居邠,狄人攻之。事之以皮帛而不受,事之以犬马而不受,事之

---

① 方勇译注,《庄子》,北京:中华书局,2010 年 6 月,第 44 页。

② 方勇译注,《庄子》,北京:中华书局,2010 年 6 月,第 74 页。

③ 方勇译注,《庄子》,北京:中华书局,2010 年 6 月,第 482-502 页。

以珠玉而不受，狄人之所求者土地也。大王亶父曰："与人之兄居而杀其弟，与人之父居而杀其子，吾不忍也。子皆勉居矣！为吾臣与为狄人臣，奚以异！且吾闻之，不以所用养害所养。"因杖策而去之。民相连而从之，遂成国于岐山之下。夫大王亶父，可谓能尊生矣。能尊生者，虽贵富不以养伤身，虽贫贱不以利累形。今世之人居高官尊爵者，皆重失之，见利轻亡其身，岂不惑哉！

越人三世弒其君，王子搜患之，逃乎丹穴。而越国无君，求王子搜不得，从之丹穴。王子搜不肯出，越人薰之以艾。乘以王舆。王子搜援绥登车，仰天而呼曰："君乎，君乎！独不可以舍我乎！"王子搜非恶为君也，恶为君之患也。若王子搜者，可谓不以国伤生矣，此固越人之所欲得为君也。

韩、魏相与争侵地。子华子见昭僖侯，昭僖侯有忧色。子华子曰："今使天下书铭于君之前，书之言曰：'左手攫之则右手废，右手攫之则左手废，然而攫之者必有天下。'君能攫之乎？"昭僖侯曰："寡人不攫也。"

子华子曰："甚善！自是观之，两臂重于天下也，身亦重于两臂。韩之轻于天下亦远矣，今之所争者，其轻于韩又远。君固愁身伤生以忧戚不得也！"

僖侯曰："善哉！教寡人者众矣，未尝得闻此言也。"子华子可谓知轻重矣。

鲁君闻颜阖得道之人也，使人以币先焉。颜阖守陋闾，苴布之衣而自饭牛。鲁君之使者至，颜阖自对之。使者曰："此颜阖之家与？"颜阖对曰："此阖之家也。"使者致币，颜阖曰："恐听者谬而遗使者罪，不若审之。"使者还，反审之，复来求之，则不得已。故若颜阖者，真恶富贵也。

故曰：道之真以治身，其绪馀以为国家，其土苴以治天下。由此观之，帝王之功，圣人之余事也，非所以完身养生也。今世俗之君子，多危身弃生以殉物，岂不悲哉！凡圣人之动作也，必察其所以之与其所以为。今且有人于此，以随侯之珠弹千仞之雀，世必笑之。是何也？则其所用者重而所要者轻也。夫生者，岂特随侯之重哉！

子列子穷，容貌有饥色。客有言之于郑子阳者曰："列御寇，盖有道之士也，居君之国而穷，君无乃为不好士乎？"郑子阳即令官遗之粟。子列子见使者，再拜而辞。

使者去，子列子入，其妻望之而拊心曰："妾闻为有道者之妻子，皆得佚乐。今有饥色，君过而遗先生食，先生不受，岂不命邪！"子列子笑谓之曰："君非自知我也，以人之言而遗我粟，至其罪我也，又且以人之言，此吾所以不受也。"其卒，民果作难而杀子阳。

楚昭王失国，屠羊说走而从于昭王。昭王反国，将赏从者，及屠羊说。屠羊说曰："大王失国，说失屠羊；大王反国，说亦反屠羊。臣之爵禄已复矣，又何赏之言！"

王曰："强之。"屠羊说曰："大王失国，非臣之罪，故不敢伏其诛；大王反国，非臣之功，故不敢当其赏。"

王曰："见之。"屠羊说曰："楚国之法，必有重赏大功而后得见。今臣之知不足以存国，而勇不足以死寇。吴军入郢，说畏难而避寇，非故随大王也。今大王欲废法毁约而见说，此非臣之所以闻于天下也。"

王谓司马子綦曰："屠羊说居处卑贱而陈义甚高，子綦为我延之以三旌之位。"

屠羊说曰："夫三旌之位，吾知其贵于屠羊之肆也；万钟之禄，吾知其富于屠羊之利也；然岂可以贪爵禄而使吾君有妄施之名乎？说不敢当，愿复反吾屠羊之肆。"遂不受也。

原宪居鲁，环堵之室，茨以生草；蓬户不完，桑以为枢；而瓮牖二室，褐以为塞；上漏下湿，匡坐而弦。

子贡乘大马，中绀而表素，轩车不容巷，往见原宪。原宪华冠縰履，杖藜而应门。子贡曰："嘻！先生何病？"原宪应之曰："宪闻之，无财谓之贫，学而不能行谓之病。今宪，贫也，非病也。"子贡逡巡而有愧色。

原宪笑曰："夫希世而行，比周而友，学以为人，教以为己，仁义之慝，舆马之饰，宪不忍为也。"

曾子居卫，缊袍无表，颜色肿哙，手足胼胝。三日不举火，十年不制衣，正冠而缨绝，捉衿而肘见，纳履而踵决。曳縰而歌商颂，声满天地，若出金石。天子不得臣，诸侯不得友。故养志者忘形，养形者忘利，致道者忘心矣。

孔子谓颜回曰："回，来！家贫居卑，胡不仕乎？"颜回对曰："不愿仕。回有郭外之田五十亩，足以给饘粥；郭内之田十亩，足以为丝麻；鼓琴足以自娱；所学夫子之道者足以自乐也。回不愿仕。”

孔子愀然变容曰：“善哉，回之意！丘闻之：‘知足者不以利自累也，审自得者失之而不惧，行修于内者无位而不怍。’丘诵之久矣，今于回而后见之，是丘之得也。”

中山公子牟谓瞻子曰：“身在江海之上，心居乎魏阙之下，奈何？”瞻子曰：“重生。重生则利轻。”中山公子牟曰：“虽知之，未能自胜也。”瞻子曰：“不能自胜则从，神无恶乎？不能自胜而强不从者，此之谓重伤。重伤之人，无寿类矣。”

魏牟，万乘之公子也，其隐岩穴也，难为于布衣之士；虽未至乎道，可谓有其意矣！

孔子穷于陈蔡之间，七日不火食，藜羹不糁，颜色甚惫，而弦歌于室。颜回择菜，子路、子贡相与言曰：“夫子再逐于鲁，削迹于卫，伐树于宋，穷于商周，围于陈蔡，杀夫子者无罪，藉夫子者无禁。弦歌鼓琴，未尝绝音，君子之无耻也若此乎！”

颜回无以应，入告孔子。孔子推琴喟然而叹曰：“由与赐，细人也。召而来！吾语之。”

子路、子贡入。子路曰：“如此者，可谓穷矣！”孔子曰：“是何言也！君子通于道之谓通，穷于道之谓穷。今丘抱仁义之道以遭乱世之患，其何穷之为！故内省而不穷于道，临难而不失其德，天寒既至，霜露既降，吾是以知松柏之茂也。陈蔡之隘，于丘其幸乎！”

孔子削然反琴而弦歌，子路扢然执干而舞。子贡曰：“吾不知天之高也，地之下也。”

古之得道者，穷亦乐，通亦乐，所乐非穷通也。道德于此，则穷通为寒暑风雨之序矣。故许由娱于颍阳，而共伯得乎共首。

舜以天下让其友北人无择，北人无择曰：“异哉后之为人也，居于畎亩之中而游尧之门！不若是而已，又欲以其辱行漫我。吾羞见之。”因自投清泠之渊。

汤将伐桀，因卞随而谋，卞随曰："非吾事也。"汤曰："孰可？"曰："吾不知也。"

汤又因瞀光而谋，瞀光曰："非吾事也。"汤曰："孰可？"曰："吾不知也。"汤曰："伊尹何如？"曰："强力忍垢，吾不知其他也。"

汤遂与伊尹谋伐桀，剋之，以让卞随。卞随辞曰："后之伐桀也谋乎我，必以我为贼也；胜桀而让我，必以我为贪也。吾生乎乱世，而无道之人再来漫我以其辱事，吾不忍数闻也。"乃自投稠水而死。

汤又让瞀光曰："知者谋之，武者遂之，仁者居之，古之道也。吾子胡不立乎？"瞀光辞曰："废上，非义也；杀民，非仁也；人犯其难，我享其利，非廉也。吾闻之曰：'非其义者，不受其禄；无道之世，不践其土。'况尊我乎！吾不忍久见也。"乃负石而自沉于庐水。

昔周之兴，有士二人处于孤竹，曰伯夷、叔齐。二人相谓曰："吾闻西方有人，似有道者，试往观焉。"至于岐阳，武王闻之，使叔旦往见之，与盟曰："加富二等，就官一列。"血牲而埋之。

二人相视而笑曰："嘻，异哉！此非吾所谓道也。昔者神农之有天下也，时祀尽敬而不祈喜；其于人也，忠信尽治而无求焉。乐与政为政，乐与治为治，不以人之坏自成也，不以人之卑自高也，不以遭时自利也。今周见殷之乱而遽为政，上谋而下行货，阻兵而保威，割牲而盟以为信，扬行以说众，杀伐以要利，是推乱以易暴也。吾闻古之士，遭治世不避其任，遇乱世不为苟存。今天下暗，周德衰，其并乎周以涂吾身也，不如避之以絜吾行。"二子北至于首阳之山，遂饿而死焉。若伯夷、叔齐者，其于富贵也，苟可得已，则必不赖。高节戾行，独乐其志，不事于世，此二士之节也。

4.《盗跖》[①]

孔子与柳下季为友，柳下季之弟，名曰盗跖。盗跖从卒九千人，横行天下，侵暴诸侯，穴室枢户，驱人牛马，取人妇女，贪得忘亲，不顾父母兄弟，不祭先

①　方勇译注，《庄子》，北京：中华书局，2010 年 6 月，第 506－523 页。

祖。所过之邑，大国守城，小国入保，万民苦之。

孔子谓柳下季曰："夫为人父者，必能诏其子；为人兄者，必能教其弟。若父不能诏其子，兄不能教其弟，则无贵父子兄弟之亲矣。今先生，世之才士也，弟为盗跖，为天下害，而弗能教也，丘窃为先生羞之。丘请为先生往说之。"

柳下季曰："先生言为人父者必能诏其子，为人兄者必能教其弟，若子不听父之诏，弟不受兄之教，虽今先生之辩，将奈之何哉！且跖之为人也，心如涌泉，意如飘风，强足以距敌，辩足以饰非，顺其心则喜，逆其心则怒，易辱人以言。先生必无往。"

孔子不听，颜回为驭，子贡为右，往见盗跖。盗跖乃方休卒徒大山之阳，脍人肝而餔之。孔子下车而前，见谒者曰："鲁人孔丘，闻将军高义，敬再拜谒者。"

谒者入通，盗跖闻之大怒，目如明星，发上指冠，曰："此夫鲁国之巧伪人孔丘非邪？为我告之：'尔作言造语，妄称文武，冠枝木之冠，带死牛之胁，多辞谬说，不耕而食，不织而衣，摇唇鼓舌，擅生是非，以迷天下之主，使天下学士不反其本，妄作孝弟，而侥幸于封侯富贵者也。子之罪大极重，疾走归！不然，我将以子肝益昼餔之膳！'"

孔子复通曰："丘得幸于季，愿望履幕下。"谒者复通，盗跖曰："使来前！"孔子趋而进，避席反走，再拜盗跖。盗跖大怒，两展其足，案剑瞋目，声如乳虎，曰："丘来前！若所言，顺吾意则生，逆吾心则死。"

孔子曰："丘闻之，凡天下有三德：生而长大，美好无双，少长贵贱见而皆说之，此上德也；知维天地，能辩诸物，此中德也；勇悍果敢，聚众率兵，此下德也。凡人有此一德者，足以南面称孤矣。今将军兼此三者，身长八尺二寸，面目有光，唇如激丹，齿如齐贝，音中黄钟，而名曰盗跖，丘窃为将军耻不取焉。将军有意听臣，臣请南使吴越，北使齐鲁，东使宋卫，西使晋楚，使为将军造大城数百里，立数十万户之邑，尊将军为诸侯，与天下更始，罢兵休卒，收养昆弟，共祭先祖。此圣人才士之行，而天下之愿也。"

盗跖大怒曰："丘来前！夫可规以利而可谏以言者，皆愚陋恒民之谓耳。今长大美好，人见而悦之者，此吾父母之遗德也。丘虽不吾誉，吾独不自知邪？且吾闻之，好面誉人者，亦好背而毁之。今丘告我以大城众民，是欲规我以利而恒民畜我也，安可久长也！城之大者，莫大乎天下矣。尧舜有天下，子孙无置锥之地；汤武立为天子，而后世绝灭，非以其利大故邪？且吾闻之：古者禽兽多而人少，于是民皆巢居以避之。昼拾橡栗，暮栖木上，故命之曰有巢氏之民。古者民不知衣服，夏多积薪，冬则炀之，故命之曰知生之民。神农之世，卧则居居，起则于于，民知其母，不知其父，与麋鹿共处，耕而食，织而衣，无有相害之心，此至德之隆也。然而黄帝不能致德，与蚩尤战于涿鹿之野，流血百里。尧舜作，立群臣，汤放其主，武王杀纣。自是之后，以强陵弱，以众暴寡。汤武以来，皆乱人之徒也。今子修文武之道，掌天下之辩，以教后世，缝衣浅带，矫言伪行，以迷惑天下之主，而欲求富贵焉。盗莫大于子，天下何故不谓子为盗丘，而乃谓我为盗跖？子以甘辞说子路而使从之，使子路去其危冠，解其长剑，而受教于子，天下皆曰孔丘能止暴禁非。其卒之也，子路欲杀卫君而事不成，身菹于卫东门之上，是子教之不至也。子自谓才士圣人邪？则再逐于鲁，削迹于卫，穷于齐，围于陈蔡，不容身于天下。子教子路菹此患，上无以为身，下无以为人，子之道岂足贵邪？世之所高，莫若黄帝，黄帝尚不能全德，而战涿鹿之野，流血百里。尧不慈，舜不孝，禹偏枯，汤放其主，武王伐纣，文王拘羑里。此六子者，世之所高也。孰论之，皆以利惑其真而强反其情性，其行乃甚可羞也。世之所谓贤士，伯夷、叔齐。伯夷、叔齐辞孤竹之君，而饿死于首阳之山，骨肉不葬。鲍焦饰行非世，抱木而死。申徒狄谏而不听，负石自投于河，为鱼鳖所食。介子推至忠也，自割其股以食文公。文公后背之，子推怒而去，抱木而燔死。尾生与女子期于梁下，女子不来，水至不去，抱梁柱而死。此六子者，无异于磔犬、流豕、操瓢而乞者，皆离名轻死，不念本养寿命者也。世之所谓忠臣者，莫若王子比干、伍子胥。子胥沉江，比干剖心。此二子者，世谓忠臣也，然卒为天下笑。自上观之，至于子胥、比干，皆不足贵也。丘之所以说我者，若告我以鬼事，则我不能知也；若告我以人事者，不过此矣，皆吾所闻知也。今吾告子以人之情：目欲视色，耳欲听声，口欲察味，志气欲盈。人上寿百岁，中寿八十，下寿六十，除病瘦死丧忧患，其中开口而笑者，一月之中不过四五日而已矣。天与地无穷，人死者有时。操有时之具，而托于无穷之间，忽然无异骐骥之驰过隙也。不能说其志意，养其寿命者，皆非通道者也。丘之所言，皆吾之所弃也。亟去走归，无复言之！子之道狂狂汲汲，诈巧虚伪事也，非可以全真也，奚足论哉！"

孔子再拜趋走，出门上车，执辔三失，目芒然无见，色若死灰，据轼低头，不能出气。

归到鲁东门外，适遇柳下季。柳下季曰："今者阙然数日不见，车马有行色，得微往见跖邪？"孔子仰天而叹曰："然。"柳下季曰："跖得无逆汝意若前乎？"孔子曰："然。丘所谓无病而自灸也，疾走料虎头，编虎须，几不免虎口哉！"

子张问于满苟得曰："盍不为行？无行则不信，不信则不任，不任则不利。故观之名，计之利，而义真是也。若弃名利，反之于心，则夫士之为行，不可一日不为乎！"

满苟得曰："无耻者富，多信者显。夫名利之大者，几在无耻而信。故观之名，计之利，而信真是也。若弃名利，反之于心，则夫士之为行，抱其天乎！"

子张曰："昔者桀纣贵为天子，富有天下，今谓臧聚曰'汝行如桀纣'，则有怍色，有不服之心者，小人所贱也。仲尼、墨翟，穷为匹夫，今谓宰相曰'子行如仲尼墨翟'，则变容易色，称不足者，士诚贵也。故势为天子，未必贵也；穷为匹夫，未必贱也。贵贱之分，在行之美恶。"

满苟得曰："小盗者拘，大盗者为诸侯，诸侯之门，义士存焉。昔者桓公小白杀兄入嫂，而管仲为臣；田成子常杀君窃国，而孔子受币。论则贱之，行则下之，则是言行之情悖战于胸中也，不亦拂乎！故《书》曰：'孰恶孰美，成者为首，不成者为尾。'"

子张曰："子不为行，即将疏戚无伦，贵贱无义，长幼无序，五纪六位，将何以为别乎？"

满苟得曰："尧杀长子，舜流母弟，疏戚有伦乎？汤放桀，武王伐纣，贵贱有义乎？王季为适，周公杀兄，长幼有序乎？儒者伪辞，墨者兼爱，五纪六位，将有别乎？且子正为名，我正为利。名利之实，不顺于理，不监于道。吾日与子讼于无约，曰：'小人殉财，君子殉名，其所以变其情，易其性，则异矣；乃至于弃其所为而殉其所不为，则一也。'故曰，无为小人，反殉而天；无为君子，从天之理。若枉若直，相而天极；面观四方，与时消息。若是若非，执而圆机；独成而意，与道徘徊。无转而行，无成而义，将失而所为；无赴而富，无殉而成，将弃而天。比干剖心，子胥抉眼，忠之祸也；直躬证父，尾生溺死，信之患也；鲍子立干，申子自理，廉之害也；孔子不见母，匡子不见父，义之失也。此上世之所传，下世之所语，以为士者正其言，必其行，故服其殃，离其患也。"

无足问于知和曰："人卒未有不兴名就利者。彼富，则人归之，归则下之，下则贵之。夫见下贵者，所以长生安体乐意之道也。今子独无意焉，知不足邪，意知而力不能行邪，故推正不忘邪？"

知和曰："今夫此人以为与己同时而生，同乡而处者，以为夫绝俗过世之士焉；是专无主正，所以览古今之时，是非之分也，与俗化世。去至重，弃至尊，以为其所为也；此其所以论长生安体乐意之道，不亦远乎！惨怛之疾，恬愉之安，不监于体；怵惕之恐，欣欢之喜，不监于心。知为为而不知所以为，是以贵为天子，富有天下，而不免于患也。"

无足曰："夫富之于人，无所不利，穷美究执，至人之所不得逮，贤人之所不能及，侠人之勇力而不为威强，秉人之知谋以为明察，因人之德以为贤良，非享国而严若君父。且夫声色滋味权势之于人，心不待学而乐之，体不待象而安之。夫欲恶避就，固不待师，此人之性也。天下虽非我，孰能辞之！"

知和曰："知者之为，故动以百姓，不违其度，是以足而不争，无以为，故不求。不足，故求之，争四处而不自以为贪；有余，故辞之，弃天下而不自以为廉。廉贪之实，非以迫外也，反监之度。势为天子，而不以贵骄人；富有天下，而不以财戏人。计其患，虑其反，以为害于性，故辞而不受也，非以要名誉也。尧、舜为帝而雍，非仁天下也，不以美害生也；善卷、许由得帝而不受，非虚辞让也，不以事害己。此皆就其利，辞其害，而天下称贤焉，则可以有之，彼非以兴名誉也。"

无足曰："必持其名，苦体绝甘，约养以持生，则亦久病长阨而不死者也。"

知和曰："平为福，有余为害者，物莫不然，而财其甚者也。今富人，耳营

264

钟鼓管籥之声，口嗛于刍豢醪醴之味，以感其意，遗忘其业，可谓乱矣；佚溺于冯气，若负重行而上也，可谓苦矣；贪财而取慰，贪权而取竭，静居则溺，体泽则冯，可谓疾矣；为欲富就利，故满若堵耳而不知避，且冯而不舍，可谓辱矣；财积而无用，服膺而不舍，满心戚醮，求益而不止，可谓忧矣；内则疑劫请之贼，外则畏寇盗之害，内周楼疏，外不敢独行，可谓畏矣。此六者，天下之至害也，皆遗忘而不知察。及其患至，求尽性竭财，单以反一日之无故而不可得也。故观之名则不见，求之利则不得，缭意体而争此，不亦惑乎！"

5.《说剑》①

昔赵文王喜剑，剑士夹门而客三千余人，日夜相击于前，死伤者岁百余人，好之不厌。如是三年，国衰，诸侯谋之。

太子悝患之，募左右曰："孰能说王之意，止剑士者，赐之千金。"左右曰："庄子当能。"

太子乃使人以千金奉庄子。庄子弗受，与使者俱往见太子，曰："太子何以教周，赐周千金？"太子曰："闻夫子明圣，谨奉千金以币从者。夫子弗受，悝尚何敢言！"

庄子曰："闻太子所欲用周者，欲绝王之喜好也。使臣上说大王，而逆王意，下不当太子，则身刑而死，周尚安所事金乎？使臣上说大王，下当太子，赵国何求而不得也！"太子曰："然。吾王所见，唯剑士也。"庄子曰："诺。周善为剑。"

太子曰："然吾王所见剑士，皆蓬头突鬓，垂冠，曼胡之缨，短后之衣，瞋目而语难，王乃说之。今夫子必儒服而见王，事必大逆。"庄子曰："请治剑服。"

治剑服三日，乃见太子。太子乃与见王，王脱白刃待之。庄子入殿门不趋，见王不拜。王曰："子欲何以教寡人，使太子先？"曰："臣闻大王喜剑，故以剑见王。"王曰："子之剑何能禁制？"曰："臣之剑，十步一人，千里不留行。"王

① 方勇译注，《庄子》，北京：中华书局，2010 年 6 月，第 529–531 页。

大悦之，曰："天下无敌矣。"

庄子曰："夫为剑者，示之以虚，开之以利，后之以发，先之以至。愿得试之。"王曰："夫子休就舍，待命令设戏请夫子。"

王乃校剑士七日，死伤者六十余人，得五六人，使奉剑于殿下，乃召庄子。王曰："今日试使士敦剑。"庄子曰："望之久矣。"王曰："夫子所御杖，长短何如？"曰："臣之所奉皆可。然臣有三剑，唯王所用，请先言而后试。"王曰："愿闻三剑。"曰："有天子剑，有诸侯剑，有庶人剑。"

王曰："天子之剑何如？"曰："天子之剑，以燕谿石城为锋，齐岱为锷，晋魏为脊，周宋为镡，韩魏为夹，包以四夷，裹以四时，绕以渤海，带以常山，制以五行，论以刑德，开以阴阳，持以春夏，行以秋冬。此剑，直之无前，举之无上，案之无下，运之无旁，上决浮云，下绝地纪。此剑一用，匡诸侯，天下服矣。此天子之剑也。"

文王芒然自失，曰："诸侯之剑何如？"曰："诸侯之剑，以知勇士为锋，以清廉士为锷，以贤良士为脊，以忠圣士为镡，以豪桀士为夹。此剑，值之亦无前，举之亦无上，案之亦无下，运之亦无旁；上法圆天，以顺三光；下法方地，以顺四时；中和民意，以安四乡。此剑一用，如雷霆之震也，四封之内，无不宾服而听从君命者矣。此诸侯之剑也。"

王曰："庶人之剑何如？"曰："庶人之剑，蓬头突鬓，垂冠，曼胡之缨，短后之衣，瞋目而语难；相击于前，上斩颈领，下决肝肺。此庶人之剑，无异于斗鸡，一旦命已绝矣，无所用于国事。今大王有天子之位而好庶人之剑，臣窃为大王薄之。"

王乃牵而上殿。宰人上食，王三环之。庄子曰："大王安坐定气，剑事已毕奏矣。"于是文王不出宫三月，剑士皆服毙其处也。

6.《渔父》[①]

孔子游乎缁帷之林，休坐乎杏坛之上。弟子读书，孔子弦歌鼓琴。奏曲未

---

① 方勇译注，《庄子》，北京：中华书局，2010 年 6 月，第 537–540 页。

半,有渔父者,下船而来,须眉交白,被发揄袂,行原以上,距陆而止,左手据膝,右手持颐以听。曲终,而招子贡、子路,二人俱对。

客指孔子曰:"彼何为者也?"子路对曰:"鲁之君子也。"客问其族。子路对曰:"族孔氏。"客曰:"孔氏者何治也?"子路未应,子贡对曰:"孔氏者,性服忠信,身行仁义,饰礼乐,选人伦,上以忠于世主,下以化于齐民,将以利天下。此孔氏之所治也。"又问:"有土之君与?"子贡曰:"非也。""侯王之佐与?"子贡曰:"非也。"客乃笑而还行,言曰:"仁则仁矣,恐不免其身;苦心劳形以危其真。呜乎,远哉其分于道也。"

子贡还,报孔子。孔子推琴而起曰:"其圣人与!"乃下求之。至于泽畔,方将杖拏而引其船,顾见孔子,还乡而立。孔子反走,再拜而进。

客曰:"子将何求?"孔子曰:"曩者先生有绪言而去,丘不肖,未知所谓,窃待于下风,幸闻咳唾之音,以卒相丘也。"

客曰:"嘻!甚矣子之好学也!"孔子再拜而起曰:"丘少而修学,以至于今,六十九岁矣,无所得闻至教,敢不虚心!"

客曰:"同类相从,同声相应,固天之理也。吾请释吾之所有而经子之所以。子之所以者,人事也。天子、诸侯、大夫、庶人,此四者自正,治之美也,四者离位而乱莫大焉。官治其职,人忧其事,乃无所陵。故田荒室露,衣食不足,征赋不属,妻妾不和,长少无序,庶人之忧也;能不胜任,官事不治,行不清白,群下荒怠,功美不有,爵禄不持,大夫之忧也;廷无忠臣,国家昏乱,工技不巧,贡职不美,春秋后伦,不顺天子,诸侯之忧也;阴阳不和,寒暑不时,以伤庶物,诸侯暴乱,擅相攘伐,以残民人,礼乐不节,财用穷匮,人伦不饬,百姓淫乱,天子有司之忧也。今子既上无君侯有司之势,而下无大臣职事之官,而擅饬礼乐,选人伦,以化齐民,不泰多事乎!且人有八疵,事有四患,不可不察也。非其事而事之,谓之摠;莫之顾而进之,谓之佞;希意道言,谓之谄;不择是非而言,谓之谀;好言人之恶,谓之谗;析交离亲,谓之贼;称誉诈伪以败恶人,谓之慝;不择善否,两容颊适,偷拔其所欲,谓之险。此八疵者,外以乱人,内以伤身,君子不友,明君不臣。所谓四患者:好经大事,变更易常,以挂功名,谓之叨;专知擅事,侵人自用,谓之贪;见过不更,闻谏愈甚,谓之很;人同于己则可，不同于己，虽善不善，谓之矜。此四患也。能去八疵，无行四患，而始可教已。"

孔子愀然而叹，再拜而起曰："丘再逐于鲁，削迹于卫，伐树于宋，围于陈蔡。丘不知所失，而离此四谤者何也？"

客凄然变容曰："甚矣，子之难悟也！人有畏影恶迹而去之走者，举足愈数而迹愈多，走愈疾而影不离身，自以为尚迟，疾走不休，绝力而死。不知处阴以休影，处静以息迹，愚亦甚矣！子审仁义之间，察同异之际，观动静之变，适受与之度，理好恶之情，和喜怒之节，而几于不免矣。谨修而身，慎守其真，还以物与人，则无所累矣。今不修之身而求之人，不亦外乎！"

孔子愀然曰："请问何谓真？"

客曰："真者，精诚之至也。不精不诚，不能动人。故强哭者，虽悲不哀；强怒者，虽严不威；强亲者，虽笑不和。真悲无声而哀，真怒未发而威，真亲未笑而和。真在内者，神动于外，是所以贵真也。其用于人理也，事亲则慈孝，事君则忠贞，饮酒则欢乐，处丧则悲哀。忠贞以功为主，饮酒以乐为主，处丧以哀为主，事亲以适为主。功成之美，无一其迹矣。事亲以适，不论所以矣；饮酒以乐，不选其具矣；处丧以哀，无问其礼矣。礼者，世俗之所为也；真者，所以受于天也，自然不可易也。故圣人法天贵真，不拘于俗。愚者反此。不能法天而恤于人，不知贵真，禄禄而受变于俗，故不足。惜哉，子之蚤湛于人伪而晚闻大道也！"

孔子又再拜而起曰："今者丘得遇也，若天幸然。先生不羞而比之服役，而身教之。敢问舍所在，请因受业而卒学大道。"

客曰："吾闻之，可与往者与之，至于妙道；不可与往者，不知其道，慎勿与之，身乃无咎。子勉之！吾去子矣，吾去子矣！"乃刺船而去，延缘苇间。

颜渊还车，子路授绥，孔子不顾，待水波定，不闻拏音而后敢乘。

子路旁车而问曰："由得为役久矣，未尝见夫子遇人如此其威也。万乘之主，千乘之君，见夫子未尝不分庭伉礼，夫子犹有倨敖之容。今渔父杖拏逆立，而夫子曲要磬折，言拜而应，得无太甚乎？门人皆怪夫子矣，渔人何以得此乎？"

孔子伏轼而叹曰："甚矣，由之难化也！湛于礼义有间矣，而朴鄙之心至今未去。进，吾语汝！夫遇长不敬，失礼也；见贤不尊，不仁也。彼非至人，不能下人，下人不精，不得其真，故长伤身。惜哉！不仁之于人也，祸莫大焉，而由独擅之。且道者，万物之所出也，庶物失之者死，得之者生，为事逆之则败，顺之则成。故道之所在，圣人尊之。今渔父之道，可谓有矣，吾敢不敬乎！"

（三）《墨子》

1.《大取》[①]

天之爱人也，薄于圣人之爱人也；其利人也，厚于圣人之利人也。大人之爱小人也，薄于小人之爱大人也；其利小人也，厚于小人之利大人也。以臧为其亲也，而爱之，非爱其亲也；以臧为其亲也，而利之，非利其亲也。以乐为爱其子，而为其子欲之，爱其子也；以乐为利其子，而为其子求之，非利其子也。

于所体之中，而权轻重之谓权。权，非为是也，非非为非也。权，正也。断指以存腕，利之中取大，害之中取小也。害之中取小也，非取害也，取利也。其所取者，人之所执也。遇盗人，而断指以免身，利也；其遇盗人，害也。断指与断腕，利于天下相若，无择也。死生利若，一无择也。杀一人以存天下，非杀一人以利天下也；杀己以存天下，是杀己以利天下。于事为之中而权轻重之谓求。求为之，非也。害之中取小，求为义，非为义也。

为暴人语天之为是也而性，为暴人歌天之为非也。诸陈执既有所为，而我为之陈执；执之所为，因吾所为也。若陈执未有所为，而我为之陈执，陈执因吾所为也。暴人为我为天之，以人非为是也而性，不可正而正之。

利之中取大，非不可得已也；害之中取小，不得已也。所未有而取焉，是利之中取大也；于所既有而弃焉，是害之中取小也。

义可厚，厚之；义可薄，薄之。谓伦列。德行、君上、老长、亲戚，此皆所厚也。为长厚，不为幼薄。亲厚，厚；亲薄，薄。亲至，薄不至。义，厚亲不称行而

① 方勇译注，《墨子》，北京：中华书局，2011 年 10 月，第 372—384 页。

顾行。

为天下厚禹，为禹也。为天下厚爱禹，乃为禹之爱人也。厚禹之加于天下，而厚禹不加于天下。若恶盗之为加于天下，而恶盗不加于天下。爱人不外己，己在所爱之中。己在所爱，爱加于己。伦列之爱己、爱人也。

圣人恶疾病，不恶危难。正体不动，欲人之利也，非恶人之害也。圣人不为其室臧之，故在于臧。圣人不得为子之事。圣人之法：死亡亲，为天下也。厚亲，分也；以死亡之，体渴兴利。有厚薄而毋，伦列之兴利为己。

语经，语经也，非白马焉，执驹焉说求之，舞说非也，渔大之舞大，非也。三物必具，然后足以生。

臧之爱己，非为爱己之人也。厚不外己，爱无厚薄。举己，非贤也。义，利；不义，害。志功为辩。

有有于秦马，有有于马也，智来者之马也。爱众众世与爱寡世相若。兼爱之，有相若。爱尚世与爱后世，一若今之世人也。

鬼，非人也；兄之鬼，兄也。天下之利骥。"圣人有爱而无利"，倪日之言也，乃客之言也。天下无人，子墨子之言也犹在。

不得已而欲之，非欲之也。非杀臧也。专杀盗，非杀盗也。凡学爱人。

小圜之圜，与大圜之圜同。方至尺之不至也，与不至钟之至，不异。其不至同者，远近之谓也。

是璜也，是玉也。意楹，非意木也，意是楹之木也。意指也，非意人也。意获也，乃意禽也。志功，不可以相从也。

利人也，为其人也；富人，非为其人也，有为也以富人。富人也，治人有为鬼焉。为赏誉利一人，非为赏誉利人也，亦不至无贵于人。

智亲之一利，未为孝也，亦不至于智不为己之利于亲也。智是之世之有盗也，尽爱是世。智是室之有盗也，不尽是室也。智其一人之盗也，不尽是二人。虽其一人之盗，苟不智其所在，尽恶其弱也。

诸圣人所先为，人欲名实。名实不必名。苟是石也白，败是石也，尽与白同。是石也唯大，不与大同，是有便谓焉也。以形貌命者，必智是之某也，焉智某也。不可以形貌命者，唯不智是之某也，智某可也。诸以居运命者，苟人于其中者，皆是也，去之因非也。诸以居运命者，若乡里、齐、荆者，皆是。诸以形貌命者，若山丘室庙者，皆是也。

智与意异。重同，具同，连同，同类之同，同名之同，丘同，鲋同，是之同，然之同，同根之同。有非之异，有不然之异。有其异也，为其同也，为其同也异。一曰乃是而然，二曰乃是而不然，三曰迁，四曰强。

子深其深，浅其浅，益其益，尊其尊。察次山、比、因至优指复；次察声端、名、因请复。正夫辞恶者，人右以其情得焉。诸所遭执而欲恶生者，人不必以其请得焉。

圣人之附渍也，仁而无利爱。利爱生于虑。昔者之虑也，非今日之虑也。昔者之爱人也，非今之爱人也。爱获之爱人也，生于虑获之利。虑获之利，非虑臧之利也；而爱臧之爱人也，乃爱获之爱人也。去其爱而天下利，弗能去也。昔之知墙，非今日之知墙也。贵为天子，其利人不厚于正夫。二子事亲，或遇孰，或遇凶，其亲也相若，非彼其行益也，非加也。外执无能厚吾利者。藉臧也死而天下害，吾持养臧也万倍，吾爱臧也不加厚。

长人之异，短人之同，其貌同者也，故同。指之人也与首之人也异，人之体非一貌者也，故异。将剑与挺剑异。剑，以形貌命者也，其形不一，故异。杨木之木与桃木之木也同。诸非以举量数命者，败之尽是也，故一人指，非一人也；是一人之指，乃是一人也。方之一面，非方也，方木之面，方木也。以故生，以理长，以类行也者。立辞而不明于其所生，忘也。今人非道无所行，唯有强股肱而不明于道，其困也，可立而待也。夫辞以类行者也，立辞而不明于其类，则必困矣。

故浸淫之辞，其类在鼓栗。圣人也，为天下也，其类在于追迷。或寿或卒，其利天下也指若，其类在誉石。一日而百万生，爱不加厚，其类在恶害。爱二世有厚薄，而爱二世相若，其类在蛇文。爱之相若，择而杀其一人，其类在阬下之鼠。小仁与大仁，行厚相若，其类在申。凡兴利除害也，其类在漏雍。厚亲不称行而类行，其类在江上井。不为己之可学也，其类在猎走。爱人非为誉也，其类在逆旅。爱人之亲若爱其亲，其类在官苟。兼爱相若，一爱相若。一爱相若，其类在死也。

2.《小取》[①]

夫辩者，将以明是非之分，审治乱之纪，明同异之处，察名实之理，处利害，决嫌疑。焉摹略万物之然，论求群言之比。以名举实，以辞抒意，以说出故。以类取，以类予。有诸己不非诸人，无诸己不求诸人。

或也者，不尽也。假者，今不然也。效者，为之法也。所效者，所以为之法也。故中效，则是也；不中效，则非也。此效也。辟也者，举也物而以明之也。侔也者，比辞而俱行也。援也者，曰："子然，我奚独不可以然也？"推也者，以其所不取之同于其所取者，予之也。"是犹谓"也者，同也。"吾岂谓"也者，异也。

夫物有以同而不率遂同。辞之侔也，有所至而正。其然也，有所以然也；其然也同，其所以然不必同。其取之也，有所以取之；其取之也同，其所以取之不必同。是故辟、侔、援、推之辞，行而异，转而危，远而失，流而离本，则不可不审也，不可常用也。故言多方，殊类异故，则不可偏观也。夫物或乃是而然，或是而不然，或一周而一不周，或一是而一不是也。不可常用也。故言多方殊类异故，则不可偏观也，非也。

白马，马也；乘白马，乘马也。骊马，马也；乘骊马，乘马也。获，人也；爱获，爱人也。臧，人也；爱臧，爱人也。此乃是而然者也。

获之亲，人也；获事其亲，非事人也。其弟，美人也；爱弟，非爱美人也。车，木也；乘车，非乘木也。船，木也；人船，非人木也。盗人，人也；多盗，非多人也；无盗，非无人也。奚以明之？恶我盗，非恶多人也；欲无盗，非欲无人也。世相与共是之。若若是，则虽盗人人也，爱盗非爱人也，不爱盗，非不爱人也，杀盗人非杀人也，无难盗无难矣。此与彼同类，世有彼而不自非也，墨者有此而非之，无也故焉，所谓内胶外闭与心毋空乎？内胶而不解也，此乃是而不然者也。

且夫读书，非好书也。且斗鸡，非鸡也；好斗鸡，好鸡也。且入井，非入井

---

① 　方勇译注，《墨子》，北京：中华书局，2011 年 10 月，第 386–391 页。

也；止且入井，止入井也。且出门，非出门也；止且出门，止出门也。若若是，且夭，非夭也；寿夭也。有命，非命也；非执有命，非命也，无难矣。此与彼同类。世有彼而不自非也，墨者有此而罪非之，无也故焉，所谓内胶外闭与心毋空乎？内胶而不解也，此乃是而不然者也。

爱人，待周爱人而后为爱人。不爱人，不待周不爱人；不周爱，因为不爱人矣。乘马，不待周乘马然后为乘马也；有乘于马，因为乘马矣。逮至不乘马，待周不乘马而后不乘马。此一周而一不周者也。

居于国，则为居国；有一宅于国，而不为有国。桃之实，桃也；棘之实，非棘也。问人之病，问人也；恶人之病，非恶人也。人之鬼，非人也；兄之鬼，兄也。祭人之鬼，非祭人也；祭兄之鬼，乃祭兄也。之马之目盼则为之"马盼"；之马之目大，而不谓之"马大"。之牛之毛黄，则谓之"牛黄"；之牛之毛众，而不谓之"牛众"。一马，马也；二马，马也。马四足者，一马而四足也，非两马而四足也。一马，马也。马或白者，二马而或白也，非一马而或白。此乃一是而一非者也。

（四）《管子》

1.《心术上》①

心之在体，君之位也；九窍之有职，官之分也。心处其道，九窍循理；嗜欲充益，目不见色，耳不闻声。故曰：上离其道，下失其事。毋代马走，使尽其力；毋代鸟飞，使弊其羽翼。毋先物动，以观其则。动则失位，静乃自得。

道，不远而难极也，与人并处而难得也。虚其欲，神将入舍；扫除不洁，神乃留处。人皆欲智，而莫索其所以智乎。智乎，智乎，投之海外无自夺，求之者不得处之者。夫正人无求之也，故能虚无。

虚无无形谓之道，化育万物谓之德，君臣父子人间之事谓之义，登降揖让、贵贱有等、亲疏之体谓之礼，简物小未一道，杀僇禁诛谓之法。

---

① 李山、轩新丽译注，《管子》，北京：中华书局，2019 年 4 月，第 623—634 页。

大道可安而不可说，直人之言，不义不顾，不出于口，不见于色，四海之人，又孰知其则？

天曰虚，地曰静，乃不伐。洁其宫，开其门，去私毋言，神明若存。纷乎其若乱，静之而自治。强不能遍立，智不能尽谋。物固有形，形固有名，名当，谓之圣人。故必知不言无为之事，然后知道之纪。殊形异埶，不与万物异理，故可以为天下始。

人之可杀，以其恶死也；其可不利，以其好利也。是以君子不忕乎好，不迫乎恶，恬愉无为，去智与故。其应也，非所设也；其动也，非所取也。过在自用，罪在变化。是故，有道之君，其处也若无知，其应物也若偶之。静因之道也。

"心之在体，君之位也。九窍之有职，官之分也。"耳目者，视听之官也，心而无与视听之事，则官得守其分矣。夫心有欲者，物过而目不见，声至而耳不闻也。故曰"上离其道，下失其事"。故曰：心术者，无为而制窍者也，故曰"君"。"毋代马走"，"毋代鸟飞"，此言不夺能能，不与下诚也。"毋先物动"者，摇者不定，趎者不静，言动之不可以观也。"位"者，谓其所立也。人主者立于阴，阴者静，故曰"动则失位"。阴则能制阳矣，静则能制动矣，故曰"静乃自得"。

道在天地之间也，其大无外，其小无内，故曰"不远而难极也"。虚之与人也无间，唯圣人得虚道，故曰"并处而难得"。世人之所职者精也，去欲则宣，宣则静矣。静则精，精则独立矣。独则明，明则神矣。神者至贵也，故馆不辟除，则贵人不舍焉。故曰"不洁则神不处"。"人皆欲知，而莫索之"。其所知，彼也；其所以知，此也。不修之此，焉能知彼？修之此，莫能虚矣。虚者无藏也，故曰去知则奚率求矣，无藏则奚设矣。无求无设则无虑，无虑则反复虚矣。

天之道，虚其无形。虚则不屈，无形则无所位赿。无所位赿，故遍流万物而不变。德者，道之舍，物得以生生，知得以职道之精。故德者，得也。得也者，其谓所得以然也以。无为之谓道，舍之之谓德。故道之与德无间，故言之者不别也。间之理者，谓其所以舍也。义者，谓各处其宜也。礼者，因人之情，缘义之理，而为之节文者也。故礼者谓有理也。理也者，明分以谕义之意也。故礼出乎义，义出乎理，理因乎宜者也。法者所以同出，不得不然者也，故杀僇禁诛以一之也。故事督乎法，法出乎权，权出乎道。

道也者，动不见其形，施不见其德，万物皆以得，然莫知其极，故曰"可以安而不可说"也。"莫人"，言至也。"不宜"，言应也。应也者，非吾所设，故能无宜也。"不顾"，言因也。因也者，非吾所所顾，故无顾也。"不出于口，不见于色"，言无形也。"四海之人，庸知其则"，言深囿也。

天之道虚，地之道静。虚则不屈，静则不变，不变则无过，故曰"不伐"。"洁其宫，阙其门"。宫者，谓心也。心也者，智之舍也，故曰"宫"。洁之者，去好过也。门者，谓耳目也。耳目者，所以闻见也。"物固有形，形固有名"，此言不得过实，实不得延名。姑形以形，以形务名，督言正名，故曰"圣人"。"不言之言"，应也。应也者，以其为之人者也。执其名，务其所以成之，应之道也。"无为之道"，因也。因也者，无益无损也。以其形，因为之名，此因之术也。名者，圣人之所以纪万物也。人者，立于强，务于善，未于能，动于故者也。圣人无之，无之则与物异矣。异则虚，虚者万物之始也，故曰"可以为天下始"。

人迫于恶则失其所好，怵于好则忘其所恶，非道。故曰"不怵乎好，不迫乎恶"。恶不失其理，欲不过其情，故曰"君子"。"恬愉无为，去智与故"，言虚素也。"其应，非所设也，其动，非所取也"，此言因也。因也者，舍己而以物为法者也。感而后应，非所设也；缘理而动，非所取也。"过在自用，罪在变化"：自用则不虚，不虚则仵于物矣。变化则为生，为生则乱矣。故道贵因。因者，因其能者，言所用也。"君子之处也，若无知"，言至虚也。"其应物也，若偶之"，言时适也，若影之象形，响之应声也。故物至则应，过则舍矣。舍矣者，言复返于虚也。

2.《心术下》[1]

形不正者德不来，中不精者心不治。正形饰德，万物毕得。翼然自来，神莫知其极。昭知天下，通于四极。是故曰：无以物乱官，毋以官乱心，此之谓内

①　李山、轩新丽译注，《管子》，北京：中华书局，2019 年 4 月，第 635–641 页。

德。是故意气定然后反正。气者，身之充也，行者，正之义也。充不美则心不得，行不正则民不服。是故圣人若天然，无私覆也；若地然，无私载也。私者，乱天下者也。

凡物载名而来，圣人因而财之，而天下治。实不伤，不乱于天下，而天下治。专于意，一于心，耳目端，知远之证。能专乎？能一乎？能毋卜筮而知凶吉乎？能止乎？能已乎？能毋问于人而自得之于己乎？故曰：思之思之，不得，鬼神教之。非鬼神之力也，其精气之极也。

一气能变曰精，一事能变曰智。慕选者，所以等事也；极变者，所以应物也。慕选而不乱，极变而不烦，执一之君子。执一而不失，能君万物，日月之与同光，天地之与同理。

圣人裁物，不为物使。心安，是国安也。心治，是国治也。治也者，心也；安也者，心也。治心在中，治言出于口，治事加于民。故功作而民从，则百姓治矣。所以操者，非刑也；所以危者，非怒也。民人操，百姓治，道其本至也。至不至无，非所人而乱。

凡在有司执制者之利，非道也。圣人之道，若存若亡，援而用之，殁世不亡。与时变而不化，应物而不移，日用之而不化。

人能正静者，筋肕而骨强；能戴大圆者，体乎大方；镜大清者，视乎大明。正静不失，日新其德，昭知天下，通于四极。金心在中不可匿，外见于形容，可知于颜色。善气迎人，亲如弟兄；恶气迎人，害于戈兵。不言之言，闻于雷鼓。金心之形，明于日月，察于父母。昔者明王之爱天下，故天下可附；暴王之恶天下，故天下可离。故货之不足以为爱，刑之不足以为恶。货者爱之末也，刑者恶之末也。

凡民之生也，必以正平！所以失之者，必以喜乐哀怒。节怒莫若乐，节乐莫若礼，守礼莫若敬。外敬而内静者，必反其性。

岂无利事哉？我无利心。岂无安处哉？我无安心。心之中又有心，意以先言。意然后形，形然后思，思然后知。凡心之形，过知失生。是故内聚以为原。泉之不竭，表里遂通；泉之不涸，四支坚固。能令用之，被服四固。是故圣人一言解之，上察于天，下察于地。

3.《白心》①

建当立有，以靖为宗，以时为宝，以政为仪，和则能久。非吾仪，虽利不为；非吾当，虽利不行；非吾道，虽利不取。上之随天，其次随人。人不倡不和，天不始不随。故其言也不废，其事也不随。

原始计实，本其所生。知其象则索其形，缘其理则知其情，索其端则知其名。故苞物众者，莫大于天地；化物多者，莫多于日月；民之所急，莫急于水火。然而，天不为一物枉其时，明君圣人亦不为一人枉其法。天行其所行而万物被其利，圣人亦行其所行而百姓被其利。是故万物均、既夸众矣。是以圣人之治也，静身以待之，物至而名自治之。正名自治之，奇名自废。名正法备，则圣人无事。不可常居也，不可废舍也。随变断事也，知时以为度。大者宽，小者局。物有所余，有所不足。

兵之出，出于人；其人入，入于身。兵之胜，从于适。德之来，从于身。故曰：祥于鬼者义于人。兵不义，不可。强而骄者损其强，弱而骄者亟死亡；强而卑，义信其强，弱而卑，义免于罪。是故骄之余卑，卑之余骄。

道者，一人用之，不闻有余；天下行之，不闻不足。此谓道矣。小取焉则小得福，大取焉则大得福，尽行之而天下服，殊无取焉则民反，其身不免于贼。左者，出者也；右者，入者也。出者而不伤人，入者自伤也。不日不月，而事以从；不卜不筮，而谨知吉凶。是谓宽乎形，徒居而致名。去善之言，为善之事，事成而顾反无名。能者无名，从事无事。审量出入，而观物所载。

孰能法无法乎？始无始乎？终无终乎？弱无弱乎？故曰：美哉岪岪。故曰：有中有中，庸能得夫中之衷乎？故曰：功成者隳，名成者亏。故曰：孰能弃名与功而还与众人同？孰能弃功与名而还反无成？无成有贵其成也，有成贵其无成也。日极则仄，月满则亏。极之徒仄，满之徒亏，巨之徒灭。庸能已无已乎？效夫天地之纪。

人言善亦勿听，人言恶亦勿听。持而待之，空然勿两之，淑然自清。无以旁

---

① 李山、轩新丽译注，《管子》，北京：中华书局，2019 年 4 月，第 642–654 页。

言为事成，察而征之，无听辩，万物归之，美恶乃自见。

天或维之，地或载之。天莫之维则天以坠矣，地莫之载则地以沉矣。夫天不坠，地不沉，夫或维而载之也夫。又况于人？人有治之，辟之若夫雷鼓之动也。夫不能自摇者，夫或擏之。夫或者何？若然者也。视则不见，听则不闻，洒乎天下满，不见其塞。集于颜色，知于肌肤，责其往来，莫知其时。薄乎其方也，輓乎其圜也，輓輓乎莫得其门。故口为声也，耳为听也，目有视也，手有指也，足有履也，事物有所比也。

"当生者生，当死者死"，言有西有东，各死其乡。置常立仪，能守贞乎？常事通道，能官人乎？故书，其恶者，言，其薄者。上圣之人，口无虚习也，手无虚指也，物至而命之耳。发于名声，凝于体色，此其可谕者也。不发于名声，不凝于体色，此其不可谕者也。及至于至者，教存可也，教亡可也。故曰：济于舟者，和于水矣；义于人者，祥其神矣。

事，有适而无适，若有适。觸，解不可解，而后解。故善举事者，国人莫知其解。为善乎，毋提提。为不善乎，将陷于刑。善不善，取信而止矣。若左若右，正中而已矣。县乎日月，无已也。愕愕者，不以天下为忧，刺刺者，不以万物为笑，孰能弃刺刺而为愕愕乎？

难言宪术，须同而出。无益言，无损言，近可以免。故曰：知何知乎？谋何谋乎？审而出者彼自来。自知曰稽，知人曰济。知苟适，可为天下周。内固之一，可为长久。论而用之，可以为天下王。

天之视而精，四壁而知请，壤土而与生。能若夫风与波乎？唯其所欲适。故子而代其父曰义也，臣而代其君曰篡也。篡何能歌？武王是也。故曰：孰能去辩与巧，而还与众人同道？故曰：思索精者明益衰，德行修者王道狭，卧名利者写生危。知周于六合之内者，吾知生之有为阻也。持而满之，乃其殆也。名满于天下，不若其已也。名进而身退，天之道也。满盛之国，不可以仕任。满盛之家，不可以嫁子。骄倨傲暴之人，不可与交。

道之大如天，其广如地，其重如石，其轻如羽，民之所以，知者寡。故曰：何道之近而莫之与能服也？弃近而就远，何以费力也？故曰：欲爱吾身，先知吾情，君亲六合，以考内身。以此知象，乃知行情。既知行情，乃知养生。左右前后，周而复所。执仪服象，敬迎来者。今夫来者，必道其道，无迁无衍，命乃长久。和以反中，形性相葆，一以无贰，是谓知道。将欲服之，必一其端，而固其所守。责其往来，莫知其时，索之于天，与之为期。不失其期，乃能得之。故曰：吾语若大明之极。大明之明非爱，人不予也。同则相从，反则相距也。吾察反则相距，吾以故知古从之同也。

4.《内业》①

凡物之精，此则为生。下生五谷，上为列星。流于天地之间，谓之鬼神；藏于胸中，谓之圣人。是故民气，杲乎如登于天，杳乎如入于渊，淖乎如在于海，卒乎如在于己。是故此气也，不可止以力，而可安以德；不可呼以声，而可迎以音。敬守勿失，是谓成德。德成而智出，万物毕得。凡心之刑，自充自盈，自生自成。其所以失之，必以忧乐喜怒欲利。能去忧乐喜怒欲利，心乃反济。彼心之情，利安以宁。勿烦勿乱，和乃自成。折折乎如在于侧，忽忽乎如将不得，渺渺乎如穷无极。此稽不远，日用其德。

夫道者，所以充形也，而人不能固。其往不复，其来不舍。谋乎莫闻其音，卒乎乃在于心；冥冥乎不见其形，淫淫乎与我俱生。不见其形，不闻其声，而序其成，谓之道。凡道无所，善心安爱，心静气理，道乃可止。彼道不远，民得以产；彼道不离，民因以知。是故卒乎其如可与索，眇眇乎其如穷无所。被道之情，恶音与声，修心静音，道乃可得。道也者，口之所不能言也，目之所不能视也，耳之所不能听也，所以修心而正形也；人之所失以死，所得以生也；事之所失以败，所得以成也。

凡道无根无茎，无叶无荣，万物以生，万物以成，命之曰道。天主正，地主平，人主安静。春秋冬夏，天之时也；山陵川谷，地之枝也；喜怒取予，人之谋也。是故圣人与时变而不化，从物而不移。能正能静，然后能定。定心在中，耳目聪明，四枝坚固，可以为精舍。精也者，气之精者也。气，道乃生，生乃思，思乃知，知乃止矣。凡心之形，过知失生。一物能化谓之神，一事能变谓之智。化

---

① 李山、轩新丽译注，《管子》，北京：中华书局，2019 年 4 月，第 721–729 页。

不易气，变不易智，惟执一之君子能为此乎。执一不失，能君万物。君子使物，不为物使，得一之理。治心在于中，治言出于口，治事加于人，然则天下治矣。"一言得而天下服，一言定而天下听"，公之谓也。

形不正，德不来，中不静，心不治。正形摄德，天仁地义，则淫然而自至，神明之极，照乎知万物。中义守不忒，不以物乱官，不以官乱心，是谓中得。有神自在身，一往一来，莫之能思。失之必乱，得之必治。敬除其舍，精将自来。精想思之，宁念治之，严容畏敬，精将至定。得之而勿舍，耳目不淫。心无他图，正心在中，万物得度。道满天下，普在民所，民不能知也。一言之解，上察于天，下极于地，蟠满九州。何谓解之？在于心安。我心治，官乃治；我心安，官乃安。治之者心也，安之者心也。心以藏心，心之中又有心焉。彼心之心，音以先言。音然后形，形然后言。言然后使，使然后治。不治必乱，乱乃死。

精存自生，其外安荣。内藏以为泉原，浩然和平，以为气渊。渊之不涸，四体乃固，泉之不竭，九窍遂通。乃能穷天地，被四海。中无惑意，外无邪灾。心全于中，形全于外，不逢天灾，不遇人害，谓之圣人。人能正静，皮肤裕宽，耳目聪明，筋信而骨强，乃能戴大圜而履大方，鉴于大清，视于大明。敬慎无忒，日新其德，遍知天下，穷于四极。敬发其充，是谓内得。然而不反，此生之忒。

凡道，必周必密，必宽必舒，必坚必固。守善勿舍，逐淫泽薄，既知其极，反于道德。全心在中，不可蔽匿，和于形容，见于肤色。善气迎人，亲于弟兄；恶气迎人，害于戎兵。不言之声，疾于雷鼓。心气之形，明于日月，察于父母。赏不足以劝善，刑不足以惩过。气意得而天下服，心意定而天下听。搏气如神，万物备存。能搏乎？能一乎？能无卜筮而知吉凶乎？能止乎？能已乎？能勿求诸人而得之己乎？思之思之，又重思之。思之而不通，鬼神将通之。非鬼神之力也，精气之极也。四体既正，血气既静，一意搏心，耳目不淫，虽远若近。思索生知，慢易生忧，暴傲生怨，忧郁生疾，疾困乃死。思之而不舍，内困外薄，不蚤为图，生将巽舍。食莫若无饱，思莫若勿致。节适之齐，彼将自至。

凡人之生也，天出其精，地出其形，合此以为人。和乃生，不和不生。察和之道，其精不见，其征不丑。平正擅匈，论治在心，此以长寿。忿怒之失度，乃为之图。节其五欲，去其二凶，不喜不怒，平正擅匈。

凡人之生也，必以平正。所以失之，必以喜怒忧患。是故止怒莫若诗，去忧莫若乐，节乐莫若礼，守礼莫若敬，守敬莫若静。内静外敬，能反其性，性将大定。

凡食之道，大充，伤而形不臧，大摄，骨枯而血沍。充摄之间，此谓和成。精之所舍，而知之所生。饥饱之失度，乃为之图。饱则疾动，饥则广思，老则长虑。饱不疾动，气不通于四末。饥不广思，饱而不废，老不长虑，困乃遬竭。大心而敢，宽气而广。其形安而不移，能守一而弃万苛。见利不诱，见害不惧，宽舒而仁，独乐其身。是谓云气，意行似天。

凡人之生也，必以其欢。忧则失纪，怒则失端。忧悲喜怒，道乃无处。爱欲静之，遇乱正之，勿引勿推，福将自归。彼道自来，可藉与谋。静则得之，躁则失之。灵气在心，一来十逝，其细无内，其大无外。所以失之，以躁为害。心能执静，道将自定。得道之人，理丞而毛泄，匈中无败。节欲之道，万物不害。

（五）《老子》

1.《十三章》①

宠辱若惊，贵大患若身。何谓宠辱若惊？宠为下。得之若惊，失之若惊，是谓宠辱若惊。何谓贵大患若身？吾所以有大患者，为吾有身。及吾无身，吾有何患？故贵以身为天下，若可寄天下；爱以身为天下，若可托天下。

2.《四十四章》②

名与身孰亲？身与货孰多？得与亡孰病？甚爱必大费，多藏必厚亡。故知足不辱，知止不殆，可以长久。

（六）《郭店楚简》

1.《老子甲》③

---

① 汤漳平、王朝华译注，《老子》，北京：中华书局，2014年7月，第49页。

② 汤漳平、王朝华译注，《老子》，北京：中华书局，2014年7月，第176页。

③ 李零著，《郭店楚简校读记》，北京：北京大学出版社，2002年3月，第4页。

含德之厚者，比于赤子，虺蚕虫蛇弗螫，攫鸟猛兽弗扣，骨弱筋柔而握固。未知牝牡之合朘怒，精之至也。终日号而不嗄，和之至也。和曰常，知和曰明，益生曰祥，心使气曰强。物壮则老，是谓不道。

名与身孰亲？身与货孰多？持与亡孰病？甚爱必大费，厚藏必多亡。故知足不辱，知止不殆，可以长久。

反也者，道动也。弱也者，道之用也。天下之物生于有，【有】生于无。

持而盈之，不若已。揣而群之，不可长保也。金玉盈室，莫能守也。贵富骄，自遗咎也。功遂身退，天之道也。

五、以《列子》文本为基础的"杨朱思想精义"新编

(一)《生死》

生相怜,死相捐。肆以养生,勿壅勿阏。略以送死,唯所遇焉。生死存亡,有道有常。隶人生死,且哭且歌。天其弗识,人胡能觉。非佑自天,弗孽由人。生非贵存,身非爱厚。生非贱夭,身非轻薄。似反非反,似顺非顺。自生自死,自厚自薄。人生苦长,废而任之。不知所以,而曰命也。生之暂来,死之暂往。名誉年命,非人所量。悠然自得,人生无几。乐生逸身,不婆不殖。从心而动,不违自然。从性而游,不逆万物。生异死同,且趣当生。

(二)《名实》

实名贫,伪名富。实无名,名无实。名非实取,实非名与。美圣恶凶,同归于死。生之难遇,死之易及。夸人招名,弗若死矣。清贞误善,求名何乐。万事终灭,名伪而已。有名尊荣,无名卑辱。尊荣逸乐,卑辱忧苦。忧苦犯性,逸乐顺性。名固有益,实之所系,但恶夫守名而累实。

(三)《物我》

智之所贵,存我为贵。力之所贱,侵物为贱。身非我有,既生而全。物非我有,既有而置。身固生之主,物亦养之主。虽全生身,不可有其身。虽不去物,不可有其物。公天下之身,公天下之物,其唯至至者也。

(四)《内外》

丰屋美服,厚味姣色。有此求外,无厌之性。遁民死生,制命在外。顺民无对,制命在内。治外身苦,未合人心。治内性逸,推之天下。

（五）《君臣》

人不婚宦，情欲失半。人不衣食，君臣道息。忠不足安君，适足危身。义不足利物，适足害生。安上不由忠，而忠名灭。利物不由义，而义名绝。君臣皆安，物我兼利，古之道也。

（六）《善恶》

白往黑来，岂能无怪。睢睢盱盱，而谁与居。美者自美，不知其美。恶者自恶，不知其恶。行贤去自贤，安往而不善。贤者慎所出，君子慎为善。治大不治细，成大不成小。大白而若辱，盛德若不足。

（七）《本末》

多歧亡羊，多方丧生。非本不一，末异若是。归同反一，为无得丧。不与不取，天下治矣。

杨子后学　崇阳子　刘震

2023 年 5 月 18 日于南昌青山湖畔

参考文献

1. ［韩］김학주，《열자（하）》，서울: 명문당，2023.

2. ［汉］刘熙撰，《释名: 附音序、笔画索引》，北京: 中华书局，2016 年 4 月。

3. ［汉］应劭撰，《元本风俗通义》，北京: 国家图书馆出版社，2019 年 9 月。

4. ［金］高守元集，［唐］殷敬顺撰释文，［宋］陈景元补遗，《冲虚至德真经四解》卷一至卷二十（附释文二卷），明刊正统道藏本。

5. ［晋］张湛注，［唐］卢重玄解，［唐］殷敬顺、［宋］陈景元释文，陈明校点，《列子》，上海: 上海古籍出版社，2014 年 6 月。

6. ［晋］张湛注，《冲虚至德真经》八卷，（日本）东京尊经阁文库藏南宋刊本。

7. ［晋］张湛注，《冲虚至德真经》八卷，清光绪十年刊"铁华馆丛书"本。

8. ［晋］张湛注，《冲虚至德真经》八卷，铁琴铜剑楼藏北宋本。

9. ［晋］张湛注，［唐］殷敬顺释文，《冲虚真经》八卷，明嘉靖九年世德堂刊《六子全书》本。

10. ［晋］张湛注，［唐］殷敬顺释文，《冲虚真经》八卷，清嘉庆十年宝庆经纶堂刊《十子全书》本。

11. ［晋］张湛注，［唐］殷敬顺释文，《列子》八卷，清宣统元年大通书局石印明虞九章、王震亨订正本。

12. ［晋］张湛注，［唐］殷敬顺撰释文，［宋］陈景元补遗释文，《列子》八卷（附《列子冲虚至德真经释文》二卷），清嘉庆十八年"湖海楼丛书"本。

13. ［美］Trans. by Rosemary Brant, Yang Chu's Garden of Pleasure, Astrolog

Publishing House, 2005.

14. ［明］顾春编，《六子全书之列子》，长春：吉林出版集团有限责任公司，2010 年 10 月。

15. ［明］朱得之撰，《列子通义》八卷，明嘉靖四十三年浩然斋刊本。

16. ［清］段玉裁撰，《说文解字注》，北京：中华书局，2013 年 7 月。

17. ［清］江有诰撰，《列子韵读》一卷，清嘉庆十九年刊《音学十书》本。

18. ［清］蒋超伯辑，《南溦楛语》，上海：新文化书社，1934 年 8 月。

19. ［清］卢文弨撰，《列子张湛注校正》一卷，清乾隆五十五年抱经堂刊《群书拾补》本。

20. ［清］任大椿撰，《列子释文考异》一卷，清乾隆五十二年燕禧堂刊本。

21. ［清］阮元辑，《宛委别藏·列子注》，南京：江苏古籍出版社，1988 年 2 月。

22. ［清］宋翔凤记，《小尔雅训纂》，龙溪精舍校刊本。

23. ［清］陶鸿庆撰，《读列子札记》一卷，1959 年《读诸子札记》排印本。

24. ［清］严可均著，《铁桥漫稿》，心矩斋校本，卷第八。

25. ［清］姚际恒著，《古今伪书考》，北京：中华书局，1985 年。

26. ［清］姚文田撰、严灵峰辑，《列子古韵》一卷，1971 年艺文印书馆打字影印本。

27. ［清］于鬯撰，《列子校书》一卷，1963 年《香草续校书》排印本。

28. ［清］俞樾撰，《列子平议》一卷，1922 年双流李氏刊《诸子平议》本。

29. ［日］土方賀陽，《楊朱を読む》，2023.

30. ［宋］江通撰，《冲虚至德真经解》二十卷，明刊正统道藏本。

31. ［宋］林希逸著，张京华点校，《列子鬳斋口义》，上海：华东师范大学出版社，2016 年 5 月。

32. ［宋］林希逸撰，《冲虚至德真经鬳斋口义》八卷，明刊正统道藏本。

33. ［唐］卢重元解，［清］秦恩复撰附录，《列子》八卷（附卢注考证一卷），清嘉庆八年秦恩复雕印石研斋刊本。

34. [英]葛瑞汉著，张海晏译，《论道者：中国古代哲学论辩》，北京：中国社会科学出版社，2003年8月。

35. [战国]列御寇撰，[清]纪昀等编纂，《四库全书·道家类·列子》，北京：中国书店，2018年8月。

36. [战国]列御寇撰，[唐]卢重元注，《列子》，北京：中国书店，2019年9月。

37. [战国]列子撰，[宋]林希逸注，《元刻本列子》，北京：国家图书馆出版社，2017年5月。

38. [战国]列子撰，张长法注译，《列子》，郑州：中州古籍出版社，2018年1月。

39. [周]列子撰，[晋]张湛注，[唐]卢重玄解，[宋]赵佶训，[宋]范致虚解，[金]高守元集，孔德凌点校，《冲虚至德真经四解》，南京：凤凰出版社，2016年6月。

40. "汉典" https://www.zdic.net/。

41. "中华诵·经典诵读行动"读本编委会编，《列子诵读本》，北京：中华书局，2013年1月。

42. 《哲学研究》编辑部编，《庄子哲学讨论集》，1962年8月。

43. 白冶钢译注，《列子译注》，上海：上海三联书店，2018年9月。

44. 陈广忠译注，《淮南子》，北京：中华书局，2012年1月。

45. 陈晓芬、徐儒宗译注，《论语·大学·中庸》，北京：中华书局，2011年3月。

46. 邓启铜注释，《老子·列子》，南京：南京大学出版社，2014年5月。

47. 窦秀艳、李旭、王晓玮译注，《注音全译列子》，北京：新华出版社，2022年12月。

48. 杜泽逊、庄大钧译注，《韩诗外传选译》，南京：凤凰出版社，2011年5月。

49. 方勇、李波译注，《荀子》，北京：中华书局，2011年3月。

50. 方勇译注，《孟子》，北京：中华书局，2010年6月。

51. 方勇译注，《墨子》，北京：中华书局，2011年10月。

52. 方勇译注，《庄子》，北京：中华书局，2010 年 6 月。

53. 冯友兰著，赵复三译，《中国哲学简史》，北京：中华书局，2019 年 4 月。

54. 高华平、王齐洲、张三夕译注，《韩非子》，北京：中华书局，2010 年 6 月。

55. 谷淑梅、安睿注译，《列子全集》，北京：海潮出版社，2012 年 4 月。

56. 顾实著，《杨朱哲学》，北京：北京理工大学出版社，2020 年 5 月。

57. 顾实著，《杨朱哲学》，长沙：岳麓书院，2010 年 12 月。

58. 管宗昌著，《〈列子〉研究》，沈阳：辽海出版社，2010 年 4 月。

59. 郭沫若著，《十批判书》，北京：东方出版社，1996 年 3 月。

60. 韩敬译注，《法言》，北京：中华书局，2012 年 10 月。

61. 侯外庐著，《中国思想通史（第一卷）》，北京：人民出版社，2011 年 8 月。

62. 胡怀琛著，《列子张湛注补正》一卷，1930 年"朴学斋丛书"排印本。

63. 胡适著，《中国哲学史大纲》，北京：中华书局，2013 年 1 月。

64. 胡志泉评译，《列子》，北京：北京联合出版社，2017 年 1 月。

65. 黄敦兵导读注译，《列子》，长沙：岳麓书社，2021 年 4 月。

66. 景中译注，《列子》，北京：中华书局，2007 年 12 月。

67. 李季林著，《杨朱、列子思想研究》，合肥：安徽人民出版社，2012 年 9 月。

68. 李零著，《郭店楚简校读记》，北京：北京大学出版社，2002 年 3 月。

69. 李山、轩新丽译注，《管子》，北京：中华书局，2019 年 4 月。

70. 李新路主编，《列子》，郑州：郑州大学出版社，2017 年 5 月。

71. 梁万如导读及译注，《列子》，北京：中信出版社，2015 年 1 月。

72. 陆玖译注，《吕氏春秋》，北京：中华书局，2011 年 10 月。

73. 马达著，《〈列子〉真伪考辨》，北京：北京出版社，2000 年 12 月。

74. 蒙文通著，《先秦诸子与理学》，桂林：广西师范大学出版社，2006 年 5 月。

75. 孙道升著，《杨朱的著作及其学派考》，自刊，1934 年 5 月。

76. 孙红颖解译，《列子全鉴：珍藏版·杨朱篇》，北京：中国纺织出版社，

2018 年 3 月。

77. 汤可敬译注，《说文解字》，北京：中华书局，2018 年 6 月。

78. 汤漳平、王朝华译注，《老子》，北京：中华书局，2014 年 7 月。

79. 陶光撰，《列子校释》，1953 年排印本。

80. 王范之著，《吕氏春秋研究》，呼和浩特：内蒙古大学出版社，1993 年 10 月。

81. 王强模译注，《列子全译》（修订版），贵阳：贵州人民出版社，2009 年 3 月。

82. 王叔岷著，《列子补正》，台北：商务印书馆，1992 年 12 月影印一版。

83. 王天海、杨秀岚译注，《说苑》，北京：中华书局，2019 年 12 月。

84. 王天海译注，《穆天子传译注；燕丹子译注》，上海：上海古籍出版社，2018 年 11 月。

85. 王重民著，《敦煌古籍叙录》，北京：中华书局，2010 年 11 月。

86. 王重民撰，《列子校释》一卷，1930 年"西苑丛书"排印本。

87. 项楚、舒大刚主编，《中华经典研究·第六辑》，北京：商务印书馆，2024 年 12 月。

88. 萧登福著，《列子古注今译》，台北：文津出版社，1990 年 3 月。

89. 许纪霖、朱政惠编，《史华慈与中国》，长春：吉林出版集团有限责任公司，2008 年 8 月。

90. 严北溟、严捷撰，《列子译注》，上海：上海古籍出版社，2012 年 8 月。

91. 严灵峰编辑，《无求备斋列子集成（第 12 册）》，台北：艺文印书馆，1971 年 10 月。

92. 严灵峰编著，《道家四子新编》，台北：商务印书馆，1977 年 8 月。

93. 杨伯峻撰，《列子集释》，北京：中华书局，2012 年 3 月。

94. 叶蓓卿译注，《列子》，北京：中华书局，2011 年 5 月。

95. 余嘉锡著，《目录学发微；古书通例》，北京：商务印书馆，2017 年 12 月。

96. 中国社会科学院历史研究所、中国敦煌吐鲁番学会敦煌古文献编辑委员会、英国国家图书馆、伦敦大学亚非学院合编,《英藏敦煌文献(汉文佛经以外部分)第二卷(斯五二五——三八〇)》,成都:四川人民出版社,1990年。

97. 中华文化讲堂注译,《列子》,北京:团结出版社,2017年2月。

98. 庄万寿注译,《新译列子读本》,台北:三民书局,2009年3月。

99. 庄万寿著,《道家史论》,台北:万卷楼,2000年4月。

后　记

如果不算博士论文，那么这本小书就是笔者所撰写的第一部"杨朱学派"相关的研究著述。

作为一名科研人员，笔者自感十分幸运。在博士论文选题之际，笔者的导师就给了笔者绝对的学术自由。他充分尊重以个人学术兴趣为前提的研究，而我也认为只有这样才能做得深入，做得长久。在中央大学追随导师学习的六年时光弥足珍贵。其间，我不但在学问上收获颇丰，也在为人上更加坚定。这些都要感谢我的恩师李奭炯先生。

在为学上，先生循循善诱，授之以渔，让我认识到独立思考的重要性。同时，他鼓励学生要敢于尝试，莫惧权威，让我能够平心看文章，敢于表达自己的观点。而且，先生还极其尊重学生的构思与行文，对在学问上初窥门径的我给予充分的肯定与支持。这些都让我满怀敬意又心生感激，自此深知何为人师。

在为人上，先生磊落光明，温严坦荡，君子之风尽显；在处事时，先生果敢有则，雷厉风行，刚正之气无余。这些都让我敬服不已，并在为人处世上对既行方式更加确信和坚定。更不必说先生闲云野鹤般的栖居生活与云淡风轻的人生态度了。这些都无不令人心生向往。如果喧嚣俗世中能有仙风道骨的话，我想可能就是先生的样子了吧。

由此，在博士毕业之际，笔者既已确定了"传承杨朱学派，弘扬杨朱思想"的学术方向与"汲前人之智，成吾辈之说，泽后来之人"的人生目标。"传承杨朱学派，弘扬杨朱思想"，具体而言，就是撰写杨朱学派研究著述，编纂"杨朱学派研究丛书"，发起成立"杨朱学会"，创办刊行《杨朱学刊》。进而由学界到民间，多方宣传，广为普及，深入人心，知行合一。

只是，战国时代之后，已经沉寂了两千多年的杨朱学派还有复兴的可能吗？

回望两千多年前，那个孔、墨、杨三足鼎立，"杨朱、墨翟之言盈天下，天下之言不归杨则归墨"的百家争鸣的时代早已过去。而今，以孔子为代表的儒家自不必说，各种学术会议与纪念活动接连不断。仅说近日，就于北京人民大会堂举办了"纪念孔子诞辰 2575 周年国际学术研讨会暨国际儒学联合会第七届会员大会"，繁花锦簇，盛况空前。而以墨子为代表的墨家现今也已颇成气候，不但早已于 1992 年就成立了"中国墨子学会"，而且还于近日创办了《墨子学刊》，并同时举办了"新时代墨学的价值与使命"学术研讨会，也可谓高朋满座，蔚为大观。相比之下，以杨朱为代表的杨朱学派则明显门庭冷落，无人问津，甚至不知杨朱其人者都大有人在。回想某次参加学术会议，我提到自己是研究"杨学"的，某知名教授甚为诧异，说"全国也没有几个研究'杨学'的啊"。如此种种，可见一斑。此刻，我想，曾经奔走疾呼竭力"距杨墨"的孟老夫子应该可以含笑于九泉之下了。

不知为何，主张"贵己""守静""轻物重生""全性保真"，曾在战国时代"言盈天下"，与儒、墨分庭抗礼的杨朱思想，在如今本亦应起到其相应的抚世功用，但不想却与在战国时代之影响判若云泥，实乃二十一世纪亲眼目睹之怪现状。

看来，战国时代之后，已经沉寂了两千多年的杨朱学派似乎已经很难复兴。

笔者曾经立下"此生有志，继阳生之绝学；无负今日，立真言于万世"的宏愿，并自任为"杨朱学派的全部未来"，满心计划通过发起成立"杨朱学会"，创办刊行《杨朱学刊》等学界惯用的方式来致力于复兴杨朱学派。但在当今学界的大环境之下，这很可能要消耗大量无谓的时间和精力，而且很可能最终会归于一种象牙塔内的学术游戏，在宣传与普及方面收效甚微，不能真正起到抚慰身心、安顿心灵的救世作用。同时，笔者也不禁怀疑，这些刻意组织的复兴形式又是否符合"贵己""守静""轻物重生""全性保真"的杨朱思想呢？进一步说，杨朱学派的沉寂固然与孟子的歪曲和世人的误解不无关系，但其"沉寂"本身不正符合了那想要通过"损一毫利天下不与，悉天下奉一身不取"而达到的"人人不损一毫，人人不利天下，天下治矣"的终极治世理想吗？这样看来，也许归于"沉寂"才是杨朱学派弘扬其治世理念的终极实践。

最后，我想说，虽然可以选择"沉寂"，但作为一名科研人员，作为一名带着责任感与使命感的杨子后学，我依然会继续撰写杨朱学派研究著述，甚至编纂"杨朱学派研究丛书"，同时，出版杨朱思想相关的普及书籍，并且在以后的工作与生活中随心自然地去践行杨朱学派"贵己重生，物我兼利"的处世原则。也许几世后的某一天，人间完全没有了杨朱学派的踪迹，完全不再需要杨朱思想进行疗愈，那时才是杨朱先生所愿的和谐治世。

杨子后学　崇阳子　刘震
2024 年 10 月 28 日于南昌瑶湖崇阳子居